Bossuet

Sermons
Le Carême du Louvre
1662

Édition présentée, établie et annotée
par Constance Cagnat-Debœuf

Maître de conférences à l'Université de Paris IV

Gallimard

PRÉFACE

LA PRÉDICATION AU XVIIᵉ SIÈCLE

Dans l'histoire de la littérature comme dans la mémoire collective, le XVIIᵉ siècle reste le grand siècle de la prédication. En témoignent les noms de prédicateurs encore gravés dans les esprits : on citera le plus souvent Bossuet, parfois Bourdaloue et Massillon, plus rarement Fléchier ou Mascaron. Tous appartiennent à la seconde moitié du siècle. Quand ils montent en chaire, la réforme de la prédication, entreprise sous la double influence de saint François de Sales et de saint Vincent de Paul, a déjà commencé à porter ses fruits.

La réforme de la prédication

La première moitié du siècle avait vu en effet se répandre en chaire un certain nombre de défauts[1], dont le plus grave sans doute était l'abus de la scolastique : certains prédicateurs surchargeaient leurs ser-

---

1. Sur la prédication dans la première moitié du XVIIᵉ siècle, voir Paul Jacquinet, *Des Prédicateurs du XVIIᵉ siècle avant Bossuet*, Didier, 1863 ; et Jean-Antoine Calvet, *Bossuet, l'homme et l'œuvre*, Boivin, 1941, p. 102-108 ; ou, du même auteur, *La Littérature religieuse de François de Sales à Fénelon*, de Gigord, 1938, p. 357-361 ; ou encore Philippe Sellier, *Sermons de Bossuet*, Nouveaux classiques Larousse, 1975.

mons d'une science théologique mal assimilée, où des termes techniques incompréhensibles renvoyaient à des abstractions tout aussi inintelligibles, du moins pour le plus grand nombre. Le public ne pouvait que se désintéresser d'une prédication aussi peu adaptée à ses capacités et aussi éloignée de ses préoccupations. D'autres prédicateurs donnaient dans la bouffonnerie. Sous la Régence d'Anne d'Autriche le burlesque était à la mode, et certains prêtres y sacrifièrent, proférant en chaire les plaisanteries les plus inattendues. Parmi eux, le Père Garasse, à qui ses indécences valurent l'interdiction de prêcher, et le «petit Père André», dont Tallemant des Réaux explique, avant de citer quelques-unes de ses turlupinades, qu'« il a toujours prêché en bateleur, non qu'il eût dessein de faire rire, mais il était bouffon naturellement et avait même quelque chose de Tabarin dans la mine¹ ». La mode de la préciosité gagna elle aussi la chaire. Certains prédicateurs, comme l'abbé Godeau, un habitué de l'hôtel de Rambouillet, ou l'oratorien Senault, parsemaient leurs discours de traits ingénieux ou de périphrases galantes faites pour plaire aux lecteurs de l'Astrée. Mais le vice qui, à défaut d'être le plus grave, était sans doute le plus répandu consistait à émailler les sermons de références profanes, le plus souvent antiques :

1. Voici quelques exemples de ces plaisanteries proférées en chaire : «À la fête de la Madeleine, il se mit à décrire les galants de la Madeleine ; il les habilla à la mode : "enfin, dit-il, ils étaient faits comme ces deux grands veaux que voilà devant ma chaire." Tout le monde se leva pour voir les deux godelureaux qui, pour eux, se gardaient bien de se lever. Un jour, il lui prit une vision, après avoir bien harangué contre la débauche de cette pauvre pécheresse, de dire : "j'en vois là-bas une toute semblable à la Madeleine ; mais parce qu'elle ne s'amende point, je la veux noter, et lui jeter mon mouchoir à la tête." En disant cela, il prend son mouchoir et fait semblant de le vouloir jeter : toutes les femmes baissèrent la tête. "Ah ! dit-il, je croyais qu'il n'y en eût qu'une, et en voilà plus de cent" » (Tallemant des Réaux, *Historiettes*, Pléiade, t. II, p. 156-157).

« *le sacré et le profane ne se quittaient point ; ils s'étaient glissés ensemble jusque dans la chaire ; saint Cyrille, Horace, saint Cyprien, Lucrèce parlaient alternativement ; les poètes étaient de l'avis de saint Augustin et de tous les Pères* », ironise La Bruyère[1]. La Bible était encore concurrencée par Sénèque, Plutarque, Platon, Aristote, ou Virgile. Jean-Pierre Camus, l'ami de saint François de Sales, cite ainsi pour saluer la Vierge des vers que Virgile adressait à une divinité païenne. Dans tous les cas le désir de briller ou de plaire au public l'emportait de loin sur le souci apostolique.

Aussi, devant de tels excès, la réaction ne se fit-elle pas attendre, et plusieurs religieux tôt dans le siècle manifestèrent une volonté de réformer la prédication : saint François de Sales proposa quelques principes fondamentaux auxquels devait se soumettre un sermon, comme de bannir — autant que possible — les histoires profanes et les fictions des poètes pour prêcher uniquement l'Évangile ; ne suffit-il pas « *de bien aimer pour bien dire*[2] » ? Préparer à la chaire des orateurs plus dignes d'elle était également l'un des objectifs du fondateur de l'Oratoire, Pierre de Bérulle, dont les successeurs animèrent au séminaire de Saint-Magloire une école d'éloquence sacrée. Mais le véritable réformateur de la prédication au XVIIᵉ siècle fut saint Vincent de Paul. Habité par le souci des plus pauvres, il voulut une prédication capable de les atteindre et inventa la Petite Méthode, dont le maître mot est la simplicité : il faut prêcher « *le plus simplement qu'il se peut, tout familièrement, de sorte que jusqu'au moindre nous puisse entendre* » ; « *la simplicité convertit tout le monde*[3] ». Une méthode qu'il allait

1. La Bruyère, *Caractères*, « De la chaire », 6.
2. Saint François de Sales, « Lettre à André Frémiot de Chantal », *Œuvres*, éd. d'Annecy, 1892-1964, t. XII, p. 299-325.
3. Saint Vincent de Paul, « Conférence du 20 août 1655 », *Entretiens*, t. XI, éd. Coste, Gabalda, 1924, p. 274 et 286.

*enseigner au clergé parisien dans ses conférences du
mardi, auxquelles assistait Bossuet.*

Le sermon classique

*En 1660, au moment où Bossuet lui-même com-
mence à prêcher à Paris, le genre du sermon a atteint
sa forme classique. D'une durée d'une heure environ,
c'est, si l'on veut, une sorte de conférence donnée en
chaire l'après-midi (à ne pas confondre avec ce qu'on
désigne aujourd'hui du nom de* sermon, *c'est-à-dire le
discours, ou homélie, prononcé au cours de la messe
pour en commenter l'évangile) et obéissant à un certain nombre de règles, comme de prêcher à la fois le
dogme et la morale : le prédicateur doit enseigner à son
public une vérité évangélique et en tirer une conséquence pratique pour sa vie quotidienne. Quant à la
structure du sermon, elle est fixe. Le prédicateur commence par citer un passage de la Bible. Le plus souvent ce « texte » — un ou deux versets tout au plus —
est emprunté aux lectures du jour, sur le modèle de
l'homélie. Mais le prêtre peut aussi choisir son texte en
fonction du thème qu'il veut traiter dans son discours.
Suit l'énoncé de ce thème, son explication ; après quoi
le prêtre invoque l'intercession de Marie par la récitation de la prière à la Vierge, l'*Ave Maria. *C'est la fin du
premier exorde : souvent Bossuet ne rédigeait cette première partie du discours qu'après tout le reste. L'annonce du plan, en deux ou trois points, occupe le
second exorde. Ce plan, ou « division » du discours, est
lui-même répété plusieurs fois, à travers des formules
différentes. La Bruyère critiquera à la fois la lourdeur
et la fréquence du procédé*[1]. *S'il est vrai que « ces
énormes partitions » paraissent parfois éloignées du
souci de conversion, elles ont une fonction pratique*

---

1. Voir La Bruyère, *Caractères*, « De la chaire », 5.

évidente: celle de l'aide-mémoire. La prestation est orale et exige du public une attention soutenue: l'intelligence du plan l'aidera à suivre le discours. À plus forte raison lorsque le prédicateur improvise pour partie son sermon. Suit le corps du sermon, chaque point étant traité à partir de plusieurs arguments, puis la péroraison où le prédicateur s'adresse souvent à Dieu, parfois à la plus haute personnalité présente dans l'assemblée: le Roi, la Reine mère, un prince du sang...

*Rares étaient les prédicateurs capables d'improviser leur discours. La plupart récitaient un texte rédigé à l'avance. «Le P. Bourdaloue était, dit-on, sept heures chaque jour à apprendre ses sermons par cœur[1].» Une grande part de la prestation résidait alors dans l'*actio*, cette partie de l'éloquence qui concerne le corps: le maintien de la personne, le port de la tête, les gestes, la voix offraient à l'orateur autant de possibilités expressives[2]. La difficulté était de trouver le juste milieu entre une immobilité compassée et une agitation non moins ridicule: le même Bourdaloue, qui fut pourtant le prédicateur le plus remarqué de cette génération, fut ainsi accusé de gesticuler en chaire[3]. Une autre cou-*

1. Mot rapporté par Eugène Griselle dans *Bourdaloue. Histoire critique de sa prédication*, Beauchesne, 1901, t. II, p. 738. Citons cet autre témoignage, de l'abbé Fleury: «Le P. Bourdaloue n'a jamais voulu parler sur-le-champ, et peut-être n'était-il pas capable de le faire. Comme donc sa mémoire travaillait toujours, il était obligé de penser uniquement à ce qu'il disait et non à la situation de ses auditeurs. Qu'ils l'écoutassent ou qu'ils s'endormissent, il n'était pas maître de s'accommoder à leurs besoins présents et comme un ressort qui se débande, il fallait absolument aller jusqu'au bout. Il criait et parlait avec beaucoup de feu, mais ce n'est pas ce qui touche davantage» (*ibid.*, p. 743).
2. Voir Marc Fumaroli, *L'Âge de l'éloquence. Rhétorique et «res litteraria» de la Renaissance au seuil de l'époque classique*, Bibliothèque de «L'Évolution de l'Humanité» (1980), Albin Michel, 1994, p. 509. Sur l'*actio* oratoire, on pourra également consulter le numéro spécial de la revue *XVIIe Siècle* (1981, n° 3), en particulier l'article de M. Fumaroli, «Le Corps éloquent» (p. 237-264).
3. Abbé Louis Le Gendre, *Mémoires*, Charpentier, 1863, p. 20. Le témoignage de La Bruyère mérite d'être également cité: appe-

*tume fort répandue parmi les prédicateurs consistait
à réutiliser les sermons des années précédentes. La
chose se savait et, loin de nuire à l'estime du sermon-
naire, contribuait souvent à lui attirer les foules. En
témoigne cet aveu de Mme de Sévigné, au sujet de la
Passion que prêcha Bourdaloue en mars 1671 : « Je
savais qu'il devait redire celle que M. de Grignan et
moi entendîmes l'année passée aux Jésuites, et c'était
pour cela que j'en avais envie. Elle était parfaitement
belle et je ne m'en souviens que comme d'un songe[1]. »*

Le public

*Le public, on le voit, se tenait très informé. Il faut
dire que le sermon est un événement social, qu'annonce la gazette ou la rumeur, et qu'il est de bon ton de
pouvoir commenter à ses amis, lors d'une prochaine
visite ou d'un prochain courrier. Pour entendre un prédicateur célèbre, l'affluence est parfois telle qu'il faut
retenir sa place en envoyant ses laquais sur les lieux,
plusieurs heures à l'avance, et même la veille ou
l'avant-veille pour les sermons les plus courus : « J'avais
grande envie de me jeter dans le Bourdaloue, mais
l'impossibilité m'en a ôté le goût : les laquais y étaient
dès mercredi [pour le vendredi], et la presse était à
mourir[2] », écrit encore Mme de Sévigné. Ce public*

---

lant de ses vœux une prédication inspirée, dont « le tour et les
expressions naissent dans l'action », il lui oppose « ces prodigieux
efforts de mémoire [...] qui corrompent le geste et défigurent le
visage ». S'il ne s'agit sans doute pas d'une attaque *ad hominem*,
dirigée contre Bourdaloue, la chute, qui évoque la crainte des
auditeurs de voir le prédicateur « demeurer court » (« De la chaire »,
29), rappelle un incident dont fut victime ce même prédicateur,
alors qu'il prêchait le jour de Noël 1689 à la Cour : en plein éloge
du Roi, la mémoire lui manqua et il dut interrompre son sermon.
  1. Mme de Sévigné, *Correspondance*, éd. Pléiade, 1972, t. I,
p. 202.
  2. *Ibid.*, t. I, p. 202.

*mondain est capable d'une attention tout à fait remar-
quable. Car, à l'exception d'un petit nombre dont la
mauvaise tenue arrache parfois au prédicateur quelque
exclamation désolée*[1]*, les assistants sont, pour la plupart et quel que soit leur mode de vie par ailleurs, des
croyants sincères, respectueux de la parole du religieux. «La vie est corrompue, la foi est pure», reconnaît Bossuet : ainsi Mme de Montespan n'a, pendant
ces mêmes années où elle était la maîtresse du Roi,
jamais manqué un carême, pratiquant avec exactitude
le jeûne demandé par l'Église. Mais c'est aussi qu'il
faut mémoriser le discours pour pouvoir en discuter
ensuite. Seuls les tachygraphes*[2]* assis au pied de la
chaire écrivent le texte du sermon. Le reste du public
fait appel à sa mémoire pour retenir les grands points
du discours et quelques formules jugées heureuses.
Voilà qui permettra de comparer le prédicateur avec
son principal rival du moment ou avec sa prestation
de l'an passé. On devine que cette écoute, davantage
tendue vers la réussite mondaine que vers la conversion du cœur, suscitait la réprobation des prédicateurs : Bossuet la critique à la fin du sermon «sur
la Prédication évangélique», et le même reproche se
retrouve sous la plume de La Bruyère : «On n'écoute*

1. En 1660, alors qu'il prêche aux Minimes, Bossuet dénonce en
chaire «l'irrévérence de quelques particuliers audacieux» («Panégyrique de saint François de Paule», *Œuvres oratoires*, éd. Lebarq-
Urbain-Lévesque, Hachette et Desclée, 1914-1926, t. III, p. 471).
Au cours de la même station, il s'interroge : «Ô justes, ô fidèles, ô
enfants de Dieu [...], où êtes-vous dans cette assemblée?» («Sermon sur la soumission due à la Parole de Dieu», *Œuvres oratoires*,
t. III, p. 265). — Sur la station, voir p. 277, n. 2.
2. Ce terme désigne les copistes qui notaient à la volée le texte
du sermon. On en trouvait parfois jusqu'à vingt assis au pied de la
chaire : ils travaillaient soit pour des amateurs de sermons, dévots
ou simples lettrés qui n'entendaient pas attendre que l'auteur en
décidât l'impression, soit pour des prédicateurs à l'inspiration
défaillante qui ne se faisaient pas scrupule de piller autrui. Sur ces
coutumes de la chaire, voir E. Griselle, *op. cit.*, t. I, p. 16-21.

*plus sérieusement la parole sainte : c'est une sorte
d'amusement entre mille autres ; [...] Celui qui écoute
s'établit juge de celui qui prêche, pour condamner ou
pour applaudir* [1]. »

LE *CARÊME DU LOUVRE*
(2 FÉVRIER-7 AVRIL 1662)

*Le carême est la grande retraite que l'Église fait
tous les ans avant la fête de Pâques : pendant cette
période de quarante jours — dont la durée est inspirée
par plusieurs faits de l'Histoire sainte, en particulier
les quarante jours du Déluge, les quarante ans vécus
au désert par le peuple de Dieu à la sortie d'Égypte, et
surtout, les quarante jours que Jésus passa au désert
avant de commencer sa vie publique* [2] *— les fidèles
sont appelés à davantage pratiquer le jeûne, l'aumône
et la prière* [3]. *Par cette démarche de pénitence ils se
préparent à la communion qui aura lieu le jour de
Pâques et dont l'Église fait une obligation pour tout
croyant. Chaque semaine du carême, l'Église propose
en outre aux chrétiens d'« aller au sermon » dans le
cadre d'une prédication dite extraordinaire : un prédicateur y explique tel mystère de la foi ou telle vertu
évangélique en vue de favoriser le renouvellement
intérieur qui est demandé aux fidèles. L'ensemble de
sermons ainsi constitué est appelé* Carême *du nom de
la période liturgique qu'il recouvre. Au XVIIe siècle, on
distingue entre les « petits Carêmes » où le prédicateur*

1. La Bruyère, *Caractères*, « De la chaire », 1 et 2.
2. Voir Genèse VI, 5-IX, 17 ; Exode XV, 22 sq ; Matthieu IV, 1-11.
3. Parce que l'Église ne jeûne pas le dimanche, jour de la
semaine où l'on célèbre la Résurrection du Christ, et afin de parve-
nir au même nombre de quarante jours, la période de jeûne commence quatre jours avant le début du carême liturgique, c'est-à-dire
dès le Mercredi des Cendres, alors que le carême liturgique ne commence que le dimanche suivant pour s'achever le jour de Pâques.

*ne prononce qu'un sermon par semaine, le dimanche,
ce qui est le cas dans la plupart des églises, et les
«grands Carêmes» où le sermon a lieu trois fois dans
la semaine: le dimanche, le mercredi et le vendredi.
Le* Carême du Louvre *est le premier «grand Carême»
de Bossuet, qui avait prononcé les années précédentes
deux «petits Carêmes», l'un aux Minimes, l'autre aux
Carmélites. Il commença à prêcher au Louvre par
anticipation le 2 février, fête de la Purification de la
sainte Vierge, et finit le Vendredi saint 7 avril, car le
jour de Pâques, il n'y eut pas sermon au Louvre. Bossuet dut composer pour ce Carême au moins dix-huit
sermons: douze seulement ont été conservés* [1].

*Quand Bossuet est invité en 1662 à s'adresser à la
Cour, il n'a encore jamais prêché devant le Roi. Mais
il connaît bien la Reine mère: introduit dans son
entourage par Monsieur Vincent, par Mme de Schom-
berg, l'épouse du gouverneur de Metz, il est rapidement devenu l'un de ses prédicateurs favoris. Elle l'a
fait inviter dans les couvents qu'elle protège, comme
les grandes Carmélites et le Val-de-Grâce, qu'elle a
fondé, pour y prêcher, parfois en sa présence. Si Anne
d'Autriche apprécie Bossuet, c'est qu'elle partage avec
lui certaines vues, qui sont celles du parti dévot et de
la vieille Cour: car Bossuet, membre de la Compagnie
du Saint-Sacrement, proche de Monsieur Vincent,
appartient à cette partie de la Réforme catholique que
l'on appelle «les dévots», qui œuvre pour voir respec-
tées par tous la religion et la morale chrétiennes et
pour faire reconnaître à l'Église un droit de regard sur
les affaires politiques, tant intérieures qu'extérieures.
Or non seulement de telles idées ne font pas l'unani-
mité à la Cour, mais surtout l'attitude du Roi a de
quoi inquiéter les dévots: un an plus tôt, le jour même*

1. Auxquels il faut ajouter la péroraison d'un treizième, «Sur la
Charité fraternelle» (voir le calendrier, p. 290).

de la mort de Mazarin, il faisait savoir au monde qu'il entendait diriger seul et de manière absolue; en outre ce jeune homme de vingt-trois ans vit publiquement dans le péché: depuis quelques mois il entretient au su de tous — la Reine exceptée — une relation adultère avec la jeune Louise de La Baume, future La Vallière. Ce mode de vie relâché attriste Anne d'Autriche, qui deux ans plus tôt a vu avec joie le mariage du Roi avec l'infante Marie-Thérèse sceller, après un demi-siècle de guerre, la paix avec l'Espagne. Les excès du monarque ont en outre valeur d'exemple à la Cour, et encouragent le libertinage galant. Enfin la situation économique du pays est des plus critiques: l'hiver 1661-1662 ayant été très rigoureux, la famine sévit dans les campagnes; dans la capitale même, une partie de la population se trouve réduite à la mendicité. Cette situation, déjà catastrophique en elle-même, devenait scandaleuse quand on lui opposait le gaspillage des deniers publics et les dépenses des Grands: ainsi cette même année 1662, le carnaval est célébré à la Cour avec un luxe inouï; pendant trois semaines, les fêtes se succèdent pour atteindre une somptuosité sans précédent.

Il était donc temps d'intervenir auprès du monarque, pensait-on dans l'entourage de la Reine mère et dans le milieu dévot. Le carême pouvait fournir l'occasion recherchée, à condition de trouver un prédicateur qui osât parler au Roi. Bossuet fut désigné, vraisemblablement sur une suggestion d'Anne d'Autriche. Sa mission lui fut-elle précisée, par les membres de la Compagnie du Saint-Sacrement, ou par un ambassadeur de la Reine mère? Nous n'en savons rien. Reste que, quand il monte en chaire ce 2 février pour prononcer son premier sermon, Bossuet est probablement le porte-parole d'un clan, que protège Anne d'Autriche et qui tente d'intervenir par son canal dans la vie publique et privée du monarque.

*Le sermon a lieu dans la chapelle du Louvre, Notre-
Dame de la Paix, inaugurée deux ans plus tôt, sous la
coupole du Pavillon de l'Horloge. C'est une pièce circulaire, de dimensions assez modestes, presque un
salon. S'il est important de se figurer les lieux, c'est
qu'ils permettent de mieux mesurer la hardiesse nécessaire au prédicateur. L'exercice en effet est ici très différent de ce qu'un prêtre a pu pratiquer ailleurs, que ce
soit en paroisse ou dans des monastères. Il parle non
plus dans une église aux vastes proportions, mais
dans un espace réduit où l'écoute, au lieu d'une foule
anonyme, un auditoire restreint dont il connaît presque
chaque visage : à côté du Roi, se tiennent les deux
reines, Marie-Thérèse, l'épouse, et Anne d'Autriche, la
Reine mère ; le frère du Roi, Monsieur, et Madame sa
femme, la jeune Henriette d'Angleterre, accompagnée
de ses filles d'honneur parmi lesquelles se trouve la
propre maîtresse du Roi, Louise de La Vallière. Quelques
courtisans sont aussi présents, qui portent l'auditoire
de Bossuet à une petite centaine de personnes tout au
plus. Ici l'homme de Dieu affronte les hommes de
Cour, le Prêtre affronte le Roi, et nulle part ne se vérifie
mieux la remarque de La Bruyère : «Le métier de la
parole ressemble en une chose à celui de la guerre : il y
a plus de risque qu'ailleurs, mais la fortune y est plus
rapide*[1].*»*

Le Prêtre et le Roi

*Or Bossuet, contrairement à ce que l'on a souvent
dit et écrit au sujet du* Carême du Louvre*[2], n'a pas
craint ce face-à-face. «Pour prêcher la vérité, il faut un
cœur de roi, une grandeur d'âme royale», devait-il*

1. La Bruyère, *Caractères*, «De la chaire», 15.
2. Voir Henri Busson, «Le Roman de Bossuet», *Europe*, octobre
1956, repris dans *Littérature et théologie*, P.U.F., 1962.

déclarer un jour, « et si cette noble fonction ne demande pas qu'on soit roi par l'autorité du commandement, du moins exige-t-elle qu'on soit roi par indépendance[1]. » *Fort de cette indépendance, il n'allait pas hésiter, derrière une rhétorique de l'éloge des plus conventionnelles, à rappeler au Roi ses devoirs, ses devoirs de chrétien comme ses devoirs de roi. Dès le premier sermon prononcé le 2 février (« Pour la Purification de la Vierge »), il lance un appel à combattre les plaisirs des sens que justifie, il est vrai, la période du carême, mais dont on se demande s'il ne vise pas plus spécialement l'attachement du Roi pour Louise de La Vallière : « Si nous n'avons pas le courage d'attaquer [les plaisirs mortels] jusques au principe, modérons-en du moins les excès damnables »; et pour ce faire : « Fuyons les rencontres dangereuses. » Le conseil, on le voit, est des plus pragmatiques. Le choix n'est pas même laissé au Roi de ne pas entendre : « Que ce plaisir est délicat ! qu'il est digne d'un grand courage, et qu'il est digne principalement de ceux qui sont nés pour commander ! » L'exemple de Marie, développé ensuite, encourage l'amant royal à aller plus loin, jusqu'au sacrifice entier : « c'est elle qui vous invite à ne sortir point de ce lieu sans avoir consacré à Dieu ce que vous avez de plus cher. Est-ce un époux ? est-ce un fils ? Et serait-ce quelque chose de plus grand et de plus précieux qu'un royaume, ne craignez point de l'offrir à Dieu. » La périphrase est galante et désigne de façon transparente pour l'époque la femme aimée, que seul le Roi peut être tenté de comparer à un royaume. Ainsi, dès ce premier sermon, avant même l'entrée en carême, le ton est donné. Même si Bossuet ne s'interdit pas d'aborder au cours de ce Carême d'autres aspects du règne et de la politique, il a incontestablement choisi de faire porter*

---

1. « Esquisse d'un panégyrique de saint Paul », vers 1694, *Œuvres oratoires*, t. VI, p. 528.

une partie de ses efforts sur la liaison du Roi et de La Vallière, d'obtenir la rupture.

Qu'on ne s'en étonne pas. C'est à cette seule condition que le Roi fera chrétiennement ses pâques, ce qui doit être le premier objectif du prédicateur. Bossuet craignait-il en sus que le vice du Roi n'entraînât le malheur public, que Dieu dans sa colère ne frappât le peuple pour châtier le Roi? C'est du moins ce que laisse entendre la fin du « Sermon sur la Charité fraternelle » : « Nous estimerions un malheur public, si jamais il nous paraissait quelque ombre dans une vie qui doit être toute lumineuse. Oui, Sire, la piété, la justice, l'innocence de Votre Majesté font la meilleure partie de la félicité publique. Conservez-nous ce bonheur, seul capable de nous consoler parmi tous les fléaux que Dieu nous envoie, et vivez en roi chrétien[1]. » La présentation est habile : si les vertus de piété, de justice, d'innocence ne sont pas explicitement refusées au souverain, l'allusion finale aux fléaux qui s'abattent sur le peuple suppose une colère divine et invite à chercher à cette colère une origine dans la vie du monarque. Sous la louange se devine l'exhortation qui la contredit : les trois vertus ne sont concédées au Roi que pour être désignées à son attention, comme celles-là mêmes sur lesquelles il devrait porter ses efforts de carême. L'art de la louange, pour lequel Bossuet allait être tant critiqué, est un discours double, rusé, dont ces lignes, écrites dix ans plus tard pour l'instruction du Dauphin, devaient donner la clef : « Telle était [dans l'Égypte ancienne], la manière d'instruire les rois. On croyait que les reproches ne faisaient qu'aigrir leurs esprits ; et que le moyen le plus efficace de leur inspirer la vertu était de leur marquer leur devoir dans des louanges conformes aux lois, et prononcées gravement devant les dieux[2]. »

1. « Sermon sur la Charité fraternelle », p. 130.
2. *Discours sur l'histoire universelle*, dans *Œuvres*, éd. Pléiade, Gallimard, 1961, p. 959-960.

Le Carême du Louvre *fut la première occasion pour
Bossuet de réfléchir sur « la manière d'instruire les
rois ». Il lui fallait trouver un langage qui, sans « aigrir »
l'esprit du monarque, lui enseignât clairement ses
devoirs. De la périlleuse mission qui incombe au prédicateur royal, il allait entretenir ses auditeurs dans le
deuxième sermon du carême, dit « Sermon sur la Prédication évangélique ». Ce qui fait de ce sermon, au
dire même de Bossuet, « le préparatif nécessaire et le
fondement de tous les autres », c'est qu'il force l'attention du monarque, et le désigne comme principal
destinataire du* Carême. *C'est l'effet obtenu par le passage où Bossuet évoque la visite que le prophète Nathan
rendit au roi David pour lui expliquer sa faute. Bossuet avait déjà utilisé cette scène de la Bible, deux ans
plus tôt, aux Minimes. Mais prononcées devant le
Roi, les mêmes paroles se chargeaient nécessairement
d'une tout autre résonance. Comment Louis XIV épris
de La Vallière n'aurait-il pas vu dans le roi David coupable d'adultère sa propre image, et dans Nathan, qui
se sert d'une parabole pour faire naître la lumière dans
l'esprit de David, une figure de Bossuet instruisant le
Roi au travers du récit biblique ? L'enchâssement est
rigoureux et culmine dans la célèbre phrase — « Ô
prince, c'est à vous qu'on parle » — dont on dit qu'elle
fit baisser la tête à Louis XIV. La mise en abyme est
ici doublement éclairante : elle pose le Roi en destinataire privilégié du sermon, comme du* Carême *tout
entier, mais elle trahit aussi la réflexion du prédicateur sur les moyens dont il dispose pour s'adresser
au monarque. Ces moyens, il les a trouvés, comme
Nathan dans sa parabole de la brebis, dans le langage figuré : celui des images qui se transforment en
allusions voilées, celui surtout que parlent les figures
bibliques. Ce langage des figures dont on a aujour-
d'hui perdu la clef tant notre connaissance de la
Bible est devenue lacunaire était alors entendu du*

public[1] : *il y avait été formé par l'art religieux des vitraux, des chapiteaux, des tapisseries et par la lecture des Bibles moralisées. Il avait ainsi appris non seulement que l'Ancien Testament « figurait » le Nouveau, au sens où chaque événement majeur de la vie de Jésus est annoncé, contenu dans l'Ancien Testament, mais aussi que derrière tel récit biblique se cache une leçon que l'on peut transposer à sa situation actuelle. Dans son dialogue avec le Roi, Bossuet, conscient de ne pouvoir tout dire (« si Votre Majesté l'écoute, [Dieu] lui dira dans le cœur ce que les hommes ne peuvent pas dire*[2] »), a choisi de parler ce langage indirect qui l'assurait d'être compris sans pour autant, pensait-il, paraître blessant ou impertinent. Il satisfaisait ainsi à une double exigence, celle de dire avec fermeté la vérité au Roi, tout en ménageant son orgueil : « Ô Dieu, vous voyez en quel lieu je prêche, et vous savez, ô Dieu, ce qu'il y faut dire. [...] Donnez-moi la prudence, donnez-moi la force*[3]. » Ce langage crypté comportait aussi un risque : celui de n'être plus écouté que pour ces allusions et pour le plaisir que le public pouvait trouver à les décrypter. Bossuet évita le danger par son habileté à ménager pour chacune de ses figures une double lecture : tout en recevant une application dans l'assemblée, son propos restait universellement valable, et chaque auditeur pouvait s'y reconnaître.*

Ainsi en va-t-il de la figure d'Anne la prophétesse,

1. Voir Georges Couton, *La Chair et l'âme. Louis XIV entre ses maîtresses et Bossuet*, Presses universitaires de Grenoble, 1995. Concernant ce langage des figures qu'aime à parler Bossuet, concernant également les allusions du *Carême* à la liaison du Roi et de La Vallière, l'ouvrage de G. Couton est la principale référence. Pour l'interprétation de figures plus politiques, voir Jean Meyer, *Bossuet*, Plon, 1993, p. 125-128.
2. « Sermon sur la Charité fraternelle », p. 130. Ou encore : « C'est tout ce qu'on peut dire à Votre Majesté, il faut dire le reste à Dieu » (« Sermon du mauvais Riche », p. 110).
3. « Sermon sur la Prédication évangélique », p. 90.

citée dans le premier sermon : « La voyez-vous, Chré-
tiens, cette Anne si renommée, cette perpétuelle péni-
tente, exténuée par ses veilles et consumée par ses
jeûnes ? » Georges Couton[1] remarque que pour le public
ainsi pris à partie, les propos de Bossuet trouvaient
une évidente application au premier rang de l'assem-
blée : tous y voyaient une femme déjà vieille, prénommée
elle aussi Anne et qu'un cancer du sein commençait à
ronger, au point que son apparence se conformait sans
doute à celle que le prédicateur prête à la prophétesse.
En même temps qu'il donnait en exemple aux courti-
sans le personnage des évangiles, Bossuet rendait ainsi
un hommage public à sa protectrice. Cette double lec-
ture doit-elle s'étendre à la figure de Marie-Madeleine,
sur laquelle Bossuet fait porter la méditation de la cin-
quième semaine consacrée à la pénitence ? Ce choix
n'a en soi rien qui puisse surprendre : Marie-Made-
leine est, après la Vierge Marie, la sainte la plus véné-
rée au XVIIe siècle ; que Bossuet se saisisse de son
exemple pour prêcher la pénitence à la Cour paraît
donc aller de soi. Toutefois la manière dont il allait
traiter l'exemple de la femme pécheresse n'était pas
sans sous-entendus. Dès l'énoncé du texte, tiré de
l'évangile de Luc — « Vides hanc mulierem[2] » *(Luc,*
VII, 44) —, il était tentant pour les auditeurs de songer
à cette autre femme dont l'inconduite était, aux yeux
de Bossuet, le principal obstacle aux pâques du Roi, à
la jeune La Vallière présente dans l'assemblée. Dès
1661, l'identification entre la maîtresse du Roi et la
figure de Marie-Madeleine était, semble-t-il[3], en cours.

1. G. Couton, *op. cit.*, p. 31-32.
2. « Vous voyez cette femme ? »
3. L'été précédant le *Carême du Louvre*, un courtisan, nommé
Brienne le jeune, avait proposé à La Vallière de se faire peindre en
Marie-Madeleine, mais le Roi s'y était opposé : « Non, elle est trop
jeune pour la peindre en pénitente ; il faut la peindre en Diane »,
avait-il déclaré. Cité par G. Couton, *op. cit.*, p. 46-47.

*Sans doute avait-elle encore gagné en évidence depuis
que les remords de la jeune femme étaient devenus
chose publique : en février, alors que Bossuet avait
déjà commencé son* Carême, *La Vallière, à la suite
d'une brouille avec le Roi, avait quitté un matin la
Cour pour tenter de se réfugier dans un couvent à
Chaillot où on ne voulut pas la recevoir. Le Roi alla
lui-même l'y chercher. Que Bossuet ait exploité l'image
de la sainte de manière à favoriser l'ambiguïté et à
orienter l'esprit de son auditoire vers un autre sens
possible est plus que probable. Qu'on relise le second
exorde du « Sermon sur l'ardeur de la Pénitence », où le
prédicateur prête à la sainte des atermoiements qui
l'amènent à différer sa conversion. Une telle présentation, que rien n'autorise dans le récit évangélique,
pourrait trahir l'intention secrète de Bossuet, et, derrière la conversion différée de Marie-Madeleine, se
devinerait la tentative avortée de La Vallière de se retirer dans un couvent. L'allusion était sans doute moins
destinée à piquer les esprits qu'à faire valoir l'actualité d'un sermon sur la pénitence.*

    *Bossuet ne s'est pas contenté de reprocher au Roi ses
infidélités conjugales. Il aborde avec la même témé-
rité des sujets plus politiques. Les derniers sermons du*
Carême *exposent devant le Roi certaines revendications
qui étaient alors celles de la Compagnie du Saint-
Sacrement : la lutte contre les protestants, la répression des duels et des blasphèmes, la critique du luxe...
Bossuet a beau invoquer l'autorité de l'Écriture (« je
me garderai plus que jamais de rien avancer de mon
propre sens. Que serait-ce qu'un particulier qui se
mêlerait d'enseigner les rois[1] ? »), l'orientation politique du* Carême *tout entier n'en était pas moins claire.
Et s'il est une affaire qui, en ces mois de mars-avril
1662, ne peut manquer de préoccuper Bossuet, c'est le*

---

1. « Sermon sur les devoirs des Rois », p. 233.

_procès de Nicolas Fouquet, l'ancien Surintendant des
Finances, arrêté en septembre 1661 et accusé de crime
de lèse-majesté. Son procès a commencé en mars 1662 :
il se déroule donc en même temps que Bossuet prêche
son Carême. Il faudrait rappeler ici l'incroyable histoire de ce procès, qui a fasciné plus d'un écrivain. On
a pensé que Fouquet avait été sacrifié à la mémoire de
Mazarin, dont les pratiques financières avaient révolté
l'opinion, et que sa condamnation était pour Louis XIV
le moyen de faire savoir qu'il rompait avec les abus de
la Régence. On sait aussi que la fortification de Belle-
Île a sans doute pesé plus lourd dans la balance que
ses malversations financières et, plus peut-être encore
que Belle-Île, la cour qu'il aurait osé faire à La Vallière[1]. Mais sa chute s'explique d'abord par l'ambition d'un homme, qui était moins son rival que son
ennemi personnel : Colbert, qui avait la confiance du
Roi, avec lequel il machina sa perte. Tout au long du
procès, Colbert fit pression sur les juges pour obtenir
la condamnation à mort et multiplia les irrégularités.
Celles-ci ne tardèrent pas à devenir chose publique et
provoquèrent un retournement de l'opinion en faveur
de Fouquet, lequel suscitait en outre l'admiration
générale par son courage et l'habileté de ses réponses.
Il fut finalement condamné en décembre 1663 au ban-
nissement à vie ; le Roi, qui voulait la mort, commua
sa peine en emprisonnement à vie. Au moment où
prêche Bossuet, le sort de Fouquet était encore incertain et l'on pouvait espérer de la part du Roi un geste
de clémence. L'affaire en tout cas occupait les esprits
et faisait le sujet de tous les entretiens, à la Cour
comme à la Ville. Il était donc inévitable que Bossuet
y fasse lui-même allusion. On a souvent cru en trouver
une dans le célèbre passage du « Sermon sur l'Ambi-_

---

1. Voir Daniel Dessert, _Fouquet_, Fayard, 1987, ou Paul Morand,
Fouquet ou le Soleil offusqué, Gallimard, 1961.

tion» où Bossuet décrit la chute de l'ambitieux: «*Assur
s'est élevé [...] comme les cèdres du Liban: le ciel l'a
nourri de sa rosée, la terre l'a engraissé de sa substance; (les puissances l'ont comblé de leurs bienfaits,
et il suçait de son côté le sang du peuple).*» Assur
désigne-t-il Fouquet? Rien n'est moins sûr (et l'on
peut tout aussi bien penser à Mazarin[1] ou à n'importe
quel favori). On ne doit pas oublier en effet qu'il existe
entre Fouquet et Bossuet des liens, comme la Compagnie du Saint-Sacrement dont la famille de l'ancien
Surintendant est proche et dont Bossuet est membre;
il y a aussi ce cousin de Bossuet, dit Bossuet «le
riche», que Fouquet a entraîné dans sa chute, arrêté
en même temps que lui pour malversations. Il se
trouve en fait que la candidature de Fouquet en 1661 à
la succession de Mazarin bénéficiait du soutien des
mêmes dévots qui s'expriment en mars 1662 par la
bouche de Bossuet. Aussi celui-ci n'allait-il pas tarder
à prendre position, et quand on sait l'acharnement du
Roi à perdre Fouquet, l'audace du prédicateur mérite
d'être saluée: «*Infecter les oreilles du Prince*», déclare-
t-il dans la péroraison du «*Sermon sur la Charité
fraternelle*», «*ha! c'est un crime plus grand que d'empoisonner les fontaines publiques, et plus grand sans
comparaison que de voler les trésors publics[2].*» Le
second terme de cette comparaison («*voler les trésors
publics*») désigne le crime pour lequel comparaissait
Fouquet et tend à le minimiser. Bossuet veut-il suggé-
rer même que le véritable criminel, celui qui profane
les oreilles du Prince par ses calomnies, n'est autre
que Colbert, l'ennemi juré de Fouquet? La suite pourrait le laisser penser qui met en garde le Roi contre ses

1. Telle est l'hypothèse de J. Meyer dans sa biographie de Bossuet (*op. cit.*, p. 127-128). En outre ce passage sur l'ambitieux Assur
figurait déjà dans le *Carême des Minimes* de 1660: Bossuet ne pouvait alors songer à Fouquet qui ne sera arrêté qu'en septembre 1661.
2. «Sermon sur la Charité fraternelle», p. 129.

conseillers, à travers une nouvelle figure, celle de Salo-
mon : « Et n'est-ce pas pour cela que le roi David aver-
tit si sérieusement en mourant le jeune Salomon, son
fils et successeur ? "Prenez garde, lui dit-il, mon fils,
que vous entendiez tout ce que vous faites, et de quel
côté vous vous tournerez."» Beaucoup d'autres pas-
sages pourraient être interprétés — et le furent proba-
blement — comme autant d'interventions en faveur de
Fouquet. Ainsi, dans le « Sermon pour la fête de l'An-
nonciation », tout le premier point invite le Roi à
conquérir le cœur de ses sujets, à régner non par la ter-
reur mais par l'amour : « qui ne sait qu'un roi légitime
doit régner par inclination ? » La « figure » dans laquelle
Bossuet invite le Roi à se reconnaître n'est autre ici que
Dieu lui-même : bien qu'autorisée par la religion
royale qui fait du Roi l'image de Dieu, elle reste auda-
cieuse. Parlant de Dieu qui prend l'initiative de l'amour,
Bossuet invite « ceux qui le représentent » sur terre à
faire de même, jusqu'à aimer les « rebelles¹ ». Le but du
prédicateur semble double : obtenir la grâce de Fou-
quet, assurer à Louis XIV l'amour de ses sujets. L'appel
à la clémence, voilé derrière l'expression plus chré-
tienne de « miséricorde² », trahit le rêve secret de Bos-
suet : faire de Louis XIV un nouvel Auguste, qui
pardonne avec magnanimité à ceux qui ont secoué le
joug, trouvant ainsi « l'art d'être maître des cœurs »,
selon la formule de Livie dans Cinna³. *Bossuet rejoint*
par là les espérances dont était porteuse la candidature
de Fouquet au poste de premier ministre de voir réalisé
*en Louis XIV l'idéal de l'*optimus princeps⁴. *Aussi, si*

1. Voir le « Sermon pour la fête de l'Annonciation », p. 169, n. 2.
2. *Ibid.*, p. 167.
3. Acte V, scène 3, vers 1764.
4. Est-ce l'explication du « lapsus » de Bossuet qui, à deux
reprises au cours du *Carême*, nomme Louis XIV Louis-Auguste, au
lieu de Louis-Dieudonné ? Sur les espérances des dévots au moment
de l'avènement de Louis XIV, voir M. Fumaroli, *Le Poète et le Roi.*
Jean de La Fontaine en son siècle, Éd. de Fallois, 1997.

allusion il y a dans le Carême *au sort de Fouquet, est-*
ce moins dans le portrait de l'ambitieux Assur qu'il
faudrait la chercher, que dans l'évocation de l'homme
de bien persécuté: «Il est vrai, ô homme de bien, je te
vois souvent délaissé; tes affaires vont en décadence;
ta pauvre famille éplorée semble n'avoir plus de
secours; Dieu même te livre à tes ennemis, et paraît te
regarder d'un œil irrité», *lit-on dans le «Sermon pour*
l'Annonciation», avant que Bossuet ne conclue: «cette
perte, c'est ton salut, et cette mort, c'est ta vie.»

Ainsi, et contrairement à ce qu'on a souvent dit, la
géniale trouvaille de Bossuet dans le Carême de 1662
est d'avoir porté très loin l'art de l'allusion et du sous-
entendu. Ce langage des figures, par sa constante poly-
sémie, enseigne à l'auditeur, comme au lecteur, la
vigilance: l'ambiguïté gagne, la surface lisse du sermon se trouble. Et l'on n'en finirait plus de citer tous
ces mots à double entente par lesquels Bossuet, non
content de reprendre le public des courtisans, s'adresse
directement au Roi. Pour mesurer le courage, l'audace
qui lui furent nécessaires dans la certitude qui devait
être la sienne d'être entendu, donnons un dernier
exemple, extrait du «Sermon du mauvais Riche»:
«C'est de là que naissent ces péchés régnants, qui ne se
contentent pas qu'on les souffre, ni même qu'on les
excuse, mais qui veulent encore qu'on leur applaudisse.
C'est là qu'on se plaît de faire le grand par le mépris de
toutes les lois et en faisant un insulte public à la
pudeur du genre humain[1].» Qui n'aura pas été tenté de
donner à l'expression de «péchés régnants» un sens
propre en vertu duquel le Roi se voyait directement pris
à partie? Comment ce jeune monarque de vingt-trois
ans qui allait non sans orgueil se voir accorder le sur-
nom de Louis le Grand pouvait-il accepter de voir ainsi
publiquement remise en cause sa propre grandeur?

---

1. «Sermon du mauvais Riche», p. 97-98.

Pour son Carême, *Bossuet reçut des félicitations officielles et une gratification de trois mille livres. Mais
c'était une demi-défaite. Très vite, Louis XIV avait cessé
d'assister régulièrement au sermon. Il aurait même dit
qu'« il voyait bien que cet abbé ne se souciait pas d'être
du nombre de ses amis¹ ». La meilleure preuve que Bossuet avait échoué, du moins aux yeux du monde, c'est
que, loin de s'imposer comme prédicateur officiel du
Roi, il lui faudrait attendre 1665 pour être de nouveau
invité à prêcher à la Cour. Pourquoi ? La limpidité de
certaines allusions, la hardiesse de ses exhortations
lui furent-elles reprochées ? Ce qui est probable, c'est
que sa critique de l'adultère avait ulcéré le Roi qui
était alors tout à sa passion pour La Vallière. La fuite
de la jeune femme à Chaillot fut-elle en partie imputée
à Bossuet ? Y vit-on l'effet de son premier sermon sur
la maîtresse du Roi, déjà travaillée par les remords ?
L'événement en tout cas ne pouvait que nuire à Bossuet. Mais le principal facteur de sa disgrâce est à
chercher ailleurs. S'il n'est pas « du nombre de ses
amis », n'est-ce pas qu'il fréquente des personnes que
Louis XIV considère comme des opposants : la Compagnie du Saint-Sacrement (dissoute officiellement en
1660, mais dans les faits toujours active) ? l'entourage
de Fouquet ? Que le Roi ait interprété le* Carême *de
1662 comme un acte politique, une tentative émanant
de la Vieille Cour et des milieux dévots pour infléchir
son règne dans une direction autre que celle qu'il lui
avait déjà fait prendre, voilà qui expliquerait la disgrâce, d'ailleurs toute relative, de Bossuet.*

---

1. Ces paroles du Roi, rapportées par Hermant dans ses mémoires,
sont citées par J. Truchet, *La Prédication de Bossuet. Étude des
thèmes*, Éd. du Cerf, 1960, t. I, p. 34, n. 3.

La critique de la Cour

Il ne faudrait toutefois pas réduire le Carême *du* Louvre *à l'entreprise politique qu'il dissimule. En même temps qu'il s'adresse au Roi, Bossuet prêche l'Évangile aux courtisans. À plusieurs reprises, il dit son désir que chacun, dans l'assistance, se sente concerné par son appel à la conversion. Dans ce but, le prédicateur s'efforce de parler à cette assistance de qualité un langage qu'elle entende. N'est-ce pas elle qui lui dicte, par son mode de vie, les comparants utilisés au sein des nombreuses images: magasin de beaux meubles, théâtre, festin, peinture, architecture ou médecine? Déjà le sermon participe ainsi de la peinture de mœurs, et l'on se réjouit que Bossuet ait par goût du concret tant emprunté à la vie de son public. Ces images semblent souvent destinées, plutôt qu'à expliciter l'idée qu'elles viennent illustrer, à susciter une sorte de reconnaissance, à fonder ce qu'on hésite à appeler une complicité entre le prédicateur et celui qui l'écoute. On pourrait en dire autant de ces coutumes langagières («j'entends dire tous les jours aux hommes du monde qu'ils ne peuvent trouver de loisir*[1]*»), de ces expressions figées ou usuelles («ces passions délicates qu'on appelle les vices des honnêtes gens*[2]*») que Bossuet emprunte à la langue des courtisans. Il s'agit ici encore de favoriser l'implication de l'auditoire, de soutenir son attention, et la fonction de ces remarques s'apparente à celle d'une* captatio benevolentiae.

Il fallait ensuite convaincre cette assistance de courtisans de la nécessité et de l'urgence de la conversion, lui expliquer son péché. Et Bossuet de refuser toute précaution oratoire: «Si nous en croyons l'Évangile,

---

1. «Sermon du mauvais Riche», p. 100.
2. «Sermon sur la Prédication évangélique», p. 80.

il n'y a rien de plus opposé que Jésus-Christ et le monde; et de ce monde, Messieurs, la partie la plus éclatante et par conséquent la plus dangereuse, chacun sait assez que c'est la cour[1].» Derrière la transparence du syllogisme, l'habileté de l'antanaclase[2]. Bossuet joue des deux significations possibles du mot monde: à un sens théologique imposé par le Nouveau Testament — où le monde désigne l'ensemble des forces humaines hostiles au christianisme[3] — il superpose un sens social, où monde est synonyme de haute société et permet de désigner la Cour. Au terme du raisonnement, la critique de la Cour est devenue vérité évangélique.*

L'analyse par Bossuet du métier de courtisan annonce les Caractères *de La Bruyère et gagnerait à être lue à leur lumière. Deux passions gouvernent le courtisan: «Tout ce qui se dit dans les compagnies nous recommande ou l'ambition, sans laquelle on n'est pas du monde, ou la fausse galanterie, sans laquelle on n'a point d'esprit[4].» Mme de La Fayette ne dira pas autre chose, lorsque dans* La Princesse de Clèves *(1678) elle transposera à la cour d'Henri II sa connaissance de la cour de Louis XIV: «L'ambition et la galanterie étaient l'âme de cette cour.» Mais pour l'augustinien qu'est Bossuet, ces passions illustrent en outre une réalité théologique bien connue, la concupiscence, dont il avait donné quelques années plus tôt cette définition: «La concupiscence, c'est un attrait qui nous fait incliner à la créature au préjudice du Créateur, qui nous pousse aux choses sensibles au préjudice des biens éternels[5].»*

1. «Sermon sur l'efficacité de la Pénitence», p. 192.
2. Le terme d'*antanaclase* désigne une forme particulière de répétition où correspondent aux occurrences d'un même mot des sens différents.
3. Voir Jean I, 10 ou XVII, 9.
4. «Sermon sur la Prédication évangélique», p. 79.
5. «Sermon de Pâques», 1654, *Œuvres oratoires*, t. I, p. 509. À

Aussi, parce qu'il reconnaît dans l'ambition du courtisan une forme de libido dominandi (ou d'orgueil), Bossuet n'a-t-il de cesse de montrer à l'ambitieux à quelle servitude effective le condamne sa volonté d'ascension : « Qu'est-ce que la vie de la Cour ? Dissimuler tout ce qui déplaît et souffrir tout ce qui offense, pour agréer à qui nous voulons. Qu'est-ce encore que la vie de la Cour ? Étudier sans cesse la volonté d'autrui, et renoncer, s'il est nécessaire, à nos plus chères inclinations[1]. » Derrière ces deux nécessités de la vie de Cour que sont l'art de la dissimulation et l'observation des autres, se révèle un même processus d'aliénation, l'impossibilité d'être soi à la Cour. La carrière de l'ambitieux a d'autres exigences, se montrer, se donner quelque importance, « faire du bruit » comme dit encore Bossuet : « Les mondains [...] ne croient pas s'exercer s'ils ne s'agitent, ni se mouvoir s'ils ne font du bruit : de sorte qu'ils mettent la vie dans cette action empressée et tumultueuse[2]. » La vie de Cour se confond avec ce « mouvement perpétuel » auquel il est impossible de résister : « Quel moyen de demeurer immobile où tout marche ? » constatera à son tour La Bruyère[3]. Cette agitation est d'autant plus vaine que les intrigues auxquelles s'emploie l'ambitieux, les machines et ressorts qu'il met en place échouent le plus souvent. La charge tant espérée revient à un autre ; tout est à recommencer. L'existence se passe ainsi à espérer : « la longue habitude d'attendre toujours que l'on a contractée à la

l'origine de cette notion, l'épître de saint Jean : « Car tout ce qui est dans le monde est ou concupiscence de la chair, ou concupiscence des yeux, ou orgueil de la vie » (I Jean II, 16). Saint Augustin, commentant ce passage, a distingué entre les trois formes de la *libido* — *libido sentiendi, libido sciendi* et *libido dominandi* —, dont il fait la triple origine des péchés des hommes. Bossuet commentera à son tour l'épître de saint Jean dans le *Traité de la Concupiscence* (1694).
1. « Sermon sur l'efficacité de la Pénitence », p. 183.
2. « Sermon du mauvais Riche », p. 101.
3. La Bruyère, *Caractères*, « De la Cour », 22.

*cour fait que l'on vit toujours en attente, et que l'on ne
peut se défaire du titre de poursuivant, sans lequel on
croirait n'être plus du monde*[1]. »

Quant à la galanterie, il convient d'entendre que le
terme désigne non pas les seuls commerces amoureux,
mais « *tout ce qui fait l'agrément de la vie en société,
l'élégance, l'esprit, la politesse, l'"honnêteté*[2]" ». Pour
certains, il est vrai, la galanterie, ou plutôt « *la fausse
galanterie* » selon l'expression du « *Sermon sur la Prédication évangélique* », autorise des vices que Bossuet
condamne en passant, comme l'adultère ou « *Sodome* ».
Par tous, elle est érigée en un mode de vie qui fait du
divertissement l'unique loi. En réponse, le prédicateur
propose aux courtisans une critique du divertissement
qui s'étaie au fil des semaines de nouveaux arguments. En s'adonnant à la galanterie, en s'empressant
aux fêtes et aux festins, en dépensant pour ses cos-
tumes ou pour son jeu, le courtisan cède à l'empire des
sens, à la *libido sentiendi*: il s'aliène lui-même en
renversant la hiérarchie voulue par Dieu qui donnait
l'empire à la raison. Tout, dans la vie des Grands,
depuis les plaisirs de la table jusqu'aux affaires les
plus importantes, est divertissement, au sens où tout
repos étant impossible, l'on se détourne insensiblement de Dieu, de la pensée de la mort et du Jugement.

La démarche est ici celle d'un moraliste: par cette
« *peinture assez naturelle de la vie du monde et de la
vie de la Cour*[3] », Bossuet éclaire les courtisans sur le
vide de leur existence et tente de leur inspirer à l'égard
des valeurs de Cour une forme de détachement. Mais il
ne prétend pas pour autant les convaincre de « *déserter
la cour*[4] ». Il s'en explique à la fin du « *Sermon sur l'ef-*

    1. « Sermon du mauvais Riche », p. 101.
    2. Jean Mesnard, *La Princesse de Clèves*, Introduction, Imprime-
rie nationale, 1980, p. 33.
    3. « Sermon du mauvais Riche », p. 102.
    4. « Sermon sur l'Ambition », p. 132.

ficacité de la Pénitence» : «*Changer de vie [...] se peut
à la cour [...] il n'y a point de condition ni d'état honnête qui soit exclu du salut*[1]*.» Restait donc à enseigner
aux courtisans un bon usage de la grandeur, et c'était
là l'œuvre du prédicateur.*

*«Ô Dieu clément et juste! [...] vous les avez faits
grands pour servir de pères à vos pauvres*[2]*.» La prédication de Bossuet devant la Cour est d'abord une prédication de charité. Dès le «Sermon du mauvais Riche»
— et il y reviendra encore à trois reprises — Bossuet,
en disciple de saint Vincent de Paul, rappelle les
Grands de ce monde au devoir d'aumône, que la situation économique du pays rend plus pressant que
jamais. Les accents pathétiques avec lesquels il invite
son auditoire au soulagement des plus pauvres sont
justement célèbres : «C'est pourquoi ils meurent de
faim; oui, Messieurs, ils meurent de faim dans vos
terres, dans vos châteaux, dans les villes, dans les campagnes, à la porte et aux environs de vos hôtels*[3]*.»
Ailleurs il reprochera aux femmes le luxe de leurs
parures et «de porter sur soi la subsistance, la vie, le
patrimoine des pauvres*[4]*».*

*Toutefois, dans son désir d'arracher les courtisans à
leur égoïsme, Bossuet semble avoir moins compté sur
la compassion que sur la peur. Souvent, trop souvent peut-être pour le lecteur moderne, sa prédication
recherche des accents terrifiants : «Si l'on n'aide le
prochain selon son pouvoir, on est coupable de sa
mort, on rendra compte à Dieu de son sang, de son
âme, de tous les excès où la fureur de la faim et le
désespoir le précipite*[5]*.» Dans cette anticipation du
Jugement, Bossuet de toute évidence cherche moins à*

1. «Sermon sur l'efficacité de la Pénitence», p. 192-193.
2. «Sermon du mauvais Riche», p. 105.
3. «Sermon du mauvais Riche», p. 106.
4. «Sermon sur l'intégrité de la Pénitence», p. 228.
5. «Sermon du mauvais Riche», p. 110.

*convaincre qu'à effrayer et culpabiliser : les riches
deviennent responsables non seulement de la mort du
pauvre, mais des péchés auxquels la misère l'aura fait
succomber (jusqu'au suicide qu'évoque le terme de
désespoir) et de son éventuelle damnation. Une telle
façon de faire était assez habituelle au XVIIe siècle : les
prédicateurs brandissaient aisément la menace du
Jugement pour obtenir par la peur ce qu'aujourd'hui
on demanderait par amour*[1]*. Il est vrai toutefois que
Bossuet accorda à l'argument du Jugement une importance particulière, au point d'en faire le fondement, la
substance de la prédication. À la fin de sa vie, devenu
évêque de Meaux, il déclarait à son clergé : « Que faut-
il prêcher ? Ce que Notre-Seigneur a commandé à ses
apôtres de dire : Et dicite illis : Appropinquavit in vos
regnum Dei. Dites à vos peuples : Le royaume de Dieu
approche, c'est-à-dire le jour du Jugement, c'est-à-dire
de ce jugement particulier à la mort de chacun, et
voilà la prédication finie*[2]*. » Le conseil sera alors destiné à une prédication populaire, mais Bossuet l'avait
déjà fait sien au moment du* Carême du Louvre *alors
qu'il prêchait devant la haute société : « Sachant combien ce jugement est certain, combien il est rigoureux,
combien il est inévitable, nous venons de bonne heure
vous y préparer*[3] », explique-t-il. De fait, l'argument
du Jugement constitue un des leitmotive majeurs du*
Carême du Louvre*. Son but en ce temps de carême est
d'abord d'inciter à la conversion, d'inviter les fidèles à
devancer la menace du tribunal divin en se rendant au
tribunal de la pénitence, qu'est la confession. « Parce*

1. Voir Jean Delumeau, *Le Péché et la Peur. La Culpabilisation
en Occident. XIIIe-XVIIIe siècles*, Fayard, 1983.
2. *Œuvres oratoires*, t. VII, p. 673. En théologie classique, on
distingue le jugement particulier qui aura lieu après la mort et le
jugement dernier qui aura lieu à la fin des temps. Toutefois dans la
prédication du XVIIe siècle, une certaine confusion s'opère entre ces
deux jugements.
3. « Sermon sur la Prédication évangélique », p. 77.

que l'homme accuse, Dieu n'accuse plus[1]», laisse ainsi espérer Bossuet. L'argument du Jugement dernier — et la représentation d'un Dieu vengeur, armé de ses foudres — s'articule donc étroitement au thème de la pénitence qu'impose la préparation des fêtes pascales. Toutefois ne rend-il pas un peu contradictoires les prises de position de Bossuet en faveur de la contrition, et sa condamnation de la seule attrition[2]? Peut-on exiger des fidèles un repentir d'amour quand on n'a cessé de brandir à leurs yeux les foudres du Jugement? L'argument dut toucher Bossuet qui formule à la fin de la station ce regret: «Pour vous presser de recevoir [la grâce], je voudrais bien, Chrétiens, n'employer ni l'appréhension de la mort, ni la crainte de l'enfer et du jugement, mais le seul attrait de l'amour divin[3].»

Prêcher l'argument du Jugement dernier à la Cour permet aussi de dénoncer en la grandeur du monde une figure qui passe. Dans la perspective eschatologique qu'impose Bossuet à son auditoire, la Cour du Roi s'efface devant cette autre Cour que Dieu convoquera au jour du Jugement. Les rôles seront inversés et les pauvres y siégeront pour condamner les riches: même Louis XIV y aura le moindre de ses sujets pour égal. Derrière l'argument théologique, se devinent d'autres images plus profanes, celles du monde à l'envers ou de la roue de la fortune. Que le discours sur le Jugement dernier se soit mué chez Bossuet en une rêverie personnelle où s'est épanoui l'imaginaire de l'écrivain, le Carême du Louvre *l'atteste. L'évocation du Jugement dernier est ainsi l'occasion de camper des scènes de justice (tels l'arrestation et le jugement du «mauvais Riche»), de mobiliser un lexique du châ-*

---

1. «Sermon sur la Gloire de Dieu dans la conversion des pécheurs», *Œuvres oratoires*, t. II, p. 82-83.
2. Voir le «Sermon sur l'intégrité de la Pénitence», p. 217, et n. 1, p. 218.
3. «Sermon sur l'ardeur de la Pénitence», p. 202.

timent, où l'on reconnaît en Bossuet le membre d'une famille de magistrats. Lui-même ne se présente-t-il pas comme l'« avocat¹ » commis par Dieu pour la défense de l'Évangile ? Il existe également un lien étroit entre la prédication sur le Jugement et la forme dialoguée, dont on trouve tant d'exemples au cours du Carême². Souvent situés à la fin d'un point qu'ils permettent de résumer de manière vivante, ces courts dialogues font alterner deux voix dont l'une appartient à la figure d'un juge — dont l'identité varie d'une fois sur l'autre (la conscience, le confesseur, Dieu) — et l'autre à celle d'un coupable. Le dialogue le plus saisissant confronte le pécheur à Dieu lui-même que Bossuet fait parler par les Écritures : « "La fin est venue, la fin est venue ; maintenant la fin est sur toi, et j'enverrai ma fureur contre toi, et je te jugerai selon tes voies ; et tu sauras que je suis le Seigneur." — Ô Seigneur, que vous me pressez³ ! » L'effet de ces dialogues est de rendre plus concrète la menace du Jugement dans une sorte d'anticipation imaginaire à laquelle Bossuet convie son auditoire : « Prévenons, Messieurs, l'heure destinée, assistons en esprit au dernier jour⁴. »

L'entreprise apologétique : Bossuet et les libertins

Bossuet, non content de dénoncer à son public les mécanismes de la Cour et les périls de la grandeur, s'en prend encore à une catégorie particulière de courtisans, très représentée à la « jeune cour » de Louis XIV :

1. « Sermon sur la Prédication évangélique », p. 81.
2. « Sermon du mauvais Riche » (deux exemples), « Sermon sur l'Ambition » (un exemple), « Sermon sur la Mort » (un exemple), « Sermon pour la fête de l'Annonciation » (deux exemples), « Sermon sur l'ardeur de la Pénitence » (un exemple).
3. « Sermon du mauvais Riche », p. 103.
4. « Sermon sur la Providence », p. 121.

*les libertins, qu'ils le soient de mœurs ou d'idées. La
première attaque, portée dans le «Sermon sur la Prédication évangélique», ne distingue pas d'ailleurs entre
ces deux formes de libertinage: elle dénonce pêle-mêle
et «ces passions délicates qu'on appelle les vices des
honnêtes gens» et les «maximes antichrétiennes» qui
ont cours dans «les compagnies des mondains¹». Ce
qui scandalise Bossuet, c'est moins ici le libertinage
en tant que tel que le crédit dont il jouit à la Cour,
alors même que «Jésus-Christ a peu d'auditeurs²». Le
péril est selon lui dans «cette subtile contagion qu'on
respire avec l'air du grand monde dans ses conversations et dans ses coutumes. [...] Car c'est le plus grand
malheur des choses humaines, que nul ne se contente
d'être insensé seulement pour soi, mais veut faire passer sa folie aux autres³». Et il dénonce jusqu'à l'arme
par laquelle s'imposent les libertins, à savoir l'esprit.
Le charme de la forme fait accepter aux auditeurs les
discours les plus corrompus. Aussi pour tenter d'en-
rayer la «contagion», le prédicateur entend-il opposer
au bel air les maximes de l'Évangile, et substituer au
règne de l'esprit celui du cœur: «La véritable prédication se fait dans le cœur. Ainsi pour entendre prêcher
Jésus-Christ, il ne faut pas ramasser son attention au
lieu où se mesurent les périodes, mais au lieu où se
règlent les mœurs; il ne faut pas se recueillir au lieu
où se goûtent les belles pensées, mais au lieu où se produisent les bons désirs. Ce n'est pas même assez de se
retirer au lieu où se forment les jugements: il faut aller
à celui où se prennent les résolutions⁴.» C'était déjà, à
l'ouverture du* Carême, *exiger de son auditoire une
première forme de conversion.
Bossuet a-t-il au cours des semaines qui suivirent*

1. «Sermon sur la Prédication évangélique», p. 80 et 81.
2. *Ibid.*, p. 88.
3. *Ibid.*, p. 79.
4. *Ibid.*, p. 88.

*mieux connu son public ? Le ton n'allait pas tarder à
changer. À la dénonciation scandalisée, succède dans
les sermons suivants une manifeste volonté de dialogue avec les esprits forts. Le* Carême du Louvre
*contient ainsi quelques belles pages d'apologie chré-
tienne qui rappellent au lecteur les formules plus
connues de Pascal*[1]. *Parmi les thèmes apologétiques
traditionnels, Bossuet retient celui de l'obscurité de
Jésus-Christ, qu'il justifie dans le « Sermon pour l'Annonciation » par le règne d'amour que vient instaurer
le Fils de Dieu. Il consacre également un sermon à
défendre la croyance en la Providence : contre les libertins qui tirent du chaos du monde la preuve de l'inexistence de Dieu, Bossuet soutient l'idée que le désordre
apparent est un « art caché*[2] » *dont la révélation se fera
au jour du Jugement. L'argument trouve dans l'image
de l'anamorphose développée au début du sermon une
formulation poétique et lumineuse. Encore était-elle
plus séduisante que réellement concluante : seuls les
membres de son auditoire qui accordaient quelque
créance au Jugement dernier pouvaient être tentés de
se laisser convaincre. L'ouverture aux libertins est plus
marquée encore dans le « Sermon sur la Mort », mais
demeure néanmoins empreinte de maladresse. Bossuet choisit d'y aborder le problème des rapports entre
foi et raison. La seconde partie consacrée à la grandeur de l'homme contient un éloge de la raison, dans
lequel le prédicateur ne se contente pas de prouver l'excellence de la raison par les sciences ou la loi morale ;
il en fait même une voie qui peut mener à Dieu. En
niant qu'il existât un antagonisme entre la foi et la
raison, Bossuet tentait de lever les préjugés intellec-
tuels d'une partie de son auditoire. Toutefois, parce*

1. Sur Bossuet et Pascal, voir Eugène Gandar, *Bossuet orateur*,
Didier, 1867, p. 369-390.
2. « Sermon sur la Providence », p. 115.

que le présupposé du discours demeurait l'existence de Dieu, la démonstration une fois encore tournait court.

Oscillant constamment entre ces deux attitudes qu'il a lui-même définies, « supposer comme indubitables les maximes de l'Évangile » ou « les prouver par rai-sonnement[1] », la démarche apologétique de Bossuet paraît manquer de rigueur. Peut-être n'est-il d'ailleurs jamais si convaincant que lorsque, délaissant les thèmes traditionnels, il entreprend de confronter les libertins à leurs propres contradictions. Alors qu'ils refusent la foi au nom de la raison, ils ont aliéné en eux-mêmes cette faculté souveraine par l'abandon aux plaisirs sensibles (« Sermon sur la Prédication évangélique ») ou au pouvoir de l'habitude (« Sermon pour la fête de l'Annonciation »). Aussi bien, l'idéal qu'ils professent, « de n'admirer rien, et ensuite de ne rien craindre[2] », inspiré de la philosophie antique, sera-t-il plus rigou-reusement incarné par le chrétien qui vit selon les maximes de l'Évangile que par le courtisan libertin asservi par ses passions (« Sermon sur la Providence », deuxième point). Ainsi, à l'image de Salomon qui mérite d'être appelé « le plus sage des hommes[3] », parce que la « raison » et « l'expérience » — ces deux piliers de la libre pensée — l'ont conduit à croire en la Providence[4], Bossuet, tout au long du Carême du Louvre, « rai-sonne », mû par la volonté de retourner contre ses adversaires leurs propres arguments, ou, pour le dire avec les mots de Pascal, de les accabler « par leur propre raison par laquelle ils ont prétendu condamner la religion chrétienne[5] ».

1. « Sermon sur l'Enfant prodigue », *Œuvres oratoires*, t. V, p. 69.
2. « Sermon sur la Providence », p. 123.
3. *Ibid.*, p. 116.
4. « Ainsi, convaincu par raison qu'il doit y avoir de l'ordre parmi les hommes, et voyant par expérience qu'il n'est pas encore établi, il conclut nécessairement que l'homme a quelque chose à attendre » (« Sermon sur la Providence », premier point, p. 116).
5. B. Pascal, *Pensées*, éd. Le Guern (Gallimard, coll. « Folio clas-

Bossuet poète

Il n'en reste pas moins vrai que la principale arme de Bossuet face à ses adversaires est à chercher encore ailleurs : à la contagion du libertinage, le Carême du Louvre *tente moins d'opposer des arguments qu'une contagion d'un autre ordre, que communiquent le lyrisme du ton et la poésie des images. Si l'on ne peut prétendre en quelques lignes étudier toutes les facettes de ce style qu'admirait tant Paul Valéry — «dans l'ordre des écrivains, je ne vois personne au-dessus de Bossuet[1]», disait-il — au moins peut-on céder à l'envie d'en faire miroiter quelques-unes, celles qui suffisent à faire de l'auteur du* Carême du Louvre *l'un des «plus grands poètes français[2]» : l'intertextualité biblique, la musicalité de la composition et la splendeur des images.*

L'innutrition biblique

La formidable pression exercée par la Bible sur l'écriture de Bossuet se manifeste dans son œuvre à deux particularités : l'existence d'un style biblique et le recours constant à la citation scripturaire.

La familiarité que l'orateur a acquise avec les Écritures est telle qu'il est non seulement capable de citer le texte biblique de mémoire, mais que son style est littéralement nourri des mots et des expressions scripturaires : l'étude des manuscrits a en effet montré qu'aucun signe distinctif ne vient sous la plume de Bossuet indiquer l'emprunt[3]; les citations ou tours bibliques

---

sique», 1977, et «Bibliothèque de la Pléiade», 1999), 164 (Sellier 206, Lafuma 175).

1. P. Valéry, «Sur Bossuet» (1926), repris dans *Variété* II, «Bibliothèque de la Pléiade», t. I, p. 498 (voir ci-dessous, p. 287).
2. Telle est l'opinion de Paul Claudel dans une lettre datée du 11 novembre 1927 (voir ci-dessous p. 289).
3. Voir René-Marie de La Broise, *Bossuet et la Bible*, Retaux-Bray, 1890.

se fondent naturellement dans le discours, à la manière
de saint Augustin, dont les Confessions sont ainsi par-
semées d'emprunts non signalés. Au lecteur donc de
compléter, grâce à sa propre connaissance de la Bible,
le travail de l'éditeur, en repérant ceux de ces emprunts
que Bossuet n'entendait pas proposer comme une citation : le texte se creuse ainsi d'une profondeur infinie,
et le lecteur s'enchante de ces réminiscences confuses
qu'il n'est bien sûr pas nécessaire de préciser pour
goûter. Au charme de la réminiscence, ce style biblique
ajoute un certain pittoresque. Doué d'une puissante
imagination, Bossuet trouve dans la Bible, et en particulier dans l'Ancien Testament, de quoi nourrir son
goût des images concrètes et parfois même violentes :
ainsi parle-t-il de se réfugier « sous les ailes de Dieu[1] »
ou d'« égorger le cœur[2] » du chrétien. De là la couleur si
singulière de cette langue, au moment même où s'impose le goût classique, favorable à plus d'abstraction
et de mesure.

Une autre forme d'intertextualité biblique est assurée par l'usage de la citation. Parce que la Bible est
l'organe du Saint Esprit, c'est encore elle qui four-
nit à l'orateur les principaux arguments de son discours : « c'est Dieu même qui vous enseignera dans
cette chaire », explique-t-il au début du « Sermon sur la
Providence », « et je n'entreprends aujourd'hui d'expliquer ses conseils profonds, qu'autant que je serai
éclairé par ses oracles infailllibles[3]. » La fonction de la
citation s'apparente donc chez Bossuet à celle d'une
preuve ; encore faudrait-il étudier en détail l'emploi
très varié qu'il en fait. Lorsque la preuve recherchée lui
est fournie par l'interprétation littérale d'un passage

1. « Sermon sur l'efficacité de la Pénitence », p. 192 (pour l'origine de cette expression, voir le Psaume XCI, 4).
2. « Que je t'égorge devant Dieu, ô cœur profane » (« Sermon
pour la fête de l'Annonciation », p. 176).
3. « Sermon sur la Providence », p. 113.

de la Bible, Bossuet se contente de le citer, en faisant
suivre la citation d'un commentaire plus ou moins
développé, auquel peut se mêler le souvenir d'autres
textes : « Sicut filiis dico, dilatamini et vos. — Sicut
filiis : *non pas comme des esclaves, mais comme des
enfants, qui doivent aimer. Dilatez en vous le règne de
Dieu : ôtez les bornes de l'amour, pour l'amour de
Jésus-Christ, qui n'a point donné de limites à celui
qu'il a eu pour nous*[1]. » Parfois la citation littérale s'efface au profit de sa paraphrase, laquelle, par la liberté
qui la caractérise, permet à Bossuet de resserrer les
liens entre son exemple et la pensée qu'il veut démontrer : ainsi dans le « Sermon sur la Providence », la
paraphrase du discours du Christ, en Matthieu VI, sur
les lys des champs et les oiseaux du ciel. Mais le goût
de Bossuet, sa pente naturelle le portent à l'interprétation figurée, et l'on distinguera ici entre l'exégèse dite
figurative qu'autorise la tradition de l'Église — ainsi
lorsqu'il applique à Jésus-Christ ce qui est dit de
David[2] — et la simple application où excelle Bossuet :
en témoigne le célèbre passage sur le cèdre du Liban
que Bossuet compare jusque dans ses moindres détails
à l'histoire d'un courtisan ambitieux. D'autres de ces
applications, il est vrai, semblent cherchées de plus
loin, et parfois même difficiles à justifier, malgré leur
ingéniosité[3]. Bossuet s'est expliqué sur cette concep-

1. « Sermon pour la fête de l'Annonciation », p. 169.
2. Par exemple les paroles prêtées à David au verset 20 du
Psaume LXIX (LXVIII) sont attribuées au Christ dans le « Sermon
sur l'intégrité de la Pénitence » ; de même dans le « Sermon pour le
Vendredi saint » : « [Jésus] pouvait bien dire avec David : *Torrentes
iniquitatis conturbaverunt me* » (Psaume XVIII, 5).
3. On songe par exemple à l'application qu'il propose du
psaume LXXV : « "J'ai vu, [dit le Psalmiste], dans la main de Dieu
une coupe remplie de trois liqueurs." Il y a premièrement le vin
pur, *vini meri* ; il y a secondement le vin mêlé, *plenus mixto* ; enfin
il y a la lie : *verumtamen fœx ejus non est exinanita*. Que signifie ce
vin pur ? La joie de l'éternité [...]. Que signifie cette lie, sinon le
supplice des réprouvés [...] ? Et que représente ce vin mêlé, sinon

tion très large qu'il se fait de l'interprétation biblique: « *L'Esprit qui a prévu dès l'éternité tous les sens qu'on pourrait donner à son Écriture, a aussi toujours approuvé ceux qui seraient bons, et qui devaient édifier les enfants de Dieu[1].* » *La Bible devenait ainsi un vaste réservoir d'images et Bossuet, cédant à son génie de la réécriture, s'autorisait à y puiser librement.*

Une composition musicale

Vestige probable de leur oralité première, la musicalité des sermons de Bossuet est assurée par un remarquable travail du rythme, tant à l'échelle de la phrase qu'à celle plus étendue du paragraphe ou de la partie. Cette prose cadencée, périodique, naît de l'exploitation des quantités syllabiques, des effets de répétition, du jeu des sonorités (« tout est sourd à l'entour de lui au jour de son affliction[2] »). Les annonces de plans sont ainsi un endroit particulièrement soigné du discours, dont la cadence doit favoriser la mémorisation. Voici un extrait du « Sermon sur la Mort », qui rappelle Pascal: « *Si l'homme s'estime trop, tu sais déprimer son orgueil; si l'homme se méprise trop, tu sais relever son courage.* » *Ici, l'approximative égalité des quantités syllabiques (autour de 8), le parallélisme de construction, et la paronomase verbale renforcent l'antithèse et rendent l'annonce plus saisissante. Seule l'écoute de ces textes permettrait d'en saisir les divers effets rythmiques:* « *Parce qu'y ayant deux choses à régler en nous, [12]// ce que nous avons à pratiquer [9]// et ce que nous avons à souffrir, [9]// il propose dans ses préceptes [9]// ce qu'il lui plaît qu'on pratique, [7]// il dispose par les événements [10]// ce qu'il veut que l'on*

---

ces biens et ces maux que l'usage peut faire changer de nature?»
(«Sermon sur la Providence», p. 120).
  1. *Explication de l'Apocalypse*, Préface, § 4.
  2. «Sermon du mauvais Riche», p. 193.

endure [7]¹.» À trois reprises, le parallélisme syn-
taxique se trouve ici rigoureusement soutenu par l'éga-
lité syllabique des groupes qui se correspondent. Que
ce travail de la période ait été l'une des priorités de
Bossuet est d'ailleurs attesté par les corrections figu-
rant sur ses manuscrits : souvent, c'est le souci de
l'équilibre rythmique qui a déterminé la rédaction
finale d'un passage².

Non moins essentielles à l'écriture de Bossuet, ces
reprises de toutes sortes qu'on devine destinées à mar-
teler l'esprit de l'auditoire : depuis la répétition simple
— «Dieu s'est fait homme par une bonté populaire :
populari quadam clementia. Qu'est-ce qu'une bonté
populaire³?» — jusqu'à l'anaphore, sans omettre des
figures plus complexes, comme le choix fréquent d'ho-
méotéleutes (mots se terminant par le même son), le
polyptote (répétition d'un même mot sous des formes
différentes), la dérivation (répétition de termes dérivés
d'une même famille), ou encore le refrain, dont le plus
célèbre est sans doute le «Veni et vide ; venez et voyez»
du «Sermon sur la Mort», les reprises foisonnent,
imposant aux auditeurs quelques formules capitales
et transformant par endroits le sermon en incantation.

Enfin, comme une partition musicale, le sermon
exploite jusqu'aux silences de l'orateur, et ici mérite-
rait d'être étudié l'art de la chute ou clausule dans les
sermons de Bossuet. Ce dernier excelle à ménager, à la
fin d'un développement, une pause, une respiration,
introduite tantôt par une interrogation laissée un ins-
tant en suspens, tantôt par une image qu'il offre ainsi

1. «Sermon sur la Purification de la Vierge», p. 68.
2. Voir Jean Bourguignon, «Sur quelques corrections de Bossuet
dans les œuvres oratoires», *Travaux de linguistique et de littérature*,
Strasbourg, t. VII, 1, 1969, p. 255-268 ; et Jean Foyard, «Les struc-
tures de la phrase oratoire et la résolution des tensions chez Bossuet», *La Prédication au XVIIᵉ siècle, Journées Bossuet*, Nizet, 1977,
p. 291-306.
3. «Sermon pour la fête de l'Annonciation», p. 168.

à la méditation de son auditoire, tantôt encore à la faveur d'une citation, laquelle est d'ailleurs le plus souvent formulée, à cet endroit du discours, en latin. Ce choix du latin produit un double effet : il assoit l'autorité du prédicateur en signalant la citation ; par son étrangeté relative, il offre à ses propos une sorte de prolongement poétique, que la brève interruption qui suit est destinée à faire valoir.

Un imaginaire augustinien

Si l'univers imaginaire de Bossuet se teinte de couleurs augustiniennes, c'est moins du fait de la reprise de telle ou telle image isolée trouvée chez Augustin, que par sa constante déchirure entre deux pôles antithétiques — l'un heureux, lumineux, qui caractérise la vie en Dieu ; l'autre, sombre et misérable, pour dire l'existence humaine[1].

Le monde terrestre est ainsi marqué par la labilité : le temps fuit, s'écoule, la vie « se précipite d'elle-même[2] », les hommes « tombent, pêle-mêle, avec la foule, dans les abîmes éternels[3] ». D'où la fréquence des métaphores aquatiques qui doivent sans doute beaucoup au Commentaire du Psaume CXXXVI *par saint Augustin : les passions humaines sont semblables à des « fleuves impétueux qui passent sans s'arrêter et tombent sans pouvoir soutenir leur propre poids[4] » ; la vie est assimilée « à cette eau qui passe et à ce sable mouvant[5] »*

1. L'ouvrage de Philippe Sellier, *Pascal et saint Augustin*, Colin, 1970, témoigne de la fécondité des images augustiniennes à travers l'étude d'un cas analogue, offert par l'œuvre de Pascal, qu'on comparera utilement à celui de Bossuet : également marqués par la lecture d'Augustin, ces deux grands auteurs spirituels du XVIIe siècle se sont comme rencontrés dans une rêverie sur la Chute, où le sens propre est venu éclairer l'événement théologique.
2. « Sermon sur l'Ambition », p. 136.
3. « Sermon sur la Prédication évangélique », p. 78.
4. « Sermon du mauvais Riche », p. 94.
5. « Sermon sur l'Ambition », p. 145.

*sur lequel l'homme ne peut construire qu'un édifice
« chancelant » et éphémère, simple « masure » de terre
et de boue, aussi fragile qu'un « château de cartes, vain
amusement des enfants¹ ». Car quand bien même « tu
arrêtes cette eau d'un côté, elle pénètre de l'autre ; elle
bouillonne même pardessous la terre² ». La ruine
menace donc à tout moment, entraînant la chute dans
l'abîme. Au bord du gouffre, sur un « chemin glissant », l'homme, qu'entravent dans sa marche de nombreux « liens », ou « attaches », qu'accable encore « le
poids de sa misère », avance péniblement : ou plutôt il
est poussé, tiré en avant, et tirant lui-même « la longue
chaîne traînante de son espérance », jusqu'au jour où
« nous tomberons tout à coup, manque de soutien³ ».
L'image d'une humanité réduite en servitude semble à
première vue traditionnelle depuis Platon, surtout que
lui est associée ici aussi l'image de l'antre : par l'obscurité qui l'habite, par les profondeurs mystérieuses
qu'il recèle, l'antre, la retraite profonde métaphorise
l'intériorité humaine. Dans ces ténèbres, l'homme vit
en aveugle, ou plutôt il est comme « enchanté », main-
tenu dans « un profond assoupissement » : il ne sait s'il
voit « des choses réelles ou [s'il est] seulement troublé
par des fantaisies et par de vains simulacres⁴ ». « Éveille-
toi, pauvre esclave⁵ ! » lui crie Bossuet, qui veut lui
réapprendre à voir, guérir ses « yeux malades » : d'où
les nombreuses métaphores optiques dont la plus
célèbre est celle de l'anamorphose.*

Derrière cette reprise de l'allégorie de la caverne,
apparaît en filigrane un motif qui hante l'imaginaire
de Bossuet : la ligne courbe, que dessinent à la fois
l'image récurrente de la chaîne et celle non moins fré-

1. « Sermon sur la Mort », p. 151.
2. « Sermon sur l'Ambition », p. 144.
3. « Sermon sur la Mort », p. 152.
4. *Ibid.*, p. 153.
5. « Sermon sur l'Ambition », p. 138.

quente de l'antre, comme encore tant d'autres expressions du **Carême** *chargées d'une connotation toujours dépréciative («involution», «voies tortueuses», «iniquités enlacées», «affaire si enveloppée»): derrière ces vices «cachés et enveloppés en cent replis tortueux [qui] ne demandent qu'à montrer la tête[1]», l'image de la reptation ressuscite le souvenir du serpent de la Genèse. Aussi, à la sinuosité du mal, Dieu, l'Évangile, le prêtre opposeront une rectitude absolue: l'action de l'Esprit Saint est comparée à celle du «glaive» ou du «trait», la parole du prêtre a ce «je ne sais quoi de tranchant» qui, délaissant les «grands circuits», vient «tout droit» percer les cœurs, les «égorger» devant Dieu.*

Car cette peinture de l'homme déchu, malgré ses couleurs sombres, n'est nullement désespérée. Jamais elle ne se déploie sans son contrepoint lumineux: Dieu, et l'éternité bienheureuse des élus. Si le premier attribut de la divinité est la lumière (de sa face émanent des «rayons», les vérités saintes sont «de grands astres», de «grands flambeaux»), le second, qui contraste avec la labilité du monde terrestre, est sa permanence, sa stabilité inébranlable. Dieu est celui en qui «chercher le solide et la consistance[2]»: en lui, l'homme trouvera le «soutien», l'«appui» qui lui manque ici-bas. Dieu seul en effet sait «donner des bornes à cette eau coulante» et «arrêter les flots de la mer[3]». La métaphore aquatique réapparaît ici, chargée d'ambivalence: au torrent furieux, à la mer déchaînée succède, au moment de dire l'action de la grâce divine, une eau calme, paisible; c'est l'eau du puits, de la fontaine, des canaux; une eau qui suit son cours, reste dans son lit; une eau intérieure, et non une de ces «eaux étrangères» que

1. *Ibid.*
2. «Sermon sur l'Ambition», p. 145.
3. «Sermon sur les devoirs des Rois», p. 238.

le pécheur va «détourner de quelque montagne écartée[1]». Dans cet univers fortement antithétique, une autre image revient, dotée de la même ambivalence : celle de la construction. Alors que la misère de l'homme s'exprimait à travers la vanité de ses tentatives architecturales, Bossuet décerne à Dieu le titre de «grand architecte», dont le superbe ouvrage sera tantôt l'univers, tantôt l'homme lui-même, à qui Jésus-Christ est envoyé comme l'«ouvrier [...] qui vient en personne pour reconnaître ce qui manque à son édifice[2]». Cette image, qui traversera encore comme en sourdine le célèbre «Sermon pour la Profession de La Vallière» (1675), trouve son origine dans les Écritures[3] ; elle porte aussi l'empreinte de l'époque, manifestant le goût de Bossuet et de ses contemporains pour l'architecture.

Malgré la difficulté grandissante d'une œuvre qui exige de ses lecteurs une culture historique, religieuse, rhétorique que beaucoup n'ont plus, l'éloquence de Bossuet continuera de fasciner aujourd'hui et demain comme elle a fasciné les générations d'hier : si elle rend les uns nostalgiques de la grande éloquence religieuse — «Comment peut-on aimer Dieu quand on n'entend jamais bien parler de lui[4] ?» s'interrogeait déjà Mme de Sévigné — les autres, «amants de la forme[5]», célébreront en l'auteur du Carême du Louvre le poète, dont le génie fut souvent comparé à celui de Rabelais ou des grands romantiques Hugo et Chateau-

1. «Sermon pour la Purification de la Vierge», p. 62.
2. «Sermon sur la Mort», p. 159.
3. «Toute la vie chrétienne nous étant représentée dans les Écritures comme un édifice spirituel, les mêmes Écritures nous disent aussi que la foi en est le fondement», expliquait déjà Bossuet dans la chaire des Minimes. À l'origine de cette image, voir en particulier Luc XIV, 28-30, Matthieu VII, 26-27 et I Corinthiens III, 10.
4. Mme de Sévigné, 1er avril 1671, Correspondance, t. I, p. 207.
5. L'expression est de P. Valéry dans «Sur Bossuet».

briand[1]. Ce dernier avait cru découvrir en Bossuet un précurseur, obsédé par la mort, gagné jusque dans la chaire par les atteintes de la mélancolie[2] : peut-être l'était-il. Curieusement, il avait surtout en commun avec l'âge romantique la conscience de sa mission et le sentiment d'une douloureuse élection : « *Dieu m'a donné cela pour vous* », écrivait-il au maréchal de Bellefonds, « *et vous en profiterez mieux que moi, pauvre canal où les eaux du ciel passent, et qui à peine en retient quelques gouttes[3]...* »

CONSTANCE CAGNAT-DEBŒUF

1. Voir Ferdinand Brunetière, *La Grande Encyclopédie*, Lamirault, 1885-1902, et Paul Claudel, lettre du 11 novembre 1927, citée p. 289.
2. « Sans cesse occupé du tombeau, et comme penché sur les gouffres d'une autre vie, Bossuet aime à laisser tomber de sa bouche ces grands mots de *temps* et de *mort*, qui retentissent dans les abîmes silencieux de l'éternité. Il se plonge, il se noie dans des tristesses incroyables, dans d'inconcevables douleurs » (*Génie du Christianisme*, III, IV, 4).
3. Lettre du 6 avril 1674, *Correspondance*, éd. Urbain et Lévesque, 1909, t. I, p. 315-316.

Le Carême du Louvre
1662

SERMON
POUR LA PURIFICATION
DE LA VIERGE[1]

Jeudi 2 février 1662

> *Tulerunt illum in Jerusalem ut sisterent eum Domino*[2].
>
> (Luc, II, 22.)

Le crucifiement de Jésus-Christ a paru sur le Calvaire à la vue du monde, mais il y avait déjà longtemps que le mystère en avait été commencé et se continuait invisiblement. Jésus-Christ n'a jamais été sans sa croix, parce qu'il n'a jamais été sans avancer l'œuvre de notre salut. Ce roi pense sans relâche aux biens de ses peuples; ce médecin a l'esprit toujours occupé des besoins et des faiblesses de ses malades; et comme ni ses peuples ne peuvent être soulagés, ni ses malades guéris que par sa croix, par ses clous et par ses blessures, il a toujours porté devant Dieu tout l'attirail et toute l'horreur de sa Passion douloureuse. Nulle paix, nul repos pour Jésus-Christ; travail, accablement, mort toujours présente; mais travail enfantant les hommes, accablement réparant nos chutes, et mort nous donnant la vie.

Pour dire quelque chose de plus haut, nous apprenons de l'Apôtre[3] que Jésus-Christ, en entrant au monde, s'était offert à son Père pour être la victime du genre humain. Mais ce qu'il avait fait dans le secret dès le premier moment de sa vie, il le déclare aujourd'hui par une cérémonie publique[1] en se présentant à Dieu devant ses autels : de sorte que, si nous savons pénétrer ce qui se passe en cette journée, nous verrons des yeux de la foi Jésus-Christ demandant sa croix au Père éternel, et le Père qui, prévenant[2] la fureur des Juifs, la lui met déjà sur les épaules ; nous verrons le Fils unique et bien-aimé qui prie son Père et son Dieu qu'il puisse porter tous nos crimes, et le Père en même temps qui les lui applique si intimement que le Fils de Dieu paraît tout à coup revêtu devant Dieu de tous nos péchés et, par une suite nécessaire, investi de toute la rigueur de ses jugements, percé de tous les traits de sa justice, accablé de tout le poids de ses vengeances.

Voilà, Messieurs, l'état véritable dans lequel le Sauveur Jésus s'offre pour nous en ce jour ; c'est de là qu'il nous faut tirer quelque instruction importante pour la conduite de notre vie. Mais la sainte Vierge ayant tant de part dans ce mystère admirable, gardons-nous bien d'y entrer sans implorer son secours par les paroles de l'Ange : *Ave*[3].

« C'est un discours véritable, dit le saint Apôtre, et digne d'être reçu en toute humilité et respect, que Jésus-Christ est venu au monde pour délivrer les pécheurs[4] » ; et que, pour être le sauveur du genre humain, il en a voulu être la victime. Mais l'unité de son corps mystique[5] fait que, le chef s'étant immolé, tous les membres doivent être aussi des « hosties vivantes[6] » : ce qui fait dire à saint Augustin[7] que l'Église catholique apprend tous les jours, dans le sacrifice qu'elle offre, qu'elle doit aussi s'offrir elle-même avec Jésus-Christ, qui est sa victime ; parce qu'il a tellement[8] disposé les choses, que nul ne peut avoir part à son sacrifice, s'il ne se consacre en lui et par lui pour être un sacrifice agréable.

Comme cette vérité est très importante et com-

prend le fondement principal du culte que les fidèles
doivent rendre à Dieu dans le Nouveau Testament, il
a plu aussi à notre Sauveur de nous en donner une
belle preuve dès le commencement de sa vie. Car,
Chrétiens, n'admirez-vous [pas], dans la solennité
de ce jour, que tous ceux qui paraissent dans notre
évangile [1] nous y sont représentés par le Saint-Esprit
dans un état d'immolation ? Siméon, ce vénérable
vieillard, désire d'être déchargé de ce corps mortel ;
Anne, victime de la pénitence, paraît tout exténuée
par ses abstinences et par ses veilles ; mais surtout la
bienheureuse Marie, apprenant du bon Siméon qu'un
glaive tranchant percera son âme, ne semble-t-elle
pas être déjà sous le couteau du sacrificateur ? Et
comme elle se soumet en tout aux ordres et aux lois
de Dieu avec une obéissance profonde, n'entre-t-elle
pas aussi dans la véritable disposition d'une victime
immolée ? Quelle est la cause, Messieurs, que tant de
personnes concourent à se dévouer à Dieu comme
des hosties, si ce n'est que, son Fils unique, pontife et
hostie tout ensemble de la nouvelle alliance, commençant en cette journée à s'offrir lui-même à son
Père, il [2] attire tous ses fidèles à son sentiment, et
répand, si je puis parler de la sorte, cet esprit d'immolation sur tous ceux qui ont part à son mystère [3] ?

C'est donc l'esprit de ce mystère, et c'est le dessein
de notre évangile, de faire entendre aux fidèles qu'ils
doivent se sacrifier avec Jésus-Christ. Mais il faut
aussi qu'ils apprennent de la suite du même mystère
et de la doctrine du même évangile par quel genre
de sacrifice ils pourront se rendre agréables. C'est
pourquoi Dieu agit en telle manière dans ces trois
personnes sacrées qui paraissent aujourd'hui dans le
Temple avec le Sauveur, que, faisant toutes, pour
ainsi dire, leur oblation à part, nous pouvons recevoir de chacune d'elles une instruction particulière.
Car, comme notre amour-propre nous fait appré-

hender ces trois choses comme les plus grands de tous les maux, la mort, la douleur, la contrainte, pour nous inspirer des pensées plus fortes, Siméon, détaché du siècle, immole l'amour de la vie ; Anne, pénitente et mortifiée, détruit devant Dieu le repos des sens ; et Marie, soumise et obéissante, sacrifie la liberté de l'esprit. Par où nous devons apprendre à nous immoler avec Jésus-Christ par trois genres de sacrifice : par un sacrifice de détachement, en méprisant notre vie ; par un sacrifice de pénitence, en mortifiant nos appétits sensuels ; par un sacrifice de soumission, en captivant notre volonté ; et c'est le sujet de ce discours.

PREMIER POINT

Quoique l'horreur de la mort soit le sentiment universel de toutes les créatures vivantes, il est aisé de reconnaître que l'homme est celui des animaux qui sent le plus fortement cette répugnance. Et encore que je veuille bien avouer que ce qui nous rend plus timides, c'est que notre raison prévoyante ne nous permet pas d'ignorer ce que nous avons sujet de craindre, il ne laisse pas d'être indubitable que cette aversion que nous avons pour la mort vient d'une cause plus relevée. En effet, il faut penser, Chrétiens, que nous étions nés pour ne mourir pas[1] ; et si notre crime nous a séparés de cette source de vie immortelle, il n'a pas tellement rompu les canaux par lesquels elle coulait avec abondance, qu'il n'en soit tombé sur nous quelque goutte, qui, nourrissant en nos cœurs cet amour de notre première immortalité, fait que nous haïssons d'autant plus la mort qu'elle est plus contraire à notre nature. «Car, si elle répugne de telle sorte à tous les autres animaux, qui sont engendrés pour mourir, combien plus est-elle contraire à l'homme, ce noble animal, lequel a été créé si heureusement que, s'il avait voulu vivre sans péché, il eût pu vivre sans fin[1]!» Il ne faut donc pas s'étonner si le désir de la vie est si fort enraciné dans les hommes, ni si j'appelle par excellence sacrifice de détachement celui qui détruit en nous cet amour qui fait notre attache la plus intime.

Mais de là nous devons conclure que, pour nous donner le courage d'offrir à Dieu un tel sacrifice, nous avions besoin d'un grand exemple. Car il ne suffit pas de montrer à l'homme ni la loi universelle de la nature, ni cette commune nécessité à laquelle est assujetti tout ce qui respire[2]; comme il a été établi par son Créateur pour une condition plus heureuse, ce qui se fait dans les autres n'a point de conséquence pour lui, et n'adoucit point ses disgrâces. Voici dont le conseil[3] de Dieu pour nous détacher de la vie, conseil certainement admirable et digne de sa sagesse: il envoie son Fils unique, immortel par sa nature aussi bien que lui, revêtu par sa charité d'une chair mortelle, qui, mourant volontairement quoique juste, apprend le devoir à ceux qui meurent nécessairement comme coupables, et qui, désarmant notre mort par la sienne, «délivre, dit saint Paul, de la servitude ceux que la crainte de mourir tenait dans une éternelle sujétion, *et liberaret eos qui timore mortis per totam vitam obnoxii erant servituti*[4]».

Voici, Messieurs, un grand mystère, voici une conduite surprenante, et un ordre de médecine bien nouveau: pour nous guérir de la crainte de la mort, on fait mourir notre médecin. Cette méthode paraît sans raison; mais, si nous savons entendre l'état du malade et la nature de la maladie, nous verrons que c'était le remède propre et, s'il m'est permis de parler ainsi, le spécifique[5] infaillible.

Donc, mes Frères, notre maladie, c'est que nous redoutons tellement la mort que nous la craignons

même plus que le péché ; ou plutôt que nous aimons
le péché, pendant que nous avons la mort en horreur. Voilà, dit saint Augustin[1], un désordre étrange,
un extrême dérèglement, que nous courions au péché,
que nous pouvons fuir si nous le voulons, et que nous
travaillions avec tant de soin d'échapper des mains
de la mort, dont les coups sont inévitables[2].

Et toutefois, Chrétiens, si nous savons pénétrer
les choses, cette mort, qui nous paraît si cruelle, suf-
fira pour nous faire entendre combien le péché est
plus redoutable. Car, si c'est un si grand malheur
que le corps ait perdu son âme, combien plus que
l'âme ait perdu son Dieu ! et si nos sens sont saisis
d'horreur en voyant ce corps abattu par terre, sans
force et sans mouvement, combien est-il plus horrible de contempler l'âme raisonnable, cadavre spirituel et tombeau vivant d'elle-même, qui, étant
séparée de Dieu par le péché, n'a plus de vie ni de
sentiment que pour rendre sa mort éternelle ! Comment une telle mort n'est-elle pas capable de nous
effrayer[3] ?

Mais voici ce qui nous abuse. Quoique le péché
soit le plus grand mal, la mort toutefois nous répugne
plus, parce qu'elle est la peine forcée de notre dépravation volontaire[4]. Car c'est, dit saint Augustin, un
ordre immuable de la justice divine que le mal que
nous choisissons soit puni par un mal que nous haïssons ; de sorte que ç'a été une loi très juste, qu'étant
allés au péché par notre choix, la mort nous suivît
contre notre gré, et que, «notre âme ayant bien
voulu abandonner Dieu, par une juste punition elle
ait été contrainte d'abandonner son corps : *Spiritus,
quia volens deseruit Deum, deserat corpus invitus*[5]».
Ainsi, en consentant au péché, nous nous sommes
assujettis à la mort : parce que nous avons choisi le
premier pour notre roi, l'autre est devenue notre
tyran. Je veux dire qu'ayant rendu au péché une

obéissance volontaire, comme à un prince légitime, nous sommes contraints de gémir sous les dures lois de la mort, comme d'un violent usurpateur. Et c'est ce qui nous impose[1] : la mort, qui n'est que l'effet, nous semble terrible, parce qu'elle domine par force ; et le péché, qui est la cause, nous paraît aimable, parce qu'il ne règne que par notre choix : au lieu qu'il fallait entendre, par le mal que nous souffrons malgré nous, combien est grand celui que nous avons commis volontairement.

Vous reconnaissez, Chrétiens, l'extrémité de la maladie, et il est temps maintenant de considérer le remède. Ô remède vraiment efficace et cure vraiment heureuse ! Car, puisque c'était notre mal de ne craindre pas le péché, parce qu'il est volontaire, et de n'appréhender que la mort, à cause qu'elle est forcée, qu'y avait-il de plus convenable que de contempler le Fils de Dieu, qui, ne pouvant jamais vouloir le péché, nous montre combien il est exécrable ; qui, embrassant la mort avec joie, nous fait voir qu'elle n'est point si terrible[2] ; mais qui, ayant voulu endurer la mort pour expier le péché, enseigne assez clairement à tous ceux qui veulent entendre, qu'il n'y a point à faire de comparaison, que le péché seul est à craindre comme le vrai mal, et que la mort ne l'est plus, puisque même elle a pu servir de remède ?

Paraissez donc, il est le temps, ô le Désiré des nations, divin auteur de la vie, glorieux triomphateur de la mort, et venez vous offrir pour tout votre peuple ! C'est pour commencer ce mystère que Jésus entre aujourd'hui dans le Temple, non pour s'y faire voir avec majesté comme le Dieu qu'on y adore, mais pour se mettre en la place de toutes les victimes qu'on y sacrifie : tellement qu'il n'y reçoit pas encore le coup de la mort, mais il l'accepte, mais il s'y prépare, mais il s'y dévoue. Et c'est tout le mystère de cette journée.

Ne craignons donc plus la mort, Chrétiens, après qu'un Dieu veut bien la souffrir pour nous, mais avec cette différence bienheureuse qui fait l'espérance de tous les fidèles, qu'il y est allé par l'innocence, au lieu que nous y tombons par le crime ; «et c'est pourquoi, dit saint Augustin, notre mort n'est que la peine du péché, et la sienne est le sacrifice qui l'expie : *Nos ad mortem per peccatum venimus, ille per justitiam ; et ideo cum sit mors nostra pœna peccati, mors illius facta est hostia pro peccato* [1] ».

Ha ! je ne m'étonne pas si le bon Siméon ne craint plus la mort, et s'il la défie hardiment par ces paroles : *Nunc dimittis* [2]. On doit craindre la mort avant que l'on [ait] vu le Sauveur ; on doit craindre la mort avant que le péché soit expié, parce qu'elle conduit les pécheurs à une mort éternelle [3]. Maintenant que j'ai vu le médiateur [4] qui expie le péché par sa mort, ha ! je puis, dit Siméon, m'en aller en paix : en paix, parce que mon Sauveur vaincra le péché, et qu'il [5] ne peut plus damner ceux qui croient ; en paix, parce qu'on lui verra bientôt désarmer la mort, et qu'elle ne peut plus troubler ceux qui espèrent ; en paix, parce qu'un Dieu devenu victime va pacifier le ciel et la terre, et que le sang qu'il est tout prêt à répandre nous ouvrira l'entrée des lieux saints, où nous le verrons à découvert, où nous le contemplerons dans sa gloire, où nous ne verrons que lui, parce qu'il y sera tout à tous [6], illuminant tous les esprits par les rayons de sa face et pénétrant tous les cœurs par les traits de sa bonté infinie.

Songez quelle douceur, quel ravissement sentent ceux qui s'aiment d'une amitié forte, quand ils se trouvent ensemble. On ne peut écouter sans larmes ces tendres paroles de Ruth à Noémi, sa belle-mère, qui lui persuadait de se retirer : «Où vous irez, je veux vous y [7] suivre partout. Non, non, ne croyez pas que je vous quitte ; partout où vous demeurerez, j'ai résolu de m'y établir[1]. Votre peuple sera mon peuple, votre Dieu sera mon Dieu. Ha! je le prends à témoin que la seule mort est capable de nous séparer : encore veux-je mourir dans la même terre où vos restes seront déposés, et c'est là que je choisis le lieu de ma sépulture : *Quæ te terra morientem acceperit, in ea moriar, ibique locum inveniam sepulturæ[2].* » Quoi! la force d'une amitié naturelle produit une liaison si parfaite, et fait même que les amis étant unis dans la sépulture, leurs os semblent reposer plus doucement et les cendres même être plus tranquilles ; quel sera donc ce repos d'aller immortels à Jésus-Christ immortel ; d'être avec ce divin Sauveur, non dans les ombres de la mort, ni dans la terre des morts, mais dans la terre des vivants et dans la lumière de vie !

Après cela, Chrétiens, serons-nous toujours enchantés de l'amour de cette vie périssable ? C'est en vain que vous paraissez passionnés pour cette maîtresse infidèle. « Elle vous crie tous les jours : Je suis laide et désagréable ; et vous la chérissez avec ardeur. Elle vous crie : Je vous suis cruelle et rude ; et vous l'embrassez avec tendresse. Elle vous crie : Je suis changeante et volage ; et vous l'aimez avec une attache opiniâtre[3]. Elle est sincère en ce point, qu'elle vous avoue franchement qu'elle ne sera pas longtemps avec vous : *Ecce respondet tibi amata tua : Non tecum stabo[4]* », et qu'elle vous manquera comme un faux ami au milieu de vos entreprises ; et vous faites fondement sur elle, comme si elle était bien sûre et fidèle à ceux qui s'y fient ! Mortels, désabusez-vous ; vous qui ne cessez de vous tourmenter, et « qui faites tant de choses pour mourir plus tard, songez plutôt, dit saint Augustin, à entreprendre quelque chose de considérable pour ne mourir jamais : *Qui tanta agis ut paulo serius moriaris, age aliquid ut nunquam moriaris[5].* »

Cessons donc de nous laisser tromper plus longtemps à cette amie inconstante, qui ne nous peut cacher elle-même ses faiblesses insupportables. Mais, comme les voluptés s'opposent à cette rupture, et que, pour empêcher ce dégoût, elles nous promettent de tempérer les amertumes de cette vie par leurs flatteuses douceurs, faisons un second sacrifice, et immolons à Dieu l'amour des plaisirs avec Anne la prophétesse.

DEUXIÈME POINT

C'est un précepte du Sage de s'abstenir des eaux étrangères. «Buvez, dit-il, de votre puits et prenez l'eau dans votre fontaine : *Bibe aquam de cisterna tua et fluenta putei tui*[1].» Ces paroles simples, mais mystérieuses s'adressent, si je ne me trompe, à l'âme raisonnable faite à l'image de Dieu. Elle boit d'une eau étrangère, lorsqu'elle va puiser le plaisir dans les objets de ses sens ; et le Sage lui veut faire entendre qu'elle ne doit pas sortir d'elle-même, ni détourner les eaux de quelque montagne écartée, puisqu'elle a en son propre fonds une source immortelle et inépuisable.

Il faut donc entendre, Messieurs, cette belle et sage pensée. La source du véritable plaisir, qui fortifie le cœur de l'homme, qui l'anime dans ses desseins et le console dans ses disgrâces, ne doit pas être cherchée hors de nous, ni attirée en notre âme par le ministère des sens ; mais elle doit jaillir au dedans du cœur, toujours pleine, toujours abondante. Et la raison, Chrétiens, se prend de la nature de l'âme, qui, ayant sans doute ses sentiments propres, a aussi par conséquent ses plaisirs à part ; et qui, étant seule capable de se réunir à l'origine du bien et à la bonté primitive, qui n'est autre chose que Dieu, ouvre en elle-même, en s'y appliquant, une source toujours féconde de plaisirs réels, lesquels certes quiconque a goûtés[1], il ne peut presque plus goûter autre chose, tant le goût en est délicat, tant la douceur en est ravissante.

D'où vient donc que le sentiment de ces plaisirs immortels est si fort éteint dans les hommes ? Qui a mis à sec, qui a corrompu, qui a détourné cette belle source ? D'où vient que notre âme ne sent presque plus par les facultés qui lui sont propres, par la raison, par l'intelligence, et que rien ne la touche ni ne la délecte que ce que ses sens lui présentent ? Et en effet, Chrétiens, chose étrange, mais trop véritable ! quoique ce soit à l'esprit de connaître la vérité, ce qui ne se connaît que par l'esprit nous paraît un songe. Nous voulons voir, nous voulons sentir, nous voulons toucher. Si nous écoutions la raison, si elle avait en nous quelque autorité, avec quelle clarté nous ferait-elle connaître que ce qui est dans la matière n'a qu'une ombre d'être qui se dissipe, et que rien ne subsiste effectivement que ce qui est dégagé de ce principe de mort ! Et nous sommes au contraire si aveugles et si malheureux, que ce qui est immatériel nous semble un fantôme ; ce qui n'a point de corps, une illusion ; ce qui est invisible, une pure idée, une invention agréable. Ô Dieu ! quel est ce désordre ? Et comment avons-nous perdu le premier honneur de notre nature en nous rangeant à la ressemblance des animaux muets et déraisonnables ? N'en recherchons point d'autre cause ; nous nous sommes attiré nous-mêmes un si grand malheur : nous avons voulu goûter les plaisirs sensibles, nous avons perdu tout le goût des plaisirs célestes ; et il est arrivé, dit saint Augustin, par un grand et terrible changement, que «l'homme, qui devait être spirituel même dans la chair, devient tout charnel même dans l'esprit : *Qui... futurus erat etiam carne spiritalis, factus est etiam mente carnalis*[2] ».

Méditons un peu cette vérité, et confondons-nous
devant notre Dieu dans la connaissance de nos faiblesses. Oui, créature chérie, homme que Dieu a fait
à sa ressemblance, tu devais être spirituel même
dans le corps, parce que ce corps que Dieu t'a donné
devait être régi par l'esprit ; et qui ne sait que celui
qui est régi participe en quelque sorte à la qualité du
principe qui le meut et qui le gouverne, par l'impression qu'il en reçoit ? Mais, ô changement déplorable !
la chair a pris le régime[1], et l'âme est devenue toute
corporelle. Car qui ne voit par expérience que la raison, ministre des sens et appliquée tout entière à les
servir, emploie toute son industrie à raffiner leur
goût, à irriter leur appétit, à leur assaisonner leurs
objets, et ne se peut déprendre elle-même de ces pensées sensuelles ?

Ce n'est pas que nous ne faisions quelques efforts,
et qu'il n'y ait de certains moments dans lesquels, à
la faveur d'un léger dégoût, il nous semble que nous
allons rompre avec les plaisirs ; mais, disons ici la
vérité, nous ne rompons pas de bonne foi. Apprenons, Messieurs, à nous connaître. Il est de certains
dégoûts qui naissent d'attache profonde ; il est de
certains dégoûts qui ne vont pas à rejeter les viandes[2],
mais à les demander mieux préparées. Ô raison, tu
crois être libre dans ces petits moments de relâche,
où il semble que la passion se repose : tu murmures
cependant[3] contre les plaisirs déréglés, tu loues la
vertu et l'honnêteté, la modération et la tempérance ;
mais, ce qui montre trop clairement combien notre
engagement est intime, la moindre caresse des sens
te fait bientôt revenir à eux et dissipe trop tôt ces
beaux sentiments que l'amour de la vertu avait
réveillés : *Redactus sum in nihilum ; abstulit, quasi
ventus, desiderium meum, et velut nubes pertransiit
salus mea* : tous mes bons desseins s'en vont en
fumée ; les pensées de mon salut ont passé en mon

esprit comme un nuage; et ces grandes résolutions ont été le jouet des vents[1].

Telle est la maladie de notre nature; mais maintenant, Messieurs, voici le remède. Voici le Sauveur Jésus, nouvel homme et nouvel Adam, qui vient détacher en nous l'amour des plaisirs sensibles. Que si l'amour des plaisirs est si fort inhérent à nos entrailles, il faut un remède violent pour le détacher. C'est pourquoi ce nouvel Adam ne s'approche pas comme le premier d'un arbre fleuri et délectable, mais d'un arbre terrible et rigoureux. Il est venu à cet arbre, non pour y voir un objet « plaisant à la vue, et y cueillir un fruit agréable au goût, *bonum ad vescendum, et pulchram oculis, aspectuque delectabile*[2] », mais pour n'y voir que de l'horreur et n'y goûter que de l'amertume; afin que ses clous, ses épines, ses blessures et ses douleurs fissent une sainte violence aux flatteries de nos sens et à l'attache trop passionnée de notre âme.

Ce qu'il accomplit sur la croix, il le commence aujourd'hui dans le Temple. Considérez cet enfant si doux, si aimable, dont le regard et le souris attendrit[3] tous ceux qui le voient : à combien de plaies, à combien d'injures, à combien de travaux il se consacre ! « *Hic positus est in ruinam et in resurrectionem multorum..., et in signum cui contradicetur* : Il est mis pour être en butte, dit le saint vieillard, à toutes sortes de contradictions[4]. » Aussitôt qu'il commencera de paraître au monde, on empoisonnera toutes ses pensées, on tournera à contresens toutes ses paroles. Ha ! qu'il souffrira de maux et qu'il sera contredit : dans tous ses enseignements, dans tous ses miracles, dans ses paroles les plus douces, dans ses actions les plus innocentes ! par les princes, par les pontifes, par les citoyens, par les étrangers, par ses amis, par ses ennemis, par ses envieux et par ses disciples ! À quoi êtes-vous né, petit enfant, et quelles

misères vous sont réservées! Mais vous les souffrez
déjà par impression; et votre prophète a raison de
vous appeler «l'homme de douleurs, l'homme savant
en infirmités: *Virum dolorum et scientem infirmita-*
tem[1]»; parce que, si vous savez tout par votre science
divine, par votre expérience particulière vous ne saurez que les maux, vous ne connaîtrez que les peines:
Virum dolorum!

Mais ce Dieu qui se dévoue aux douleurs pour
l'amour de nous, demande aussi, Chrétiens, que nous
lui sacrifiions l'amour des plaisirs; car il faut appliquer à notre mal le remède qu'il nous présente. Et
c'est pourquoi, dans le même temps qu'il s'offre pour
notre salut à toutes sortes de peines, il fait paraître à
nos yeux cette veuve si mortifiée, qui nous apprend
l'application de ce remède admirable. La voyez-vous,
Chrétiens, cette Anne si renommée, cette perpétuelle
pénitente, exténuée par ses veilles et consumée par
ses jeûnes[2]? Elle est indignée contre ses sens, parce
qu'ils tâchent de corrompre par leur mélange la
source des plaisirs spirituels; elle veut aussi troubler
à son tour ces sens gâtés par la convoitise, source des
plaisirs déréglés. Et, parce que l'esprit affaibli ne
peut plus surmonter les fausses douceurs par le seul
amour des plaisirs célestes, elle appelle la douleur à
son secours; elle emploie les jeûnes, les austérités,
les mortifications de la pénitence, pour étourdir en
elle tout le sentiment des plaisirs mortels, après lesquels soupire notre esprit malade.

Si nous n'avons pas le courage de les attaquer
avec elle jusques au principe, modérons-en du moins
les excès damnables; marchons avec retenue dans
un chemin si glissant; prenons garde qu'en ne pensant qu'à nous relâcher, nous n'allions à l'emportement; fuyons les rencontres dangereuses, et ne
présumons pas de nos forces, parce que, comme dit
saint Ambroise, «on ne soutient pas longtemps sa

vigueur » quand il la faut employer contre soi-même :
Causam peccati fuge, nemo enim diu fortis est[1].

Et ne nous persuadons pas que nous vivions sans
plaisir, pour entreprendre [de] le transporter du
corps à l'esprit, de la partie terrestre et mortelle à la
partie divine et incorruptible. C'est là, au contraire,
dit Tertullien, qu'il se forme une volupté toute céleste
du mépris des voluptés sensuelles : *Quæ major volup-
tas, quam fastidium ipsius voluptatis*[2] ? Qui nous donnera, Chrétiens, que nous sachions goûter ce plaisir
sublime, plaisir toujours égal, toujours uniforme, qui
naît non du trouble de l'âme, mais de sa paix ; non de
sa maladie, mais de sa santé ; non de ses passions,
mais de son devoir ; non de la ferveur inquiète et toujours changeante de ses désirs, mais de la rectitude
immuable de sa conscience ? Que ce plaisir est délicat ! qu'il est digne d'un grand courage, et qu'il est
digne principalement de ceux qui sont nés pour commander ! Car si c'est quelque chose de si agréable
d'imprimer le respect par ses regards, et de porter
dans les yeux et sur le visage un caractère d'autorité[3], combien plus de conserver à la raison cet air
de commandement avec lequel elle est née, cette
majesté intérieure qui modère les passions, qui tient
les sens dans le devoir, qui calme par son aspect tous
les mouvements séditieux, qui rend l'homme maître
en lui-même ! Mais, pour être maître en soi-même, il
faut être soumis à Dieu : c'est ma troisième partie.

TROISIÈME POINT

La sainte et immuable volonté de Dieu, à laquelle
nous devons l'hommage d'une dépendance absolue,
se déclare à nous en deux manières ; et Dieu nous
fait connaître ce qu'il veut de nous par les commandements qu'il nous fait et par les événements qu'il

nous envoie. Car, comme il est tout ensemble et la
règle immuable de l'équité et le principe universel
de tout l'être, il s'ensuit nécessairement que rien
n'est juste que ce qu'il veut, et que rien n'arrive que
ce qu'il ordonne ; de sorte que les préceptes qui
prescrivent tout ce qu'il faut faire et l'ordre des événements qui comprend tout ce qui arrive recon-
naissent également pour première cause sa volonté
souveraine.

C'est donc, Messieurs, en ces deux manières que
Dieu règle nos volontés par la sienne ; parce qu'y
ayant deux choses à régler en nous, ce que nous
avons à pratiquer et ce que nous avons à souffrir, il
propose dans ses préceptes ce qu'il lui plaît qu'on
pratique, il dispose par les événements ce qu'il veut
que l'on endure ; et ainsi, par ces deux moyens, il
nous range parfaitement sous sa dépendance. Mais
notre liberté, toujours rebelle, s'oppose sans cesse à
Dieu et combat directement ces deux volontés : celle
qui règle nos mœurs, en secouant ouvertement le
joug de sa loi ; celle qui conduit les événements,
en s'abandonnant aux murmures, aux plaintes, à
l'impatience dans les accidents fâcheux de la vie.
Et pourquoi ces murmures inutiles dans des choses
résolues et inévitables, si ce n'est que l'audace
humaine, toujours ennemie de la dépendance, s'imagine faire quelque chose de libre, quand, ne pouvant
éluder l'effet, elle blâme du moins la disposition, et
que, ne pouvant être la maîtresse, elle fait la mutine
et l'opiniâtre ?

Prenons, mes Frères, d'autres sentiments : considérons aujourd'hui le Sauveur pratiquant la loi, le
Sauveur abandonnant à son Père toute la conduite
de sa vie, et, à l'exemple de ce Fils unique, nous qui
sommes aussi les enfants de Dieu, nés pour obéir à
ses volontés, adorons dans ses préceptes les règles
immuables de sa justice, regardons dans les événe-

ments les effets visibles de sa toute-puissance. Apprenons dans les uns ce qu'il veut que nous pratiquions avec fidélité, et reconnaissons dans ceux-ci ce qu'il veut que nous endurions avec patience.

Et pour ôter tout prétexte à notre rébellion, toute excuse à notre lâcheté, toute couleur à notre indulgence, la bienheureuse Marie, toujours humble et obéissante, recevant cet exemple de son cher Fils, le donne aussi publiquement à tous ses fidèles. Elle porte le joug d'une loi servile, de laquelle, comme nous apprend la théologie[1], elle était formellement exceptée; et quoiqu'elle soit plus pure et plus éclatante que les rayons du soleil, elle vient se purifier dans le Temple. Après cela, Chrétiens, quelle excuse pourrons-nous trouver pour nous exempter de la loi de Dieu et pour colorer nos rébellions? Mais le temps ne me permet pas de vous décrire plus amplement cette obéissance. Voici le grand sacrifice. C'est ici qu'il nous faut apprendre à soumettre à Dieu tout l'ordre de notre vie, toute la conduite de nos affaires, toutes les inégalités de notre fortune. Voici un spectacle digne de vos yeux, et digne de l'admiration de toute la terre.

« Cet enfant, dit Siméon à la sainte Vierge, est établi pour la ruine et pour la résurrection de plusieurs. Il est posé comme un signe auquel on contredira, et votre [âme] sera percée d'un glaive. » Paroles effroyables pour une mère ! Je vous prie, Messieurs, de les bien entendre. Il est vrai que ce bon vieillard ne lui propose rien en particulier de tous les travaux[2] de son Fils; mais ne vous persuadez pas que ce soit pour épargner sa douleur : au contraire, c'est ce qui la porte au dernier excès, en ce que, ne lui disant rien en particulier, il lui laisse à appréhender toutes choses. Car est-il rien de plus rude ni de plus affreux que cette cruelle suspension[3] d'une âme menacée d'un mal extrême, sans qu'on lui explique ce que

c'est? C'est là que cette pauvre âme confuse, éton-
née, pressée et attaquée de toutes parts, qui ne voit
de toutes parts que des glaives pendant sur sa tête[1],
qui ne sait de quel côté elle se doit mettre en garde,
meurt en un moment de mille morts. C'est là que la
crainte, toujours ingénieuse pour se tourmenter elle-
même, ne pouvant savoir sa destinée, ni le mal qu'on
lui prépare, va parcourant tous les maux pour faire
son supplice de tous : si bien qu'elle souffre toute la
douleur que donne une prévoyance assurée, avec
toute cette inquiétude importune, toute l'angoisse et
l'anxiété qu'apporte une frayeur toujours tremblante
et qui ne sait à quoi se résoudre.

Dans cette cruelle incertitude, c'est une espèce de
repos que de savoir de quel coup il faudra mourir ;
et saint Augustin a raison de dire, «qu'il est moins
dur, sans comparaison, de souffrir une seule mort
que de les appréhender toutes : *Longe satius est unam
perferre moriendo, quam omnes timere vivendo*[2]». Tel
est l'état de la sainte Vierge, et c'est ainsi qu'on la
traite. Ô Dieu ! qu'on ménage peu sa douleur ! Pourquoi la frappez-vous de tant d'endroits ? Ou ne lui
dites rien de son mal, pour ne la tourmenter point
par la prévoyance ; ou dites-lui tout son mal, pour lui
en ôter du moins la surprise. Chrétiens, il n'en sera
pas de la sorte. On lui annoncera son mal de bonne
heure, afin qu'elle le sente longtemps ; on ne lui dira
pas ce que c'est, de peur d'ôter à la douleur la
secousse violente que la surprise y ajoute. Ce qu'elle
a ouï confusément du bon Siméon, ce qui a déjà
déchiré le cœur et ému toutes les entrailles de cette
mère, elle le verra sur la croix plus horrible, plus
épouvantable qu'elle n'avait pu se l'imaginer. Ô prévoyance, ô surprise ! Ô ciel, ô terre, ô nature, éton-
nez-vous de cette constance ! Ce qu'on lui prédit lui
fait tout craindre ; ce qu'on exécute lui fait tout sentir. Voyez cependant sa tranquillité par le miracle de

son silence. Sa crainte n'est pas curieuse, sa douleur n'est pas impatiente. Ni elle ne s'informe de l'avenir, ni elle ne se plaint du mal présent ; et elle nous apprend par ce grand exemple les deux actes de résignation par lesquels nous nous devons immoler à Dieu : se préparer de loin à tout ce qu'il veut, se soumettre humblement à tout ce qu'il fait.

Après cela, Chrétiens, qu'est-il nécessaire que je vous exhorte à offrir à Dieu ce grand sacrifice ? Marie vous parle assez fortement. C'est elle qui vous invite à ne sortir point de ce lieu sans avoir consacré à Dieu ce que vous avez de plus cher. Est-ce un époux ? est-ce un fils ? Et serait-ce quelque chose de plus grand et de plus précieux qu'un royaume, ne craignez point de l'offrir à Dieu. Vous ne le perdrez pas en le remettant entre ses mains. Il le conservera, au contraire, avec une bonté d'autant plus soigneuse que vous le lui aurez déposé avec une plus entière confiance : *Tutius habitura quem Domino commendasset*[1].

C'est la grande obligation du chrétien, de s'abandonner tout entier à la sainte volonté de Dieu[2] ; et plus on est indépendant, plus on doit être à cet égard dans la dépendance. C'est la loi de tous les empires, que ceux qui ont cet honneur de recevoir quelque éclat de la majesté du prince, ou qui ont quelque partie de son autorité entre leurs mains lui doivent une obéissance plus ponctuelle et une fidélité plus attentive à [leur] devoir ; parce que, étant les instruments p[rinci]paux de la domination souveraine, ils doivent s'unir plus étroitement à la cause qui les applique. Si cette maxime est certaine dans les empires du monde et dans la politique de la terre, elle l'est beaucoup plus encore selon la politique du ciel et dans l'empire de Dieu ; si bien que les souverains, qu'il a commis pour régir ses peuples, doivent être liés immuablement aux dispositions de sa providence plus que le reste des hommes.

Il n'est pas expédient à l'homme de ne voir rien au-dessus de soi : un prompt égarement suit cette pensée, et la condition de la créature ne porte pas cette indépendance. Ceux donc qui ne découvrent rien sur la terre qui puisse leur faire loi doivent être d'autant plus préparés à la recevoir d'en haut. S'ils font la volonté de Dieu, je ne craindrai point de le dire, non seulement leurs sujets, mais Dieu même s'étudiera à faire la leur ; car il a dit par son Prophète qu'il « fera la volonté de ceux qui le craignent : *Voluntatem timentium se faciet*[1] ».

Sire, Votre Majesté rendra compte[2] à Dieu de toutes les prospérités de son règne, si vous n'êtes aussi fidèle à faire ses volontés comme il est soigneux d'accomplir les vôtres. Que si Votre Majesté regarde ses peuples avec amour comme les peuples de Dieu, sa couronne comme un présent de sa providence, son sceptre comme l'instrument de ses volontés, Dieu bénira votre règne, Dieu affermira votre trône comme celui de David et de Salomon ; Dieu fera passer Votre Majesté d'un règne à un règne, d'un trône à un trône, mais trône bien plus auguste et règne bien plus glorieux, qui est celui de l'éternité, que je vous souhaite, au [nom du Père, du Fils et du Saint-Esprit[3]].

SERMON
SUR LA PRÉDICATION
ÉVANGÉLIQUE[1]

Dimanche 26 février

> *Non in solo pane vivit homo, sed in omni verbo quod procedit de ore Dei.*
> L'homme ne vit pas seulement de pain, mais il vit de toute parole qui sort de la bouche de Dieu[2].
>
> (Matth., IV, 4.)

C'est une chose surprenante que ce grand silence de Dieu parmi les désordres du genre humain. Tous les jours ses commandements sont méprisés, ses vérités blasphémées, les droits de son empire violés; et cependant son soleil ne s'éclipse pas sur les impies, la pluie arrose leurs champs[3], la terre ne s'ouvre pas sous leurs pieds; il voit tout, et il dissimule; il considère tout, et il se tait.

Je me trompe, Chrétiens, il ne se tait pas; et sa bonté, ses bienfaits, son silence même est une voix publique qui invite tous les pécheurs à se reconnaître. Mais, comme nos cœurs endurcis sont sourds à de tels propos, il fait résonner une voix plus claire, une voix nette et intelligible, qui nous appelle à la pénitence. Il ne parle pas pour nous juger, mais il parle pour nous avertir; et c'est cette parole d'avertissement qui retentit en ce temps[4] dans toutes les chaires, c'est elle qui nous est présentée dans notre

évangile, pour nous servir de nourriture dans notre
jeûne et de soutien dans notre faiblesse : *Non in solo
pane vivit homo,* [*sed in omni verbo quod procedit de
ore Dei.*] J'ai dessein aujourd'hui de vous préparer à
recevoir saintement cette nourriture immortelle.
Mais, ô Dieu ! que serviront mes paroles, si vous-
même n'ouvrez les cœurs, et si vous ne disposez les
esprits des hommes à donner l'entrée à votre Esprit-
Saint ? Descendez donc, ô divin Esprit ! et venez vous-
même préparer vos voies. Et vous, ô divine Vierge,
donnez-nous votre secours charitable, pour accomplir dans les cœurs l'ouvrage de votre Fils bien-
aimé : nous vous en prions humblement par les
paroles de l'ange : *Ave.*

Jésus-Christ, Seigneur des seigneurs, et Prince des
rois de la terre, quoique élevé dans un trône souve-
rainement indépendant, néanmoins, pour donner à
tous les monarques qui relèvent de sa puissance
l'exemple de modération et de justice, il[1] a voulu lui-
même s'assujettir aux règlements qu'il a faits et aux
lois qu'il a établies.

Il a ordonné, dans son Évangile[2], que les voies
douces et amiables précédassent toujours les voies
de rigueur, et que les pécheurs fussent avertis avant
que d'être jugés. Ce qu'il a prescrit, il l'a pratiqué :
car, « ayant, comme dit l'Apôtre, établi un jour dans
lequel il doit juger le monde en équité, il dénonce
auparavant à tous les pécheurs qu'ils fassent une
sérieuse pénitence[3] » c'est-à-dire qu'avant que de monter sur son tribunal pour condamner les coupables
par une sentence rigoureuse, il parle premièrement
dans les chaires, pour les ramener à la droite voie
par des avertissements charitables.

C'est en ce saint temps de pénitence que nous
devons une attention extraordinaire à cette voix paternelle. Car, encore qu'elle mérite en tout temps un

profond respect, et que [ce] soit toujours un des
devoirs des plus importants de la piété chrétienne
que de donner audience aux discours sacrés, ç'a été
toutefois un sage conseil de leur consacrer un temps
arrêté par une destination particulière, afin que, si
tel est notre aveuglement que nous abandonnions
presque toute notre vie aux pensées de vanité qui
nous emportent, il y ait du moins quelques jours dans
lesquels nous écoutions la vérité qui nous conseille
charitablement avant que de prononcer notre sentence, et qui s'avance à nous pour nous éclairer avant
que de s'élever contre nous pour nous confondre.

Paraissez donc, ô vérité sainte! faites la censure
publique des mauvaises mœurs, illuminez par votre
présence ce siècle obscur et ténébreux, brillez aux
yeux des fidèles, afin que ceux qui ne vous connaissent pas vous entendent, que ceux qui ne pensent
pas à vous vous regardent, que ceux qui ne vous
aiment pas vous embrassent.

Voilà, Chrétiens, en peu de paroles, trois utilités
principales de la prédication évangélique. Car ou les
hommes ne connaissent pas la vérité, ou les hommes
ne pensent pas à la vérité, ou les hommes ne sont pas
touchés de la vérité : quand ils ne connaissent pas la
vérité, parce qu'elle ne veut pas les tromper, elle leur
parle pour éclairer leur intelligence ; quand ils ne
pensent pas à la vérité, parce qu'elle ne veut pas les
surprendre, elle leur parle pour attirer leur attention ; quand ils ne sont pas touchés de la vérité, parce
qu'elle ne veut pas les condamner, elle leur parle
pour échauffer leurs désirs et exciter après elle leur
affection languissante.

Que si je puis aujourd'hui mettre dans leur jour
ces trois importantes raisons, les fidèles verront clairement combien ils doivent se rendre attentifs à la
prédication de l'Évangile ; parce que, s'ils ne sont
pas bien instruits, elle leur découvrira ce qu'ils igno-

rent ; et, s'ils sont assez éclairés, elle les fera penser à
ce qu'ils savent ; et, s'ils y pensent sans être émus,
elle fera entrer dans le fond du cœur ce qui ne fait
qu'effleurer la surface de leur esprit. Et comme ces
trois grands effets comprennent tout le fruit des discours sacrés, j'en ferai aussi le sujet et la partage de
celui-ci, qui sera, comme vous voyez, le préparatif
nécessaire et le fondement de tous les autres[1].

PREMIER POINT

Comme la vérité de Dieu, qui est notre loi immuable,
a deux états différents, l'un qui touche le siècle présent, et l'autre qui regarde le siècle à venir, l'un où
elle règle la vie humaine, et l'autre où elle la juge, le
Saint-Esprit nous la fait paraître dans son Écriture
sous deux visages divers, et lui donne des qualités
convenables à l'un et à l'autre. Dans le psaume CXVIII,
où David parle si bien de la loi de Dieu, on a remarqué, Chrétiens, qu'il l'appelle tantôt du nom de commandement, tantôt de celui de conseil ; quelquefois il
la nomme un jugement et quelquefois un témoignage. Mais encore que ces quatre titres ne signifient
autre chose que la loi de Dieu, toutefois il faut observer que les deux premiers lui sont propres au siècle
où nous sommes, et que les deux autres lui convien-
nent mieux dans celui que nous attendons[2].

Dans le cours du siècle présent, cette même vérité
de Dieu, qui nous paraît dans sa loi, est tout ensemble
un commandement absolu et un conseil charitable.
Elle est un commandement qui enferme la volonté
d'un souverain, elle est aussi un conseil qui propose
l'avis d'un ami. Elle est un commandement, parce
que ce souverain y prescrit ce qu'exigent de nous les
intérêts de son service ; et elle mérite le nom de
conseil, parce que cet ami y expose ce que demande

le soin de notre salut. Les prédicateurs de l'Évangile font paraître la loi de Dieu dans les chaires en ces deux augustes qualités : en qualité de commandement, en tant qu'elle est nécessaire et indispensable ; et en qualité de conseil, en tant qu'elle est utile et avantageuse. Que si, manquant par un même crime à ce que nous devons à Dieu et à ce que nous nous devons à nous-mêmes, nous méprisons tout ensemble et les ordres de ce souverain et les conseils de cet ami, alors cette même vérité prenant en son temps une autre forme, elle sera un témoignage pour nous convaincre, et une sentence dernière pour nous condamner : « La parole que j'ai prêchée, dit le Fils de Dieu, jugera le pécheur au dernier jour : *Sermo quem ego locutus sum, ille judicabit eum in novissimo die*[1]. » C'est-à-dire que ni on ne recevra d'excuse, ni on ne cherchera de tempérament[2]. La parole, dit-il, vous jugera : la loi elle-même fera la sentence, selon sa propre teneur, dans l'extrême rigueur du droit ; et de là vous devez entendre que ce sera un jugement sans miséricorde.

C'est donc la crainte de ce jugement qui fait monter les prédicateurs dans les chaires évangéliques : « Nous savons, dit le saint Apôtre, que nous devons tous comparaître un jour devant le tribunal de Jésus-Christ : *Omnes nos manifestari oportet* [*ante tribunal Christi*][3]. » Mais « sachant cela, poursuit-il, nous venons persuader aux hommes la crainte de Dieu : *Scientes ergo, timorem Domini hominibus suademus*[4] ». Sachant combien ce jugement est certain, combien il est rigoureux, combien il est inévitable, nous venons de bonne heure vous y préparer ; nous venons vous proposer les lois immuables par lesquelles votre cause sera décidée, et vous mettre en main les articles sur lesquels vous serez interrogés, afin que vous commenciez, pendant qu'il est temps, à méditer vos réponses.

Que si vous pensez peut-être que l'on sait assez
ces vérités saintes, et que les fidèles n'ont pas besoin
qu'on les en instruise, c'est donc en vain, Chrétiens,
que Dieu se plaint hautement, par la bouche de son
prophète Isaïe, que non seulement les infidèles et les
étrangers, mais « son peuple », oui, son peuple même,
« est mené captif, pour n'avoir pas la science : *Capti-
vus ductus est populus meus, eo quod non habeat
scientiam*[1] ».

Et de peur qu'on ne s'imagine que ceux qui périssent ainsi faute de science, ce sont les pauvres et les
simples, qui n'ont pas les moyens d'apprendre, il
déclare en termes formels, et je puis bien le dire
après cet oracle, que ce sont les puissants, les riches,
les grands et les princes mêmes, qui négligent de se
faire instruire de leurs obligations particulières et
même des devoirs communs de la piété, et qui tombent, par le défaut de cette science, pêle-mêle avec la
foule, dans les abîmes éternels : *Et descendent fortes
ejus et populus ejus, et sublimes gloriosique ejus ad
eum*[2].

Non seulement, Chrétiens, souvent nous ignorons
les vérités saintes ; mais même nous les combattons
par des sentiments tout contraires. Vous êtes surpris
de cette parole ; et peut-être me répondez-vous dans
votre cœur que vous n'avez point d'erreur contre la
foi, que vous n'écoutez pas ces docteurs de cour qui
font des leçons publiques de libertinage et établis-
sent de propos délibéré des opinions dangereuses[3].
Je loue votre piété dans une précaution si nécessaire ; mais ne vous persuadez pas que vous soyez
pour cela exempts de l'erreur. Car il faut entendre,
Messieurs, qu'elle nous gagne en deux sortes : quelquefois elle se déborde à grands flots, comme un torrent, et nous emporte tout à coup ; quelquefois elle
tombe peu à peu, et nous corrompt goutte à goutte.
Je veux dire que quelquefois un libertinage déclaré

renverse d'un grand effort les principes de la religion ; quelquefois une force plus cachée, comme celle des mauvais exemples et des pratiques du grand monde, en sape les fondements par plusieurs coups redoublés et par un progrès insensible. Ainsi vous n'avancez rien de n'avaler pas tout à coup le poison du libertinage, si cependant vous le sucez peu à peu, si vous laissez insensiblement gagner jusqu'au cœur cette subtile contagion, qu'on respire avec l'air du grand monde dans ses conversations et dans ses coutumes[1].

Qui pourrait ici raconter toutes les erreurs du monde ? Ce maître subtil et dangereux tient école publique sans dogmatiser : il a sa méthode particulière de ne prouver pas ses maximes, mais de les imprimer sans qu'on y pense ; autant d'hommes qui nous parlent, autant d'organes qui nous les inspirent : nos ennemis par leurs menaces, et nos amis par leurs bons offices concourent également à nous donner de fausses idées du bien et du mal. Tout ce qui se dit dans les compagnies[2] nous recommande ou l'ambition, sans laquelle on n'est pas du monde, ou la fausse galanterie, sans laquelle on n'a point d'esprit[3]. Car c'est le plus grand malheur des choses humaines, que nul ne se contente d'être insensé seulement pour soi, mais veut faire passer sa folie aux autres[4] : si bien que ce qui nous serait indifférent, souvent, tant nous sommes faibles ! attire notre imprudente curiosité par le bruit qu'on en fait autour de nous. Tantôt une raillerie fine et ingénieuse, tantôt une peinture agréable d'une mauvaise action impose doucement à notre esprit[5]. Ainsi, dans cet étrange empressement de nous entre-communiquer nos folies, les âmes les plus innocentes prennent quelque teinture du vice ; et recueillant le mal deçà et delà dans le monde, comme à une table couverte de mauvaises viandes, elles y amassent peu à peu, comme des

humeurs peccantes[1], les erreurs qui offusquent notre
intelligence. Telle est à peu près la séduction qui
règne publiquement dans le monde ; de sorte que, si
vous demandez à Tertullien ce qu'il craint pour nous
dans cette école : « Tout, vous répondra ce grand
homme, jusqu'à l'air, qui est infecté par tant de mauvais discours, par tant de maximes corrompues :
Ipsum etiam aerem, scelestis vocibus constupratum[2]. »

Sauvez-nous, sauvez-nous, Seigneur, de la contagion de ce siècle : « Sauvez-nous, disait le Prophète,
parce qu'il n'y a plus de saints sur la terre, et que les
vérités ont été diminuées par la malice des enfants
des hommes : *Salvum me fac, Domine, quoniam defecit sanctus, quoniam diminutæ sunt veritates a filiis
hominum*[3]. » Où il ne faut pas se persuader qu'il se
plaigne des infidèles et des idolâtres ; ceux-là ne diminuent pas seulement les vérités, mais ils les mécon-
naissent : il se plaint des enfants de Dieu, qui, ne les
pouvant tout à fait éteindre, à cause de leur évidence, les retranchent et les diminuent au gré de
leurs passions. Car le monde n'a-t-il pas entrepris de
faire une distinction entre les vices ? Il y en a que
nous laissons volontiers dans l'exécration et dans
la haine publique, comme l'avarice, la cruauté et la
perfidie ; il y en a que nous tâchons de mettre en honneur, comme ces passions délicates qu'on appelle les
vices des honnêtes gens[4]. Malheureux, qu'entrepre-
nez-vous ? « Jésus-Christ est-il divisé ? *Divisus est
Christus*[5] ? » Que vous a-t-il fait, ce Jésus-Christ, que
vous le déchirez hardiment et défigurez sa doctrine
par cette distinction injurieuse ? Le même Dieu qui
est le protecteur de la bonne foi n'est-il pas aussi
l'auteur de la tempérance[6] ? « Jésus-Christ est tout
sagesse, dit Tertullien, tout lumière, tout vérité ; pourquoi le partagez-vous par votre mensonge », comme
si son saint Évangile n'était qu'un assemblage mons-
trueux de vrai et de faux, comme si la Justice même

avait laissé quelque crime qui eût échappé à sa censure : *Quid dimidias mendacio Christum ? Totus veri-*
tas fuit [1].

D'où vient un si grand désordre, si ce n'est que les
vérités sont diminuées : diminuées dans leur pureté,
parce qu'on les falsifie et on les mêle ; diminuées
dans leur intégrité, parce qu'on les tronque et on les
retranche ; diminuées dans leur majesté, parce que,
faute de les pénétrer, on perd le respect qui leur est
dû, on leur ôte tellement leur juste grandeur qu'à
peine les voyons-nous : ces grands astres ne nous
semblent qu'un petit point ; tant nous les mettons
loin de nous, ou tant notre vue est troublée par les
nuages de nos ignorances et de nos opinions antici-
pées ! *Diminutæ sunt veritates*.

Puisque les maximes de l'Évangile sont si fort diminuées dans le siècle, puisque tout le monde conspire
contre elles, et qu'elles sont accablées par tant
d'iniques préjugés, Dieu, par sa justice suprême, a
dû pourvoir à la défense de ces illustres abandonnées [2], et commettre des avocats pour plaider leur
cause. C'est pour cela, Chrétiens, que ces chaires
sont élevées auprès des autels, afin que, pendant que
la vérité est si hardiment déchirée dans les compagnies des mondains, il y ait du moins quelque lieu où
l'on parle hautement en sa faveur, et que la cause la
plus juste ne soit pas la plus délaissée. Venez donc
écouter attentivement la défense de la vérité, dans la
bouche des prédicateurs ; venez recevoir par leur
ministère la parole de Jésus-Christ condamnant le
monde et ses vices, et ses coutumes, et ses maximes
antichrétiennes : car, comme dit saint Jean Chrysostome [3], Dieu nous ayant ordonné deux choses, d'écouter et d'accomplir sa sainte parole, quand aura le
courage de la pratiquer celui qui n'a pas la patience
de l'entendre ? quand lui ouvrira-t-il son cœur, s'il
lui ferme jusqu'à ses oreilles ? quand lui donnera-t-il

sa volonté, s'il lui refuse même son attention ? Mais,
Messieurs, cette attention, c'est ce que nous avons à
considérer dans la seconde partie.

DEUXIÈME POINT

Lorsque la vérité jugera les hommes, il ne faut pas
croire, Messieurs, ni qu'elle paraisse au dehors, ni
qu'elle ait besoin, pour se faire entendre, de sons
distincts et articulés. Elle est dans les consciences,
je dis même dans les consciences des plus grands
pécheurs ; mais elle y est souvent oubliée durant
cette vie. Qu'arrivera-t-il après la mort ? La vérité se
fera sentir, et l'arrêt en même temps sera prononcé.
Quelle sera cette surprise, combien étrange et combien terrible, lorsque ces saintes vérités, auxquelles
les pécheurs ne pensaient jamais, et qu'ils laissaient
inutiles et négligées dans un coin de leur mémoire,
envoieront tout d'un coup à leurs yeux un trait de
flamme si vif, qu'ils découvriront d'une même vue
la loi et le péché confrontés ensemble ; et que,
voyant dans cette lumière l'énormité de l'un par sa
dissonance avec l'autre, ils reconnaîtront en trem-
blant la honte de leurs actions et l'équité de leur
supplice !

Sachant cela, Chrétiens, «nous venons enseigner
aux hommes la crainte de Dieu : *Scientes ergo, timorem Domini hominibus suademus*[1]». Nous venons
les exhorter de sa part qu'ils souffrent qu'on les
entretienne des vérités de l'Évangile, et qu'ils pré-
viennent le trouble de cette attention forcée par une
application volontaire.

Vous qui dites que vous savez tout et que vous
n'avez pas besoin qu'on vous avertisse, vous mon-
trez bien par un tel discours que même vous ne
savez pas quelle est la nature de votre esprit. Esprit

humain, abîme infini, trop petit pour toi-même et
«trop étroit pour te comprendre tout entier», tu as
des conduites si enveloppées, des retraites si profondes et si tortueuses dans lesquelles tes connaissances se recèlent, que souvent tes propres lumières
ne te sont pas plus présentes que celles des autres.
Souvent ce que tu sais, tu ne le sais pas; ce qui est
en toi est loin de toi; tu n'as pas ce que tu possèdes:
Ergo animus ad habendum seipsum augustus est, dit
excellemment saint Augustin[1]. Prouvons ceci par
quelque exemple.

En quels antres profonds s'étaient retirées les lois
de l'humanité et de la justice, que David savait si
parfaitement, lorsqu'il fallut lui envoyer Nathan le
prophète pour les rappeler en sa mémoire[2]? Nathan
lui parle. Nathan l'entretient[3], et il entend si peu ce
qu'il faut entendre, qu'on est enfin contraint de lui
dire: Ô prince! c'est à vous qu'on parle[4]; parce qu'enchanté par sa passion et détourné par les affaires, il
laissait la vérité dans l'oubli. Alors savait-il ce qu'il
savait? entendait-il ce qu'il entendait? Chrétiens, ne
m'en croyez pas; mais croyez sa déposition et son
témoignage. C'est lui-même qui s'étonne que ses
propres lumières l'avaient quitté dans cet état malheureux: *Lumen oculorum meorum et ipsum non est
mecum*[5]. Ce n'est pas une lumière étrangère, c'est
la lumière de mes yeux, de mes propres yeux, c'est
celle-là même que je n'avais plus. Écoutez, homme
savant, homme habile en tout, qui n'avez pas besoin
qu'on vous avertisse; votre propre connaissance n'est
pas avec vous, et vous n'avez pas de lumière. Peut-
être que vous avez la lumière de la science, mais
vous n'avez pas la lumière de la réflexion; et, sans la
lumière de la réflexion, la science n'éclaire pas et ne
chasse point les ténèbres.

Ne me dites donc pas, Chrétiens, que vous avez de
la connaissance, que vous êtes fort bien instruits des

vérités nécessaires. Je ne veux point vous contredire dans cette pensée. Eh bien ! vous avez des yeux, mais ils sont fermés, les vérités de Dieu sont dans votre esprit comme de grands flambeaux, mais qui sont éteints. Ha ! souffrez qu'on vienne ouvrir ces yeux appesantis par le sommeil, et qu'on les applique à ce qu'il faut voir. Souffrez que les prédicateurs de l'Évangile vous parlent des vérités de votre salut ; afin que la rencontre bienheureuse de vos pensées et des leurs excite en votre âme la réflexion, comme une étincelle de lumière qui rallumera ces flambeaux éteints, et les mettra devant vos yeux pour les éclairer : autrement, toutes vos lumières vous sont inutiles.

Et en effet, Chrétiens, combien de fois nous sommes-nous plaints que les choses que nous savons ne nous viennent pas dans l'esprit ; que l'oubli, ou la surprise, ou la passion les rend sans effet ! Par conséquent apprenons que les vérités de pratique doivent être souvent remuées, souvent agitées par de continuels avertissements ; de peur que, si on les laisse en repos, elles ne perdent l'habitude de se présenter et ne demeurent sans force, stériles en affections, ornements inutiles de notre mémoire.

Ce n'est pas pour un tel dessein que les vérités du salut doivent être empreintes dans nos esprits. Ces saintes vérités du ciel ne sont pas des meubles curieux et superflus, qu'il suffise de conserver dans un magasin ; ce sont des instruments nécessaires, qu'il faut avoir, pour ainsi dire, toujours sous la main et que l'on ne doit presque jamais cesser de regarder, parce qu'on en a toujours besoin pour agir.

Et toutefois, Chrétiens, il n'est rien, pour notre malheur, qui se perde si tôt dans nos esprits que les saintes vérités du christianisme. Car, outre qu'étant détachées des sens, elles tiennent peu à notre mémoire, le mépris injurieux que nous en faisons nous empêche de prendre à cœur de les pénétrer

comme il faut : au contraire, nous sommes bien aises
de les éloigner par une malice affectée : «Ils ont
résolu, dit le saint Prophète, de détourner leurs yeux
sur la terre : *Oculos suos statuerunt declinare in terram*[1].» Remarquez : «Ils ont résolu» : c'est-à-dire
que, lorsque les vérités du salut se présentent à nos
yeux pour nous les faire lever au ciel, c'est de propos
délibéré, c'est par une volonté déterminée que nous
les détournons sur la terre, que nous les arrêtons sur
d'autres objets ; tellement qu'il est nécessaire que les
prédicateurs de l'Évangile, par des avertissements
chrétiens comme par une main invisible, les tirent
de ces lieux profonds où nous les avions reléguées, et
les ramènent de loin à nos yeux qui les voulaient
perdre[2].

Aidez-les vous-mêmes, Messieurs, dans une œuvre
si utile pour votre salut : pratiquez ce que dit l'Ecclésiastique : *Verbum sapiens quodcumque audierit sciens,
laudabit et ad se adjiciet*[3]. Voici un avis d'un habile
homme : «Le sage qui entend, dit-il, quelque parole
sensée, la loue et se l'applique à lui-même.» Il ne se
contente pas de la louer, il ne va pas regarder autour
de lui à qui elle est propre. Il ne s'amuse pas à deviner la pensée de celui qui parle, ni à lui faire dire des
choses qu'il ne songe pas : il croit que c'est à lui seul
qu'on en veut ; et en effet, Chrétiens, quiconque sent
en lui-même que c'est son vice qu'on attaque, doit
croire que c'est à lui personnellement que s'adresse
tout le discours[4]. Si donc quelquefois nous y remarquons je ne sais quoi de tranchant, qui, à travers nos
voies tortueuses et nos passions compliquées, aille
mettre, non point par hasard, mais par une secrète
conduite de la grâce, la main sur notre blessure, et
aille trouver, à point nommé, dans le fond du cœur
ce péché que nous dérobons ; c'est alors, Messieurs,
qu'il faut écouter attentivement Jésus-Christ, qui
vient troubler notre fausse paix, et qui met la main

tout droit sur notre blessure ; c'est alors qu'il faut croire le conseil du Sage et appliquer tout à nous-même. Si le coup ne porte pas encore assez loin, prenons nous-même le glaive[1], et enfonçons-le plus avant. Plût à Dieu qu'il entre si profondément que la blessure aille jusqu'au vif, que le cœur soit serré par la componction, que le sang de la plaie coule par les yeux, je veux dire les larmes, que saint Augustin appelle si élégamment le sang de l'âme[2] ! C'est alors que Jésus-Christ aura prêché ; et c'est ce dernier effet de la sainte prédication qui me reste à examiner[3] en peu de paroles dans ma dernière partie.

TROISIÈME POINT

Quand je considère les raisons pour lesquelles les discours sacrés, qui sont pleins d'avis si pressants, sont néanmoins si peu efficaces, voici celle qui me semble la plus apparente. C'est que les hommes du monde présument trop de leur sens pour croire que l'on puisse leur persuader ce qu'ils ne veulent pas faire d'eux-mêmes ; et d'ailleurs, n'étant pas touchés par la vérité qui luit clairement dans leur conscience, ils ne croient pas pouvoir être émus des paroles qu'elle inspire aux autres : si bien qu'ils écoutent la prédication, ou comme un entretien indifférent, par coutume et par compagnie ; ou tout au plus, si le hasard veut qu'ils rencontrent à leur goût, comme un entretien agréable, qui ne fait que chatouiller les oreilles par la douceur d'un plaisir qui passe.

Pour nous désabuser de cette pensée, considérons, Chrétiens, que la parole de l'Évangile, qui nous est portée de la part de Dieu, n'est pas un son qui se perde en l'air, mais un instrument de la grâce. Relevez tant qu'il vous plaira l'usage de la parole dans les affaires humaines : qu'elle soit, si vous voulez, l'in-

terprète de tous les conseils, la médiatrice de tous les
traités, le gage de la bonne foi et le lien de tout le
commerce ; elle est et plus nécessaire et plus efficace
dans le ministère de la religion, et en voici la preuve
sensible. C'est une vérité fondamentale, que l'on ne
peut obtenir la grâce que par les moyens établis de
Dieu. Or est-il que le Fils de Dieu, l'unique médiateur de notre salut, a voulu choisir la parole pour
être l'instrument de sa grâce et l'organe universel de
son Saint-Esprit dans la sanctification des âmes. Car,
je vous prie, ouvrez les yeux, contemplez tout ce que
l'Église a de plus sacré, regardez les fonts baptis-
maux, les tribunaux de la pénitence, les très augustes
autels : c'est la parole de Jésus-Christ qui régénère
les enfants de Dieu ; c'est elle qui les absout de leurs
crimes ; c'est elle qui leur prépare sur ces saints
autels une viande immortelle. Si elle opère si puissamment aux fonts du baptême, dans les tribunaux
de la pénitence et sur les autels, gardons-nous bien
de penser qu'elle soit inutile dans les chaires : elle y
agit d'une autre manière, mais toujours comme l'organe de l'Esprit de Dieu. Et en effet, qui ne le sait
pas ? c'est par la prédication de l'Évangile que cet
Esprit tout-puissant a donné des disciples, des imitateurs, des sujets et des enfants à Jésus-Christ. S'il a
fallu effrayer les consciences criminelles, la parole a
été le tonnerre ; s'il a fallu captiver les entendements,
la parole a été la chaîne par laquelle on les a traînés
à Jésus-Christ crucifié ; s'il a fallu percer les cœurs
par l'amour divin, la parole a été le trait qui a fait
ces blessures salutaires : *Sagittæ tuæ acutæ ; populi
sub te* [*cadent*] [1]. Elle a établi la foi, elle a rangé les
peuples à l'obéissance, elle a renversé les idoles, elle
a converti le monde.

Mais, Messieurs, tous ces effets furent autrefois,
et il ne nous en reste plus que le souvenir. Jésus-
Christ n'est plus écouté, ou il est écouté si négli-

gemment, qu'on donnerait plus d'attention aux discours les plus inutiles. Sa parole cherche partout
des âmes qui la reçoivent, et partout la dureté invincible des cœurs préoccupés lui ferme l'entrée.

Ce n'est pas qu'on n'assiste aux discours sacrés.
La presse est dans les églises durant cette sainte quarantaine ; plusieurs prêtent l'oreille attentivement ;
mais qu'il y en a, dit le Fils de Dieu, qui en voyant ne
voient pas, et en écoutant n'écoutent pas[1] ! « Mes
Frères, dit saint Augustin, la prédication est un grand
mystère : *Magnum mysterium, Fratres*. Le son de la
parole frappe au dehors ; le Maître, dit saint Augustin, est au dedans[2] » : la véritable prédication se fait
dans le cœur. Ainsi, pour entendre prêcher Jésus-
Christ, il ne faut pas ramasser son attention au lieu
où se mesurent les périodes, mais au lieu où se
règlent les mœurs ; il ne faut pas se recueillir au lieu
où se goûtent les belles pensées, mais au lieu où se
produisent les bons désirs. Ce n'est pas même assez
de se retirer au lieu où se forment les jugements : il
faut aller à celui où se prennent les résolutions. Enfin,
s'il y a quelque endroit encore plus profond et plus
retiré, où se tienne le conseil du cœur, où se déterminent tous ses desseins, où l'on donne le branle à
ses mouvements, c'est là que la parole divine doit
faire un ravage salutaire, en brisant toutes les idoles,
en renversant tous les autels où la créature est ado-
rée, en répandant tout l'encens qu'on leur présente,
en chassant toutes les victimes qu'on leur immole ; et
sur ce débris ériger le trône de Jésus-Christ victorieux : autrement, on n'écoute pas Jésus-Christ qui
prêche.

S'il est ainsi, Chrétiens, hélas ! que Jésus-Christ a
peu d'auditeurs, et que dans la foule des assistants il
s'y trouve peu de disciples[3] ! En effet, ou nous écoutons froidement, ou il s'élève seulement en nous des
affections languissantes, faibles imitations des senti-

ments véritables; désirs toujours stériles et infructueux, qui demeurent toujours désirs, et qui ne se
tournent jamais en résolutions; flamme errante et
volage, qui ne prend pas à sa matière, mais qui court
légèrement par-dessus, et que le moindre souffle
éteint tellement, que tout s'en perd en un instant, jusqu'au souvenir: «*Filii Ephrem, intendentes et mittentes arcum; [conversi sunt in die belli]*]: Les enfants
d'Ephrem, dit David, préparaient leurs flèches et
bandaient leur arc; mais ils ont lâché le pied au jour
de la guerre[1].» En écoutant la prédication, ils for-
maient en eux-mêmes de grands desseins; ils semblaient aiguiser leurs armes contre leurs vices: au
jour de la tentation, ils les ont rendues honteuse-
ment. Ils promettaient beaucoup dans l'exercice; ils
ont plié d'abord[2] dans le combat. Ils semblaient ani-
més quand on sonnait de la trompette; ils ont tourné
le dos tout à coup quand il a fallu venir aux mains:
*Filii Ephrem, [intendentes et mittentes arcum; conversi
sunt in die belli]*.

Dirai-je ici ce que je pense? De telles émotions,
faibles, imparfaites, et qui se dissipent en un moment,
sont dignes d'être formées devant un théâtre, où l'on
ne joue que des choses feintes, et non devant les
chaires évangéliques, où la sainte vérité de Dieu paraît
dans sa pureté. Car à qui est-ce qu'il appartient de
toucher les cœurs, sinon à la vérité? C'est elle qui
apparaîtra [à] tous les cœurs rebelles au dernier
jour; et alors on connaîtra combien la vérité est touchante. «En la voyant, dit le Sage, ils seront troublés
d'une crainte horrible: *Videntes turbabuntur timore
horribili[3]*»; ils seront agités et angoissés; eux-mêmes
se voudront cacher dans l'abîme. Pourquoi cette agitation, Messieurs? C'est que la vérité leur parle. Pourquoi cette angoisse? C'est que la vérité les presse.
Pourquoi cette fuite précipitée[4]? C'est que la vérité
les poursuit. Ha! te trouverons-nous partout, ô vérité

persécutante ? Oui, jusqu'au fond de l'abîme, ils la trouveront : spectacle horrible à leurs yeux, poids insupportable sur leurs consciences, flamme toujours dévorante dans leurs entrailles. Qui nous donnera, Chrétiens, que nous soyons touchés de la vérité, de peur d'en être touchés de cette manière furieuse et désespérée ? Ô Dieu, donnez efficace à votre parole. Ô Dieu, vous voyez en quel lieu je prêche, et vous savez, ô Dieu, ce qu'il y faut dire. Donnez-moi des paroles sages, donnez-moi des paroles puissantes ; donnez-moi la prudence, donnez-moi la force ; donnez-moi la circonspection, donnez-moi la simplicité. Vous savez, ô Dieu vivant, que le zèle ardent qui m'anime pour le service de mon roi me fait tenir à bonheur d'annoncer votre Évangile à ce grand monarque, grand véritablement, et digne par la grandeur de son âme de n'entendre que de grandes choses ; digne, par l'amour qu'il a pour la vérité, de n'être jamais déçu.

Sire, c'est Dieu qui doit parler dans cette chaire : qu'il fasse donc par son Saint-Esprit, car c'est lui seul qui peut faire un si grand ouvrage, que l'homme n'y paraisse pas, afin que Dieu y parlant tout seul par la pureté de son Évangile, il fasse dieux tous ceux qui l'écoutent, et particulièrement Votre Majesté, qui, ayant déjà l'honneur de le représenter sur la terre, doit aspirer à celui d'être semblable à lui dans l'éternité, en le voyant «face à face», «tel qu'il est[1]», et selon l'immensité de sa gloire, que je vous souhaite, au nom [du Père, du Fils et du Saint Esprit].

SERMON DU MAUVAIS RICHE[1]

Dimanche 5 mars

Mortuus est autem et dives[2].
(Luc, XVI, 22.)

Je laisse Jésus-Christ sur le Thabor[3] dans les splen-
deurs de sa gloire, pour arrêter ma vue sur un autre
objet moins agréable, à la vérité, mais qui nous
presse plus fortement à la pénitence. C'est le mauvais riche mourant, et mourant comme il a vécu,
dans l'attache à ses passions, dans l'engagement au
péché, dans l'obligation à la peine.

Dans le dessein que j'ai pris de faire tout l'entretien de cette semaine sur la triste aventure de ce
misérable, je m'étais d'abord proposé de donner
comme deux tableaux, dont l'un représenterait sa
mauvaise vie, et l'autre sa fin malheureuse ; mais j'ai
cru que les pécheurs, toujours favorables à ce qui
éloigne leur conversion, si je faisais ce partage, se
persuaderaient trop facilement qu'ils pourraient
aussi détacher ces choses, qui ne sont, pour notre
malheur, que trop enchaînées, et qu'une espérance
présomptueuse de corriger à la mort ce qui manquerait à la vie nourrirait leur impénitence. Je me suis
donc résolu de leur faire considérer dans ce discours
comme, par une chute insensible, on tombe d'une
vie licencieuse à une mort désespérée ; afin que,

contemplant d'une même vue ce qu'ils font et ce qu'ils s'attirent, où ils sont et où ils s'engagent, ils quittent la voie en laquelle ils marchent, par la crainte de l'abîme où elle conduit. Vous donc, ô divin Esprit, sans lequel toutes nos pensées sont sans force et toutes nos paroles sans poids, donnez efficace à ce discours, touché des saintes prières de la bienheureuse Marie, à laquelle nous allons dire : *Ave*.

C'est trop se laisser surprendre aux vaines descriptions des peintres et des poètes, que de croire la vie et la mort autant dissemblables que les uns et les autres nous les figurent[1]. Il leur faut donner les mêmes traits. C'est pourquoi les hommes se trompent lorsque, trouvant leur conversion si pénible pendant la vie, ils s'imaginent que la mort aplanira ces difficultés, se persuadant peut-être qu'il leur sera plus aisé de se changer, lorsque la nature altérée touchera de près à son changement dernier et irrémédiable. Car ils devraient penser, au contraire, que la mort n'a pas un être distinct qui la sépare de la vie ; mais qu'elle n'est autre chose, sinon une vie qui s'achève. Or, qui ne sait, Chrétiens, qu'à la conclusion de la pièce, on n'introduit pas d'autres personnages que ceux qui ont paru dans les autres scènes[2] ; et que les eaux d'un torrent, lorsqu'elles se perdent, ne sont pas d'une autre nature que lorsqu'elles coulent ?

C'est donc cet enchaînement qu'il nous faut aujourd'hui comprendre ; et, afin de concevoir plus distinctement comme ce qui se passe en la vie porte coup[3] au point de la mort, traçons ici en un mot la vie d'un homme du monde.

Ses plaisirs et ses affaires partagent ses soins : par l'attache à ses plaisirs, il n'est pas à Dieu ; par l'empressement de ses affaires, il n'est pas à soi ; et ces deux choses ensemble le rendent insensible aux mal-

heurs d'autrui. Ainsi notre mauvais riche, homme de
plaisirs et de bonne chère, ajoutez, si vous le voulez,
homme d'affaires et d'intrigues, étant enchanté par
les uns et occupé par les autres, ne s'était jamais
arrêté pour regarder en passant le pauvre Lazare qui
mourait de faim à sa porte.

Telle est la vie d'un homme du monde ; et presque
tous ceux qui m'écoutent se trouveront tantôt, s'ils y
prennent garde, dans quelque partie de la parabole.
Mais voyons enfin, Chrétiens, quelle sera la fin de
cette aventure. La mort, qui s'avançait pas à pas,
arrive, imprévue et inopinée. On dit à ce mondain
délicat, à ce mondain empressé, à ce mondain insensible et impitoyable, que son heure dernière est
venue : il se réveille en sursaut, comme d'un profond
assoupissement. Il commence à se repentir de s'être
si fort attaché au monde, qu'il est enfin contraint de
quitter. Il veut rompre en un moment ses liens, et il
sent, si toutefois il sent quelque chose, qu'il n'est pas
possible, du moins tout à coup, de faire une rupture
si violente ; il demande du temps en pleurant, pour
accomplir un si grand ouvrage, et il voit que tout le
temps lui est échappé. Ha ! dans une occasion si
pressante, où les grâces communes ne suffisent pas,
il implore un secours extraordinaire ; mais comme il
n'a lui-même jamais eu pitié de personne, aussi tout
est sourd à l'entour de lui au jour de son affliction.
Tellement que par ses plaisirs, par ses empressements, par sa dureté, il arrive enfin, le malheureux !
à la plus grande séparation sans détachement (premier point) ; à la plus grande affaire sans loisir
(deuxième point) ; à la plus grande misère sans assistance [troisième point]. Ô Seigneur, Seigneur tout-
puissant, donnez efficace à mes paroles, pour graver
dans les cœurs de ceux qui m'écoutent des vérités si
importantes. Commençons à parler de l'attache au
monde.

PREMIER POINT

L'abondance, la bonne fortune, la vie délicate et voluptueuse sont comparées souvent dans les Saintes Lettres à des fleuves impétueux, qui passent sans s'arrêter et tombent sans pouvoir soutenir leur propre poids. Mais, si la félicité du monde imite un fleuve dans son inconstance, elle lui ressemble aussi dans sa force, parce qu'en tombant, elle nous pousse, et qu'en coulant elle nous tire : *Attendis quia labitur, cave quia trahit*, dit saint Augustin[1].

Il faut aujourd'hui, Messieurs, vous représenter cet attrait puissant. Venez et ouvrez les yeux, et voyez les liens cachés dans lesquels votre cœur est pris ; mais, pour comprendre tous les degrés de cette déplorable servitude où nous jettent les biens du monde, contemplez ce que fait en nous l'attache d'un cœur qui les possède, l'attache d'un cœur qui en use, l'attache d'un cœur qui s'y abandonne. Ô quelles chaînes ! ô quel esclavage ! Mais disons les choses par ordre.

Premièrement, Chrétiens, c'est une fausse imagination des âmes simples et ignorantes, qui n'ont pas expérimenté la fortune, que la possession des biens de la terre rend l'âme plus libre et plus dégagée[2]. Par exemple, on se persuade que l'avarice[3] serait tout à fait éteinte, que l'on n'aurait plus d'attache aux richesses, si l'on en avait ce qu'il faut : Ha ! c'est alors, disons-nous, que le cœur, qui se resserre dans l'inquiétude du besoin, reprendra sa liberté tout entière dans la commodité et dans l'aisance. Confessons la vérité devant Dieu : tous les jours, nous nous flattons de cette pensée. Mais notre erreur est extrême. Certes, c'est une folie de s'imaginer que les richesses guérissent l'avarice, ni que cette eau puisse étancher cette soif. Nous voyons par expérience que le riche, à qui tout abonde, n'est pas moins impatient dans ses pertes que le pauvre, à qui tout manque ; et je ne m'en étonne pas. Car il faut entendre, Messieurs, que nous n'avons pas seulement pour tout notre bien une affection générale, mais que chaque petite partie attire une affection particulière : ce qui fait que nous voyons ordinairement que l'âme n'a pas moins d'attache, que la perte n'est pas moins sensible, dans l'abondance que dans la disette. Il en est comme des cheveux, qui font toujours sentir la même douleur, soit qu'on les arrache d'une tête chauve, soit qu'on les tire d'une belle tête qui en est couverte : on sent toujours la même douleur, à cause que, chaque cheveu ayant sa racine propre, la violence est toujours égale. Ainsi, chaque petite parcelle du bien que nous possédons tenant dans le fond du cœur par sa racine particulière, il s'ensuit manifestement que l'opulence n'a pas moins d'attache que la disette ; au contraire, qu'elle est, du moins en ceci, et plus captive et plus engagée, qu'elle a plus de liens qui l'enchaînent et un plus grand poids qui l'accable. Te voilà donc, ô homme du monde, attaché à ton propre bien avec un amour immense ! Mais il se croirait pauvre dans son abondance (de même de toutes les autres passions), s'il n'usait de sa bonne fortune. Voyons quel est cet usage ; et pour procéder toujours avec ordre, laissons ceux qui s'emportent d'abord aux excès, et considérons un moment les autres, qui s'imaginent être modérés quand ils se donnent de tout leur cœur aux choses permises.

Le mauvais riche de la parabole les doit faire trembler jusqu'au fond de l'âme. Qui n'a ouï remarquer cent fois que le Fils de Dieu ne nous parle ni de ses adultères, ni de ses rapines, ni de ses violences ? Sa délicatesse et sa bonne chère font une partie si considérable de son crime, que c'est presque le seul désordre qui nous est rapporté dans notre évangile.

« C'est un homme, dit saint Grégoire, qui s'est damné dans les choses permises, parce qu'il s'y est donné tout entier, parce qu'il s'y est laissé aller sans retenue » : tant il est vrai, Chrétiens, que ce n'est pas toujours l'objet défendu, mais que c'est fort souvent l'attache qui fait des crimes damnables ! *Divitem ultrix flamma suscepit, non quia aliquid illicitum gessit, sed quia immoderato usu totum se licitis tradidit*[1]. Ô Dieu ! qui ne serait étonné ? Qui ne s'écrierait avec le Sauveur : Ha ! « que la voie est étroite qui nous conduit au royaume[2] » ! Sommes-nous donc si malheureux, qu'il y ait quelque chose qui soit défendu, même dans l'usage de ce qui est permis ? N'en doutons pas, Chrétiens : quiconque a les yeux ouverts pour entendre la force de cet oracle prononcé par le Fils de Dieu : « Nul ne peut servir deux maîtres[3] », il pourra aisément comprendre qu'à quelque bien que le cœur s'attache, soit qu'il soit défendu, soit qu'il soit permis, s'il s'y donne tout entier, il n'est plus à Dieu ; et ainsi qu'il peut y avoir des attachements damnables à des choses qui de leur nature seraient innocentes. S'il est ainsi, Chrétiens, et qui peut douter qu'il ne soit ainsi, après que la Vérité nous en assure ? ô grands, ô riches du siècle, que votre condition me fait peur, et que j'appréhende pour vous ces crimes cachés et délicats qui ne se distinguent point par les objets, qui ne dépendent que d'un secret mouvement du cœur et d'un attachement presque imperceptible ! Mais tout le monde n'entend pas cette parole ; passons outre, Chrétiens, et, puisque les hommes du monde ne comprennent pas cette vérité, tâchons de leur faire voir le triste état de leur âme par une chute plus apparente.

Et certes il est impossible qu'en prenant si peu de soin de se retenir dans les choses qui sont permises, ils ne s'emportent bientôt jusqu'à ne craindre plus de poursuivre celles qui sont ouvertement défen-

dues. Car, Chrétiens, qui ne le sait pas ? qui ne le sent
par expérience ? notre esprit n'est pas fait de sorte
qu'il puisse facilement se donner des bornes. Job
l'avait bien connu par expérience : «*Pepigi fœdus
cum oculis meis...* J'ai fait un pacte avec mes yeux,
de ne penser à aucune beauté mortelle [1].» Voyez qu'il
règle la vue pour arrêter la pensée. Il réprime des
regards qui pourraient être innocents, pour arrêter
des pensées qui apparemment seraient criminelles ;
ce qui n'est peut-être pas si clairement défendu par
la loi de Dieu, il y oblige ses yeux par traité exprès.
Pourquoi ? parce qu'il sait que, par cet abandon aux
choses licites, il se fait dans tout notre cœur un certain épanchement d'une joie mondaine ; si bien que
l'âme, se laissant aller à tout ce qui lui est permis,
commence à s'irriter de ce que quelque chose lui est
défendu. Ha! quel état! quel penchant! quelle étrange
disposition! Je vous laisse à penser, Messieurs, si
une liberté précipitée jusqu'au voisinage du vice ne
s'emportera pas bientôt jusqu'à la licence ; si elle ne
passera pas bientôt les limites, quand il ne lui restera
plus qu'une si légère démarche. Sans doute, ayant pris
sa course avec tant d'ardeur dans cette vaste carrière des choses permises, elle ne pourra plus retenir
ses pas : et il lui arrivera infailliblement ce que dit de
soi-même le grand saint Paulin : «Je m'emporte au delà de ce que je dois, pendant que je ne prends aucun
soin de me modérer en ce que je puis : *Quod non
expediebat admisi, dum non tempero quod licebat* [2].»
    Après cela, Chrétiens, si Dieu ne fait un miracle, la
licence des grandes fortunes n'a plus de limites :
«*Prodiit quasi ex adipe iniquitas eorum* : Dans leur
graisse, dit le Saint-Esprit, dans leur abondance, il
se fait un fonds d'iniquité qui ne s'épuise jamais [3].»
C'est de là que naissent ces péchés régnants, qui ne
se contentent pas qu'on les souffre, ni même qu'on les
excuse, mais qui veulent encore qu'on leur applau-

disse. C'est là qu'on se plaît de faire le grand par le mépris de toutes les lois et en faisant un insulte[1] public à la pudeur du genre humain. Ha! si je pouvais ici vous ouvrir le cœur d'un Nabuchodonosor ou d'un Balthazar[2], ou de quelque autre de ces rois superbes qui nous sont représentés dans l'Histoire sainte, vous verriez avec horreur et tremblement ce que peut, dans un cœur qui a oublié Dieu, cette terrible pensée de n'avoir rien qui nous contraigne. C'est alors que la convoitise va tous les jours se subtilisant et enchérissant sur elle-même. De là naissent des vices inconnus, des monstres d'avarice, des raffinements de volupté, des délicatesses d'orgueil, qui n'ont pas de nom. Et ce qu'il y a de plus étrange, c'est qu'au milieu de tous ces excès, souvent on s'imagine être vertueux, parce que, dans une licence qui n'a point de bornes, on compte parmi ses vertus tous les vices dont on s'abstient; on croit faire grâce à Dieu et à sa justice de ne la pousser pas tout à fait à bout. L'impunité fait tout oser; on ne pense ni au jugement, ni à la mort même, jusqu'à ce qu'elle vienne, toujours imprévue, finir l'enchaînement des crimes pour commencer celui des supplices.

Car de croire que sans miracle l'on puisse en ce seul moment briser des liens si forts, changer des inclinations si profondes, enfin abattre d'un même coup tout l'ouvrage de tant d'années, c'est une folie manifeste. À la vérité, Chrétiens, pendant que la maladie supprime pour un peu de temps les atteintes les plus vives de la convoitise, je confesse qu'il est facile de jouer par crainte le personnage d'un pénitent. Le cœur a des mouvements artificiels qui se font et se défont en un moment; mais ses mouvements véritables ne se produisent pas de la sorte. Non, non, ni un nouvel homme ne se forme en un instant, ni ces affections vicieuses si intimement attachées ne s'arrachent pas par un seul effort. Car

quelle puissance a la mort, quelle grâce extraordinaire, pour opérer tout à coup un changement si
miraculeux ? Peut-être que vous penserez que la
mort nous enlève tout, et qu'on se résout aisément de
se détacher de ce qu'on va perdre. Ne vous trompez pas, Chrétiens ; plutôt il faut craindre un effet
contraire : car c'est le naturel du cœur humain de
redoubler ses efforts pour retenir le bien qu'on lui
ôte. Considérez ce roi d'Amalec, tendre et délicat,
qui, se voyant proche de la mort, s'écrie avec tant de
larmes : «*Siccine separat amara mors ?* Est-ce ainsi
que la mort amère sépare les choses[1] ? » Il pensait et
à sa gloire et à ses plaisirs ; et vous voyez comme, à la
vue de la mort qui lui enlève son bien, toutes ses passions émues et s'irritent et se réveillent.

Ainsi la séparation augmente l'attache d'une
manière plus obscure et plus confuse, mais aussi plus
profonde et plus intime ; et ce regret amer d'abandonner tout, s'il avait la liberté de s'expliquer, on
verrait qu'il confirme par un dernier acte tout ce qui
s'est passé dans la vie, bien loin de le rétracter[2].
C'est, Messieurs, ce qui me fait craindre que ces
belles conversions des mourants ne soient que sur la
bouche ou sur le visage, ou dans la fantaisie[3] alarmée, et non dans la conscience. — Mais il fait de si
beaux actes de détachement ! — Mais je crains qu'ils
ne soient forcés ; je crains qu'ils ne soient dictés par
l'attache même. — Mais il déteste tous ses péchés ! —
Mais c'est peut-être qu'il est condamné à faire amende
honorable[4] avant que d'être traîné au dernier supplice. — Mais pourquoi faites-vous un si mauvais
jugement ? — Parce que, ayant commencé trop tard
l'œuvre de son détachement total, le temps lui a
manqué pour accomplir une telle affaire.

DEUXIÈME POINT

J'entends dire tous les jours aux hommes du monde qu'ils ne peuvent trouver de loisir : toutes les heures s'écoulent trop vite, toutes les journées finissent trop tôt ; et, dans ce mouvement éternel, la grande affaire du salut, qui est toujours celle qu'on remet, ne manque jamais de tomber tout entière au temps de la mort, avec tout ce qu'elle a de plus épineux.

Je trouve deux causes de cet embarras : premièrement nos prétentions, secondement notre inquiétude. Les prétentions nous engagent et nous amusent jusqu'au dernier jour ; cependant notre inquiétude, c'està-dire l'impatience d'une humeur active et remuante, est si féconde en occupations, que la mort nous trouve encore empressés dans une infinité de soins superflus.

Sur ces principes, ô hommes du monde, venez, que je vous raconte votre destinée. Quelque charge que l'on vous donne, quelque établissement que l'on vous assure, jamais vous ne cesserez de prétendre : ce que vous croyez la fin de votre course, quand vous y serez arrivés, vous ouvrira inopinément une nouvelle carrière. La raison, Messieurs, la voici : c'est que votre humeur est toujours la même, et que la facilité se trouve plus grande. Commencer, c'est le grand travail : à mesure que vous avancez, vous avez plus de moyens de vous avancer ; et si vous couriez avec tant d'ardeur lorsqu'il fallait grimper par des précipices, il est hors de la vraisemblance que vous vous arrêtiez tout à coup quand vous aurez rencontré la plaine. Ainsi tous les présents de la fortune vous seront un engagement pour vous abandonner tout à fait à des prétentions infinies.

Bien plus, quand on cessera de vous donner, vous ne cesserez pas de prétendre. Le monde, pauvre en effets, est toujours magnifique en promesses ; et comme la source des biens se tarit bientôt, il serait tout à fait à sec, s'il ne savait distribuer des espérances. Et est-il homme, Messieurs, qui soit plus aisé à mener bien loin qu'un qui espère, parce qu'il aide lui-même à se tromper ? Le moindre jour dissipe toutes ses ténèbres et le console de tous ses ennuis ; et quand même il n'y a plus aucune espérance, la longue habitude d'attendre toujours, que l'on a contractée à la cour, fait que l'on vit toujours en attente, et que l'on ne peut se défaire du titre de poursuivant, sans lequel on croirait n'être plus du monde[1]. Ainsi nous allons toujours tirant après nous cette longue chaîne traînante de notre espérance ; et avec cette espérance, quelle involution[2] d'affaires épineuses ! et à travers de ces affaires et de ces épines, que de péchés ! que d'injustices ! que de tromperies ! que d'iniquités enlacées ! « *Væ, qui trahitis iniquitatem in funiculis vanitatis !* Malheur à vous, dit le prophète, qui traînez tant d'iniquités dans les cordes de la vanité[3] ! » c'est-à-dire, si je ne me trompe, tant d'affaires iniques dans cet enchaînement infini de vos espérances trompeuses.

Que dirai-je maintenant, Messieurs, de cette humeur inquiète, curieuse de nouveautés, ennemie du loisir et impatiente du repos ? D'où vient qu'elle ne cesse de nous agiter et de nous ôter notre meilleur, en nous engageant d'affaire en affaire, avec un empressement qui ne finit pas ? Un principe très véritable, mais mal appliqué, nous jette dans cet embarras : la nature même nous enseigne que la vie est dans l'action. Mais les mondains, toujours dissipés, ne connaissent pas l'efficace[4] de cette action paisible et intérieure qui occupe l'âme en elle-même ; ils ne croient pas s'exercer s'ils ne s'agitent, ni se mouvoir s'ils ne font du bruit : de sorte qu'ils mettent la vie dans cette action empressée et tumultueuse ; ils s'abî-

ment dans un commerce éternel d'intrigues et de
visites, qui ne leur laisse pas un moment à eux[1], et
ce mouvement perpétuel, qui les engage en mille
contraintes, ne laisse pas de les satisfaire, par l'image
d'une liberté errante. Comme un arbre, dit saint
Augustin, que le vent semble caresser en se jouant
avec ses feuilles et avec ses branches : bien que ce
vent ne le flatte qu'en l'agitant, et le jette tantôt d'un
côté et tantôt d'un autre, avec une grande inconsis-
tance, vous diriez toutefois que l'arbre s'égaye[2] par
la liberté de son mouvement ; ainsi, dit ce grand
évêque, encore que les hommes du monde n'aient
pas de liberté véritable, étant presque toujours
contraints de céder au vent qui les pousse, toutefois
ils s'imaginent jouir d'un certain air de liberté et de
paix, en promenant deçà et delà leurs désirs vagues
et incertains : *Ut olivæ pendentes in arbore, ducenti-
bus ventis, quasi quadam libertate auræ perfruuntur
vago quodam desiderio suo*[3].

Voilà, si je ne me trompe, une peinture assez naturelle de la vie du monde et de la vie de la cour.
Que faites-vous cependant, grand homme d'affaires,
homme qui êtes de tous les secrets, et sans lequel
cette grande comédie du monde manquerait d'un
personnage nécessaire ; que faites-vous pour la grande
affaire, pour l'affaire de l'éternité ? C'est à l'affaire
de l'éternité que doivent céder tous les emplois ; c'est
à l'affaire de l'éternité que doivent servir tous les
temps. Dites-moi, en quel état est donc cette affaire ?
— Ha ! pensons-y, direz-vous. — Vous êtes donc averti
que vous êtes malade dangereusement, puisque vous
songez enfin à votre salut. Mais, hélas ! que le temps
est court pour démêler une affaire si enveloppée que
celle de vos comptes et de votre vie ! Je ne parle point
en ce lieu, ni des douleurs qui vous pressent, ni de la
crainte qui vous étonne, ni des vapeurs qui vous
offusquent[4] : je ne regarde que l'empressement. Écou-

tez de quelle force on frappe à la porte ; on la rom-
pra bientôt, si l'on n'ouvre. Sentence sur sentence,
ajournement sur ajournement, pour vous appeler
devant Dieu et devant sa Chambre de justice. Écoutez avec quelle presse[1] il vous parle par son prophète :
« La fin est venue, la fin est venue ; maintenant la fin
est sur toi, et j'envoierai ma fureur contre toi, et je te
jugerai selon tes voies ; et tu sauras que je suis le Seigneur[2]. » — Ô Seigneur, que vous me pressez ! —
Encore une nouvelle recharge : « La fin est venue, la
fin est venue : la justice », que tu croyais endormie,
« s'est éveillée contre toi ; la voilà qu'elle est à la
porte. *Ecce venit*[3]. » Le jour de vengeance est proche.
Toutes les terreurs te semblaient vaines, et toutes les
menaces trop éloignées ; et « maintenant, dit le Seigneur, je te frapperai de près, et je remettrai tous tes
crimes sur ta tête, et tu sauras que je suis le Seigneur qui frappe[4] ». Tels sont, Messieurs, les ajour-
nements par lesquels Dieu nous appelle à son
tribunal et à sa Chambre de justice. Mais enfin voici
le jour qu'il faut comparaître : *Ecce dies, ecce venit,
egressa est contritio*[5]. L'ange qui préside à la mort
recule d'un moment à l'autre, pour étendre le temps
de la pénitence ; mais enfin il vient un ordre d'en
haut : *Fac conclusionem*[6] : Pressez ; concluez ; l'audience est ouverte, le juge est assis ; criminel, venez
plaider votre cause. Mais que vous avez peu de
temps pour vous préparer[7] ! Ha ! que vous jetterez de
cris superflus ! Ha ! que vous soupirerez amèrement
après tant d'années perdues ! Vainement, inutilement : il n'y a plus de temps pour vous ; vous entrez
au séjour de l'éternité. Je vous vois étonné et éperdu
en présence de votre juge ; mais regardez encore vos
accusateurs : ce sont les pauvres qui vont s'élever
contre votre dureté inexorable.

TROISIÈME POINT

J'ai remarqué, Chrétiens, que le grand apôtre saint Paul, parlant, dans la IIe à Timothée, de ceux qui s'aiment eux-mêmes et leurs plaisirs, les appelle «des hommes cruels, sans affection, sans miséricorde : *Immites sine affectione,... sine misericordia,... voluptatum amatores* [1] » ; et je me suis souvent étonné d'une si étrange contexture [2]. En effet, cette aveugle attache aux plaisirs semble d'abord n'être que flatteuse, et ne paraît ni cruelle ni malfaisante ; mais il est aisé de se détromper, et de voir dans cette douceur apparente une force maligne et pernicieuse. Saint Augustin nous l'explique par cette comparaison : Voyez, dit-il [3], les buissons hérissés d'épines, qui font horreur à la vue ; la racine en est douce et ne pique pas ; mais c'est elle qui pousse ces pointes perçantes qui ensanglantent les mains si violemment : ainsi l'amour des plaisirs. Quand j'écoute parler les voluptueux dans le livre de la Sapience, je ne vois rien de plus agréable ni de plus riant : ils ne parlent que de fleurs, que de festins, que de danses, que de passe-temps : «*Coronemus nos rosis* : Couronnons nos têtes de fleurs, avant qu'elles soient flétries [4]. » Ils invitent tout le monde à leur bonne chère, et ils veulent leur faire part de leurs plaisirs : *Nemo nostrum exsors sit lœtitiae nostrœ* [5]. Que leurs paroles sont douces ! que leur humeur est enjouée ! que leur compagnie est désirable ! Mais, si vous laissez pousser cette racine, les épines sortiront bientôt ; car écoutez la suite de leurs discours : «Opprimons, ajoutent-ils, le juste et le pauvre : *Opprimamus pauperem justum*. Ne pardonnons point à la veuve [6]», ni à l'orphelin. Quel est, Messieurs, ce changement, et qui aurait jamais attendu d'une douceur si plaisante une cruauté si impitoyable ? C'est le génie de la volupté : elle se plaît à opprimer le juste et le pauvre, le juste qui lui est contraire, le pauvre qui doit être sa proie ; c'est-à-dire : on la contredit, elle s'effarouche ; elle s'épuise elle-même, il faut bien qu'elle se remplisse par des pilleries ; et voilà cette volupté si commode, si aisée et si indulgente, devenue cruelle et insupportable.

Vous direz sans doute, Messieurs, que vous êtes bien éloignés de ces excès ; et je crois facilement qu'en cette assemblée, et à la vue d'un roi si juste, de telles inhumanités n'oseraient paraître : mais sachez que l'oppression des faibles et des innocents n'est pas tout le crime de la cruauté. Le mauvais riche nous fait bien connaître qu'outre cette ardeur furieuse qui étend les mains aux violences, elle a encore sa dureté qui ferme les oreilles aux plaintes, les entrailles à la compassion et les mains au secours. C'est, Messieurs, cette dureté qui fait des voleurs sans dérober, et des meurtriers sans verser du sang. Tous les saints Pères disent, d'un commun accord, que ce riche inhumain de notre évangile a dépouillé le pauvre Lazare, parce qu'il ne l'a pas revêtu ; qu'il l'a égorgé cruellement, parce qu'il ne l'a pas nourri : *Quia non pavisti, occidisti*[1]. Et cette dureté meurtrière est née de son abondance et de ses délices.

Ô Dieu clément et juste ! ce n'est pas pour cette raison que vous avez communiqué aux grands de la terre un rayon de votre puissance ; vous les avez faits grands pour servir de pères à vos pauvres ; votre providence a pris soin de détourner les maux de dessus leurs têtes, afin qu'ils pensassent à ceux du prochain ; vous les avez mis à leur aise et en liberté, afin qu'ils fissent leur affaire du soulagement de vos enfants ; et la grandeur, au contraire, les rend dédaigneux ; leur abondance, secs ; leur félicité, insensibles, encore qu'ils voient tous les jours non tant des pauvres et des misérables que la misère elle-même et la pauvreté en personne, pleurante et gémissante à leur porte !

Je ne m'en étonne pas, Chrétiens ; d'autres pauvres plus pressants et plus affamés ont gagné les avenues les plus proches, et épuisé les libéralités à un passage plus secret. Expliquons-nous nettement : je parle de ces pauvres intérieurs qui ne cessent de murmurer, quelque soin qu'on prenne de les satisfaire, toujours avides, toujours affamés dans la profusion et dans l'excès même, je veux dire nos passions et nos convoitises. C'est en vain, ô pauvre Lazare ! que tu gémis à la porte, ceux-ci sont déjà au cœur ; ils ne s'y présentent pas, mais ils l'assiègent ; ils ne demandent pas, mais ils arrachent. Ô Dieu ! quelle violence ! Représentez-vous, Chrétiens, dans une sédition, une populace furieuse, qui demande arrogamment, toute prête à arracher si on la refuse : ainsi dans l'âme de ce mauvais riche ; et ne l'allons pas chercher dans la parabole, plusieurs le trouveront dans leur conscience. Donc, dans l'âme de ce mauvais riche et de ses cruels imitateurs, où la raison a perdu l'empire, où les lois n'ont plus de vigueur, l'ambition, l'avarice, la délicatesse, toutes les autres passions, troupe mutine et emportée, font retentir de toutes parts un cri séditieux, où l'on n'entend que ces mots : « Apporte, apporte : *Dicentes : Affer, affer*[1] » : apporte toujours de l'aliment à l'avarice ; apporte une somptuosité plus raffinée à ce luxe curieux et délicat ; apporte des plaisirs plus exquis à cet appétit dégoûté par son abondance. Parmi les cris furieux de ces pauvres impudents et insatiables, se peut-il faire que vous entendiez la voix languissante des pauvres qui tremblent devant vous, qui sont honteux de leur misère, accoutumés à la surmonter par un travail assidu ? C'est pourquoi ils meurent de faim ; oui, Messieurs, ils meurent de faim dans vos terres, dans vos châteaux, dans les villes, dans les campagnes, à la porte et aux environs de vos hôtels : nul ne court à leur aide. Hélas ! ils ne vous demandent que le superflu, quelques miettes de votre table, quelques restes de votre grande chère. Mais ces pauvres que vous nourrissez trop bien au dedans épuisent tout votre fonds. La profusion, c'est leur besoin ; non seulement le superflu, mais l'excès même leur est nécessaire ; et il n'y a plus aucune espérance pour les pauvres de Jésus-Christ, si vous n'apaisez ce tumulte et cette sédition intérieure. Et cependant ils subsisteraient, si vous leur donniez quelque chose de ce que votre prodigalité répand, ou de ce que votre avarice ménage.

Mais, sans être possédé de toutes ces passions violentes, la félicité toute seule, et je prie que l'on entende cette vérité, oui, la félicité toute seule est capable d'endurcir le cœur de l'homme. L'aise, la joie, l'abondance remplissent l'âme de telle sorte qu'elles en éloignent tout le sentiment de la misère des autres, et mettent à sec, si l'on n'y prend garde, la source de la compassion. C'est ici la malédiction des grandes fortunes ; c'est ici que l'esprit du monde paraît le plus opposé à l'esprit du christianisme. Car qu'est-ce que l'esprit du christianisme ? Esprit de fraternité, esprit de tendresse et de compassion, qui nous fait sentir les maux de nos frères, entrer dans leurs intérêts, souffrir de tous leurs besoins. Au contraire, l'esprit du monde, c'est-à-dire l'esprit de grandeur, c'est un excès d'amour-propre, qui, bien loin de penser aux autres, s'imagine qu'il n'y a que lui. Écoutez son langage dans le prophète Isaïe : «Tu as dit en ton cœur : Je suis, et il n'y a que moi sur la terre [1].» Je suis ! il se fait un dieu, et il semble vouloir imiter celui qui a dit : «Je suis Celui qui est [2].» Je suis ; il n'y a que moi : toute cette multitude, ce sont des têtes de nul prix, et, comme on parle [3], des gens de néant. Ainsi chacun ne compte que soi ; et, tenant tout le reste dans l'indifférence, on tâche de vivre à son aise, dans une souveraine tranquillité des fléaux qui affligent le genre humain.

Ha ! Dieu est juste et équitable. Vous y viendrez vous-même, riche impitoyable, aux jours de besoin et d'angoisse. Ne croyez pas que je vous menace du changement de votre fortune : l'événement en est casuel[1] ; mais ce que je veux dire n'est pas douteux. Elle viendra au jour destiné, cette dernière maladie, où, parmi un nombre infini d'amis, de médecins et de serviteurs, vous demeurerez sans secours, plus délaissé, plus abandonné que ce pauvre qui meurt sur la paille et qui n'a pas un drap pour sa sépulture. Car, en cette fatale maladie, que serviront ces amis, qu'à vous affliger par leur présence ; ces médecins, qu'à vous tourmenter ; ces serviteurs, qu'à courir deçà et delà dans votre maison avec un empressement inutile ? Il vous faut d'autres amis, d'autres serviteurs : ces pauvres que vous avez méprisés sont les seuls qui seraient capables de vous secourir. Que n'avez-vous pensé de bonne heure à vous faire de tels amis, qui maintenant vous tendraient les bras, « afin de vous recevoir dans les tabernacles éternels[2] » ? Ha ! si vous aviez soulagé leurs maux, si vous aviez eu pitié de leur désespoir, si vous aviez seulement écouté leurs plaintes, vos miséricordes prieraient Dieu pour vous : ils vous auraient donné des bénédictions, lorsque vous les auriez consolés dans leur amertume, qui feraient maintenant distiller sur vous une rosée rafraîchissante : leurs côtés revêtus, dit le saint prophète[3], leurs entrailles rafraîchies, leur faim rassasiée vous auraient béni ; leurs saints anges veilleraient autour de votre lit, comme des amis officieux ; et ces médecins spirituels consulteraient entre eux nuit et jour pour vous trouver des remèdes. Mais vous avez aliéné leur esprit ; et le prophète Jérémie me les représente vous condamnant eux-mêmes sans miséricorde.

Voici, Messieurs, un grand spectacle : venez considérer les saints anges dans la chambre d'un mauvais riche mourant[4]. Oui, pendant que ses médecins consultent l'état de sa maladie et que sa famille tremblante attend le résultat de la conférence, ces médecins invisibles consultent d'un mal bien plus dangereux: «*Curavimus Babylonem, et non est sanata*: Nous avons soigné cette Babylone, et elle ne s'est point guérie[1]»; nous avons traité diligemment ce riche cruel: que d'huiles ramollissantes, que de douces fomentations[2] nous avons mises sur ce cœur! et il ne s'est pas amolli, et sa dureté ne s'est pas fléchie: tout a réussi[3] contre nos pensées, et le malade s'est empiré parmi nos remèdes. «Laissons-le là, disent-ils; retournons à notre patrie», d'où nous étions descendus pour son secours: *Derelinquamus eum, et eamus unusquisque in terram suam*[4]. Ne voyez-vous pas sur son front le caractère d'un réprouvé? La dureté de son cœur a endurci contre lui le cœur de Dieu; les pauvres l'ont déféré à son tribunal; son procès lui est fait au ciel; et quoiqu'il ait fait largesse en mourant des biens qu'il ne pouvait plus retenir, le ciel est de fer à ses prières, et il n'y a plus pour lui de miséricorde: *Pervenit usque judicium ejus ad cœlos*[5].

Considérez, Chrétiens, si vous voulez mourir dans cet abandon; et, si cet état vous fait horreur, pour éviter les cris de reproche que feront contre vous les pauvres, écoutez les cris de la misère. Ha! le ciel n'est pas encore fléchi sur nos crimes. Dieu semblait s'être apaisé en donnant la paix à son peuple; mais nos péchés continuels ont rallumé sa juste fureur. Il nous a donné la paix[6], et lui-même nous fait la guerre: il a envoyé contre nous, pour punir notre ingratitude, la maladie, la mortalité, la disette extrême, une intempérie étonnante[7], je ne sais quoi de déréglé dans toute la nature, qui semble nous menacer de quelques suites funestes, si nous n'apaisons sa colère. Et dans les provinces éloignées, et même dans cette ville, au milieu de tant de plaisirs et de tant d'excès, une infinité de familles meurent de faim et de déses-

poir[1] : vérité constante, publique, assurée. Ô cala-
mité de nos jours ! Quelle joie pouvons-nous avoir ?
Faut-il que nous voyions de si grands malheurs ! Et
ne nous semble-t-il pas qu'à chaque moment tant de
cruelles extrémités que nous savons, que nous entendons de toutes parts, nous reprochent devant Dieu et
devant les hommes ce que nous donnons à nos sens,
à notre curiosité, à notre luxe ? Qu'on ne demande
plus maintenant jusqu'où va l'obligation d'assister
les pauvres ! La faim a tranché ce doute, le désespoir
a terminé la question, et nous sommes réduits à ces
cas extrêmes où tous les Pères et tous les théologiens
nous enseignent, d'un commun accord, que, si l'on
n'aide le prochain selon son pouvoir, on est coupable de sa mort, on rendra compte à Dieu de son
sang, de son âme, de tous les excès où la fureur de la
faim et le désespoir le précipite[2].

Qui nous donnera que nous entendions le plaisir
de donner la vie ? Qui nous donnera, Chrétiens, que
nos cœurs soient comblés de l'onction du Saint-
Esprit, pour goûter ce plaisir sublime de soulager
les misérables, de consoler Jésus-Christ qui souffre
en eux, de faire reposer, dit le saint Apôtre, leurs
entrailles affamées ? *Viscera sanctorum requieverunt
per te, frater*[3]. Ha ! que ce plaisir est saint ! Ha ! que
c'est un plaisir vraiment royal !

Sire, Votre Majesté aime ce plaisir ; elle en a donné
des marques sensibles, qui seront suivies de plus
grands effets[4]. C'est aux sujets à attendre, et c'est
aux rois à agir ; eux-mêmes ne peuvent pas tout ce
qu'ils veulent, mais ils rendront compte à Dieu de ce
qu'ils peuvent. C'est tout ce qu'on peut dire à Votre
Majesté. Il faut dire le reste à Dieu, et le prier humblement de découvrir à un si grand roi les moyens de
satisfaire à l'obligation de sa conscience, de mettre
le comble à sa gloire et de poser l'appui le plus
nécessaire de son salut éternel[5].

SERMON
SUR LA PROVIDENCE

Vendredi 10 mars

> *Fili, recordare quia recepisti bona in vita tua, et Lazarus similiter mala: nunc autem hic consolatur, tu vero cruciaris*[1].
>
> (Luc, XVI, 25.)

Nous lisons dans l'Histoire sainte que, le roi de Samarie ayant voulu bâtir une place forte qui tenait en crainte et en alarmes toutes les places du roi de Judée, ce prince assembla son peuple, et fit un tel effort contre l'ennemi, que non seulement il ruina cette forteresse, mais qu'il en fit servir les matériaux pour construire deux grands châteaux forts, par lesquels il fortifia sa frontière[2]. Je médite aujourd'hui, Messieurs, de faire quelque chose de semblable; et, dans cet exercice pacifique, je me propose l'exemple de cette entreprise militaire. Les libertins déclarent la guerre à la providence divine, et ils ne trouvent rien de plus fort contre elle que la distribution des biens et des maux, qui paraît injuste, irrégulière, sans aucune distinction entre les bons et les méchants. C'est là que les impies se retranchent comme dans leur forteresse imprenable, c'est de là qu'ils jettent hardiment des traits contre la sagesse qui régit le monde. Assemblons-nous, Chrétiens, pour combattre les ennemis du Dieu vivant; renversons leurs rem-

parts superbes. Non contents de leur faire voir que
cette inégale dispensation des biens et des maux du
monde ne nuit rien[1] à la Providence, montrons au
contraire qu'elle l'établit. Prouvons par le désordre
même qu'il y a un ordre supérieur qui rappelle tout à
soi par une loi immuable[2]; et bâtissons les forte-
resses de Juda des débris et des ruines de celles de
Samarie. C'est le dessein de ce discours, que j'expli-
querai plus à fond après [que nous aurons imploré
les lumières du Saint-Esprit par l'intercession de la
sainte Vierge :] *Ave.*

Le théologien d'Orient, saint Grégoire de Nazianze,
contemplant la beauté du monde, dans la structure
duquel Dieu s'est montré si sage et si magnifique,
l'appelle élégamment en sa langue le plaisir et les
délices de son Créateur, Θεοῦ τρυφήν[3]. Il avait appris
de Moïse que ce divin architecte, à mesure qu'il
bâtissait ce grand édifice, en admirait lui-même toutes
les parties : [*Vidit Deus lucem quod esset bona*][4];
qu'en ayant composé le tout, il avait encore enchéri
et l'avait trouvé « parfaitement beau » : [*Et erant valde
bona*][5], enfin qu'il avait paru tout saisi de joie dans le
spectacle de son propre ouvrage. Où il ne faut pas
s'imaginer que Dieu ressemble aux ouvriers mortels,
lesquels, comme ils peinent beaucoup dans leurs
entreprises et craignent toujours pour l'événement[6],
sont ravis que l'exécution les décharge du travail
et les assure du succès. Mais, Moïse regardant les
choses dans une pensée plus sublime et prévoyant
en esprit qu'un jour les hommes ingrats nieraient
la Providence qui régit le monde, il[7] nous montre
dès l'origine combien Dieu est satisfait de ce chef-
d'œuvre de ses mains, afin que, le plaisir de le former nous étant un gage certain du soin qu'il devait
prendre à le conduire, il ne fût jamais permis de douter qu'il n'aimât à gouverner ce qu'il avait tant aimé

à faire et ce qu'il avait lui-même jugé si digne de sa
sagesse.

Ainsi nous devons entendre que cet univers, et
particulièrement le genre humain, est le royaume
de Dieu, que lui-même règle et gouverne selon des
lois immuables; et nous nous appliquerons aujour-
d'hui à méditer les secrets de cette céleste politique
qui régit toute la nature, et qui, enfermant dans son
ordre l'universalité des choses humaines, ne dispose
pas avec moins d'égards les accidents inégaux qui
mêlent[1] la vie des particuliers que ces grands et
mémorables événements qui décident de la fortune
des empires.

Grand et admirable sujet, et digne de l'attention de
la cour la plus auguste du monde! Prêtez l'oreille, ô
mortels, et apprenez de votre Dieu même les secrets
par lesquels il vous gouverne; car c'est lui qui vous
enseignera dans cette chaire, et je n'entreprends
aujourd'hui d'expliquer ses conseils profonds qu'autant que je serai éclairé par ses oracles infaillibles.

Mais il nous importe peu, Chrétiens, de connaître
par quelle sagesse nous sommes régis, si nous n'apprenons aussi à nous conformer à l'ordre de ses
conseils. S'il y a de l'art à gouverner, il y en a aussi
à bien obéir. Dieu donne son esprit de sagesse aux
princes[2] pour savoir conduire les peuples, et il donne
aux peuples l'intelligence pour être capables d'être
dirigés par ordre; c'est-à-dire qu'outre la science
maîtresse par laquelle le Prince commande, il y a
une autre science subalterne qui enseigne aussi aux
sujets à se rendre dignes instruments de la conduite
supérieure; et c'est le rapport de ces deux sciences
qui entretient le corps d'un État par la correspondance du chef et des membres[3].

Pour établir ce rapport dans l'empire de notre
Dieu, tâchons de faire aujourd'hui deux choses. Premièrement, Chrétiens, quelque étrange confusion,

quelque désordre même ou quelque injustice qui
paraisse dans les affaires humaines, quoique tout y
semble emporté par l'aveugle rapidité de la fortune,
mettons bien avant dans notre esprit que tout s'y
conduit par ordre, que tout s'y gouverne par maximes,
et qu'un conseil éternel et immuable se cache parmi
tous ces événements que le temps semble déployer
avec une si étrange incertitude. Secondement, venons
à nous-mêmes ; et, après avoir bien compris quelle
puissance nous meut et quelle sagesse nous gouverne, voyons quels sont les sentiments qui nous rendent dignes d'une conduite si relevée. Ainsi nous
découvrirons, suivant la médiocrité de l'esprit humain,
en premier lieu les ressorts et les mouvements, et
ensuite l'usage et l'application de cette sublime politique qui régit le monde ; et c'est tout le sujet de ce
discours.

PREMIER POINT

Quand je considère en moi-même la disposition
des choses humaines, confuse, inégale, irrégulière,
je la compare souvent à certains tableaux, que l'on
montre assez ordinairement dans les bibliothèques
des curieux comme un jeu de la perspective. La première vue ne vous montre que des traits informes et
un mélange confus de couleurs, qui semble être ou
l'essai de quelque apprenti, ou le jeu de quelque
enfant, plutôt que l'ouvrage d'une main savante.
Mais aussitôt que celui qui sait le secret vous les fait
regarder par un certain endroit, aussitôt, toutes les
lignes inégales venant à se ramasser d'une certaine
façon dans votre vue, toute la confusion se démêle, et
vous voyez paraître un visage avec ses linéaments et
ses proportions, où il n'y avait auparavant aucune
apparence de forme humaine[1]. C'est, ce me semble,

Messieurs, une image assez naturelle du monde[1], de sa confusion apparente et de sa justesse cachée, que nous ne pouvons jamais remarquer qu'en le regardant par un certain point que la foi en Jésus-Christ nous découvre.

«J'ai vu, dit l'Ecclésiaste, un désordre étrange sous le soleil; j'ai vu que l'on ne commet pas ordinairement ni la course aux plus vites[2], ni la guerre aux plus courageux, ni les affaires aux plus sages: *Nec velocium [esse] cursum, nec fortium bellum...*; mais que le hasard et l'occasion dominent partout, *sed tempus casumque in omnibus*[3].» «J'ai vu, dit le même Ecclésiaste, que toutes choses arrivent également à l'homme de bien et au méchant, à celui qui sacrifie et à celui qui blasphème: *Quod universa æque eveniant justo et impio..., immolanti victimas et sacrificia contemnenti... Eadem cunctis eveniunt*[4].» Presque tous les siècles se sont plaints d'avoir vu l'iniquité triomphante et l'innocence affligée; mais, de peur qu'il y ait rien d'assuré, quelquefois on voit, au contraire, l'innocence dans le trône et l'iniquité dans le supplice. Quelle est la confusion de ce tableau! et ne semble-t-il pas que ces couleurs aient été jetées au hasard, seulement pour brouiller la toile ou le papier, si je puis parler de la sorte?

Le libertin inconsidéré s'écrie aussitôt qu'il n'y a point d'ordre: «Il dit en son cœur: Il n'y a point de Dieu», ou ce Dieu abandonne la vie humaine aux caprices de la fortune: *Dixit insipiens [in corde suo: Non est Deus]*[5]. Mais arrêtez, malheureux, et ne précipitez pas votre jugement dans une affaire si importante! Peut-être que vous trouverez que ce qui semble confusion est un art caché; et si vous savez rencontrer le point par où il faut regarder les choses, toutes les inégalités se rectifieront, et vous ne verrez que sagesse où vous n'imaginiez que désordre.

Oui, oui, ce tableau a son point, n'en doutez pas;

et le même Ecclésiaste, qui nous a découvert la confusion, nous mènera aussi à l'endroit par où nous
contemplerons l'ordre du monde. « J'ai vu, dit-il, sous
le soleil l'impiété en la place du jugement, et l'iniquité dans le rang que devait tenir la justice[1] », c'est-
à-dire, si nous l'entendons, l'iniquité sur le tribunal,
ou même l'iniquité dans le trône où la seule justice doit être placée. Elle ne pouvait pas monter plus
haut ni occuper une place qui lui fût moins due.
Que pouvait penser Salomon en considérant un si
grand désordre ? Quoi ? que Dieu abandonnait les
choses humaines sans conduite et sans jugement ?
Au contraire, dit ce sage prince, en voyant ce renversement, « aussitôt j'ai dit en mon cœur : Dieu jugera
le juste et l'impie, et alors ce sera le temps de toutes
choses : *Et tempus omnis rei tunc erit*[2] ».

Voici, Messieurs, un raisonnement digne du plus
sage des hommes : il découvre dans le genre humain
une extrême confusion ; il voit dans le reste du monde
un ordre qui le ravit ; il voit bien qu'il n'est pas possible que notre nature, qui est la seule que Dieu a
faite à sa ressemblance, soit la seule qu'il abandonne
au hasard ; ainsi, convaincu par raison qu'il doit y
avoir de l'ordre parmi les hommes, et voyant par expérience qu'il n'est pas encore établi, il conclut nécessairement que l'homme a quelque chose à attendre.
Et c'est ici, Chrétiens, tout le mystère du conseil de
Dieu ; c'est la grande maxime d'État de la politique
du ciel. Dieu veut que nous vivions au milieu du
temps dans une attente perpétuelle de l'éternité ; il
nous introduit dans le monde, où il nous fait paraître
un ordre admirable pour montrer que son ouvrage
est conduit avec sagesse, où il laisse de dessein formé
quelque désordre apparent pour montrer qu'il n'y a
pas mis encore la dernière main. Pourquoi ? Pour
nous tenir toujours en attente du grand jour de l'éternité, où toutes choses seront démêlées par une déci-

sion dernière et irrévocable, où Dieu, séparant encore
une fois la lumière d'avec les ténèbres, mettra, par
un dernier jugement, la justice et l'impiété dans les
places qui leur sont dues, « et alors, dit Salomon, ce
sera le temps de chaque chose : *Et tempus omnis rei
tunc erit* ».

Ouvrez donc les yeux, ô mortels : c'est Jésus-Christ
qui vous y exhorte dans cet admirable discours qu'il
a fait en saint Matthieu, VI, et Luc, XII, dont je vais
vous donner une paraphrase. Contemplez le ciel et la
terre, et la sage économie de cet univers. Est-il rien
de mieux entendu que cet édifice ? est-il rien de mieux
pourvu que cette famille ? est-il rien de mieux gou-
verné que cet empire ? Cette puissance suprême, qui
a construit le monde et qui n'y a rien fait qui ne soit
très bon, a fait néanmoins des créatures meilleures
les unes que les autres. Elle a fait les corps célestes,
qui sont immortels ; elle a fait les terrestres [1], qui sont
périssables ; elle a fait des animaux admirables par
leur grandeur ; elle a fait les insectes et les oiseaux,
qui semblent méprisables par leur petitesse ; elle a
fait ces grands arbres des forêts, qui subsistent des
siècles entiers ; elle a fait les fleurs des champs, qui
se passent [2] du matin au soir. Il y a de l'inégalité dans
ses créatures, parce que cette même bonté, qui a
donné l'être aux plus nobles, ne l'a pas voulu envier
aux moindres. Mais, depuis les plus grandes jusqu'aux plus petites, sa providence se répand partout.
Elle nourrit les petits oiseaux, qui l'invoquent dès le
matin par la mélodie de leurs chants ; et ces fleurs,
dont la beauté est si tôt flétrie, elle les habille si
superbement durant ce petit moment de leur être,
que Salomon, dans toute sa gloire, n'a rien de com-
parable à cet ornement. Vous, hommes, qu'il a faits à
son image, qu'il a éclairés de sa connaissance, qu'il a
appelés à son royaume, pouvez-vous croire qu'il
vous oublie, et que vous soyez les seules de ses créa-

tures sur lesquelles les yeux toujours vigilants de sa
providence paternelle ne soient pas ouverts ? *Nonne
vos magis pluris estis illis*[1].

Que s'il vous paraît quelque désordre, s'il vous
semble que la récompense court trop lentement à la
vertu, et que la peine ne poursuit pas d'assez près
le vice, songez à l'éternité de ce premier Être : ses
desseins, conçus dans le sein immense de cette
immuable éternité, ne dépendent ni des années ni
des siècles, qu'il voit passer devant lui comme des
moments ; et il faut la durée entière du monde pour
développer tout à fait les ordres d'une sagesse si profonde. Et nous, mortels misérables, nous voudrions,
en nos jours qui passent si vite, voir toutes les
œuvres de Dieu accomplies ! Parce que nous et nos
conseils sommes limités dans un temps si court,
nous voudrions que l'Infini se renfermât aussi dans
les mêmes bornes, et qu'il déployât en si peu d'espace tout ce que sa miséricorde prépare aux bons et
tout ce que sa justice destine aux méchants[2] ! Il[3] ne
serait pas raisonnable : laissons agir l'Éternel suivant les lois de son éternité, et, bien loin de la réduire
à notre mesure, tâchons d'entrer plutôt dans son
étendue : *Jungere æternitati Dei, et cum illo æternus
esto*[4].

Si nous entrons, Chrétiens, dans cette bienheureuse liberté d'esprit, si nous mesurons les conseils
de Dieu selon la règle de l'éternité, nous regarde-
rons sans impatience ce mélange confus des choses
humaines. Il est vrai, Dieu ne fait pas encore de discernement entre les bons et les méchants ; mais c'est
qu'il a choisi son jour arrêté, où il le fera paraître tout
entier à la face de tout l'univers, quand le nombre
des uns et des autres sera complet. C'est ce qui a fait
dire à Tertullien ces excellentes paroles : « Dieu,
écrit-il, ayant remis le jugement à la fin des siècles,
il ne précipite pas le discernement, qui en est une

condition nécessaire, et il se montre presque égal en
attendant sur toute la nature humaine : *Qui [enim]
semel æternum judicium destinavit post seculi finem,
non præcipitat discretionem*[1].» N'avez-vous pas
remarqué cette parole admirable : «Dieu ne précipite pas le discernement»? Précipiter les affaires,
c'est le propre de la faiblesse, qui est contrainte de
s'empresser dans l'exécution de ses desseins, parce
qu'elle dépend des occasions, et que ces occasions
sont certains moments dont la fuite soudaine cause
une nécessaire précipitation à ceux qui sont obligés
de s'y attacher. Mais Dieu, qui est l'arbitre de tous
les temps, qui, du centre de son éternité, développe
tout l'ordre des siècles, qui connaît sa toute-puissance, et qui sait que rien ne peut échapper[2] ses
mains souveraines, ha! il ne précipite pas ses
conseils. Il sait que la sagesse ne consiste pas à faire
toujours les choses promptement, mais à les faire
dans le temps qu'il faut. Il laisse censurer ses desseins aux fols et aux téméraires, mais il ne trouve pas
à propos d'en avancer l'exécution pour les murmures des hommes. Ce lui est assez, Chrétiens, que
ses amis et ses serviteurs regardent de loin venir son
jour avec humilité et tremblement : pour les autres, il
sait où il les attend ; et le jour est marqué pour les
punir : *Quoniam prospicit quod veniet dies ejus*[3].

Mais cependant, direz-vous, Dieu fait souvent du
bien aux méchants, il laisse souffrir de grands maux
aux justes ; et quand un tel désordre ne durerait
qu'un moment, c'est toujours quelque chose contre
la justice. Désabusons-nous, Chrétiens, et entendons
aujourd'hui la différence des biens et des maux. Il y
en a de deux sortes : il y a les biens et les maux mêlés,
qui dépendent de l'usage que nous en faisons. Par
exemple, la maladie est un mal ; mais qu'elle sera un
grand bien, si vous la sanctifiez par la patience[4] ! la
santé est un bien ; mais qu'elle deviendra un mal

dangereux en favorisant la débauche! Voilà les biens
et les maux mêlés, qui participent de la nature du
bien et du mal, et qui touchent à l'un ou à l'autre, suivant l'usage où[1] on les applique.

Mais entendez, Chrétiens, qu'un Dieu tout-puissant a dans les trésors de sa bonté un souverain bien
qui ne peut jamais être mal : c'est la félicité éternelle; et qu'il a dans les trésors de sa justice certains maux extrêmes qui ne peuvent tourner en bien
à ceux qui les souffrent, tels que sont les supplices
des réprouvés. La règle de sa justice ne permet [pas]
que les méchants goûtent jamais ce bien souverain,
ni que les bons soient tourmentés par ces maux
extrêmes[2] : c'est pourquoi il fera un jour le discernement; mais, pour ce qui regarde les biens et les
maux mêlés, il les donne indifféremment aux uns et
aux autres.

Que le saint et divin Psalmiste a célébré divine-
ment cette belle distinction de biens et de maux!
«J'ai vu, dit-il, dans la main de Dieu une coupe remplie de trois liqueurs : *Calix in manu Domini vini
meri plenus mixto*[3].» Il y a premièrement le vin pur,
vini meri; il y a secondement le vin mêlé, *plenus
mixto*; enfin il y a a la lie : *verumtamen fœx ejus non est
exinanita*[4]. Que signifie ce vin pur? La joie de l'éternité, joie qui n'est altérée par aucun mal. Que signifie cette lie, sinon le supplice des réprouvés, supplice
qui n'est tempéré d'aucune douceur? Et que représente ce vin mêlé, sinon ces biens et ces maux que
l'usage peut faire changer de nature, tels que nous
les éprouvons dans la vie présente? Ô la belle distinction des biens et des maux que le Prophète a chan-
tée! mais la sage dispensation que la Providence en a
faite! Voici les temps de mélange, voici les temps de
mérite, où il faut exercer les bons pour les éprouver,
et supporter les pécheurs pour les attendre : qu'on
répande dans ce mélange ces biens et ces maux

mêlés dont les sages savent profiter pendant que les
insensés en abusent. Mais ces temps de mélange fini-
ront. Venez, esprits purs, esprits innocents, venez
boire le vin pur de Dieu, sa félicité sans mélange. Et
vous, ô méchants endurcis, méchants éternellement
séparés des justes : il n'y a plus pour vous de félicité,
plus de danses, plus de banquets, plus de jeux ; venez
boire toute l'amertume de la vengeance divine : *Bibent
omnes peccatores terræ*[1]. Voilà, Messieurs, ce discernement qui démêlera toutes choses par une sentence
dernière et irrévocable.

« Ô que vos œuvres sont grandes, que vos voies
sont justes et véritables, ô Seigneur, Dieu tout-puissant ! Qui ne vous louerait, qui ne vous bénirait, ô
Roi des siècles[2] ! » Qui n'admirerait votre providence ? qui ne craindrait vos jugements ? Ha ! vraiment « l'homme insensé n'entend pas ces choses, et
le fou ne les connaît pas : *Vir insipiens non cognoscet,
et stultus non intelliget hæc*[3]. » « Il ne regarde que ce
qu'il voit, et il se trompe : *Hæc consideraverunt, et
erraverunt*[4] » ; car il vous a plu, ô grand architecte,
qu'on ne vît la beauté de votre édifice qu'après que
vous y aurez mis la dernière main ; et votre prophète
a prédit que « ce serait seulement au dernier jour
qu'on entendrait le mystère de votre conseil : *In
novissimis diebus intelligetis consilium ejus*[5] ».

Mais alors il sera bien tard pour profiter d'une
connaissance si nécessaire : prévenons, Messieurs,
l'heure destinée, assistons en esprit au dernier jour ;
et, du marchepied de ce tribunal devant lequel nous
comparaîtrons, contemplons les choses humaines.
Dans cette crainte, dans cette épouvante, dans ce
silence universel de toute la nature, avec quelle dérision sera entendu le raisonnement des impies, qui
s'affermissaient dans le crime en voyant d'autres
crimes impunis ! Eux-mêmes, au contraire, s'étonne-
ront comment ils ne voyaient pas que cette publique

impunité les avertissait hautement de l'extrême
rigueur de ce dernier jour. Oui, j'atteste le Dieu
vivant qui donne dans tous les siècles des marques
de sa vengeance : les châtiments exemplaires qu'il
exerce sur quelques-uns ne me semblent pas si terribles que l'impunité de tous les autres. S'il punissait
ici tous les criminels, je croirais toute sa justice épuisée, et je ne vivrais pas en attente d'un discernement
plus redoutable. Maintenant sa douceur même et sa
patience ne me permettent pas de douter qu'il ne
faille attendre un grand changement. Non, les choses
ne sont pas encore en leur place fixe. Lazare souffre
encore, quoique innocent ; le mauvais riche, quoique
coupable, jouit encore de quelque repos : ainsi, ni la
peine ni le repos ne sont pas encore où ils doivent
être. Cet état est violent, et ne peut pas durer toujours. Ne vous y fiez pas, ô hommes du monde : il
faut que les choses changent. Et, en effet, admirez la
suite : « Mon fils, tu as reçu des biens en ta vie, et
Lazare aussi a reçu des maux. » Ce désordre se pouvait souffrir durant les temps de mélange, où Dieu
préparait un plus grand ouvrage ; mais, sous un Dieu
bon et sous un Dieu juste, une telle confusion ne
pouvait pas être éternelle. C'est pourquoi, poursuit
Abraham, maintenant que vous êtes arrivés tous
deux au lieu de votre éternité, *nunc autem*, une autre
disposition se va commencer, chaque chose sera en
place, et la peine ne sera plus séparée du coupable à
qui elle est due, ni la consolation refusée au juste qui
l'a espérée : *Nunc autem hic consolatur, tu vero cru-
ciaris*[1]. Voilà, Messieurs, le conseil de Dieu exposé
fidèlement par son Écriture ; voyons maintenant en
peu de paroles quel usage nous en devons faire : c'est
par où je m'en vais conclure.

DEUXIÈME POINT

Quiconque est persuadé qu'une sagesse divine le gouverne et qu'un conseil immuable le conduit à une fin éternelle, rien ne lui[1] paraît ni grand ni terrible que ce qui a relation à l'éternité : c'est pourquoi les deux sentiments que lui inspire la foi de la Providence, c'est premièrement de n'admirer rien, et ensuite de ne rien craindre de tout ce qui se termine en la vie présente[2].

Il ne doit rien admirer, et en voici la raison. Cette sage et éternelle Providence qui a fait, comme nous avons dit, deux sortes de biens, qui dispense des biens mêlés dans la vie présente, qui réserve les biens tout purs à la vie future, a établi cette loi, qu'aucun n'aurait de part aux biens suprêmes, qui aurait trop admiré les biens médiocres. Car la sage et véritable libéralité veut qu'on sache distinguer ses dons : Dieu veut, dit saint Augustin, que nous sachions distinguer entre les biens qu'il répand dans la vie présente, pour servir de « consolation aux captifs », et ceux qu'il réserve au siècle à venir, pour faire la « félicité de ses enfants[3] » ; ou, pour dire quelque chose de plus fort, Dieu veut que nous sachions distinguer entre les biens vraiment méprisables qu'il donne si souvent à ses ennemis, et ceux qu'il garde précieusement pour ne les communiquer qu'à ses serviteurs : *Hæc omnia tribuit etiam malis, ne magni pendantur a bonis*, dit saint Augustin[4].

Et certainement, Chrétiens, quand, rappelant en mon esprit la mémoire[5] de tous les siècles, je vois si souvent les grandeurs du monde entre les mains des impies ; quand je vois les enfants d'Abraham et le seul peuple qui adore Dieu relégué en la Palestine, en un petit coin de l'Asie, environné des superbes monarchies des Orientaux infidèles ; et, pour dire

quelque chose qui nous touche de plus près, quand
je vois cet ennemi déclaré du nom chrétien[1] soutenir avec tant d'armées les blasphèmes de Mahomet
contre l'Évangile, abattre sous son croissant la croix
de Jésus-Christ, notre Sauveur, diminuer tous les
jours la chrétienté par des armes si fortunées; et
que je considère d'ailleurs que, tout déclaré qu'il est
contre Jésus-Christ, ce sage distributeur des couronnes le voit du plus haut des cieux assis sur le
trône du grand Constantin, et ne craint pas de lui
abandonner un si grand empire comme un présent
de peu d'importance, ha! qu'il m'est aisé de comprendre qu'il fait peu d'état de telles faveurs et de
tous les biens qu'il donne pour la vie présente! Et
toi, ô vanité et grandeur humaine, triomphe d'un
jour, superbe néant, que tu parais peu à ma vue,
quand je te regarde par cet endroit!

Mais peut-être que je m'oublie, et que je ne songe
pas où je parle, quand j'appelle les empires et les
monarchies un présent de peu d'importance. Non,
non, Messieurs, je ne m'oublie pas; non, non, je
n'ignore pas combien grand et combien auguste
est le monarque qui nous honore de son audience;
et je sais assez remarquer combien Dieu est bien-
faisant en son endroit, de confier à sa conduite une
si grande et si noble partie du genre humain, pour
la protéger par sa puissance. Mais je sais aussi,
Chrétiens, que les souverains pieux, quoique, dans
l'ordre des choses humaines, ils ne voient rien de
plus grand que leur sceptre, rien de plus sacré
que leur personne, rien de plus inviolable que leur
majesté, doivent néanmoins mépriser le royaume
qu'ils possèdent seuls, au prix d'un autre royaume
dans lequel ils ne craignent point d'avoir des égaux,
et qu'ils désirent même, s'ils sont chrétiens, de par-
tager un jour avec leurs sujets, que la grâce de
Jésus-Christ et la vision bienheureuse aura rendus

leurs compagnons : *Plus amant illud regnum in quo non timent habere consortes*[1].

Ainsi la foi de la Providence, en mettant toujours en vue aux enfants de Dieu la dernière décision, leur ôte l'admiration de toute autre chose ; mais elle fait encore un plus grand effet : c'est de les délivrer de la crainte. Que craindraient-ils, Chrétiens ? Rien ne les choque, rien ne les offense, rien ne leur répugne. Il y a cette différence remarquable entre les causes particulières et la cause universelle du monde, que les causes particulières se choquent les unes les autres : le froid combat le chaud, et le chaud attaque le froid[2]. Mais la cause première et universelle, qui enferme dans un même ordre et les parties et le tout, ne trouve rien qui la combatte, parce que, si les parties se choquent entre elles, c'est sans préjudice du tout ; elles s'accordent avec le tout, dont elles font l'assemblage par leur contrariété et leur discordance.

Il serait long, Chrétiens, de démêler ce raisonnement[3] ; mais, pour en faire l'application, quiconque a des desseins particuliers, quiconque s'attache aux causes particulières, disons encore plus clairement, qui veut obtenir ce bienfait du Prince, ou qui veut faire sa fortune par la voie détournée[4], il trouve d'autres prétendants qui le contrarient, des rencontres inopinées qui le traversent : un ressort ne joue pas à temps, et la machine s'arrête ; l'intrigue n'a pas son effet ; ses espérances s'en vont en fumée. Mais celui qui s'attache immuablement au tout et non aux parties, non aux causes prochaines, aux puissances, à la faveur, à l'intrigue, mais à la cause première et fondamentale, à Dieu, à sa volonté, à sa providence, il ne trouve rien qui s'oppose à lui, ni qui trouble ses desseins : au contraire, tout concourt et tout coopère à l'exécution de ses desseins, parce que tout concourt et «tout coopère», dit le saint Apôtre, à l'accomplissement de son salut, et son salut est sa grande affaire ;

c'est là que se réduisent toutes ses pensées : *Diligenti-bus Deum omnia cooperantur in bonum*[1].

S'appliquant de cette sorte à la Providence, si vaste, si étendue, qui enferme dans ses desseins toutes les causes et tous les effets, il s'étend et se dilate lui-même, et il apprend à s'appliquer en bien toutes choses. Si Dieu lui envoie des prospérités, il reçoit le présent du ciel avec soumission, et il honore la miséricorde qui lui fait du bien, en le répandant sur les misérables. S'il est dans l'adversité, il songe que «l'épreuve produit l'espérance[2]», que la guerre se fait pour la paix, et que, si sa vertu combat, elle sera un jour couronnée. Jamais il ne désespère, parce qu'il n'est jamais sans ressource. Il croit toujours entendre le Sauveur Jésus qui lui grave dans le fond du cœur ces belles paroles : «Ne craignez pas, petit troupeau, parce qu'il a plu à votre Père de vous donner un royaume[3].» Ainsi, à quelque extrémité qu'il soit réduit, jamais on n'entendra de sa bouche ces paroles infidèles, qu'il a perdu tout son bien : car peut-il désespérer de sa fortune, lui à qui il reste encore un royaume entier, et un royaume qui n'est autre que celui de Dieu ? Quelle force le peut abattre, étant toujours soutenu par une si belle espérance ?

Voilà quel il est en lui-même. Il ne sait pas moins profiter de ce qui se passe dans les autres. Tout le confond et tout l'édifie, tout l'étonne et tout l'encourage. Tout le fait rentrer en lui-même, autant les coups de grâce que les coups de rigueur et de justice ; autant la chute des uns que la persévérance des autres ; autant les exemples de faiblesse que les exemples de force ; autant la patience de Dieu que sa justice exemplaire. Car, s'il lance son tonnerre sur les criminels, le juste, dit saint Augustin[4], vient laver ses mains dans leur sang, c'est-à-dire qu'il se purifie de la crainte d'un pareil supplice. S'ils prospèrent visiblement, et que leur bonne fortune semble faire rougir sur la terre l'espérance d'un homme de bien, il regarde le revers de la main de Dieu, et il entend avec foi comme une voix céleste, qui dit aux méchants fortunés qui méprisent le juste opprimé : Ô herbe terrestre, ô herbe rampante, oses-tu bien te comparer à l'arbre fruitier pendant la rigueur de l'hiver, sous prétexte qu'il a perdu sa verdure et que tu conserves la tienne durant cette froide saison ? Viendra le temps de l'été, viendra l'ardeur du grand jugement, qui te desséchera jusqu'à la racine, et fera germer les fruits immortels des arbres que la patience aura cultivés. Telles sont les saintes pensées qu'inspire la foi de la Providence.

Chrétiens, méditons ces choses : et certes elles méritent d'être méditées. Ne nous arrêtons pas à la fortune, ni à ses pompes trompeuses. Cet état que nous voyons aura son retour ; tout cet ordre que nous admirons sera renversé. Que servira, Chrétiens, d'avoir vécu dans l'autorité, dans les délices, dans l'abondance, si cependant Abraham nous dit : Mon fils, tu as reçu du bien en ta vie, maintenant les choses vont être changées. Nulles marques de cette grandeur, nul reste de cette puissance. Je me trompe, j'en vois de grands restes et des vestiges sensibles ; et quels ? C'est le Saint-Esprit qui le dit : « Les puissants, dit l'oracle de la Sagesse, seront tourmentés puissamment : *Potentes potenter tormenta patientur*[1]. » C'est-à-dire qu'ils conserveront, s'ils n'y prennent garde, une malheureuse primauté de peines, à laquelle ils seront précipités par la primauté de leur gloire. « *Confidimus autem de vobis meliora, dilectissimi, tametsi ita loquimur*. Ha ! encore que je parle ainsi, j'espère de vous de meilleures choses[2]. » Il y a des puissances saintes : Abraham, qui condamne le mauvais riche, a lui-même été riche et puissant ; mais il a sanctifié sa puissance en la rendant humble, modérée, soumise à Dieu, secourable aux pauvres. Si vous profitez de cet exemple, vous éviterez le supplice du riche cruel, et vous irez avec le pauvre Lazare vous reposer dans le sein du riche Abraham, et posséder avec lui les richesses éternelles.

SERMON SUR LA CHARITÉ
FRATERNELLE[1]

PÉRORAISON

Mais si vous vous laissez gagner aux soupçons, si vous prenez facilement des ombrages et des défiances, prenez garde pour le moins, au nom de Dieu, de ne les porter pas aux oreilles importantes, et surtout ne les portez pas jusqu'aux oreilles du Prince : songez qu'elles sont sacrées, et que vous les profanez trop indignement, lorsque vous y portez ou les inventions d'une jalousie cachée, ou les injustes raffinements d'un zèle affecté. Infecter les oreilles du Prince, ha ! c'est un crime plus grand que d'empoisonner les fontaines publiques, et plus grand sans comparaison que de voler les trésors publics[2]. Le grand trésor d'un État, c'est la vérité dans l'esprit du Prince. Et n'est-ce pas pour cela que le roi David avertit si sérieusement en mourant le jeune Salomon, son fils et son successeur ? « Prenez garde, lui dit-il, mon fils, que vous entendiez tout ce que vous faites, et de quel côté vous vous tournerez : *Ut intelligas universa quæ facis, et quocumque te verteris*[3]. » Comme s'il disait : Tournez-vous de plus d'un côté, pour découvrir tout à l'entour les traces de la vérité, qui sont dispersées : car les rois ne sont pas si heureux [que la vérité vienne à eux] de droit fil et d'un seul endroit. Mais que ce soit vous-même qui vous tourniez, et que nul ne se joue à vous donner de fausses impressions. Entendez distinctement tout ce que vous faites, et connaissez tous les ressorts de la grande machine que vous conduisez : *Ut intelligas universa quæ facis*. Salomon suivant ce conseil, à l'âge environ de vingt-deux ans, fit voir à la Judée un roi consommé ; et la France, qui sera bientôt un État heureux par les soins de son monarque, jouit maintenant d'un pareil spectacle[1].

Ô Dieu, bénissez ce roi que vous nous avez donné ! Que vous demanderons-nous pour ce grand monarque ? Quoi ? toutes les prospérités ? Oui, Seigneur ; mais bien plus encore, toutes les vertus, et royales et chrétiennes. Non, nous ne pouvons consentir qu'aucune lui manque, aucune, aucune. Elles sont toutes nécessaires, quoi que le monde puisse dire, parce que vous les avez toutes commandées. Nous le voulons voir tout parfait, nous le voulons admirer en tout : c'est sa gloire, c'est sa grandeur qu'il soit obligé d'être notre exemple ; et nous estimerions un malheur public, si jamais il nous paraissait quelque ombre dans une vie qui doit être toute lumineuse. Oui, Sire, la piété, la justice, l'innocence de Votre Majesté, font la meilleure partie de la félicité publique. Conservez-nous ce bonheur, seul capable de nous consoler parmi tous les fléaux que Dieu nous envoie, et vivez en roi chrétien. Il y a un Dieu dans le ciel, qui venge les péchés des peuples, mais surtout qui venge les péchés des rois. C'est lui qui veut que je parle ainsi ; et, si Votre Majesté l'écoute, il lui dira dans le cœur ce que les hommes ne peuvent pas dire. Marchez, ô grand roi, constamment sans vous détourner, par toutes les voies qu'il vous inspire ; et n'arrêtez pas le cours de vos grandes destinées, qui n'auront jamais rien de grand, si elles ne se terminent à l'éternité bienheureuse.

SERMON SUR L'AMBITION[1]

Dimanche 19 mars

> *Jesus ergo, cum cognovisset quia venturi erant ut raperent eum et facerent eum regem, fugit iterum in montem ipse solus.*
>
> Jésus, ayant connu que tout le peuple viendrait pour l'enlever et le faire roi, s'enfuit à la montagne tout seul[2].

(Joan., VI, 15.)

Je reconnais Jésus-Christ à cette fuite généreuse, qui lui fait chercher dans le désert un asile contre les honneurs qu'on lui prépare. Celui qui venait se charger d'opprobres devait éviter les grandeurs humaines; mon Sauveur ne connaît sur la terre aucune sorte d'exaltation que celle qui l'élève à sa croix, et comme il s'est avancé quand on eut résolu son supplice[3], il était de son esprit de prendre la fuite pendant qu'on lui destinait un trône.

Cette fuite soudaine et précipitée de Jésus-Christ dans une montagne déserte, où il veut si peu être découvert que l'évangéliste remarque qu'il ne souffre personne en sa compagnie, *ipse solus*, nous fait voir qu'il se sent pressé de quelque danger extraordinaire; et, comme il est tout-puissant et ne peut rien craindre pour lui-même, nous devons conclure très certainement, Messieurs, que c'est pour nous qu'il appréhende.

Et en effet, Chrétiens, lorsqu'il frémit, dit saint
Augustin[1], c'est qu'il est indigné contre nos péchés ;
lorsqu'il est troublé, dit le même Père, c'est qu'il est
ému de nos maux : ainsi, lorsqu'il craint et qu'il
prend la fuite, c'est qu'il appréhende pour nos périls.
Il voit dans sa prescience en combien de périls
extrêmes nous engage l'amour des grandeurs : c'est
pourquoi il fuit devant elles pour nous obliger à les
craindre ; et nous montrant par cette fuite les terribles tentations qui menacent les grandes fortunes,
il nous apprend ensemble que le devoir essentiel du
chrétien, c'est de réprimer son ambition. Ce n'est
pas une entreprise médiocre de prêcher cette vérité
à la cour, et nous devons plus que jamais demander
la grâce du Saint-Esprit par l'intercession de la
sainte Vierge : *Ave*.

C'est vouloir en quelque sorte déserter[2] la cour
que de combattre l'ambition, qui est l'âme de ceux
qui la[3] suivent ; et il pourrait même sembler que c'est
ravaler la majesté des princes que de décrier les présents de la fortune, dont ils sont les dispensateurs.
Mais les souverains pieux veulent bien que toute leur
gloire s'efface en présence de celle de Dieu ; et, bien
loin de s'offenser que l'on diminue leur puissance
dans cette vue, ils savent qu'on ne les révère jamais
plus profondément que lorsqu'on ne les rabaisse
qu'en les comparant avec Dieu. Ne craignons donc
pas aujourd'hui de publier hardiment dans la cour la
plus auguste du monde qu'elle ne peut rien faire
pour un chrétien qui soit digne de [son] estime ;
détrompons, s'il se peut, les hommes de cette attache
furieuse à ce qui s'appelle fortune ; et pour cela faisons deux choses : faisons parler l'Évangile contre la
fortune, faisons parler la fortune contre elle-même ;
que l'Évangile[4] nous découvre ses illusions, elle-
même nous fera voir ses inconstances. Ou plutôt

voyons l'un et l'autre dans l'histoire du Fils de Dieu.
Pendant que tous les peuples courent à lui, et que
leurs acclamations ne lui promettent rien moins[1]
qu'un trône, il méprise tellement toute cette vaine
grandeur, qu'il déshonore lui-même et flétrit son
propre triomphe par son triste et misérable équipage[2]. Mais, ayant foulé aux pieds la grandeur dans
son éclat, il veut être lui-même l'exemple de l'inconstance des choses humaines, et dans l'espace de trois
jours[3], on a vu la haine publique attacher à une croix
celui que la faveur publique avait jugé digne du
trône. Par où nous devons apprendre que la fortune
n'est rien, et que non seulement quand elle ôte, mais
même quand elle donne, non seulement quand elle
change, mais même quand elle demeure, elle est toujours méprisable. Je commence par ses faveurs, et je
vous prie, Messieurs, de le bien entendre.

PREMIER POINT

J'ai donc à faire voir dans ce premier point que la
fortune nous joue, lors même qu'elle nous est libé-
rale. Je pouvais mettre ses tromperies dans un grand
jour, en prouvant, comme il est aisé, qu'elle ne tient
jamais ce qu'elle promet; mais c'est quelque chose
de plus fort de montrer qu'elle ne donne pas cela
même qu'elle fait semblant de donner. Son présent
le plus cher, le plus précieux, celui qui se prodigue le
moins, c'est celui qu'elle nomme puissance. C'est
celui-là qui enchante les ambitieux, c'est celui-là
dont ils sont jaloux à l'extrémité, si petite que soit la
part qu'elle leur en fait. Voyons donc si elle le donne
véritablement, ou si ce n'est point peut-être un grand
nom par lequel elle éblouit nos yeux malades.

Pour cela il faut rechercher quelle puissance nous
pouvons avoir, et de quelle puissance nous avons

besoin durant cette vie. Mais, comme l'esprit de
l'homme s'est fort égaré dans cet examen, tâchons
de le ramener à la droite voie par une excellente doctrine de saint Augustin (Livre XIII *de la Trinité*)[1]. Là,
ce grand homme pose pour principe une vérité importante, que la félicité demande deux choses : pouvoir
ce qu'on veut, vouloir ce qu'il faut : *Posse quod velit,
velle quod oportet*. Le dernier[2], aussi nécessaire : car
comme, si vous ne pouvez pas ce que vous voulez,
votre volonté n'est pas satisfaite ; de même, si vous
ne voulez pas ce qu'il faut, votre volonté n'est pas
réglée ; et l'un et l'autre l'empêche d'être bienheureuse, parce que [comme] la volonté qui n'est pas
contente est pauvre, aussi la volonté qui n'est pas
réglée est malade ; ce qui exclut nécessairement la
félicité, qui n'est pas moins la santé parfaite de la
nature que l'affluence universelle du bien. Donc également nécessaire de désirer ce qu'il faut, que de
pouvoir exécuter ce qu'on veut.

Ajoutons, si vous le voulez, qu'il[3] est encore sans
difficulté plus essentiel. Car l'un nous trouble dans
l'exécution, l'autre porte le mal jusques au principe.
Lorsque vous ne pouvez pas ce que vous voulez,
c'est que vous en avez été empêché par une cause
étrangère ; et lorsque vous ne voulez pas ce qu'il
faut, le défaut en arrive toujours infailliblement par
votre propre dépravation : si bien que le premier
n'est tout au plus qu'un pur malheur, et le second
toujours une faute ; et en cela même que c'est une
faute, qui ne voit, s'il a des yeux, que c'est sans comparaison un plus grand malheur ? Ainsi l'on ne peut
nier sans perdre le sens qu'il ne soit bien plus nécessaire à la félicité véritable d'avoir une volonté bien
réglée que d'avoir une puissance bien étendue.

Et c'est ici, Chrétiens, que je ne puis assez m'étonner du dérèglement de nos affections et de la corruption de nos jugements. Nous laissons la règle, dit

saint Augustin[1], et nous soupirons après la puissance. Aveugles, qu'entreprenons-nous ? La félicité a
deux parties, et nous croyons la posséder tout entière
pendant que nous faisons une distraction[2] violente
de ses deux parties. Encore rejetons-nous la plus
nécessaire ; et celle que nous choisissons, étant séparée de sa compagne, bien loin de nous rendre heureux, ne fait qu'augmenter le poids de notre misère.
Car que peut servir la puissance à une volonté déréglée, sinon qu'étant misérable en voulant le mal, elle
le devient encore plus en l'exécutant ? Ne disions-
nous pas dimanche dernier[3] que le grand crédit des
pécheurs est un fléau que Dieu leur envoie ? Pourquoi ? sinon, Chrétiens, qu'en joignant l'exécution
au mauvais désir, c'est jeter[4] du poison sur une plaie
déjà mortelle, c'est ajouter le comble. N'est-ce pas
mettre le feu à l'humeur maligne dont le venin nous
dévore déjà les entrailles ? Le Fils de Dieu reconnaît
que Pilate a reçu d'en haut une grande puissance sur
sa divine personne[5] ; si la volonté de cet homme eût
été réglée, il eût pu s'estimer heureux en faisant servir ce pouvoir, sinon à punir l'injustice et la calomnie, du moins à délivrer l'innocence. Mais, parce que
sa volonté était corrompue par une lâcheté honteuse
à son rang, cette puissance ne lui a servi qu'à l'engager contre sa pensée[6] dans le crime du déicide. C'est
donc le dernier des aveuglements, avant que notre
volonté soit bien ordonnée, de désirer une puissance
qui se tournera contre nous-mêmes, et sera fatale à
notre bonheur, parce qu'elle sera funeste à notre
vertu.

Notre grand Dieu, Messieurs, nous donne une autre
conduite ; il veut nous mener par des voies unies,
et non pas par des précipices[7]. C'est pourquoi il
enseigne à ses serviteurs, non à désirer de pouvoir
beaucoup, mais à s'exercer à vouloir le bien ; à régler
leurs désirs avant que de songer à les satisfaire ; à

commencer leur félicité par une volonté bien ordonnée, avant que de la consommer par une puissance
absolue.

Mais il est temps, Chrétiens, que nous fassions une
application plus particulière de cette belle doctrine
de saint Augustin. Que demandez-vous, ô mortels?
Quoi? que Dieu vous donne beaucoup de puissance?
Et moi, je réponds avec le Sauveur: «Vous ne savez
ce que vous demandez[1].» Considérez bien où vous
êtes; voyez la mortalité qui vous accable, regardez
«cette figure du monde qui passe[2]». Parmi tant de
fragilité, sur quoi pensez-vous soutenir cette grande
idée de puissance? Certainement un si grand nom
doit être appuyé sur quelque chose: et que trouve-
rez-vous sur la terre qui ait assez de force et de
dignité pour soutenir le nom de puissance? Ouvrez
les yeux, pénétrez l'écorce: la plus grande puissance
du monde ne peut s'étendre plus loin que d'ôter la
vie à un homme; est-ce donc un si grand effort que
de faire mourir un mortel, que de hâter de quelques
moments le cours d'une vie qui se précipite d'elle-
même? Ne croyez donc pas, Chrétiens, qu'on puisse
jamais trouver du pouvoir où règne la mortalité:
Quæ enim potentia potest esse mortalium? Et ainsi,
dit saint Augustin[3], c'est une sage providence: le partage des hommes mortels, c'est d'observer la justice;
la puissance leur sera donnée au séjour d'immortalité: *Teneant mortales justitiam, potentia immortali-
bus dabitur.*

Que demandons-nous davantage? Si nous voulons
ce qu'il faut dans la vie présente, nous pourrons tout
ce que nous voudrons dans la vie future. Réglons
notre volonté par l'amour de la justice: Dieu nous
couronnera en son temps par la communication de
son pouvoir. Si nous donnons ce moment de la vie
présente à composer[4] nos mœurs, il donnera l'éternité tout entière à contenter nos désirs.

Je crois que vous voyez maintenant, Messieurs, quelle sorte de puissance nous devons désirer durant cette vie : puissance pour régler nos mœurs, pour modérer nos passions, pour nous composer selon Dieu ; puissance sur nous-mêmes, puissance contre nous-mêmes, ou plutôt, dit saint Augustin, puissance pour nous-mêmes contre nous-mêmes : *Velit homo prudens esse, velit fortis, velit temperans..., atque ut hæc veraciter possit, potentiam [plane] optet, atque appetat ut potens sit in seipso, et imo vero pro seipso adversus seipsum*[1]. Ô puissance peu enviée ! et toutefois c'est la véritable. Car on combat notre puissance en deux sortes : ou bien en nous empêchant[2] dans l'exécution de nos entreprises, ou bien en nous troublant dans le droit que nous avons de nous résoudre[3] ; on attaque dans ce dernier[4] l'autorité même du commandement, et c'est la véritable servitude. Voyons l'exemple de l'un et de l'autre dans une même maison.

Joseph était esclave chez Putiphar, et la femme de ce seigneur d'Égypte y est la maîtresse[5]. Celui-là, dans le joug de la servitude, n'est pas maître de ses actions ; et celle-ci, tyrannisée par sa passion, n'est pas même maîtresse de ses volontés. Voyez où l'a portée un amour infâme. Ha ! sans doute, à moins que d'avoir un front d'airain, elle avait honte en son cœur de cette bassesse ; mais sa passion furieuse lui commandait au dedans comme à un esclave : Appelle ce jeune homme, confesse ton faible, abaisse-toi devant lui, rends-toi ridicule. Que lui pouvait conseiller de pis son plus cruel ennemi ? C'est ce que sa passion lui commande. Qui ne voit que, dans cette femme, la puissance est liée bien plus fortement qu'elle n'est dans son propre esclave ?

Cent tyrans de cette sorte captivent nos volontés, et nous ne soupirons pas ! Nous gémissons quand on lie nos mains, et nous portons sans peine ces fers invisibles dans lesquels nos cœurs sont enchaînés !

Nous crions qu'on nous violente quand on enchaîne les ministres, les membres qui exécutent ; et nous ne soupirons pas quand on captive la maîtresse même, la raison et la volonté qui commande ! Éveille-toi, pauvre esclave[1], et reconnais enfin cette vérité, que, si c'est une grande puissance de pouvoir exécuter ses desseins, la grande et la véritable, c'est de régner sur ses volontés.

Quiconque aura su goûter la douceur de cet empire, se souciera peu, Chrétiens, du crédit et de la puissance que peut donner la fortune. Et en voici la raison : c'est qu'il n'y a point de plus grand obstacle à se commander ainsi soi-même que d'avoir autorité sur les autres.

En effet, il y a en nous une certaine malignité qui a répandu dans nos cœur le principe de tous les vices. Ils sont cachés et enveloppés en cent replis tortueux, et ils ne demandent qu'à montrer la tête. Le meilleur moyen de les réprimer, c'est de leur ôter le pouvoir. Saint Augustin l'avait bien compris, que, pour guérir la volonté, il faut réprimer la puissance : *Frenatur facultas…, ut sanetur voluntas*[2]. Eh quoi donc ! des vices cachés en sont-ils moins vices ? Est-ce l'accomplissement qui en fait la corruption ? Comment donc est-ce guérir la volonté que de laisser le venin dans le fond du cœur ? Voici le secret : on se lasse de vouloir toujours l'impossible, de faire toujours des desseins à faux[3], de n'avoir que la malice du crime. C'est pourquoi une malice frustrée commence à déplaire ; on se remet[4], on revient à soi à la faveur de son impuissance ; on prend aisément le parti de modérer ses désirs. On le fait premièrement par nécessité ; mais enfin, comme la contrainte est importune, on y travaille sérieusement et de bonne foi, et on bénit son peu de puissance, le premier appareil[5] qui a donné le commencement à la guérison.

Par une raison contraire, qui ne voit que plus on

sort de la dépendance, plus on rend ses vices indomptables ? Nous sommes des enfants qui avons[1] besoin d'un tuteur sévère, la difficulté ou la crainte. Si on lève ces empêchements, nos inclinations corrompues commencent à se remuer et à se produire[2], et oppriment notre liberté sous le joug de leur licence effrénée. Ha ! nous ne le voyons que trop tous les jours. Ainsi vous voyez, Messieurs, combien la fortune est trompeuse, puisque, bien loin de nous donner la puissance, elle ne nous laisse pas même la liberté.

Ce n'est pas sans raison, Messieurs, que le Fils de Dieu nous instruit à craindre les grands emplois ; c'est qu'il sait que la puissance est le principe le plus ordinaire de l'égarement ; qu'en l'exerçant sur les autres, on la perd souvent sur soi-même ; enfin qu'elle est semblable à un vin fumeux[3] qui fait sentir sa force aux plus sobres. Celui-là sera le maître de ses volontés, qui saura modérer son ambition, qui se croira assez puissant pourvu qu'il puisse régler ses désirs, et être assez désabusé des choses humaines pour ne point mesurer sa félicité à l'élévation de sa fortune.

Mais écoutons, Chrétiens, ce que nous opposent les ambitieux. Il faut, disent-ils, se distinguer ; c'est une marque de faiblesse de demeurer dans le commun ; les génies extraordinaires se démêlent toujours de la troupe[4], et forcent les destinées. Les exemples de ceux qui s'avancent semblent reprocher aux autres leur peu de mérite ; et c'est sans doute ce dessein de se distinguer qui pousse l'ambition aux derniers excès. Je pourrais combattre par plusieurs raisons cette pensée de se discerner[5]. Je pourrais vous représenter que c'est ici un siècle de confusion, où toutes choses sont mêlées ; qu'il y a un jour arrêté à la fin des siècles pour séparer les bons d'avec les mauvais, et que c'est à ce grand et éternel discerne-

ment que doit aspirer de toute sa force une ambition
chrétienne. Je pourrais ajouter encore que c'est en
vain qu'on s'efforce de se distinguer sur la terre, où
la mort nous vient bientôt arracher de ces places
éminentes, pour nous abîmer avec tous les autres
dans le néant commun de la nature ; de sorte que les
plus faibles, se riant de votre pompe d'un jour et de
votre discernement imaginaire, vous diront avec le
Prophète : Ô homme puissant et superbe, qui pensiez
par votre grandeur vous être tiré du pair[1], «vous
voilà blessé comme nous, et vous êtes fait semblable
à nous : *Ecce tu vulneratus es sicut et nos, nostri simi-
lis effectus es*[2] ».

Mais, sans m'arrêter à ces raisons, je demanderai
seulement à ces âmes ambitieuses par quelles voies
elles prétendent de se distinguer. Celle du vice est
honteuse ; celle de la vertu est bien longue. La vertu
ordinairement n'est pas assez souple pour ménager
la faveur des hommes ; et le vice, qui met tout en
œuvre, est plus actif, plus pressant, plus prompt que
la vertu, qui ne sort point de ses règles, qui ne marche
qu'à pas comptés, qui ne s'avance que par mesure.
Ainsi vous vous ennuierez d'une si grande lenteur ;
peu à peu votre vertu se relâchera, et après elle
abandonnera tout à fait sa première régularité, pour
s'accommoder à l'humeur du monde. Ha ! que vous
feriez bien plus sagement de renoncer tout à coup à
l'ambition ! Peut-être qu'elle vous donnera de temps
en temps quelques légères inquiétudes ; mais toujours[3] en aurez-vous bien meilleur marché[4], et il
vous sera bien plus aisé de la retenir que lorsque
vous lui aurez laissé prendre goût aux honneurs et
aux dignités. Vivez donc content de ce que vous êtes,
et surtout que le désir de faire du bien ne vous fasse
pas désirer une condition plus relevée. C'est l'appât
ordinaire des ambitieux : ils plaignent toujours le
public, ils s'érigent en réformateurs des abus, ils

deviennent sévères censeurs de tous ceux qu'ils voient dans les grandes places. Pour eux, que de beaux desseins ils méditent ! Que de sages conseils pour l'État ! que de grands sentiments pour l'Église ! que de saints règlements pour un diocèse ! Au milieu de ces desseins charitables et de ces pensées chrétiennes, ils s'engagent dans l'amour du monde, ils prennent insensiblement l'esprit du siècle ; et puis, quand ils sont arrivés au but, il faut attendre les occasions, qui ne marchent qu'à pas de plomb, et qui enfin n'arrivent jamais. Ainsi périssent tous ces beaux desseins et s'évanouissent comme un songe toutes ces grandes pensées [1].

Par conséquent, Chrétiens, sans soupirer ardemment après une plus grande puissance, songeons à rendre bon compte de tout le pouvoir que Dieu nous confie. Un fleuve, pour faire du bien, n'a que faire de passer ses bords ni d'inonder la campagne ; en coulant paisiblement dans son lit, il ne laisse pas d'arroser la terre et de présenter ses eaux aux peuples pour la commodité publique. Ainsi, sans nous mettre en peine de nous déborder par des pensées ambitieuses, tâchons de nous étendre bien loin par des sentiments de bonté ; et, dans des emplois bornés, ayons une charité infinie. Telle doit être l'ambition du chrétien, qui, méprisant la fortune, se rit de ses vaines promesses, et n'appréhende pas ses revers, desquels il me reste à vous dire un mot dans ma dernière partie.

DEUXIÈME POINT

La fortune, trompeuse en toute autre chose, est du moins sincère en ceci, qu'elle ne nous cache pas ses tromperies ; au contraire, elle les étale dans le plus grand jour, et, outre des légèretés ordinaires, elle se plaît de temps en temps d'étonner le monde par des

coups d'une surprise terrible[1], comme pour rappeler
toute sa force en la mémoire des hommes, et de peur
qu'ils oublient jamais ses inconstances, sa malignité,
ses bizarreries. C'est ce qui m'a fait souvent penser
que toutes les complaisances de la fortune ne sont
pas des faveurs, mais des trahisons; qu'elle ne nous
donne que pour avoir prise sur nous, et que les biens
que nous recevons de sa main ne sont pas tant des
présents qu'elle nous fait que des gages que nous lui
donnons pour être éternellement ses captifs, assujettis aux retours fâcheux de sa dure et malicieuse
puissance.

Cette vérité, établie sur tant d'expériences convain-
cantes, devrait détromper les ambitieux de tous les
biens de la terre; et c'est au contraire ce qui les
engage. Car, au lieu d'aller à un bien solide et éternel, sur lequel le hasard ne domine pas, et de mépriser par cette vue la fortune toujours changeante, la
persuasion de son inconstance fait qu'on se donne
tout à fait à elle, pour trouver des appuis contre
elle-même. Car écoutez parler ce politique habile et
entendu. La fortune l'a élevé bien haut[2], et, dans
cette élévation, il se moque des petits esprits qui donnent tout au dehors, et qui se repaissent de titres et
d'une belle montre[3] de grandeur. Pour lui, il appuie
sa famille sur des fondements plus certains, sur des
charges considérables, sur des richesses immenses,
qui soutiendront éternellement la fortune de sa maison. Il pense s'être affermi contre toute sorte d'attaque. Aveugle et malavisé! comme si ces soutiens
magnifiques, qu'il cherche contre la puissance de la
fortune, n'étaient pas encore de sa dépendance!

C'est trop parler de la fortune dans la chaire de
vérité. Écoute, homme sage, homme prévoyant, qui
étends si loin aux siècles futurs les précautions de ta
prudence: c'est Dieu même qui te va parler et qui va
confondre tes vaines pensées par la bouche de son

prophète Ézéchiel[1]: «Assur, dit ce saint prophète,
s'est élevé comme un grand arbre, comme les cèdres
du Liban: le ciel l'a nourri de sa rosée, la terre l'a
engraissé de sa substance; (les puissances l'ont comblé de leurs bienfaits, et il suçait de son côté le sang
du peuple). C'est pourquoi il s'est élevé, superbe en sa
hauteur, beau en sa verdure, étendu en ses branches,
fertile en ses rejetons. Les oiseaux faisaient leurs nids
sur ses branches (les familles de ses domestiques[2]);
les peuples se mettaient à couvert sous son ombre
(un grand nombre de créatures, et les grands et les
petits étaient attachés à sa fortune). Ni les cèdres, ni
les pins (c'est-à-dire les plus grands de la cour) ne
l'égalaient pas: *Abietes non adæquaverunt summita-
tem ejus...; æmulata sunt eum omnia ligna paradisi*[3].
Autant que ce grand arbre s'était poussé en haut,
autant semblait-il avoir jeté en bas de fortes et profondes racines[4].»

Voilà une grande fortune, un siècle n'en voit pas
beaucoup de semblables; mais voyez sa ruine et sa
décadence: «Parce qu'il s'est élevé superbement, et
qu'il a porté son faîte jusqu'aux nues, et que son
cœur s'est enflé dans sa hauteur[5], pour cela, dit le
Seigneur, je le couperai par la racine, je l'abattrai
d'un grand coup et le porterai par terre» (il viendra
une disgrâce, et il ne pourra plus se soutenir). «Ceux
qui se reposaient sous son ombre se retireront de
lui[6]», de peur d'être accablés sous sa ruine. Il tombera d'une grande chute; on le verra tout de son long
couché sur la montagne, fardeau inutile de la terre[7]:
Projicient eum super montem[8]. Ou, s'il se soutient
durant sa vie, il mourra au milieu de ses grands
desseins, et laissera à des mineurs des affaires
embrouillées qui ruineront sa famille; ou Dieu frap-
pera son fils unique, et le fruit de son travail passera
en des mains étrangères; ou Dieu lui fera succéder
un dissipateur, qui, se trouvant tout d'un coup dans

de si grands biens, dont l'amas ne lui a coûté aucunes
peines[1], se jouera des sueurs d'un homme insensé
qui se sera perdu pour le laisser riche ; et devant[2] la
troisième génération, le mauvais ménage[3] et les dettes
auront consumé tous ses héritages. «Les branches
de ce grand arbre se verront rompues dans toutes les
vallées[4]» : je veux dire, ces terres et ces seigneuries
qu'il avait ramassées comme une province, avec tant
de soin et de travail, se partageront en plusieurs
mains ; et tous ceux qui verront ce grand changement diront en levant les épaules et regardant avec
étonnement les restes de cette fortune ruinée : Est-ce
là que devait aboutir toute cette grandeur formidable au monde[5] ? Est-ce là ce grand arbre dont
l'ombre couvrait toute la terre ? Il n'en reste plus
qu'un tronc inutile. Est-ce là ce fleuve impétueux qui
semblait devoir inonder toute la terre ? Je n'aperçois
plus qu'un peu d'écume.

Ô homme, que penses-tu faire, et pourquoi te tra-
vailles-tu vainement ? — Mais je saurai bien m'affermir et profiter de l'exemple des autres : j'étudierai le
défaut de leur politique et le faible de leur conduite,
et c'est là que j'apporterai le remède. — Folle précaution ! car ceux-là ont-ils profité de l'exemple de
ceux qui les précédèrent ? Ô homme, ne te trompe
pas : l'avenir a des événements trop bizarres, et les
pertes et les ruines entrent par trop d'endroits dans
la fortune des hommes, pour pouvoir être arrêtées
de toutes parts. Tu arrêtes cette eau d'un côté, elle
pénètre de l'autre ; elle bouillonne même par dessous la terre. — Mais je jouirai de mon travail. — Eh
quoi ! pour dix ans de vie ! — Mais je regarde ma postérité et mon nom. — Mais peut-être que ta postérité
n'en jouira pas. — Mais peut-être aussi qu'elle en
jouira. — Et tant de sueurs, et tant de travaux, et tant
de crimes, et tant d'injustices, sans pouvoir jamais
arracher de la fortune, à laquelle tu te dévoues, qu'un

misérable «peut-être»! Regarde qu'il n'y a rien d'assuré pour toi, non pas même un tombeau pour graver dessus tes titres superbes, seuls restes de ta
grandeur abattue: l'avarice ou la négligence de tes
héritiers le refuseront peut-être à ta mémoire, tant
on pensera peu à toi quelques années après ta mort!
Ce qu'il y a d'assuré, c'est la peine de tes rapines, la
vengeance éternelle de tes concussions et de ton
ambition infinie. Ô les dignes restes de ta grandeur!
ô les belles suites de ta fortune!

Ô folie! ô illusion, ô étrange aveuglement des
enfants des hommes! Chrétiens, méditez ces choses;
Chrétiens, qui que vous soyez, qui croyez vous affermir sur la terre, servez-vous de cette pensée pour
chercher le solide et la consistance. Oui, l'homme
doit s'affermir; il ne doit pas borner ses desseins
dans des limites si resserrées que celles de cette vie:
qu'il pense hardiment à l'éternité. En effet, il tâche,
autant qu'il peut, que le fruit de son travail n'ait point
de fin; il ne peut pas toujours vivre, mais il souhaite
que son ouvrage subsiste toujours: son ouvrage, c'est
sa fortune, qu'il tâche, autant qu'il lui est possible,
de faire voir aux siècles futurs telle qu'il l'a faite. Il y
a dans l'esprit de l'homme un désir avide de l'éternité:
si on le sait appliquer, c'est notre salut. Mais voici l'erreur: c'est que l'homme l'attache à ce qu'il aime; s'il
aime les biens périssables, il y médite quelque chose
d'éternel; c'est pourquoi il cherche de tous côtés des
soutiens à cet édifice caduc, soutiens aussi caducs que
l'édifice même qui lui paraît chancelant. Ô homme,
désabuse-toi: si tu aimes l'éternité, cherche-la donc
en elle-même, et ne crois pas pouvoir appliquer sa
consistance inébranlable à cette eau qui passe et à ce
sable mouvant. Ô éternité, tu n'es qu'en Dieu; mais
plutôt, ô éternité, tu es Dieu même! c'est là que je veux
chercher mon appui, mon établissement, ma fortune,
mon repos assuré, et en cette vie et en l'autre. *Amen*[1].

SERMON SUR LA MORT[1]

Mercredi 22 mars

> *Domine, veni et vide.*
> Seigneur, venez et voyez.
> (Joan., XI, 34.)

Me sera-t-il permis aujourd'hui d'ouvrir un tombeau devant la cour, et des yeux si délicats ne seront-ils point offensés par un objet si funèbre ? Je ne pense pas, Messieurs, que des chrétiens doivent refuser d'assister à ce spectacle avec Jésus-Christ. C'est à lui que l'on dit dans notre évangile : « Seigneur, venez, et voyez » où l'on a déposé le corps du Lazare[2] ; c'est lui qui ordonne qu'on lève la pierre, et qui semble nous dire à son tour : Venez, et voyez vous-mêmes. Jésus ne refuse pas de voir ce corps mort, comme un objet de pitié et un sujet de miracle[3] ; mais c'est nous, mortels misérables, qui refusons de voir ce triste spectacle, comme la conviction de nos erreurs. Allons, et voyons avec Jésus-Christ ; et désabusons-nous éternellement de tous les biens que la mort enlève.

C'est une étrange faiblesse de l'esprit humain que jamais la mort ne lui soit présente, quoiqu'elle se mette en vue de tous côtés, et en mille formes diverses. On n'entend dans les funérailles que des paroles d'étonnement de ce que ce mortel est mort. Chacun rappelle en son souvenir depuis quel temps il lui a parlé, et de quoi le défunt l'a entretenu ; et tout d'un coup il est mort. Voilà, dit-on, ce que c'est que l'homme ! Et celui qui le dit, c'est un homme ; et cet homme ne s'applique rien, oublieux de sa destinée ! ou s'il passe dans son esprit quelque désir volage de s'y préparer, il dissipe bientôt ces noires idées ; et je puis dire, Messieurs, que les mortels n'ont pas moins de soin d'ensevelir les pensées de la mort que d'enterrer les morts mêmes. Mais peut-être que ces pensées feront plus d'effet dans nos cœurs, si nous les méditons avec Jésus-Christ sur le tombeau du Lazare ; mais demandons-lui qu'il nous les imprime par la grâce de son Saint-Esprit, et tâchons de la mériter par l'entremise de la sainte Vierge : [*Ave*].

Entre toutes les passions de l'esprit humain, l'une des plus violentes, c'est le désir de savoir[1] ; et cette curiosité fait qu'il épuise ses forces pour trouver ou quelque secret inouï dans l'ordre de la nature, ou quelque adresse inconnue dans les ouvrages de l'art, ou quelque raffinement inusité dans la conduite des affaires. Mais, parmi ces vastes désirs d'enrichir notre entendement par des connaissances nouvelles, la même chose nous arrive qu'à ceux qui, jetant bien loin leurs regards, ne remarquent pas les objets qui les environnent : je veux dire que notre esprit, s'étendant par de grands efforts sur des choses fort éloignées, et parcourant, pour ainsi dire, le ciel et la terre, passe cependant si légèrement sur ce qui se présente à lui de plus près, que nous consumons toute notre vie toujours ignorants de ce qui nous touche ; et non seulement de ce qui nous touche, mais encore de ce que nous sommes.

Il n'est rien de plus nécessaire que de recueillir en nous-mêmes toutes ces pensées qui s'égarent ; et c'est pour cela, Chrétiens, que je vous invite aujourd'hui d'accompagner le Sauveur jusques au tombeau du Lazare: «*Veni et vide*: Venez et voyez.» Ô mortels, venez contempler le spectacle des choses mortelles; ô hommes, venez apprendre ce que c'est que l'homme.

Vous serez peut-être étonnés que je vous adresse à la mort pour être instruits de ce que vous êtes; et vous croirez que ce n'est pas bien représenter l'homme, que de le montrer où il n'est plus. Mais, si vous prenez soin de vouloir entendre ce qui se présente à nous dans le tombeau, vous accorderez aisément qu'il n'est point de plus véritable interprète ni de plus fidèle miroir des choses humaines.

La nature d'un composé ne se remarque jamais plus distinctement que dans la dissolution de ses parties. Comme elles s'altèrent mutuellement par le mélange, il faut les séparer pour les bien connaître. En effet, la société de l'âme et du corps fait que le corps nous paraît quelque chose de plus qu'il n'est, et l'âme, quelque chose de moins; mais lorsque, venant à se séparer, le corps retourne à la terre, et que l'âme aussi est mise en état de retourner au ciel, d'où elle est tirée, nous voyons l'un et l'autre dans sa pureté. Ainsi nous n'avons qu'à considérer ce que la mort nous ravit, et ce qu'elle laisse en son entier; quelle partie de notre être tombe sous ses coups, et quelle autre se conserve dans cette ruine; alors nous aurons compris ce que c'est que l'homme: de sorte que je ne crains point d'assurer que c'est du sein de la mort et de ses ombres épaisses que sort une lumière immortelle pour éclairer nos esprits touchant l'état de notre nature. Accourez donc, ô mortels, et voyez dans le tombeau du Lazare ce que c'est que l'humanité: venez voir dans un même objet la fin de vos desseins et le commencement de vos espérances; venez voir tout ensemble la dissolution et le renouvellement de votre être; venez voir le triomphe de la vie dans la victoire de la mort: *Veni et vide*.

Ô mort, nous te rendons grâces des lumières que tu répands sur notre ignorance: toi seule nous convaincs de notre bassesse, toi seule nous fais connaître notre dignité: si l'homme s'estime trop, tu sais déprimer[1] son orgueil; si l'homme se méprise trop, tu sais relever son courage; et, pour réduire toutes ses pensées à un juste tempérament, tu lui apprends ces deux vérités, qui lui ouvrent les yeux pour se bien connaître: qu'il est méprisable en tant qu'il passe, et infiniment estimable en tant qu'il aboutit à l'éternité. Et ces deux importantes considérations feront le sujet de ce discours.

PREMIER POINT

C'est une entreprise hardie que d'aller dire aux hommes qu'ils sont peu de chose. Chacun est jaloux de ce qu'il est, et on aime mieux être aveugle que de connaître son faible; surtout les grandes fortunes veulent être traitées délicatement; elles ne prennent pas plaisir qu'on remarque leur défaut: elles veulent que, si on le voit, du moins on le cache. Et toutefois, grâce à la mort, nous en pouvons parler avec liberté. Il n'est rien de si grand dans le monde qui ne reconnaisse en soi-même beaucoup de bassesse, à le considérer par cet endroit-là. Vive l'Éternel! ô grandeur humaine, de quelque côté que je t'envisage, sinon en tant que tu viens de Dieu et que tu dois être rapportée à Dieu, car, en cette sorte, je découvre en toi un rayon de la Divinité qui attire justement mes respects; mais, en tant que tu es purement humaine, je le dis encore une fois, de quelque côté que je t'envisage, je ne vois rien en toi que je considère, parce que, de quelque endroit que je te tourne, je trouve toujours la mort en face, qui répand tant d'ombres de toutes parts sur ce que l'éclat du monde voulait colorer, que je ne sais plus sur quoi appuyer ce nom auguste de grandeur, ni à quoi je puis appliquer un si beau titre.

Convainquons-nous, Chrétiens, de cette importante vérité par un raisonnement invincible. L'accident ne peut pas être plus noble que la substance[1]; ni l'accessoire plus considérable que le principal; ni le bâtiment plus solide que le fonds sur lequel il est élevé; ni enfin ce qui est attaché à notre être plus grand ni plus important que notre être même. Maintenant, qu'est-ce que notre être? Pensons-y bien, Chrétiens: qu'est-ce que notre être? Dites-le-nous, ô Mort; car les hommes superbes ne m'en croiraient pas. Mais, ô Mort, vous êtes muette, et vous ne parlez qu'aux yeux. Un grand roi vous va prêter sa voix, afin que vous vous fassiez entendre aux oreilles, et que vous portiez dans les cœurs des vérités plus articulées.

Voici la belle méditation dont David s'entretenait sur le trône et au milieu de sa cour. Sire, elle est digne de votre audience[2]: *Ecce mensurabiles posuisti dies meos, et substantia mea tanquam nihilum ante te*[3]: Ô éternel roi des siècles! vous êtes toujours à vous-même, toujours en vous-même; votre être éternellement permanent ni ne s'écoule, ni ne se change, ni ne se mesure; «et voici que vous avez fait mes jours mesurables, et ma substance n'est rien devant vous». Non, ma substance n'est rien devant vous, et tout l'être qui se mesure n'est rien, parce que ce qui se mesure a son terme, et lorsqu'on est venu à ce terme, un dernier point détruit tout, comme si jamais il[4] n'avait été. Qu'est-ce que cent ans, qu'est-ce que mille ans, puisqu'un seul moment les efface? Multipliez vos jours, comme les cerfs, que la Fable ou l'histoire de la nature fait vivre durant tant de siècles[5]; durez autant que ces grands chênes sous lesquels nos

ancêtres se sont reposés, et qui donneront encore de
l'ombre à notre postérité ; entassez dans cet espace,
qui paraît immense, honneurs, richesses, plaisirs : que
vous profitera cet amas, puisque le dernier souffle de
la mort, tout faible, tout languissant, abattra tout à
coup cette vaine pompe avec la même facilité qu'un
château de cartes, vain amusement des enfants ? Que
vous servira d'avoir tant écrit dans ce livre, d'en
avoir rempli toutes les pages de beaux caractères,
puisque enfin une seule rature doit tout effacer ?
Encore une rature laisserait-elle quelques traces du
moins d'elle-même ; au lieu que ce dernier moment,
qui effacera d'un seul trait toute votre vie, s'ira
perdre lui-même, avec tout le reste, dans ce grand
gouffre du néant. Il n'y aura plus sur la terre aucuns [1]
vestiges de ce que nous sommes : la chair changera
de nature ; le corps prendra un autre nom ; «même
celui de cadavre ne lui demeurera pas longtemps : il
deviendra, dit Tertullien, un je ne sais quoi qui n'a
plus de nom dans aucune langue [2]» : tant il est vrai
que tout meurt en lui, jusqu'à ces termes funèbres
par lesquels on exprimait ses malheureux restes :
*Post totum ignobilitatis elogium, caducæ in originem
terram, et cadaveris nomen ; et de isto quoque nomine
perituræ in nullum inde jam nomen, in omnis jam
vocabuli mortem* [3].

Qu'est-ce donc que ma substance, ô grand Dieu ?
J'entre dans la vie pour en sortir bientôt ; je viens me
montrer comme les autres ; après, il faudra disparaître. Tout nous appelle à la mort : la nature, presque
envieuse du bien qu'elle nous a fait, nous déclare
souvent et nous fait signifier qu'elle ne peut pas nous
laisser longtemps ce peu de matière qu'elle nous prête,
qui ne doit pas demeurer dans les mêmes mains, et
qui doit être éternellement dans le commerce [4] : elle
en a besoin pour d'autres formes, elle la redemande
pour d'autres ouvrages.

Cette recrue[1] continuelle du genre humain, je veux dire les enfants qui naissent, à mesure qu'ils croissent et qu'ils s'avancent, semblent nous pousser de l'épaule, et nous dire : Retirez-vous, c'est maintenant notre tour. Ainsi, comme nous en voyons passer d'autres devant nous, d'autres nous verront passer, qui doivent à leurs successeurs le même spectacle. Ô Dieu ! encore une fois, qu'est-ce que de nous ? Si je jette la vue devant moi, quel espace infini où je ne suis pas ! si je la retourne en arrière, quelle suite effroyable où je ne suis plus ! et que j'occupe peu de place dans cet abîme immense du temps ! Je ne suis rien : un si petit intervalle n'est pas capable de me distinguer du néant ; on ne m'a envoyé que pour faire nombre ; encore n'avait-on que faire de moi, et la pièce n'en aurait pas été moins jouée, quand je serais demeuré derrière le théâtre[2].

Encore, si nous voulons discuter les choses dans une considération plus subtile, ce n'est pas toute l'étendue de notre vie qui nous distingue du néant ; et vous savez, Chrétiens, qu'il n'y a jamais qu'un moment qui nous en sépare. Maintenant nous en tenons un ; maintenant il périt ; et avec lui nous péririons tous, si, promptement et sans perdre temps, nous n'en saisissions un autre semblable, jusqu'à ce qu'enfin il en viendra un auquel nous ne pourrons arriver, quelque effort que nous fassions pour nous y étendre ; et alors nous tomberons tout à coup, manque de soutien. Ô fragile appui de notre être ! ô fondement ruineux de notre substance ! *In imagine pertransit homo*[3]. Ha ! vraiment «l'homme passe de même qu'une ombre», ou de même qu'une image en figure[4] ; et comme lui-même n'est rien de solide, il ne poursuit aussi que des choses vaines, l'image du bien, et non le bien même...

Que la place est petite que nous occupons en ce monde ! si petite certainement et si peu considérable, qu'il me semble que toute ma vie n'est qu'un songe[1]. Je doute quelquefois, avec Arnobe, si je dors ou si je veille : *Vigilemus aliquando, an ipsum vigilare, quod dicitur, somni sit perpetui portio*[2]. Je ne sais si ce que j'appelle veiller n'est peut-être pas une partie un peu plus excitée d'un sommeil profond ; et si je vois des choses réelles, ou si je suis seulement troublé par des fantaisies[3] et par de vains simulacres. «*Præterit figura hujus mundi*[4] : La figure de ce monde passe, et ma substance n'est rien devant Dieu.»

DEUXIÈME POINT

N'en doutons pas[5], Chrétiens : quoique nous soyons relégués dans cette dernière partie de l'univers, qui est le théâtre des changements et l'empire de la mort[6] ; bien plus, quoiqu'elle nous soit inhérente et que nous la portions dans notre sein ; toutefois, au milieu de cette matière et à travers l'obscurité de nos connaissances qui vient des préjugés de nos sens, si nous savons rentrer en nous-mêmes, nous y trouverons quelque principe qui montre bien par une certaine vigueur son origine céleste, et qui n'appréhende pas la corruption.

Je ne suis pas de ceux qui font grand état des connaissances humaines ; et je confesse néanmoins que je ne puis contempler sans admiration ces merveilleuses découvertes qu'a faites la science pour pénétrer la nature, ni tant de belles inventions que l'art a trouvées pour l'accommoder à notre usage. L'homme a presque changé la face du monde : il a su dompter par l'esprit les animaux, qui le surmontaient par la force ; il a su discipliner leur humeur brutale et contraindre leur liberté indocile. Il a même fléchi par adresse les créatures inanimées : la terre n'a-t-elle pas été forcée par son industrie à lui donner des aliments plus convenables, les plantes à corriger en sa faveur leur aigreur sauvage, les venins même à se tourner en remèdes pour l'amour de lui ? Il serait superflu de vous raconter comme il sait ménager les éléments, après tant de sortes de miracles qu'il fait faire tous les jours aux plus intraitables, je veux dire au feu et à l'eau, ces deux grands ennemis, qui s'accordent néanmoins à nous servir dans des opérations si utiles et si nécessaires. Quoi plus[1] ? il est monté jusqu'aux cieux : pour marcher plus sûrement, il a appris aux astres à le guider dans ses voyages ; pour mesurer plus également sa vie, il a obligé le soleil à rendre compte, pour ainsi dire, de tous ses pas. Mais laissons à la rhétorique cette longue et scrupuleuse énumération[2], et contentons-nous de remarquer en théologiens que Dieu ayant formé l'homme, dit l'oracle de l'Écriture[3], pour être le chef de l'univers, d'une si noble institution, quoique changée par son crime, il lui a laissé un certain instinct de chercher ce qui lui manque dans toute l'étendue de la nature. C'est pourquoi, si je l'ose dire, il fouille partout hardiment comme dans son bien, et il n'y a aucune partie de l'univers où il n'ait signalé son industrie.

Pensez maintenant, Messieurs, comment aurait pu prendre un tel ascendant une créature si faible et si exposée, selon le corps, aux insults[4] de toutes les autres, si elle n'avait en son esprit une force supérieure à toute la nature visible, un souffle immortel de l'Esprit de Dieu, un rayon de sa face, un trait de sa ressemblance.

Non, non, il ne se peut autrement. Si un excellent ouvrier a fait quelque machine, aucun ne peut s'en servir que par les lumières qu'il donne[5]. Dieu a fabriqué le monde comme une grande machine que sa seule sagesse pouvait inventer, que sa seule puissance pouvait construire. Ô homme ! il t'a établi pour t'en

servir ; il a mis, pour ainsi dire, en tes mains toute la
nature pour l'appliquer à tes usages ; il t'a même permis de l'orner et de l'embellir par ton art : car qu'est-
ce autre chose que l'art, sinon l'embellissement de la
nature[1] ? Tu peux ajouter quelques couleurs pour
orner cet admirable tableau ; mais comment pourrais-tu faire remuer tant soit peu une machine si
forte et si délicate, ou de quelle sorte pourrais-tu
faire seulement un trait convenable dans une peinture
si riche, s'il n'y avait en toi-même et dans quelque
partie de ton être quelque art dérivé de ce premier
art, quelques secondes idées tirées de ces idées ori-
ginales, en un mot, quelque ressemblance, quelque
écoulement, quelque portion[2] de cet Esprit ouvrier
qui a fait le monde ? Que s'il est ainsi, Chrétiens, qui
ne voit que toute la nature conjurée ensemble n'est
pas capable d'éteindre un si beau rayon de la puissance qui la soutient ; et que notre âme, supérieure
au monde et à toutes les vertus[3] qui le composent,
n'a rien à craindre que de son auteur ?

Mais continuons, Chrétiens, une méditation si utile
de l'image de Dieu en nous ; et voyons par quelles
maximes l'homme, cette créature chérie, destinée à
se servir de toutes les autres, se prescrit à lui-même ce
qu'il doit faire. Dans la corruption où nous sommes,
je confesse que c'est ici notre faible ; et toutefois je ne
puis considérer sans admiration ces règles immuables
des mœurs, que la raison a posées. Quoi ! cette âme
plongée dans le corps, qui en épouse toutes les passions avec tant d'attache, qui languit, qui n'est plus à
elle-même quand il souffre, dans quelle lumière a-
t-elle vu qu'elle eût néanmoins sa félicité à part ?
qu'elle dût dire hardiment, tous les sens, toutes les
passions et presque toute la nature criant à l'encontre,
quelquefois : « Ce m'est un gain de mourir[4] », et quelquefois : « Je me réjouis dans les afflictions[5] » ? Ne
faut-il pas, Chrétiens, qu'elle ait découvert intérieu-

rement une beauté bien exquise dans ce qui s'appelle devoir, pour oser assurer positivement que l'on doit s'exposer sans crainte, qu'il faut s'exposer même avec joie à des fatigues immenses, à des douleurs incroyables et à une mort assurée, pour les amis, pour la patrie, pour le Prince, pour les autels? Et n'est-ce pas une espèce de miracle que, ces maximes constantes de courage, de probité, de justice ne pouvant jamais être abolies, je ne dis pas par le temps, mais par un usage contraire, il y ait, pour le bonheur du genre humain, beaucoup moins de personnes qui les décrient tout à fait, qu'il n'y en a qui les pratiquent parfaitement?

Sans doute il y a au dedans de nous une divine clarté : «Un rayon de votre face, ô Seigneur, s'est imprimé en nos âmes : *Signatum est super nos* [*lumen vultus tui, Domine*][1]». C'est là que nous découvrons, comme dans un globe de lumière, un agrément immortel dans l'honnêteté et la vertu : c'est la première Raison, qui se montre à nous par son image ; c'est la Vérité elle-même, qui nous parle et qui doit bien nous faire entendre qu'il y a quelque chose en nous qui ne meurt pas, puisque Dieu nous a fait[s] capables de trouver du bonheur, même dans la mort.

Tout cela n'est rien, Chrétiens ; et voici le trait le plus admirable de cette divine ressemblance. Dieu se connaît et se contemple ; sa vie, c'est de se connaître : et parce que l'homme est son image, il veut aussi qu'il le connaisse être éternel, immense, infini, exempt de toute matière, libre de toutes limites, dégagé de toute imperfection. Chrétiens, quel est ce miracle ? Nous qui ne sentons rien que de borné, qui ne voyons rien que de muable, où avons-nous pu comprendre cette éternité ? où avons-nous songé cette infinité ? Ô éternité ! ô infinité ! dit saint Augustin[2], que nos sens ne soupçonnent pas seulement, par où donc es-tu entrée dans nos âmes ? Mais si nous sommes tout

corps et toute matière, comment pouvons-nous concevoir un esprit pur ? et comment avons-nous pu seulement inventer ce nom ?

Je sais ce que l'on peut dire en ce lieu, et avec raison : que, lorsque nous parlons de ces esprits, nous
n'entendons pas trop ce que nous disons. Notre
faible imagination, ne pouvant soutenir une idée si
pure, lui présente toujours quelque petit corps pour
la revêtir. Mais, après qu'elle a fait son dernier effort
pour les rendre bien subtils et bien déliés, ne sentez-
vous pas en même temps qu'il sort du fond de notre
âme une lumière céleste qui dissipe tous ces fantômes, si minces et si délicats que nous ayons pu les
figurer ? Si vous la pressez davantage, et que vous lui
demandiez ce que c'est, une voix s'élèvera du centre
de l'âme : Je ne sais pas ce que c'est, mais néanmoins
ce n'est pas cela. Quelle force, quelle énergie, quelle
secrète vertu sent en elle-même cette âme, pour se
corriger, pour se démentir elle-même et rejeter tout
ce qu'elle pense ! Qui ne voit qu'il y a en elle un ressort caché qui n'agit pas encore de toute sa force, et
lequel, quoiqu'il soit contraint, quoiqu'il n'ait pas
son mouvement libre, fait bien voir par une certaine
vigueur qu'il ne tient pas tout entier à la matière et
qu'il est comme attaché par sa pointe à quelque principe plus haut [1] ?

Il est vrai, Chrétiens, je le confesse, nous ne soute-
nons pas longtemps cette noble ardeur ; l'âme se
replonge bientôt dans sa matière. Elle a ses langueurs
et ses faiblesses ; et, permettez-moi de le dire, car je
ne sais plus comment m'exprimer, elle a des grossiè-
retés, qui, si elle n'est éclairée d'ailleurs, la forcent
presque elle-même de douter de ce qu'elle est. C'est
pourquoi les sages du monde, voyant l'homme, d'un
côté si grand, de l'autre si méprisable, n'ont su ni
que penser ni que dire : les uns en feront un dieu, les
autres en feront un rien ; les uns diront que la nature

le chérit comme une mère et qu'elle en fait ses délices ; les autres, qu'elle l'expose comme une marâtre et qu'elle en fait son rebut ; et un troisième parti, ne sachant plus que deviner touchant la cause de ce mélange, répondra qu'elle s'est jouée en unissant deux pièces qui n'ont nul rapport, et ainsi que, par une espèce de caprice, elle a formé ce prodige qu'on appelle l'homme[1].

Vous jugez bien, Chrétiens, que ni les uns ni les autres n'ont donné au but[2], et qu'il n'y a plus que la foi qui puisse expliquer un si grand énigme[3]. Vous vous trompez, ô sages du siècle : l'homme n'est pas les délices de la nature, puisqu'elle l'outrage en tant de manières ; l'homme ne peut non plus être son rebut, puisqu'il y a quelque chose en lui qui vaut mieux que la nature elle-même, je parle de la nature sensible. Maintenant parler de caprice dans les ouvrages de Dieu, c'est blasphémer contre sa sagesse. Mais d'où vient donc une si étrange disproportion ? Faut-il, Chrétiens, que je vous le dise ? et ces masures mal assorties avec ces fondements si magnifiques ne crient-elles pas assez haut que l'ouvrage n'est pas en son entier ? Contemplez ce grand édifice, vous y verrez des marques d'une main divine ; mais l'inégalité de l'ouvrage vous fera bientôt remarquer ce que le péché a mêlé du sien. Ô Dieu ! quel est ce mélange ? J'ai peine à me reconnaître ; peu s'en faut que je ne m'écrie avec le prophète : *Hæccine est urbs perfecti decoris, gaudium universæ terræ ?* « Est-ce là cette Jérusalem ? est-ce là cette ville, est-ce là ce temple, l'honneur, la joie de toute la terre[4] ? » Et moi je dis : Est-ce là cet homme fait à l'image de Dieu, le miracle de sa sagesse, et le chef-d'œuvre de ses mains ?

C'est lui-même, n'en doutez pas. D'où vient donc cette discordance ? et pourquoi vois-je ces parties si mal rapportées ? C'est que l'homme a voulu bâtir à sa mode sur l'ouvrage de son créateur, et il s'est éloigné du plan : ainsi, contre la régularité du premier dessein[1], l'immortel et le corruptible, le spirituel et le charnel, l'ange et la bête[2], en un mot, se sont trouvés tout à coup unis. Voilà le mot de l'énigme, voilà le dégagement de tout l'embarras : la foi nous a rendus à nous-mêmes, et nos faiblesses honteuses ne peuvent plus nous cacher notre dignité naturelle[3].

Mais, hélas ! que nous profite cette dignité ? Quoique nos ruines respirent encore quelque air de grandeur, nous n'en sommes pas moins accablés dessous ; notre ancienne immortalité ne sert qu'à nous rendre plus insupportable la tyrannie de la mort, et quoique nos âmes lui échappent, si cependant le péché les rend misérables, elles n'ont pas de quoi se vanter d'une éternité si onéreuse. Que ferons-nous, Chrétiens ? que répondrons-nous à une plainte si pressante ? Jésus-Christ y répondra dans notre évangile. Il vient voir le Lazare décédé, il vient visiter la nature humaine qui gémit sous l'empire de la mort. Ha ! cette visite n'est pas sans cause : c'est l'ouvrier même qui vient en personne pour reconnaître ce qui manque à son édifice ; c'est qu'il a dessein de le reformer suivant son premier modèle : *Secundum imaginem ejus qui creavit illum*[4].

Ô âme remplie de crimes, tu crains avec raison l'immortalité qui rendrait ta mort éternelle ! Mais voici en la personne de Jésus-Christ « la résurrection et la vie » : qui croit en lui, ne meurt pas[5] ; qui croit en lui, est déjà vivant d'une vie spirituelle et intérieure, vivant par la vie de la grâce qui attire après elle la vie de la gloire. — Mais le corps est cependant sujet à la mort ! — Ô âme, console-toi : si ce divin architecte, qui a entrepris de te réparer, laisse tomber pièce à pièce ce vieux bâtiment de ton corps, c'est qu'il veut te le rendre en meilleur état, c'est qu'il veut le rebâtir dans un meilleur ordre ; il entrera pour un peu de temps dans l'empire de la mort, mais il ne laissera rien entre ses mains, si ce n'est la mortalité.

Ne vous persuadez pas que nous devions regarder la corruption, selon les raisonnements de la médecine, comme une suite naturelle de la composition et du mélange. Il faut élever plus haut nos esprits et croire, selon les principes du christianisme, que ce qui engage la chair à la nécessité d'être corrompue, c'est qu'elle est un attrait au mal, une source de mauvais désirs, enfin une «chair de péché[1]», comme parle le saint Apôtre. Une telle chair doit être détruite, je dis même dans les élus, parce qu'en cet état de chair de péché, elle ne mérite pas d'être réunie à une âme bienheureuse, ni d'entrer dans le royaume de Dieu : *Caro et sanguis regnum Dei non possidebunt*[2]. Il faut donc qu'elle change sa première forme afin d'être renouvelée, et qu'elle perde tout son premier être, pour en recevoir un second de la main de Dieu. Comme un vieux bâtiment irrégulier qu'on néglige, afin de le dresser de nouveau dans un plus bel ordre d'architecture ; ainsi cette chair toute déréglée par le péché et la convoitise, Dieu la laisse tomber en ruine, afin de la refaire à sa mode, et selon le premier plan de sa création : elle doit être réduite en poudre, parce qu'elle a servi au péché…

Ne vois-tu pas le divin Jésus qui fait ouvrir le tombeau ? C'est le Prince qui fait ouvrir la prison aux misérables captifs. Les corps morts qui sont enfermés dedans entendront un jour sa parole, et ils ressusciteront comme le Lazare ; ils ressusciteront mieux que le Lazare, parce qu'ils ressusciteront pour ne mourir plus, et que la mort, dit le Saint-Esprit, sera noyée dans l'abîme, pour ne paraître jamais : *Et mors non erit amplius*[3].

Que crains-tu donc, âme chrétienne, dans les approches de la mort ? Peut-être qu'en voyant tomber ta maison, tu appréhendes d'être sans retraite ?

Mais écoute le divin Apôtre : «Nous savons», nous savons, dit-il, nous ne sommes pas induits à le croire par des conjectures douteuses, mais nous le savons très assurément et avec une entière certitude, «que si cette maison de terre et de boue, dans laquelle nous habitons, est détruite, nous avons une autre maison qui nous est préparée au ciel[1]». Ô conduite miséricordieuse de celui qui pourvoit à nos besoins ! Il a dessein, dit excellemment saint Jean Chrysostome[2], de réparer la maison qu'il nous a donnée : pendant qu'il la détruit et qu'il la renverse pour la refaire toute neuve, il est nécessaire que nous délogions[3]. Et lui-même nous offre son palais ; il nous donne un appartement, pour nous faire attendre en repos l'entière réparation de notre ancien édifice[4].

SERMON POUR LA FÊTE
DE L'ANNONCIATION
DE LA SAINTE VIERGE

Samedi 25 mars

> *Sic Deus dilexit mundum, ut Filium suum unigenitum daret*[1].
>
> (Joan., III, 16.)

Les Juifs infidèles et endurcis ont reproché autrefois à notre Sauveur «qu'étant un homme mortel, il ne craignait pas de se faire Dieu» et de s'attribuer un nom si auguste : *Tu homo cum sis, facis teipsum Deum*[2]. Sur quoi saint Athanase remarque que les miracles visibles par lesquels il faisait connaître sa divinité devaient leur fermer la bouche : «et qu'au lieu de lui demander pourquoi, étant homme, il se faisait Dieu, ils devaient lui demander bien plutôt pourquoi, étant Dieu, il s'était fait homme[3]». Alors il leur aurait répondu : «Dieu a tant aimé le monde[4]!» Ne demandez pas de raison d'une chose qui n'en peut avoir : l'amour de Dieu s'irriterait, si on cherchait autre part qu'en son propre fonds des raisons de son ouvrage ; et même, je le puis dire, il est bien aise, Messieurs, qu'on n'y voie aucune raison, afin que rien n'y paraisse que ses saints et divins excès.

Par conséquent, Chrétiens, ne perdons pas le temps aujourd'hui à trouver des raisons d'un si grand miracle ; mais, croyant simplement avec l'apôtre saint Jean à l'immense charité que Dieu a pour nous, honorons le mystère du Verbe incarné par un amour réciproque. La bienheureuse Marie est toute pénétrée de ce saint amour : elle porte un Dieu dans son cœur beaucoup plus intimement que dans ses entrailles ; et le Saint-Esprit, survenu en elle avec une telle abondance, fait qu'elle ne respire plus que la charité. Demandons-lui tous ensemble une étincelle de ce feu sacré, en lui disant avec l'Ange : *Ave.*

Il a plu à Dieu de se faire aimer ; et comme il a vu la nature humaine toute de glace pour lui, toute de flamme pour d'autres objets, sachant de quel poids il est dans ce commerce d'affection de faire les premiers pas, surtout à une puissance souveraine, il n'a pas dédaigné de nous prévenir ni de faire toutes les avances en nous donnant son Fils unique, qui lui-même se donne à nous pour nous attirer.

Il a plu à Dieu de se faire aimer ; et parce que c'est le naturel de l'esprit humain, de recevoir les lumières plus facilement par les exemples que par les préceptes, il a proposé au monde un Dieu aimant Dieu, afin que nous vissions en ce beau modèle quel est l'ordre, quelle est la mesure, quels sont les devoirs du saint amour, et jusques où il doit porter la créature raisonnable.

Il a plu à Dieu de se faire aimer ; et comme c'était peu à[1] notre faiblesse de lui montrer un grand exemple, si on ne lui donnait en même temps un grand secours, ce Jésus-Christ qui nous aime et qui nous apprend à aimer son Père, pour nous faciliter le chemin du divin amour, se présente lui-même à nous comme la voie qui nous y conduit.

De sorte qu'ayant[2] besoin de trois choses pour être réunis à Dieu : d'un attrait puissant, d'un parfait modèle et d'une voie assurée, Jésus-Christ nous fait trouver tout en sa personne ; et il nous est lui seul tout ensemble l'attrait qui nous gagne à l'amour de

Dieu, le modèle qui nous montre les règles de l'amour de Dieu, la voie pour arriver à l'amour de Dieu : c'est-à-dire, si nous l'entendons, que nous devons 1° nous donner à Dieu pour l'amour du Verbe incarné, que nous devons 2° nous donner à Dieu à l'exemple du Verbe incarné, que nous devons en troisième lieu nous donner à Dieu par la voie et par l'entremise du Verbe incarné. C'est tout le devoir du chrétien, c'est tout le sujet de ce discours.

PREMIER POINT

La sagesse humaine demande souvent : Qu'est venu faire un Dieu sur la terre ? pourquoi se cacher ? pourquoi se couvrir ? pourquoi anéantir sa majesté sainte pour vivre, pour converser, pour traiter avec les mortels ? À cela je dis en un mot : C'est qu'il a dessein de se faire aimer. Que si l'on me presse encore et que l'on demande : Est-ce donc une œuvre si digne d'un Dieu que de se faire aimer de sa créature ? Ha ! c'est ici, Chrétiens, que je vous demande vos attentions pendant que je tâche de développer les mystères de l'amour divin[1].

Oui, c'est une œuvre très digne d'un Dieu, de se faire aimer de sa créature. Car le nom de Dieu est un nom de roi : « Roi des rois, Seigneur des seigneurs[2] », c'est le nom du Dieu des armées. Et qui ne sait qu'un roi légitime doit régner par inclination ? La crainte, l'espérance, l'inclination peuvent assujettir le cœur : la crainte servile fait un tyran à notre cœur ; l'espérance mercenaire nous donne un maître, ou, comme on dit, un patron[3] ; mais l'amour soumis par devoir et engagé par inclination donne à notre cœur un roi légitime. C'est pourquoi David, plein de son amour : « Je vous exalterai, dit-il, ô mon Dieu, mon roi ; je bénirai votre nom aux siècles des siècles : *Exaltabo* te, *Deus meus rex; et benedicam nomini tuo in seculum, et in seculum seculi*[1].» Voyez comme son amour élève un trône à son Dieu et le fait régner sur le cœur. Si donc Dieu est notre roi, ha! il est digne de lui de se faire aimer.

Mais laissons ce titre de roi, qui, tout grand et tout auguste qu'il est, exprime trop faiblement la majesté de notre Dieu. Parlons du titre de Dieu, et disons que le Dieu de tout l'univers ne devient notre Dieu en particulier que par l'hommage de notre amour. Pourrai-je bien ici expliquer ce que je pense? L'amour est en quelque sorte le dieu du cœur. Dieu est le premier principe et le moteur universel de toutes les créatures; c'est l'amour aussi qui fait remuer toutes les inclinations et les ressorts du cœur les plus secrets: il est donc, ainsi que j'ai dit, en quelque sorte le dieu du cœur, ou plutôt il en est l'idole qui usurpe l'empire de Dieu. Mais, afin d'empêcher cette usurpation, il faut qu'il se soumette lui-même à Dieu; afin que notre grand Dieu, étant le Dieu de notre amour, soit en même temps le Dieu de nos cœurs, et que nous lui puissions dire avec David: «*Defecit caro mea et cor meum; Deus cordis mei et pars mea, Deus in æternum*[2]: Ha! mon cœur languit après vous» par le saint amour: vous êtes donc «le Dieu de mon cœur», parce que vous régnez par mon amour et que vous régnez sur mon amour même.

Entendez donc, Chrétiens, quelle est la force de l'amour, et combien il est digne de Dieu de se faire aimer. C'est l'amour qui fait notre dieu, parce que c'est lui qui donne l'empire du cœur. C'est pourquoi Dieu commande avec tant d'ardeur: «Vous aimerez le Seigneur votre Dieu de tout votre cœur, de tout votre esprit, de toutes vos forces, de toute votre puissance[3].» Pourquoi cet empressement de se faire aimer? C'est le seul tribut qu'il demande; et c'est la marque la plus illustre de sa souveraineté, de son

abondance, de sa grandeur infinie. Car qui n'a besoin
de rien ne demande rien aussi, sinon d'être aimé ; et
c'est une marque visible de l'essentielle pauvreté de
la créature, qu'elle soit obligée par son indigence de
demander à ceux qui l'aiment autre chose que leur
amour même. C'est donc le caractère d'un Dieu de
n'exiger de nous que le pur amour ; et ne lui offrir
que ce seul présent, c'est honorer sa plénitude. On
ne peut rien lui donner, encore qu'on lui doive tout ;
on impose ce tribut à son propre cœur. D'où il est
aisé de comprendre que l'amour est le véritable tribut par lequel on peut reconnaître un Dieu infiniment abondant. Et ainsi ceux qui douteraient s'il est
digne de Dieu de se faire aimer pourraient douter,
par même raison, s'il est digne de Dieu d'être Dieu ;
puisque le caractère de Dieu c'est de n'exiger rien de
sa créature, sinon qu'elle l'adore par un saint amour.

Après cela, Chrétiens, quelqu'un peut-il s'étonner
si un Dieu descend pour se faire aimer ? Qu'il se
fasse homme, qu'il s'anéantisse, qu'il se couvre tout
entier de chair et de sang, tout ce qui est indigne de
Dieu devient digne de sa grandeur aussitôt qu'il tend
à le faire aimer. Il voit du plus haut du ciel toute la
terre devenue un temple d'idoles ; on élève de tous
côtés autel contre autel, et on excite sa jalousie en
adorant de faux dieux. Ne croyez pas que je parle de
ces idoles matérielles : les idoles dont je veux parler sont dans notre cœur. Tout ce que nous aimons
désordonnément dans la créature, comme nous lui
rendons par notre amour l'hommage de Dieu, nous
lui donnons aussi la place de Dieu, parce que nous
lui en rendons l'hommage, qui est l'amour même.
Comme donc ce ne peut être qu'un amour profane
qui érige en nos cœurs toutes les idoles, ce ne peut
être que le saint amour qui rende à Dieu ses autels, et
qui le fasse reconnaître en sa majesté.

S'il est ainsi, ô Dieu vivant, venez attirer les cœurs ;

venez régner sur la terre; en un mot, faites qu'on vous aime. Mais, afin qu'on vous aime, aimez; afin qu'on vous trouve, cherchez; afin qu'on vous suive, prévenez.

Voici un autre embarras, il s'élève une nouvelle difficulté. Qu'il soit digne de Dieu de se faire aimer…, mais est-il digne de Dieu de prévenir l'amour de la créature? Ha! plutôt, que, pour honorer sa grandeur suprême, tous les cœurs languissent après lui, et après il se rendra lui-même à l'amour! Non, Messieurs, il faut qu'il commence, non seulement à cause de notre faiblesse qui ne peut s'élever à lui qu'étant attirée, mais à cause de sa grandeur, parce qu'il est de la dignité du premier être d'être le premier à aimer et de prévenir les affections par une bonté surabondante.

Je l'ai appris de saint Augustin, que l'amour pur, l'amour libéral, c'est-à-dire l'amour véritable, a je ne sais quoi de grand et noble, qui ne veut naître que dans l'abondance et dans un cœur souverain. Pour quoi est fait un cœur souverain? Pour prévenir tous les cœurs par une bonté souveraine. Voulez-vous savoir, dit ce grand homme, quelle est l'affection véritable? «C'est, dit-il, celle qui descend, et non celle qui remonte; celle qui vient de miséricorde, et non celle qui vient de misère; celle qui coule de source et de plénitude, et non celle qui sort d'elle-même, pressée par son indigence: *Ille gratior est amor, qui non æstuat indigentiæ siccitate, sed ubertate benevolentiæ profluit*[1].» Ainsi la place naturelle de l'affection, de la tendresse et de la pitié, c'est le cœur d'un souverain. Et comme Dieu est le souverain véritable, de là vient que le cœur d'un Dieu, c'est un cœur d'une étendue infinie, toujours prêt à prévenir tous les cœurs, et plus pressé à donner par l'excès de sa miséricorde, que les autres à demander par l'excès de leur misère. Tel est le cœur d'un Dieu, et tel doit être le cœur de

tous ceux qui le représentent[1]. Il ne faut pas s'étonner si un cœur si tendre et si étendu fait volontiers
toutes les avances, s'il n'attend pas qu'il soit prévenu, mais si lui-même «aime le premier», comme
dit l'apôtre saint Jean[2], pour conserver sa dignité
propre, et marquer son indépendance dans la libéralité gratuite de son amour.

Voilà donc notre Souverain qui veut être aimé, et
pour cela qui nous aime pour attirer notre amour.
Telle est son intime disposition : voyons-en les effets
sensibles. Il se rabaisse, et il nous élève ; il se dépouille,
et il nous donne ; il perd en quelque sorte ce qu'il est,
et il nous le communique. Comment perd-il ce qu'il
est ? Appauvrissement, etc.[3]. Il est Dieu, et il craint
de le paraître ; il l'est, et vous pouvez attendre de lui
tout le secours qu'on peut espérer d'un Dieu ; mais il
cache tous ses divins attributs[4]. Approchez avec la
même franchise, avec la même liberté de cœur que
si ce n'était qu'un homme mortel. N'est-ce pas véritablement vouloir être aimé ? N'est-ce pas nous prévenir par un grand amour ? Saint Augustin est
admirable, et il avait bien pénétré toute la sainteté de
ce mystère, quand il a dit qu'un Dieu s'est fait homme
«par une bonté populaire : *populari quadam clementia*[5]». Qu'est-ce qu'une bonté populaire ? Elle nous
paraît, Chrétiens, lorsqu'un grand, sans oublier ce
qu'il est, se démet par condescendance, se dépouille,
non point par faiblesse, mais par une facilité[6] généreuse ; non pour laisser usurper son autorité, mais
pour rendre sa bonté accessible, et parce qu'il veut
faire naître une liberté qui n'ôte rien du respect, si
ce n'est le trouble et l'étonnement et cette première
surprise que porte un éclat trop fort dans une âme
infirme[7]. C'est ce qu'a fait le Dieu-homme ; il s'est
rendu populaire : sa sagesse devient sensible ; sa
majesté, tempérée ; sa grandeur, libre et familière.

Et pourquoi se défaire de ses foudres ? pourquoi se

dépouiller de sa majesté, et de tout l'appareil de sa redoutable puissance ? C'est qu'il y a des conquêtes de plus d'une sorte, et toutes ne sont pas sanglantes. Un prince justement irrité se jette sur les terres de son ennemi et se les assujettit par la force ; c'est une noble conquête, mais elle coûte du sang, et une si dure nécessité doit faire gémir un cœur chrétien : ce n'est pas de celle-là que je veux parler. Sans répandre du sang, il se fait faire justice par la seule fermeté de son courage, et la renommée en vole bien loin dans les empires étrangers : c'est quelque chose encore de plus glorieux[1]. Mais toutes les conquêtes ne se font pas sur les étrangers : il n'y a rien de plus illustre que de faire une conquête paisible de son propre État. Conquérir les cœurs. Ce royaume caché et intérieur est d'une étendue infinie : il y a tous les jours de nouvelles terres à gagner, de nouveaux pays à conquérir, et toujours autant de couronnes. Ô que cette conquête est digne d'un roi[2] ! C'est celle de Jésus-Christ. Nous étions à lui par droit de naissance ; il nous veut encore acquérir par son saint amour. *Regnum Dei intra vos est*[3]. Cet amour lui était dû par sa naissance et par ses bienfaits ; il a voulu le mériter de nouveau, il a voulu engager les cœurs par des obligations particulières. *Sicut filiis dico, dilatamini et vos*[4]. — *Sicut filiis* : non pas comme des esclaves, mais comme des enfants, qui doivent aimer. Dilatez en vous le règne de Dieu : ôtez les bornes de l'amour, pour l'amour de Jésus-Christ, qui n'a point donné de limites à celui qu'il a eu pour nous. Cet amour est libre, il est souverain : il veut qu'on le laisse agir dans toute son étendue, et qui le contraint tant soit peu, offense son indépendance. Il faut ou tout inonder ou se retirer tout entier. Un petit point dans le cœur. Aimez autant que le mérite un Dieu-homme, et pour cela, Chrétiens, aimez dans toute l'étendue qu'a fait[e] un Dieu-homme[5].

DEUXIÈME POINT

Jésus-Christ, semblable à nous, afin que nous lui fussions semblables (Voy. *deuxième Carême*, p. 6, 2ᵉ point[1]).

Si vous demandez maintenant quel est l'esprit de Jésus, il est bien aisé d'entendre que c'est l'esprit de la charité. Un Dieu n'aurait pas été aimé comme il le mérite, si un Dieu ne l'avait aimé : l'amour qu'on doit à un Dieu n'aurait pas eu un digne modèle, si un Dieu lui-même n'avait été l'exemplaire. Venez donc apprendre de ce Dieu aimant dans quelle étendue et dans quel esprit il faut aimer Dieu.

L'étendue de cet amour doit être infinie. L'amour de notre exemplaire, c'est une adhérence sans bornes à la sainte volonté du Père céleste. Aimer Dieu, c'est tout son emploi : *Quæ placita sunt ei facio semper*[2]. Aimer Dieu, c'est tout son plaisir : *Non quæro voluntatem meam, sed voluntatem ejus qui misit me*[3]. Aimer Dieu, c'est tout son soutien : «*Meus cibus est [ut faciam voluntatem ejus qui misit me]*[4] : Ma nourriture, dit-il, c'est de faire la volonté de mon Père» et d'accomplir son ouvrage. Il ne perd pas de vue un moment l'ordre de ses décrets éternels ; à tous moments, il s'y abandonne sans réserve aucune. «Je fais, dit-il, toujours ce qu'il veut.» Aujourd'hui, dès le moment de sa conception, il commence ce saint exercice. «En entrant au monde, dit le saint Apôtre[5], il a dit : Les holocaustes ne vous ont pas plu ; eh bien ! me voici, Seigneur, et je viens pour accomplir en tout votre volonté.» En ce moment, Chrétiens, toutes ses croix lui furent montrées. Il voit une avidité dans le cœur de Dieu d'avoir une victime digne de lui, digne de sa sainteté, digne de sa justice, capable de porter tous ses traits et tous les crimes des hommes. Ô Dieu, quel excès de peine ! et néanmoins, hardiment : «Me voici, Seigneur ; je viens pour accomplir votre volonté ! »

Chrétien, imite ce Dieu ; adore en tout les décrets du Père : soit qu'il frappe, soit qu'il console, soit qu'il te couronne, soit qu'il te châtie, adore, embrasse sa volonté sainte. Mais en quel esprit ? Ha ! voici la perfection : en l'esprit du Dieu incarné, dans un esprit d'agrément et de complaisance. Vous savez ce que c'est que la complaisance : on ne la connaît que trop à la cour ; mais il faut apprendre d'un Dieu quelle complaisance un Dieu mérite. « En cette heure, dit l'évangéliste, Jésus se réjouit dans le Saint-Esprit, et il dit : Je vous loue, ô Père, Seigneur du ciel et de la terre, de ce que vous avez caché ceci aux superbes, et que vous l'avez découvert aux humbles[1]. » Et il ajoute dans un saint transport : «Oui, Père, parce qu'il a plu ainsi devant vous.» Telle est la complaisance qu'exige de nous la souveraineté de notre Dieu, un accord, un consentement, un acquiescement éternel, un oui éternel, pour ainsi parler, non de notre bouche, mais de notre cœur, pour ses volontés adorables. C'est faire sa cour à Dieu, c'est l'adorer comme il le mérite, que de se donner à lui de la sorte.

Que faites-vous, esprits bienheureux, cour triomphante du Dieu des armées ? que faites-vous devant lui et à l'entour de son trône ? Ils nous sont représentés dans l'Apocalypse[2], disant toujours *Amen* devant Dieu ; un *Amen* soumis et respectueux, dicté par une sainte complaisance. *Amen*, dans la langue sainte, c'est-à-dire oui ; mais un oui pressant et affirmatif, qui emporte l'acquiescement, ou plutôt, pour mieux dire, le cœur tout entier. C'est ainsi qu'on aime Dieu dans le ciel : ne le ferons-nous pas sur la terre ? Église qui voyages en ce lieu d'exil, l'Église, la Jérusalem bienheureuse, ta chère sœur qui triomphe au ciel, chante à Dieu ce oui, cet *Amen* ; ne répondras-tu pas à ce divin chant, comme un second chœur de

musique, animé par la voix de Jésus-Christ même :
« Oui, Père, puisqu'il a plu ainsi devant vous » ? Quoi !
nous qui sommes nés pour la joie céleste, chante-
rons-nous le cantique des plaisirs mortels ? C'est une
langue barbare, dit saint Augustin[1], que nous apprenons dans l'exil : parlons le langage de notre patrie.
En l'honneur de l'homme nouveau que le Saint-
Esprit nous forme aujourd'hui, chantons ce nouveau
cantique, le cantique de la nouvelle alliance : *Cantemus Domino canticum novum*[2].

Nous sommes, dit le saint apôtre, un « commencement de la créature nouvelle de Dieu ». L'accomplissement de la création, c'est la vie des bienheureux ;
et c'est nous qui en sommes le commencement : *Ini-
tium... creaturæ ejus*[3]. Nous devons donc commencer ce qui se consommera dans la vie future ; et cet
Amen éternel, que chantent les bienheureux dans la
plénitude d'un amour jouissant, nous le devons chanter avec Jésus-Christ dans l'avidité d'un saint désir :
« Oui, Père, puisqu'il a plu ainsi devant vous. » *Tunc
cantabit amor fruens, nunc cantat amor esuriens*, dit
saint Augustin[4]. Nous le devons chanter pour nous-
mêmes, nous le devons chanter pour les autres. Car
écoutez parler le Dieu-homme, modèle du saint
amour. « Oui, Père, parce qu'il vous a plu... Toutes
choses me sont données par mon Père[5]. » Il ne se
réjouit d'avoir tout en main, que pour donner tout à
Dieu et le faire régner sans bornes.

Ô rois, écoutez Jésus, et apprenez de ce Roi de
gloire, que vous ne devez avoir de cœur que pour
aimer et faire aimer Dieu, de vie que pour faire vivre
Dieu, de puissance que pour faire régner Dieu ; et
enfin que les hommes ne vous ont été confiés que
pour les rendre, les conserver, et pour les donner
saintement à Dieu.

— Mais si ce Dieu nous délaisse, mais si ce Dieu
nous persécute, mais si ce Dieu nous accable, faut-il

encore lui rendre cette complaisance? — Oui, toujours, sans fin, sans relâche. Il est vrai, ô homme de
bien, je te vois souvent délaissé; tes affaires vont en
décadence; ta pauvre famille éplorée semble n'avoir
plus de secours; Dieu même te livre à tes ennemis,
et paraît te regarder d'un œil irrité. Ton cœur est
près de lui dire avec David: «Ô Dieu! pourquoi vous
êtes-vous retiré si loin? vous me dédaignez dans
l'occasion, lorsque j'ai le plus de besoin de votre
secours, dans l'affliction, dans l'angoisse: *Ut quid,
Domine, recessisti longe, despicis in opportunitati-
bus, in tribulatione*[1]?»

Est-il possible, ô Dieu vivant? Êtes-vous de ces
amis infidèles qui abandonnent dans les disgrâces,
qui tournent le dos dans l'affliction[2]? Ne le crois pas,
homme juste: cette persécution, c'est une épreuve;
cet abandon, c'est un attrait; ce délaissement, c'est
une grâce. Imite cet Homme-Dieu, notre original et
notre exemplaire, qui, tout délaissé, tout abandonné,
après avoir dit ces mots pour s'en plaindre avec
amertume: «Pourquoi me délaissez-vous[3]?» se rejette
lui-même, d'un dernier effort, entre ces mains qui le
repoussent: «Ô Père! je remets, dit-il, mon esprit
entre vos mains[4].» Ainsi, obstine-toi, Chrétien, obstine-toi saintement, quoique délaissé, quoique abandonné, à te rejeter avec confiance entre les mains de
ton Dieu: oui, même entre ces mains qui te frappent;
oui, même entre ces mains qui te foudroient; oui,
même entre ces mains qui te repoussent pour t'attirer davantage. Si ton cœur ne te suffit pas pour faire
un tel sacrifice, prends le cœur d'un Dieu incarné,
d'un Dieu accablé, d'un Dieu délaissé; et de toute la
force de ce cœur divin, perds-toi dans l'abîme du
saint amour. Ha! cette perte, c'est ton salut, et cette
mort, c'est ta vie.

TROISIÈME POINT

Ce serait ici, Chrétiens, qu'après vous avoir fait voir que l'attrait du divin amour, c'est d'aimer pour Jésus-Christ, que le modèle du divin amour, c'est d'aimer comme Jésus-Christ, il faudrait encore vous expliquer que la consommation du divin amour, c'est d'aimer en Jésus-Christ et par Jésus-Christ. Mais les deux premières parties m'ayant insensiblement emporté le temps, je n'ai que ce mot à dire.

Je voulais donc, Messieurs, vous représenter que Dieu, pour rappeler toutes choses au mystère de son unité, a établi l'homme le médiateur de toute la nature visible, et Jésus-Christ, Dieu-homme, seul médiateur de toute la nature humaine. Ce mystère est grand, je l'avoue, et mériterait un plus long discours. Mais, quoique je ne puisse en donner une idée bien nette, j'en dirai assez, si je puis, pour faire admirer le conseil de Dieu.

L'homme donc est établi le médiateur de la nature visible. Toute la nature veut honorer Dieu et adorer son principe autant qu'elle en est capable. La créature insensible, la créature privée de raison n'a point de cœur pour l'aimer, ni d'intelligence pour le connaître ; « ainsi, ne pouvant connaître, tout ce qu'elle peut, dit saint Augustin, c'est de se présenter elle-même à nous, pour être du moins connue, et nous faire connaître son divin auteur : *Quæ cum cognoscere non possit, quasi innotescere velle videtur*[1] ». Elle ne peut voir, elle se montre ; elle ne peut aimer, elle nous y presse ; et ce Dieu qu'elle n'entend pas, elle ne nous permet pas de l'ignorer. C'est ainsi qu'imparfaitement et à sa manière, elle glorifie le Père céleste. Mais, afin qu'elle consomme son adoration, l'homme doit être son médiateur. C'est à lui à prêter une voix, une intelligence, un cœur tout brûlant d'amour à

toute la nature visible, afin qu'elle aime en lui et par
lui la beauté invisible de son créateur. C'est pourquoi il est mis au milieu du monde, industrieux
abrégé du monde, petit monde dans le grand monde,
ou plutôt, dit saint Grégoire de Nazianze, « grand
monde dans le petit monde [1] », parce qu'encore que,
selon le corps, il soit renfermé dans le monde, il a un
esprit et un cœur qui est plus grand que le monde,
afin que, contemplant l'univers entier et le ramassant
en lui-même, il l'offre, il le sanctifie, il le consacre au
Dieu vivant : si bien qu'il n'est le contemplateur et le
mystérieux abrégé de la nature visible, qu'afin d'être
pour elle, par un saint amour, le prêtre et l'adorateur
de la nature invisible et intellectuelle.

Mais ne nous perdons pas, Chrétiens, dans ces
hautes spéculations ; et disons que l'homme, ce médiateur de la nature visible, avait lui-même besoin d'un
médiateur. La nature visible ne pouvait aimer, et pour
cela elle avait besoin d'un médiateur pour retourner à son Dieu. La nature humaine peut bien aimer,
mais elle ne peut aimer dignement. Il fallait donc lui
donner un médiateur aimant Dieu comme il est
aimable, adorant Dieu autant qu'il est adorable ; afin
qu'en lui et par lui nous pussions rendre à Dieu,
notre Père, un hommage, un culte, une adoration,
un amour digne de sa majesté. C'est, Messieurs, ce
médiateur qui nous est formé aujourd'hui par le Saint-
Esprit dans les entrailles de Marie. Réjouis-toi, ô
nature humaine : tu prêtes ton cœur au monde visible
pour aimer son créateur tout-puissant, et Jésus-Christ
te prête le sien, pour aimer dignement Celui qui ne
peut être dignement aimé que par un autre lui-même.
Laissons-nous donc gagner par ce Dieu aimant ;
aimons comme ce Dieu aimant ; aimons par ce Dieu
aimant.

Que croyez-vous, Chrétiens, que fait aujourd'hui
la divine Vierge, toute pleine de Jésus-Christ ? Elle

l'offre sans cesse au Père céleste ; et, après avoir épuisé
son cœur, rougissant de la pauvreté de l'amour de la
créature pour l'immense bonté de son Dieu, pour
suppléer à ce défaut, pour compenser ce qui manque,
elle offre au Père céleste toute l'immensité de l'amour
et toute l'étendue de cœur d'un Dieu-homme. Faisons ainsi, Chrétiens, unissons-nous à Jésus, aimons
en Jésus, aimons par Jésus. Mais, ô Dieu ! quelle
pureté ! ô Dieu, quel dégagement pour nous unir au
cœur de Jésus ! Ô créatures, idoles honteuses, retirez-vous de ce cœur qui veut aimer Dieu par Jésus-
Christ. Ombres, fantômes, dissipez-vous en présence
de la vérité. Voici l'amour véritable qui veut entrer
dans ce cœur : amour faux, amour trompeur, veux-
tu tenir devant lui ?

Chrétiens, rejetterez-vous l'amour d'un Dieu-
homme, qui vous presse, qui veut remplir votre
cœur, pour unir votre cœur au sien et faire de tous
les cœurs une même victime du saint amour ? Vive
l'Éternel ! mes Frères, je ne puis souffrir cette indi-
gnité. Je veux arracher ce cœur de tous les plaisirs
qui l'enchantent, de toutes les créatures qui le captivent. Ô Dieu ! quelle violence d'arracher un cœur de
ce qu'il aime ! Il en gémit amèrement ; mais, quoique
la victime se plaigne et se débatte devant les autels, il
n'en faut pas moins achever le sacrifice du Dieu
vivant. Que je t'égorge devant Dieu, ô cœur profane,
pour mettre en ta place un cœur chrétien. — Eh
quoi ! ne me permettrez-vous pas encore un soupir,
encore une complaisance ? — Nul soupir, nulle complaisance que pour Jésus-Christ et par Jésus-Christ.
— Et donc, faudra-t-il éteindre jusqu'à cette légère
étincelle ? — Sans doute, puisque la flamme tout
entière m'y paraît encore vivante. Ô dénûment d'un
cœur chrétien ! pourrons-nous bien nous résoudre à
ce sacrifice ? Un Dieu-homme, un Dieu incarné, un
Dieu se donnant à nous, dans l'Eucharistie, en la

vérité de sa chair et en la plénitude de son Esprit, le mérite bien.

Venez donc, ô divin Jésus! venez consumer ce cœur. «Tirez-nous après vos parfums[1]»: tirez les grands, tirez les petits; tirez les rois, tirez les sujets: tirez surtout, ô Jésus! le cœur de notre monarque, lequel, en se donnant tout à fait à vous[2], ferme comme il est, constant comme il est, est capable de vous entraîner[3] toutes choses et de vous faire régner par tout l'univers. Ainsi soit-il.

SERMON SUR L'EFFICACITÉ
DE LA PÉNITENCE

Dimanche de la Passion, 26 mars

Vides hanc mulierem[1] ?
(Luc, VII, 44.)

Madeleine[2], le parfait modèle de toutes les âmes réconciliées, se présente à nous dans cette semaine ; et on ne peut la contempler aux pieds de Jésus sans penser en même temps à la pénitence. C'est donc à la pénitence que ces trois discours seront consacrés[3] ; et je suis bien aise, Messieurs, d'en proposer le sujet, pour y préparer les esprits.

Je remarque trois sortes d'hommes qui négligent la pénitence : les uns n'y pensent jamais, d'autres la diffèrent toujours, d'autres n'y travaillent que faiblement. Tous trois méprisent leur conversion. Plusieurs, endurcis dans leurs crimes, regardent leur conversion comme une chose impossible, et dédaignent de s'y appliquer. Plusieurs se la figurent trop facile, et ils la diffèrent de jour en jour comme un ouvrage qui est en leur main, qu'ils feront quand il leur plaira. Plusieurs, étant convaincus du péril qui suit les remises[4], la commencent ; mais la commençant mollement, ils la laissent toujours imparfaite. Voilà les trois défauts qu'il nous faut combattre par l'exemple de Madeleine, qui enseigne à tous les pécheurs que leur conversion est possible, et qu'ils doivent l'entreprendre ; que leur conversion est pressée, et qu'ils ne doivent point la remettre ; enfin que leur conversion est un grand ouvrage, et qu'il ne le faut point faire à demi, mais s'y donner d'un cœur tout entier.

Ces trois considérations m'engagent à vous faire voir, par trois discours[1], l'efficace de la pénitence, qui peut surmonter les plus grands obstacles ; l'ardeur de la pénitence, qui doit vaincre tous les délais ; l'intégrité de la pénitence, qui doit anéantir tous les crimes et n'en laisser aucun reste. Je commencerai aujourd'hui à établir l'espérance des pécheurs par la possibilité de leur conversion, après avoir imploré le secours d'en haut… [*Ave, Maria.*]

Les pécheurs aveugles et malavisés arrivent enfin par leurs désordres à l'extrémité de misère qui leur a été souvent prédite. Ils ont été assez avertis qu'ils travaillaient à leurs chaînes par l'usage licencieux de leur liberté ; qu'ils rendaient leurs passions invincibles en les flattant, et qu'ils gémiraient quelque jour de s'être engagés si avant dans la voie de perdition, qu'il ne [leur] est presque plus possible de retourner sur leurs pas. Ils ont méprisé cet avis. Ce que nous faisons librement et où notre seule volonté nous porte, nous nous imaginons facilement que nous le pourrons aussi défaire sans peine. Ainsi une âme craintive, qui, commençant à s'éloigner de la loi de Dieu, n'a pas encore perdu la vue de ses jugements, se laisse emporter aux premiers péchés, espérant de s'en retirer quand elle voudra ; et très assurée, à ce qu'elle pense, d'avoir toujours en sa main sa conversion, elle croit en attendant qu'elle peut donner quelque chose à son humeur. Cette espérance l'engage, et bientôt le désespoir lui succède. Car l'inclination au bien sensible, déjà si puissante par elle-même, étant fortifiée et enracinée par une longue habitude, cette âme ne fait plus que de vains efforts pour se relever ; et retombant toujours sur ses plaies, elle se sent si exténuée, que ce changement de ses mœurs et ce retour à la droite voie, qu'elle trouvait si facile, commence à lui paraître impossible.

Cette impossibilité prétendue, c'est, mes Frères, le plus grand obstacle de sa conversion. Car quelle apparence d'accomplir jamais ce que l'impuissance et le désespoir ne permet[1] plus même de tenter ? Au contraire, c'est alors, dit le saint Apôtre, que les pécheurs se laissent aller, et que, « désespérant de leurs forces, ils se laissent emporter à tous leurs désirs : *Desperantes semetipsos tradiderunt impudicitiæ in operationem immunditiæ omnis*[2] ». Telle est, Messieurs, leur histoire ; l'espérance leur fait faire les premiers pas, le désespoir les retient et les précipite au fond de l'abîme.

Encore qu'ils y soient tombés par leur faute, il ne faut pas toutefois les laisser périr ; ayons pitié d'eux, tendons-leur la main : et comme il faut qu'ils s'aident eux-mêmes par un grand effort, s'ils veulent se relever de leur chute, pour leur en donner le courage, ôtons-leur avant toutes choses cette fausse impression, qu'on ne peut vaincre ses inclinations ni ses habitudes vicieuses : montrons-leur clairement par ce discours que leur conversion est possible.

J'ai appris de saint Augustin[3] qu'afin qu'une entreprise soit possible à l'homme, deux choses lui sont nécessaires : il faut premièrement qu'il ait en lui-même une puissance, une faculté, une vertu proportionnée à l'exécution ; et il faut secondement que l'objet lui plaise : à cause que le cœur de l'homme ne pouvant agir sans quelque attrait, on peut dire, en un certain sens, que ce qui ne lui plaît pas lui est impossible.

C'est aussi pour ces deux raisons que la plupart des pécheurs désespèrent de leur conversion, parce que leurs mauvaises habitudes, si souvent victorieuses de leurs bons desseins, leur font croire qu'ils n'ont point de force contre elles : et d'ailleurs, quand même ils les pourraient vaincre, cette vie sage et composée qu'on leur propose leur paraît sans goût, sans attrait et sans aucune douceur ; de sorte qu'ils ne se sentent pas assez de courage pour la pouvoir embrasser.

Ils ne considèrent pas, Messieurs, la nature de la grâce chrétienne qui opère dans la pénitence. Elle est forte, dit saint Augustin[1], et capable de surmonter toutes nos faiblesses ; mais sa force, dit le même Père, est dans sa douceur et dans une suavité céleste qui surpasse tous les plaisirs que le monde vante. Madeleine, abattue aux pieds de Jésus, fait bien voir que cette grâce est assez puissante pour vaincre les inclinations les plus engageantes ; et les larmes qu'elle répand pour l'avoir perdue suffisent pour nous faire entendre la douceur qu'elle trouve à la posséder. Ainsi nous pouvons montrer à tous les pécheurs, par l'exemple de cette sainte, que, s'ils embrassent avec foi et soumission la grâce de la pénitence, ils y trouveront, sans aucun doute, et assez de force pour les soutenir, et assez de suavité pour les attirer : et c'est le sujet de ce discours.

PREMIER POINT

Il n'est que trop vrai, Messieurs, qu'il n'y a point de coupable qui n'ait ses raisons. Les pécheurs n'ont pas assez fait, s'ils ne joignent l'audace d'excuser leur faute à celle de la commettre ; et comme si c'était peu à l'iniquité de nous engager à la suivre, elle nous engage encore à la défendre. Toujours ou quelqu'un nous a entraînés, ou quelque rencontre imprévue nous a engagés contre notre gré. Que si nous ne trouvons pas hors de nous sur quoi rejeter notre faute, nous cherchons quelque chose en nous qui ne vienne pas de nous-mêmes, notre humeur, notre inclination, notre naturel. C'est le langage ordinaire de tous les pécheurs[1], que le prophète Isaïe nous exprime bien dans ces paroles qu'il leur fait dire : « Nous sommes tombés comme des feuilles, mais c'est que nos iniquités nous ont emportés comme un vent : *Cecidimus quasi folium universi, et iniquitates nostræ quasi ventus abstulerunt nos*[2]. » Ce n'est jamais notre choix, ni notre dépravation volontaire, c'est un vent impétueux, c'est une force majeure, c'est une passion violente, à laquelle quand[3] nous nous sommes laissé dominer longtemps, nous sommes bien aises de croire qu'elle est invincible. Ainsi nous n'avons plus besoin de chercher d'excuse ; notre propre crime s'en sert à lui-même, et nous ne trouvons point de moyen plus fort pour notre justification, que notre malice.

Si, pour détruire cette vaine excuse, nous reprochons aux pécheurs qu'en donnant un ascendant si inévitable sur nos volontés à nos passions et à nos humeurs, ils ruinent la liberté de l'esprit humain, ils détruisent toute la morale, et que par un étrange renversement ils justifient tous les crimes et condamnent toutes les lois ; cette preuve, quoique forte, n'aura pas l'effet que nous prétendons, parce que c'est peut-être ce qu'ils demandent, que la doctrine des mœurs soit anéantie, et que chacun n'ait de lois que ses désirs. Il faut donc les convaincre par d'autres raisons, et voici celle de saint Chrysostome dans l'une de ses Homélies sur la Première aux Corinthiens[4].

« Ce qui est absolument impossible à l'homme, nul péril, nulle appréhension, nulle nécessité ne le rend possible. » Qu'un ennemi vous poursuive avec un avantage si considérable que vous soyez contraint de prendre la fuite, la crainte qui vous emporte peut bien vous rendre léger et précipiter votre course ; mais, quelque extrémité qui vous presse, elle ne peut

jamais vous donner des ailes pour vous dérober tout
d'un coup à une poursuite si violente ; parce que la
nécessité peut bien aider nos puissances et nos facultés naturelles, mais non pas en ajouter d'autres. Or
est-il[1] que, dans l'ardeur la plus insensée de nos passions, non seulement une crainte extrême, mais la
rencontre d'un homme sage, une pensée survenue,
ou quelque autre dessein nous arrête, et nous fait
vaincre notre inclination. Nous savons bien nous
contraindre devant les personnes de respect. Et certes,
sans recourir à la crainte, celui-là est bien malheureux, qui ne connaît pas par expérience qu'il peut du
moins modérer par la raison l'instinct aveugle de
son humeur. Mais ce qui se peut modérer avec un
effort médiocre, sans doute se pourrait dompter si
on ramassait toutes ses forces. Il y a donc en nos
âmes une faculté supérieure qui, étant mise en usage,
pourrait réprimer nos inclinations, toutes-puissantes
quand on se néglige ; et si elles sont invincibles, c'est
parce que rien ne se remue pour leur résister.

Mais, sans chercher bien loin des raisons, je ne veux
que la vie de la cour pour faire voir aux hommes
qu'ils se peuvent vaincre. Qu'est-ce que la vie de la
cour ? Faire céder toutes ses passions au désir de
faire sa fortune. Qu'est-ce que la vie de la cour ? Dissimuler tout ce qui déplaît et souffrir tout ce qui
offense, pour agréer à qui nous voulons. Qu'est-ce
encore que la vie de la cour ? Étudier sans cesse la
volonté d'autrui, et renoncer, s'il est nécessaire, à
nos plus chères inclinations. Qui ne le fait pas, ne
sait point la cour[2] : qui ne se façonne point à cette
souplesse, c'est un esprit rude et maladroit, qui n'est
propre ni pour la fortune ni pour le grand monde.
Chrétiens, après cette expérience, saint Paul vous
va proposer de la part de Dieu une condition bien
équitable : « *Sicut exhibuistis membra vestra [servire]
immunditiæ et iniquitati ad iniquitatem, ita nunc*

exhibete membra vestra servire justitiæ [*in sanctifica-tionem*] : Comme vous vous êtes rendus les esclaves de l'iniquité et des désirs séculiers, en la même sorte rendez-vous esclaves de la sainteté et de la justice[1]. »

Reconnaissez, Chrétiens, combien on est éloigné [d'exiger] de vous l'impossible, puisque vous voyez au contraire qu'on ne vous demande que ce que vous faites. Faites, dit-il, pour la justice ce que vous faites pour la vanité : vous vous contraignez pour la vanité, contraignez-vous pour la justice ; vous vous êtes tant de fois surmontés vous-mêmes pour servir à l'ambition et à la fortune, surmontez-vous quelquefois pour vous assujettir à Dieu et à la raison. C'est beaucoup se relâcher pour un Dieu, de ne demander que l'égalité ; toutefois il ne refuse pas ce tempérament, tout prêt à se réduire beaucoup au-dessous. Car, quoi que vous entrepreniez pour son service, quand aurez-vous égalé les peines de ceux que le besoin engage au travail, l'intérêt aux intrigues de la cour, l'honneur aux emplois de la guerre, l'amour à de longs mépris, le commerce à des voyages immenses et à un exil perpétuel de leur patrie, et, pour passer à des choses de nulle importance, le divertissement et le jeu à des veilles, à des fatigues, à des inquiétudes incroyables ? Quoi ! n'y aura-t-il que le nom de Dieu qui apporte des obstacles invincibles à toutes les entreprises géné-reuses ? Faut-il que tout devienne impossible, quand il s'agit de cet Être qui mérite tout, dont la recherche au contraire devait être d'autant plus facile qu'il est toujours prompt à secourir ceux qui le désirent, tou-jours prêt à se donner à ceux qui l'aiment ?

Je n'ignore pas, Chrétiens, ce que les pécheurs nous répondent. Ils avouent qu'on se peut contraindre et même qu'on se peut vaincre dans l'ordre des choses sensibles, et que l'âme peut faire un effort pour déta-cher ses sens d'un objet, lorsqu'elle les rejette aussi-tôt sur quelque autre bien qui les touche aussi et qui soit capable de les soutenir ; mais que de laisser comme suspendu cet amour né avec nous pour les biens sensibles, sans lui donner aucun appui, et de détourner le cœur tout à coup à une beauté, quoique ravissante, mais néanmoins invisible, c'est ce qui n'est pas possible à notre faiblesse.

Chrétiens, que vous répondrai-je ? Il n'y a rien de plus faible, mais il n'y a rien de plus fort que cette raison ; rien de plus aisé à réfuter, mais rien de plus malaisé à vaincre. Je confesse qu'il est étrange que ce que peut une passion sur une autre, la raison ne le puisse pas. Car, comme il est ridicule dans une maison de voir un serviteur insolent qui a plus de pouvoir sur ses compagnons que le maître n'en a sur lui et sur eux ; ainsi c'est une chose indigne que dans l'homme, où les passions doivent être esclaves, une d'elles plus impérieuse exerce plus d'autorité sur les autres que la raison, qui est la maîtresse, n'est capable d'en exercer sur toutes ensemble. Cela est indigne, mais cela est. Cette raison est devenue toute sensuelle[1] ; et s'il se réveille quelquefois en elle quelque affection du bien éternel pour lequel elle était née, le moindre souffle des passions éteint cette flamme errante et volage, et la replonge tout entière dans le corps dont elle est esclave. Que ne dirait ici la philosophie, de la force, de la puissance, de l'empire de la raison, qui est la reine de la vie humaine ; de la supériorité naturelle de cette fille du ciel sur ces passions tumultueuses, téméraires enfants de la terre ? Mais que sert de représenter à cette reine dépouillée[2] les droits et les privilèges de sa couronne qu'elle a perdue, de son sceptre qu'elle a laissé tomber de ses mains ? Elle doit régner ; qui ne le sait pas ? Ne perdez pas le temps, ô philosophes, à l'entretenir de ce qui doit être ; il faut lui donner le moyen de remonter sur son trône, et de dompter ses sujets rebelles.

Chrétiens, suivons Madeleine, allons aux pieds de

Jésus ; c'est de là qu'il découle sur nos cœurs infirmes
une vertu toute-puissante qui nous rend et la force et
la liberté : là se brise le cœur ancien, là se forme le
cœur nouveau. La source étant détournée, il faut
bien que le ruisseau prenne un autre cours ; le cœur
étant changé, il faut bien que les désirs s'appliquent
ailleurs.

Que si la grâce peut vaincre l'inclination, ne doutez
pas, Chrétiens, qu'elle ne surmonte aussi l'habitude.
Car qu'est-ce que l'habitude, sinon une inclination
fortifiée ? Mais nulle force ne peut égaler celle de
l'Esprit qui nous pousse. S'il faut fondre de la glace,
il fera souffler son esprit, lequel, comme le vent du
midi, relâchera la rigueur du froid, et du cœur le
plus endurci sortiront les larmes de la pénitence :
Flabit spiritus ejus [et fluent aquæ] [1] ; que s'il faut
faire encore un plus grand effort, il enverra son esprit
de tourbillon, qui pousse violemment les murailles :
Quasi turbo impellens parietem [2], son esprit qui renverse les montagnes et qui déracine les cèdres du
Liban : *Spiritus grandis et fortis subvertens montes* [3].
Madeleine, abattue par la force de cet esprit, n'ose
plus lever cette tête qu'elle portait autrefois si haute
pour attirer les regards ; elle renonce à ces funestes
victoires qui la mettaient dans les fers : vaincue et
captivée elle-même, elle pose toutes ses armes aux
pieds de celui qui l'a conquise ; et ces parfums précieux, et ces cheveux tant vantés, et mêmes ces yeux
trop touchants, dont elle éteint tout le feu dans ses
larmes. Jésus-Christ l'a vaincue, cette malheureuse
conquérante ; et parce qu'il l'a vaincue, il la rend vic-
torieuse d'elle-même et de toutes ses passions [4].

Ceux qui entendront cette vérité, au lieu d'accuser
leur tempérament, auront recours à Jésus, qui tourne
les cœurs où il lui plaît. Ils n'imputeront pas leur
naufrage à la violence de la tempête ; mais ils ten-
dront les mains à celui dont le Psalmiste a chanté

« qu'il bride la fureur de la mer, et qu'il calme quand il veut ses flots agités : *Tu dominaris potestati [maris, motum autem fluctuum ejus tu mitigas]*[1] ».

Il se plaît d'assister les hommes ; et autant que sa grâce leur est nécessaire, autant coule-t-elle volontiers sur eux. « Il a soif, dit saint Grégoire de Nazianze[2], mais il a soif qu'on ait soif de lui. Recevoir de sa bonté, c'est lui bienfaire[3] ; exiger de lui, c'est l'obliger ; et il aime si fort à donner, que la demande même à son égard tient lieu d'un présent. » Le moyen le plus assuré pour obtenir son secours, est de croire qu'il ne nous manque pas ; et j'ai appris de saint Cyprien, « qu'il donne toujours à ses serviteurs autant qu'ils croient recevoir ; tant il est bon et magnifique : *Dans credentibus tantum quantum se credit capere qui sumit*[4] ».

Ne doutez donc pas, Chrétiens, si votre conversion est possible. Dieu vous promet son secours : est-il rien, je ne dis pas d'impossible, mais de difficile avec ce soutien ? Que si l'ouvrage de votre salut, par la grâce de Dieu, est entre vos mains, « pourquoi voulez-vous périr, maison d'Israël ?... *Et quare moriemini, domus Israel ?... nolo mortem peccatoris*. Convertissez-vous, et vivez[5] ». Ne dites pas toujours : Je ne puis. Il est vrai, tant que vous ne ferez pas le premier pas, le second sera toujours impossible ; quand vous donnerez tout à votre humeur et à votre pente naturelle, vous ne pourrez vous soutenir contre ce torrent, etc. — Mais que cela soit possible, trouverai-je quelque douceur dans cette nouvelle vie dont vous me parlez ? — C'est ce qui nous reste à considérer.

DEUXIÈME POINT

Je n'ai pas de peine à comprendre que les pécheurs en[6] souffrent beaucoup quand il faut tout à fait se

donner à Dieu, s'attacher à un nouveau maître et
commencer une vie nouvelle. Ce sont des choses,
Messieurs, que l'homme ne fait jamais sans quelque
crainte ; et si tous les changements nous étonnent, à
plus forte raison le plus grand de tous, qui est celui
de la conversion. Laban pleure amèrement, et ne se
peut consoler de ce qu'on lui a enlevé ses idoles : *Cur
furatus es deos meos*[1] ? Le peuple insensé s'est fait
des dieux qui le précèdent, des dieux qui touchent
ses sens ; et il danse, et il les admire, et il court après,
et il ne peut souffrir qu'on les lui ôte. Ainsi l'homme
sensuel, voyant qu'on veut abattre par un coup de
foudre ces idoles pompeuses qu'il a élevées, rompre
ces attachements trop aimables, dissiper toutes ces
pensées qui tiennent une si grande place en son cœur
malade, il[2] se désole sans mesure : dans un si grand
changement, il croit que rien ne demeure en son
entier, et qu'on lui ôte même tout ce qu'on lui laisse.
Car, encore qu'on ne touche ni à ses richesses, ni à
sa puissance, ni à ses maisons superbes, ni à ses jar-
dins délicieux, néanmoins il croit perdre tout ce qu'il
possède, quand on lui en prescrit un autre usage que
celui qui lui plaît depuis si longtemps. Comme un
homme qui est assis à une table délicate, encore que
vous lui laissiez toutes les viandes, il croirait toutefois perdre le festin, s'il perdait tout à coup le goût
qu'il y trouve et l'appétit qu'il y ressent ; ainsi les
pécheurs, accoutumés à se servir de leurs biens pour
contenter leur humeur et leurs passions, se persua-
dent que tout leur échappe, si cet usage leur manque.
Quoi ! craindre ce qu'on aimait, n'aimer plus rien
que pour Dieu ! Que deviendront ces douceurs et ces
complaisances, et tout ce qu'il ne faut pas penser en
ce lieu ? Que ferons-nous donc ? que penserons-nous ?
Quel objet, quel plaisir, quelle occupation ? Cette vie
réglée leur semble une mort, parce qu'ils n'y voient
plus ces délices, cette variété qui charme les sens,

ces égarements agréables où ils semblent se promener avec liberté, ni enfin toutes les autres choses sans lesquelles ils ne trouvent pas la vie supportable.

Que dirai-je ici, Chrétiens ? Comment ferais-je goûter aux mondains des douceurs qu'ils n'ont jamais expérimentées ? Les raisons en cette matière sont peu efficaces ; parce que, pour discerner ce qui plaît, on ne connaît de maître que son propre goût, ni de preuve que l'épreuve[1] même. Que plût à Dieu, Chrétiens, que les pécheurs pussent se résoudre à « goûter combien le Seigneur est doux[2] » ! Ils reconnaîtraient par expérience qu'il est de tous ces désirs irréguliers, qui s'élèvent en la partie sensuelle, comme des appétits de malades : tant que dure la maladie, nulle raison ne les peut guérir ; aussitôt qu'on se porte bien, sans y employer de raison, la santé les dissipe par sa propre force, et ramène la nature à ses objets propres : *Hæc omnia desideria tollit sanitas*[3].

Et toutefois, Chrétiens, malgré l'opiniâtreté de nos malades, et malgré leur goût dépravé, tâchons de leur faire entendre, non point par des raisons humaines, mais par les principes de la foi, qu'il y a des délices spirituelles qui surpassent les fausses douceurs de nos sens et toute leur flatterie.

Pour cela, sans user d'un grand circuit[4], il me suffit de dire en un mot que Jésus-Christ est venu au monde. Si je ne me trompe, Messieurs, nous vîmes hier[5] assez clairement qu'il y est venu pour se faire aimer. Un Dieu qui descend parmi les éclairs, et qui fait fumer de toutes parts la montagne de Sinaï par le feu qui sort de sa face[6], a dessein de se faire craindre ; mais un Dieu qui rabaisse sa grandeur et tempère sa majesté pour s'accommoder à notre portée, un Dieu qui se fait homme pour attirer l'homme par cette bonté populaire dont hier nous admirions la condescendance, sans doute a dessein de se faire aimer. Or est-il que quiconque se veut faire aimer, il

est certain qu'il veut plaire; et si un Dieu nous veut
plaire, qui ne voit qu'il n'est pas possible que la vie
soit ennuyeuse dans son service?

C'est, Messieurs, par ce beau principe, que le
grand saint Augustin a fort bien compris[1] que la
grâce du Nouveau Testament, qui nous est donnée
par Jésus-Christ, est une chaste délectation et un
agrément céleste qui gagne les cœurs: car, puisque
Jésus-Christ a dessein de plaire, il ne doit pas venir
sans son attrait. Nous ne sommes plus ce peuple
esclave et plus dur que la pierre sur laquelle sa loi est
écrite, que Dieu fait marcher dans un chemin rude à
grands coups de foudre, si je puis parler de la sorte,
et par des terreurs continuelles[2]: nous sommes ses
enfants bien-aimés, auxquels il a envoyé son Fils
unique pour nous gagner par amour. Croyez-vous
que celui qui a fait nos cœurs manque de charmes
pour les attirer, d'appas pour leur plaire, et de douceur pour les entretenir dans une sainte persévérance? Ha! cessez de soupirer désormais après les
plaisirs de ce corps mortel; cessez d'admirer cette
eau trouble que vous voyez sortir d'une source si
corrompue. Levez les yeux, Chrétiens, voyez cette
fontaine si claire et si vive qui arrose, qui rafraîchit,
qui enivre la Jérusalem céleste[3]: voyez la liesse et le
transport, les chants, les acclamations, les ravis-
sements de cette cité triomphante. C'est de là que
Jésus-Christ nous a apporté un commencement de
sa gloire dans le bienfait de sa grâce, un essai de la
vision dans la foi, une partie de la félicité dans l'espérance, enfin un plaisir intime qui ne trouble pas la
volonté, mais qui la calme, qui ne surprend pas la
raison, mais qui l'éclaire, qui ne chatouille pas le
cœur dans sa surface, mais qui l'attire tout entier à
Dieu par son centre: *Trahe nos post te*[4].

Si vous voulez voir par expérience combien cet
attrait est doux, considérez Madeleine. Quand vous

voyez un enfant attaché de toute sa force à la mamelle,
qui suce avec ardeur et empressement cette douce
portion de sang[1] que la nature lui sépare si adroitement de toute la masse et lui assaisonne elle-même
de ses propres mains, vous ne demandez pas s'il y
prend plaisir, ni si cette nourriture lui est agréable.
Jetez les yeux sur Madeleine : voyez comme elle
court toute transportée à la maison du pharisien
pour trouver celui qui l'attire ; elle n'a point de repos
jusqu'à ce qu'elle se soit jetée à ses pieds. Mais regardez comme elle les baise, avec quelle ardeur elle les
embrasse ; et après cela ne doutez jamais que la joie
de suivre Jésus ne passe toutes les joies du monde,
non seulement celles qu'il donne, [mais] même celles
qu'il promet, toujours plus grandes que celles qu'il
donne.

Que si vous êtes effrayés par ses larmes, par ses
sanglots, par l'amertume de sa pénitence, sachez,
mes Frères, que cette amertume est plus douce que
tous les plaisirs. Nous lisons dans l'Histoire sainte
(c'est au premier livre d'Esdras) que lorsque ce grand
prophète eut rebâti le temple de Jérusalem, que l'armée assyrienne avait renversé, le peuple mêlant tout
ensemble et le triste souvenir de sa ruine et la joie de
la voir si bien réparée, tantôt élevait sa voix en des
cris lugubres, et tantôt poussait jusqu'au ciel des
chants de réjouissance ; en telle sorte, dit l'auteur
sacré, « qu'on ne pouvait distinguer les gémissements
d'avec les acclamations : *Nec poterat quisquam agnos-
cere vocem clamoris lætantium, et vocem fletus
populi*[2] ». C'est une image imparfaite de ce qui se fait
dans la pénitence. Cette âme contrite et repentante
voit le temple de Dieu renversé en elle, et l'autel et le
sanctuaire si saintement consacré sous le titre du
Dieu vivant : hélas ! ce ne sont point les Assyriens,
c'est elle-même qui a détruit cette sainte et magnifique structure pour bâtir en sa place un temple

d'idole ; et elle pleure, et elle gémit, et elle ne veut point recevoir de consolation. Mais, au milieu de ses pleurs, elle voit que cette maison sacrée se relève ; bien plus, que ce sont ses larmes et sa douleur même qui, redressant ses murailles abattues, érigent de nouveau cet autel si indignement détruit, commencent à faire fumer dessus un encens agréable à Dieu et un holocauste qui l'apaise. Elle se réjouit parmi ses larmes ; elle voit qu'elle trouvera dans l'asile d'une bonne conscience une retraite assurée, que nulle violence ne peut forcer : si bien qu'elle peut sans crainte y retirer ses pensées, y déposer ses trésors, y reposer ses inquiétudes, et, quand tout l'univers serait ébranlé, y vivre tranquille et paisible à l'abri d'une bonne conscience et «sous les ailes du Dieu[1]» qui y préside. Qu'en jugez-vous, Chrétiens ? Une telle vie est-elle à charge ? Cette âme à laquelle sa propre douleur procure une telle grâce, peut-elle regretter ses larmes ? Ne se croira-t-elle pas beaucoup plus heureuse de pleurer ses péchés aux pieds de Jésus, que de rire avec le monde parmi ses joies dissolues ? Et combien donc est agréable la vie chrétienne, «où les regrets mêmes ont leurs plaisirs, où les larmes portent avec elles leur consolation ? *Ubi et fletus sine gaudio non est* », dit saint Augustin[2].

Mais je prévois, Chrétiens, une dernière difficulté contre les saintes vérités que j'ai établies. Les pécheurs étant convaincus par la force et par la douceur de la grâce de Jésus-Christ qu'il n'est pas impossible de changer de vie, nous font une autre demande : si cela se peut à la cour, et si l'âme y est en état de goûter ces douceurs célestes. Que cette question est embarrassante ! Si nous en croyons l'Évangile, il n'y a rien de plus opposé que Jésus-Christ et le monde ; et de ce monde, Messieurs, la partie la plus éclatante et par conséquent la plus dangereuse, chacun sait assez que c'est la cour[3]. Comme elle est et le principe et le centre de toutes les affaires du monde, l'ennemi du genre humain y jette tous ses appâts, y étale toute sa pompe. Là se trouvent les passions les plus fines, les intérêts les plus délicats, les espérances les plus engageantes : quiconque a bu de cette eau, il s'entête ; il est tout changé par une espèce d'enchantement ; c'est un breuvage charmé qui enivre les plus sobres, et la plupart de ceux qui en ont goûté ne peuvent plus goûter autre chose, en sorte que Jésus-Christ ni ses vérités ne trouvent presque plus de place en leurs cœurs. Et toutefois, Chrétiens, pour ne pas jeter dans le désespoir des âmes que le Fils de Dieu a rachetées, disons qu'étant le Sauveur de tous, il n'y a point de condition ni d'état honnête qui soit exclu du salut qu'il nous a donné par son sang. Puisqu'il a choisi quelques rois pour être enfants de son Église, et qu'il a sanctifié quelques cours par la profession de son Évangile, il a regardé en pitié et les princes et leurs courtisans ; et ainsi il a préparé des préservatifs pour toutes leurs tentations, des remèdes pour tous leurs dangers, des grâces pour tous leurs emplois. Mais voici la loi qu'il leur impose : ils pourront faire leur salut, pourvu qu'ils connaissent bien leurs périls ; ils pourront arriver en sûreté, pourvu qu'ils marchent toujours en crainte, et qu'ils égalent leur vigilance à leurs besoins, leurs précautions à leurs dangers, leur ferveur aux obstacles qui les environnent : *Tuta, si sollicita ; secura, si attonita* [1].

Qu'on se fasse violence : cette douceur vient de la contrainte. Renversez Ninive [2], renversez la cour...

Ô cour vraiment auguste et vraiment royale, que je puisse voir tomber par terre l'ambition qui t'emporte, les jalousies qui te partagent, les médisances qui te déchirent, les querelles qui t'ensanglantent, les délices qui te corrompent, l'impiété qui te déshonore [3] !

SERMON SUR L'ARDEUR
DE LA PÉNITENCE

Mercredi de la Passion, 29 mars

> *Et ecce mulier, quæ erat in civitate pecca-*
> *trix, ut cognovit quod accubuisset in domo*
> *pharisæi, attulit alabastrum unguenti...*
>
> Et voici qu'une femme connue par ses
> désordres dans la ville, aussitôt qu'elle eut
> connu que Jésus était en la maison du phari-
> sien, elle lui apporta ses parfums, et se jeta à
> ses pieds, etc.
>
> (Luc, VII, 37 [1].)

« Aussitôt » : quelle diligence ! C'est qu'elle sait que
Jésus-Christ veut être pressé. Jésus-Christ veut être
pressé ; ceux qui vont à lui lentement n'y peuvent
jamais atteindre : il aime les âmes généreuses qui
lui arrachent sa grâce par une espèce de violence,
comme cette fidèle Chananée [2] ; ou qui la gagnent
promptement par la force d'un amour extrême,
comme Madeleine pénitente. Voyez-vous, Messieurs,
cette femme qui va chercher Jésus-Christ jusqu'à la
table du pharisien ? C'est qu'elle trouve que c'est
trop tarder que de différer un moment de courir à
lui. Il est dans une maison étrangère ; mais partout où se rencontre le Sauveur des âmes, elle sait
qu'il y est toujours pour les pécheurs. C'est un
titre infaillible pour l'aborder, que de sentir qu'on a
besoin de son secours ; et il n'y a point de rebut [3] à

craindre, pourvu qu'on ne tarde pas à lui exposer ses misères.

Allons donc, mes Frères, d'un pas diligent, et courons avec Madeleine au divin Sauveur, qui nous attend depuis tant d'années ; que dis-je, qui nous attend ? qui nous prévient, qui nous cherche, et qui nous aurait bientôt trouvés, si nous ne faisions effort pour le perdre. Portons-lui nos parfums avec cette sainte pénitente, c'est-à-dire de saints désirs ; et allons répandre à ses pieds des larmes pieuses. Ne différons pas un moment de suivre l'attrait de sa grâce ; et, pour obtenir cette promptitude, qui fera le sujet de ce discours, demandons la grâce du Saint-Esprit par l'intercession de la sainte Vierge. [*Ave.*]

Une lumière soudaine et pénétrante brille aux yeux de Madeleine : une flamme toute pure et toute céleste commence à s'allumer dans son cœur ; une voix s'élève au fond de son âme, qui l'appelle, par plusieurs cris redoublés, aux larmes, aux regrets, à la pénitence. Elle est troublée et inquiète ; sa vie passée lui déplaît, mais elle a peine à changer si tôt : sa jeunesse vigoureuse lui demande encore quelques années ; ses anciens attachements lui reviennent, et semblent se plaindre en secret d'une rupture si prompte ; son entreprise l'étonne elle-même : toute la nature conclut à remettre et à prendre un peu de temps pour se résoudre [1].

Tel est, Messieurs, l'état du pécheur, lorsque Dieu l'invite à se convertir : il trouve toujours de nouveaux prétextes, afin de retarder l'œuvre de la grâce. Que ferons-nous et que dirons-nous ? Lui donnerons-nous le temps de délibérer sur une chose toute décidée, et que l'on perd, si peu qu'on hésite ? Ha ! ce serait outrager l'esprit de Jésus, qui ne veut pas qu'on doute un moment de ce qu'on lui doit. Mais, s'il faut pousser ce pécheur encore incertain et irrésolu, et toutefois déjà ébranlé, par quelle raison le pourrons-nous vaincre ? Il voit toutes les raisons, il en voit la force ; son esprit est rendu, son cœur tient encore, et ne demeure invincible que par sa propre faiblesse. Chrétiens, parlons à ce cœur ; mais certes la voix d'un homme ne perce pas si avant : faisons parler Jésus-Christ, et tâchons seulement d'ouvrir tous les cœurs à cette voix pénétrante. « Maison de Jacob », dit le saint prophète[1], « écoutez la voix du Seigneur » ; âmes rachetées du sang d'un Dieu, écoutez ce Dieu qui vous parle[2] ; vous le verrez attendri, vous le verrez indigné ; vous entendrez ses caresses, vous entendrez ses reproches ; celles-là pour amollir votre dureté, celles-ci[3] pour confondre votre ingratitude. En un mot, pour surmonter ces remises d'un cœur qui diffère toujours de se rendre à Dieu, j'ai dessein de vous faire entendre les douceurs de son amour attirant, et les menaces pressantes de son amour méprisé.

PREMIER POINT

Qui me donnera des paroles pour vous exprimer aujourd'hui la bonté immense de notre Sauveur, et les empressements infinis de sa charité pour les âmes ? C'est lui-même qui nous les explique dans la parabole du bon Pasteur[4], où nous découvrons trois effets de l'amour d'un Dieu pour les âmes dévoyées : il les cherche, il les trouve, il les rapporte. « Le bon Pasteur, dit le Fils de Dieu, court après sa brebis perdue : *Vadit ad illam quæ perierat* » ; c'est le premier effet de la grâce, chercher les pécheurs qui s'égarent. Mais il court « jusqu'à ce qu'il la trouve : *donec inveniat eam*[5] » ; c'est le second effet de l'amour, trouver les pécheurs qui fuient ; et, après qu'il l'a retrouvée,

il la charge sur ses épaules ; c'est le dernier trait de
miséricorde, porter les pécheurs qui tombent.

Ces trois degrés de miséricorde répondent admi-
rablement à trois degrés de misères, où l'âme pécheresse est précipitée. Elle s'écarte, elle fuit, elle perd
ses forces. Voyez une âme engagée dans les voies du
monde : elle s'éloigne du bon Pasteur, et en s'éloi-
gnant elle l'oublie, elle ne connaît plus son visage,
elle perd tout le goût de ses vérités. Il s'approche, il
l'appelle, il touche son cœur : Retourne à moi, dit-
il, pauvre abandonnée ; quitte tes plaisirs, quitte tes
attaches ; c'est moi qui suis le Seigneur ton Dieu,
jaloux de ton innocence et passionné pour ton âme.
Elle ne reconnaît plus la voix du Pasteur qui la veut
désabuser de ce qui la trompe, et elle le fuit comme
un ennemi qui lui veut ôter ce qui lui plaît. Dans
cette fuite précipitée, elle s'engage, elle s'embarrasse,
elle s'épuise, et tombe dans une extrême impuissance.
Que deviendrait-elle, Messieurs, et quelle serait la
fin de cette aventure, sinon la perdition éternelle, si
le Pasteur charitable ne cherchait sa brebis égarée,
ne trouvait sa brebis fuyante, ne rapportait sur ses
épaules sa brebis lasse et fatiguée, qui n'est plus
capable de se soutenir, parce que, comme dit Tertullien, errant deçà et delà, elle s'est trop travaillée[1]
dans ses malheureux égarements : *Multum enim
errando laboraverat*[2] ?

Voilà, Chrétiens, en général, trois funestes dispositions que Jésus-Christ a dessein de vaincre par
trois efforts de sa grâce. Mais imitons ce divin Pasteur, cherchons avec lui les âmes perdues ; et ce que
nous avons dit en général des égarements du péché
et des attraits pressants de la grâce, disons-le tellement, que chacun puisse trouver dans sa conscience
les vérités que je prêche. Viens donc, âme pécheresse, et que je te fasse voir d'un côté ces éloigne-
ments quand on te laisse, ces fuites quand on te

poursuit, ces langueurs quand on te ramène; et, de
l'autre, ces impatiences d'un Dieu qui te cherche,
ces touches[1] pressantes d'un Dieu qui te trouve, ces
secours, ces miséricordes, ces soutiens tout-puis-
sants d'un Dieu qui te porte.

Premièrement, Chrétiens, je dis que le pécheur
s'éloigne de Dieu, et il n'y a page de son Écriture en
laquelle il ne lui reproche cet éloignement. Mais,
sans le lire dans l'Écriture, nous pouvons le lire dans
nos consciences: c'est là que les pécheurs doivent
reconnaître les deux funestes démarches par lesquelles ils se sont séparés de Dieu. Ils l'ont éloigné
de leurs cœurs, ils l'ont éloigné de leurs pensées. Ils
l'ont éloigné du cœur, en retirant de lui leur affection. Veux-tu savoir, Chrétien, combien de pas tu as
faits pour te séparer de Dieu? Compte tes mauvais
désirs, tes affections dépravées, tes attaches, tes
engagements, tes complaisances pour la créature.
Ô! que de pas il a faits, et qu'il s'est avancé malheureusement dans ce funeste voyage, dans cette terre
étrangère! Dieu n'a plus de place en son cœur, et la
mémoire, trop fidèle amie et trop complaisante pour
ce cœur ingrat, l'a aussi banni de son souvenir; il ne
songe ni au mal présent qu'il se fait lui-même par
son crime, ni aux terribles approches du jugement
qui le menace. Parlez-lui de son péché: Eh bien!
« j'ai péché, dit-il hardiment, et que m'est-il arrivé de
triste[2]? » Que si vous pensez lui parler du jugement à
venir, cette menace est trop éloignée pour presser sa
conscience à se rendre[3]. Parce qu'il a oublié Dieu, il
croit aussi que Dieu l'oublie et ne songe plus à punir
ses crimes: *Dixit enim in corde suo: Oblitus est
Deus*[4]; de sorte qu'il n'y a plus rien désormais qui
rappelle Dieu en sa pensée, parce que le péché, qui
est le mal présent, n'est pas sensible, et que le supplice, qui est le mal sensible, n'est pas présent.

Non content de se tenir éloigné de Dieu, il fuit les

approches de sa grâce. Et quelles sont ses fuites, sinon
ses délais, ses remises de jour en jour, ce demain qui
ne vient jamais, cette occasion qui manque toujours,
cette affaire qui ne finit point, et dont l'on attend toujours la conclusion pour se donner tout à fait à
Dieu? N'est-ce pas fuir ouvertement l'inspiration?
Mais, après avoir fui longtemps, on fait enfin quelque
pas, quelque demi-restitution, quelque effort pour
se dégager, quelque résolution imparfaite: nouvelle
espèce de fuite. Car, dans la voie du salut, si l'on ne
court, on retombe; si on languit, on meurt bientôt; si
l'on ne fait tout, on ne fait rien; enfin marcher lentement, c'est retourner en arrière.

Mais, après avoir parlé des égarements, il est
temps maintenant, mes Frères, de vous faire voir un
Dieu qui vous cherche. Pour cela, faites parler votre
conscience: qu'elle vous raconte elle-même combien de fois Dieu l'a troublée, afin qu'elle vous trou-
blât dans vos joies pernicieuses, combien de fois il a
rappelé la terreur de ses jugements et les saintes
vérités de son Évangile, dont la pureté incorruptible
fait honte à votre vie déshonnête. Vous ne voulez pas
les voir, ces vérités saintes; vous ne les voulez pas
devant vous, mais derrière vous; et cependant, dit
saint Augustin, quand elles sont devant vous, elles
vous guident; quand elles sont derrière vous, elles
vous chargent. Ha! Jésus a pitié de vous: il veut ôter
de dessus votre dos ce fardeau qui vous accable, et
mettre devant vos yeux cette vérité qui vous éclaire.
La voilà, la voilà dans toute sa force, dans toute sa
pureté, dans toute sa sévérité, cette vérité évangélique qui condamne toute perfidie, toute injustice,
toute violence, tout attachement impudique! Envisa-
gez cette beauté, et ayez confusion de vous-même;
regardez-vous dans cette glace, et voyez si votre lai-
deur est supportable!

Autant de fois, Chrétiens, que cette vérité vous

paraît, c'est Jésus-Christ qui vous cherche. Combien
de fois vous a-t-il cherchés dans les saintes prédications? Il n'y a sentier qu'il n'ait parcouru : il n'y a
vérité qu'il n'ait rappelée ; il vous a suivis dans toutes
les voies dans lesquelles votre âme s'égare. Tantôt on
a parlé des impiétés, tantôt des superstitions, tantôt
de la médisance, tantôt de la flatterie, tantôt des
attaches et tantôt des aversions criminelles. Un mauvais riche vous a paru pour vous faire voir le tableau
de l'impénitence ; un Lazare mendiant vous a paru,
pour exciter votre cœur à la compassion et votre
main aux aumônes, dans ces nécessités désespé-
rantes. Enfin on a couru par tous les détours par lesquels vous pouviez vous perdre ; on a battu toutes les
voies par lesquelles on peut entrer dans une âme ; et
l'espérance et la crainte, et la douceur et la force, et
l'enfer et le paradis, et la mort certaine et la vie dou-
teuse, tout a été employé[1].

Et, après cela, vous n'entendriez pas de quelle
ardeur on court après vous ! Que si, en tournant de
tous côtés par le saint empressement d'une charitable recherche, quelquefois il est arrivé qu'on ait
mis la main sur votre plaie, qu'on soit entré dans le
cœur par l'endroit où il est sensible ; si l'on a tiré de
ce cœur quelque regret, quelque crainte, quelque forte
réflexion, quelque soupir après Dieu, après la vertu,
après l'innocence ; c'est alors que vous pouvez dire
que, malgré vos égarements, Jésus a trouvé votre
âme. Il est descendu aux enfers encore une fois[2] : car
quel enfer plus horrible qu'une âme rebelle à Dieu,
soumise à son ennemi, captive de ses passions ? Ha !
si Jésus y est descendu, si dans cette horreur et dans
ces ténèbres il a fait luire ses saintes lumières, s'il a
touché votre cœur par quelque retour sur ses vérités
que vous aviez oubliées, rappelez ce sentiment précieux, cette sainte réflexion, cette douleur salutaire ;
abandonnez-y votre cœur, et dites avec le Psalmiste :

«*Tribulationem et dolorem inveni*[1]: J'ai trouvé l'affliction et la douleur.» Enfin je l'ai trouvée, cette
affliction fructueuse, cette douleur salutaire de la
pénitence. Mille douleurs, mille afflictions m'ont persécuté malgré moi, et les misères nous trouvent toujours fort facilement. Mais enfin j'ai trouvé une
douleur qui méritait bien que je la cherchasse, cette
affliction d'un cœur contrit et d'une âme attristée de
ses péchés[2]: je l'ai trouvée, cette douleur, «et j'ai
invoqué le nom de Dieu»: *et nomen Dei invocavi*[3]. Je
me suis affligé de mes crimes, et je me suis converti à
celui qui les efface: on m'a sauvé, parce qu'on m'a
blessé; on m'a donné la paix, parce qu'on m'a offensé;
on m'a dit des vérités qui ont déplu premièrement à
ma faiblesse, et ensuite qui l'ont guérie. S'il est ainsi,
Chrétiens, si la grâce de Jésus-Christ a fait en vous
quelque effet semblable, courez vous-mêmes après le
Sauveur, et, quoique cette course soit laborieuse, ne
craignez pas de manquer de forces.

Il faudrait ici vous représenter la faiblesse d'une
âme épuisée par l'attache à la créature; mais, comme
je veux être court, j'en dirai seulement ce mot, que j'ai
appris de saint Augustin, qui l'a appris de l'Apôtre[4].
L'empire qui se divise s'affaiblit, les forces qui se
partagent se dissipent. Or il n'y a rien sur la terre de
plus misérablement partagé que le cœur de l'homme:
toujours, dit saint Augustin[5], une partie qui marche
et une partie qui se traîne; toujours une ardeur qui
presse, avec un poids qui accable; toujours aimer et
haïr, vouloir et ne vouloir pas, craindre et désirer la
même chose. Pour se donner tout à fait à Dieu, il faut
continuellement arracher son cœur de tout ce qu'il
voudrait aimer. La volonté commande, et elle-même
qui commande ne s'obéit pas, éternel obstacle à ses
désirs propres. Ainsi, dit saint Augustin, elle se dissipe
elle-même; et cette dissipation, quoiqu'elle se fasse
malgré nous, c'est nous néanmoins qui la faisons.

Dans une telle langueur de nos volontés dissipées, je le confesse, Messieurs, notre impuissance est extrême : mais voyez le bon Pasteur qui vous présente ses épaules. N'avez-vous pas ressenti souvent certaines volontés fortes, desquelles si[1] vous suiviez l'instinct généreux, rien ne vous serait impossible ? C'est Jésus-Christ qui vous soutient, c'est Jésus-Christ qui vous porte.

Que reste-t-il donc, mes Frères, sinon que je vous exhorte à ne recevoir pas en vain une telle grâce : *Ne in vacuum gratiam Dei recipiatis*[2] ? Pour vous presser de la recevoir, je voudrais bien, Chrétiens, n'employer ni l'appréhension de la mort, ni la crainte de l'enfer et du jugement, mais le seul attrait de l'amour divin[3]. Et, certes, en commençant de respirer l'air, nous devions commencer aussi de respirer, pour ainsi dire, le divin amour, ou, parce que notre raison empêchée[4] ne pouvait pas vous connaître encore, ô Dieu vivant, nous devions du moins vous aimer sitôt que nous avons pu aimer quelque chose. Ô beauté par-dessus toutes les beautés, ô bien par-dessus tous les biens, pourquoi avons-nous été si longtemps sans vous dévouer nos affections ? Quand nous n'y aurions perdu qu'un moment, toujours aurions-nous commencé trop tard. Et voilà que nos ans se sont échappés, et encore languissons-nous dans l'amour des choses mortelles !

Homme fait à l'image de Dieu, tu cours après les plaisirs mortels, tu soupires après les beautés mortelles ; les biens périssables ont gagné ton cœur. Si tu ne connais rien qui soit au-dessus, rien de meilleur ni de plus aimable, repose-toi à la bonne heure[5] en leur jouissance. Mais si tu as une âme éclairée d'un rayon de l'intelligence divine, si, en suivant ce petit rayon, tu peux remonter jusques au principe, jusques à la source du bien, jusques à Dieu même, si tu peux connaître qu'il est, et qu'il est infiniment beau, infiniment bon, et qu'il est toute beauté et toute bonté, comment peux-tu vivre et ne l'aimer pas?

Homme, puisque tu as un cœur, il faut que tu aimes; et, selon que tu aimeras bien ou mal, tu seras heureux ou malheureux: dis-moi, qu'aimeras-tu donc? L'amour est fait pour l'aimable, et le plus grand amour pour le plus aimable, et le souverain amour pour le souverain aimable: quel enfant ne le verrait pas? quel insensé le pourrait nier? C'est donc une folie manifeste, et de toutes les folies la plus folle, que de refuser son amour à Dieu, qui nous cherche.

Qu'attendons-nous, Chrétiens? Déjà nous devrions mourir de regret de l'avoir oublié durant tant d'années; mais quel sera notre aveuglement et notre fureur, si nous ne voulons pas commencer encore! Car voulons-nous ne l'aimer jamais, ou voulons-nous l'aimer quelque jour? Jamais! Qui le pourrait dire? Jamais! Le peut-on seulement penser? En quoi donc différerions-nous d'avec les démons? Mais, si nous le voulons aimer quelque jour, quand est-ce que viendra ce jour? Pourquoi ne sera-ce pas celui-ci? Quelle grâce, quel privilège a ce jour que nous attendons, que nous voulions le consacrer entre tous les autres, en le donnant à l'amour de Dieu? — Tous les jours sont-ils pas à Dieu? — Oui, tous les jours sont à Dieu; mais jamais il n'y en a qu'un qui soit à nous, et c'est celui qui se passe. Eh quoi! voulons-nous toujours donner au monde ce que nous avons, et à Dieu ce que nous n'avons pas?

— Mais je ne puis, direz-vous; je suis engagé. — Malheureux, si vos liens sont si forts que l'amour de Dieu ne les puisse rompre; malheureux, s'ils sont faibles, que[1] vous ne vouliez pas les rompre pour l'amour de Dieu! — Ha! laissez démêler cette affaire. — Mais plutôt voyez dans l'empressement que cette affaire vous donne celui que mérite l'affaire de Dieu:

Jésus ne permet pas d'ensevelir son propre père[1].
— Mais laissez apaiser cette passion ; après, j'irai à
Dieu d'un esprit plus calme. — Voyez cet insensé sur
le bord d'un fleuve, qui, voulant passer à l'autre rive,
attend que le fleuve se soit écoulé ; et il ne s'aperçoit
pas qu'il coule sans cesse[2]. Il faut passer par-dessus
le fleuve ; il faut marcher contre le torrent, résister
au cours de nos passions, et non attendre de voir
écoulé ce qui ne s'écoule jamais tout à fait.

Mais peut-être que je me trompe, et les passions en
effet s'écoulent bientôt. Elles s'écoulent souvent, il
est véritable ; mais une autre succède en la place.
Chaque âge a sa passion dominante : le plaisir cède à
l'ambition, et l'ambition cède à l'avarice. Une jeunesse emportée ne songe qu'à la volupté ; l'esprit
étant mûri tout à fait, on veut pousser sa fortune, et
on s'abandonne à l'ambition ; enfin, dans le déclin et
sur le retour, la force commence à manquer pour
avancer ses desseins ; on s'applique à conserver ce
qu'on a acquis, à le faire profiter, à bâtir dessus, et on
tombe insensiblement dans le piège de l'avarice.
C'est l'histoire de la vie humaine : l'amour du monde
ne fait que changer de nom ; un vice cède la place à
un autre vice ; et au lieu de la remettre à Jésus, le légitime seigneur, il laisse un successeur de sa race,
enfant comme lui de la même convoitise. Interrom-
pons aujourd'hui le cours de cette succession malheureuse : renversons la passion qui domine en
nous ; et, de peur qu'une autre n'en prenne la place,
faisons promptement régner celui auquel « le règne
appartient[3] ». Il nous y presse par ses saints attraits ;
et plût à Dieu que vous vous donnassiez tellement à
lui que vous m'épargnassiez le soin importun de vous
faire ouïr ses menaces ! Mais, comme il faut peut-être
ce dernier effort pour vaincre notre dureté, écoutons les justes reproches d'un cœur outragé par nos
indignes refus : c'est ma seconde partie.

DEUXIÈME POINT

Encore qu'un Dieu irrité ne paraisse point aux hommes qu'avec un appareil étonnant, toutefois il n'est jamais plus terrible qu'en l'état où je dois le représenter : non point, comme on pourrait croire, porté sur un nuage enflammé d'où sortent des éclairs et des foudres, mais armé de ses bienfaits et assis sur un trône de grâce.

C'est, Messieurs, en cette sorte que la justice de Dieu nous paraît dans le Nouveau Testament. Car il me semble qu'elle a deux faces, dont l'une s'est montrée à l'ancien peuple, et l'autre se découvre au peuple nouveau. Durant la loi de Moïse, c'était sa coutume ordinaire de faire connaître ses rigueurs par ses rigueurs mêmes : c'est pourquoi elle est toujours l'épée à la main, toujours menaçante, toujours foudroyante, et faisant sortir de ses yeux un feu dévorant ; et je confesse, Chrétiens, qu'elle est infiniment redoutable en cet état. Mais, dans la nouvelle alliance, elle prend une autre figure, et c'est ce qui la rend plus insupportable et plus accablante, parce que ses rigueurs ne se forment que dans l'excès de ses miséricordes, et que c'est par des coups de grâces que sont fortifiés les coups de foudre, qui, perçant aussi avant dans le cœur que l'amour avait résolu d'y entrer, y causent une extrême désolation, y font un ravage inexplicable.

Vous le comprendrez aisément, quand je vous aurai dit en un mot ce que tout le monde sait, qu'il n'est rien de si furieux qu'un amour méprisé et outragé. Mais, comme je n'ai pas dessein dans cette chaire ni d'arrêter longtemps vos esprits sur les emportements de l'amour profane, ni de vous faire juger de Dieu comme vous feriez d'une créature, j'établirai ce que j'ai à dire sur des principes plus

hauts, tirés de la nature divine, selon que nous la
connaissons par les saintes Lettres[1].

Il faut donc savoir, Chrétiens, que l'objet de la justice de Dieu, c'est la contrariété qu'elle trouve en
nous ; et j'en remarque de deux sortes. Ou nous pouvons être opposés à Dieu considéré en lui-même, ou
nous pouvons être opposés à Dieu agissant en nous ;
et cette dernière façon est sans comparaison la plus
outrageuse. Nous sommes opposés à Dieu considéré
en lui-même, en tant que notre péché est contraire à
sa sainteté et à sa justice ; et en ce sens, Chrétiens,
comme ses divines perfections sont infiniment éloignées de la créature, l'injure qu'il reçoit de nous,
quoiqu'elle soit d'une audace extrême, ne fait pas
une impression si prochaine[2]. Mais ce Dieu, qui est
si fort éloigné de nous par toutes ses autres qualités,
entre avec nous en société[3], s'égale et se mesure avec
nous par les tendresses de son amour, par les pressements[4] de sa miséricorde, qui attire à soi notre cœur.
Comme donc c'est par cette voie qu'il s'efforce d'approcher de nous, l'injure que nous lui faisons en
contrariant son amour porte coup immédiatement
sur lui-même ; et l'insulte en retombe sur le front
propre d'un Dieu qui s'avance, s'il m'est permis de
parler ainsi. Mais il faut bien, ô grand Dieu, que vous
permettiez aux hommes de parler de vous comme ils
l'entendent, et d'exprimer comme ils peuvent ce
qu'ils ne peuvent assez exprimer comme il est.

C'est ce qui s'appelle dans les Écritures, selon
l'expression de l'Apôtre en l'Épître aux Éphésiens,
affliger et «contrister l'Esprit de Dieu[5]». Car cette
affliction du Saint-Esprit ne marque pas tant l'injure
qui est faite à sa sainteté par notre injustice, que l'extrême violence que souffre son amour méprisé et
sa bonne volonté frustrée par notre résistance opiniâtre : c'est là, dit le saint Apôtre, ce qui afflige le
Saint-Esprit, c'est-à-dire l'amour de Dieu opérant en

nous pour gagner nos cœurs. Dieu est irrité contre
les démons ; mais, comme il ne demande plus leur
affection, il n'est plus contristé par leur révolte. C'est
à un cœur chrétien qu'il veut faire sentir ses tendresses, c'est dans un cœur chrétien qu'il veut trouver la correspondance[1], et ce n'est que d'un cœur
chrétien que peut sortir le rebut qui l'afflige et qui le
contriste. Mais gardons-nous bien de penser que
cette tristesse de l'esprit de Dieu soit semblable à
celle des hommes : cette tristesse de l'esprit de Dieu
signifie un certain dégoût, qui fait que les hommes
ingrats lui sont à charge, et l'Apôtre nous veut exprimer un certain zèle de justice, mais zèle pressant et
violent qui anime un Dieu méprisé contre un cœur
ingrat, et qui lui fait appesantir sa main et précipiter
sa vengeance. Appesantir sa main, et précipiter sa
vengeance, voilà, mes Frères, deux effets terribles de
cet amour méprisé. Mais que veut dire ce poids, et
d'où vient cette promptitude ? Il faut tâcher de le
bien entendre.

   Je veux donc dire, mes Frères, que l'amour de
Dieu, indigné par le mépris de ses grâces, appuie la
main sur un cœur rebelle avec une efficace[2] extraordinaire. L'Écriture, toujours puissante pour exprimer
fortement les œuvres de Dieu, nous explique cette
efficace par une certaine joie qu'elle fait voir dans le
cœur d'un Dieu pour se venger d'un ingrat. Ce qui se
fait avec joie se fait avec application. Mais, Chrétiens, est-il possible que cette joie de punir se trouve
dans le cœur d'un Dieu, source infinie de bonté ?
Oui, sans doute, quand il y est forcé par l'ingratitude.
Car écoutez ce que dit Moïse au chapitre XXVIII du
Deutéronome : « Comme le Seigneur s'est réjoui vous
accroissant, vous bénissant, vous faisant du bien, il
se réjouira de la même sorte en vous ruinant, en vous
ravageant : *Sicut [ante] lætatus est Dominus super
vos, bene vobis faciens, vosque multiplicans, sic læta-*

bitur disperdens vos atque subvertens[1].» Quand son
cœur s'est épanché en nous bénissant, il a suivi sa
nature et son inclination bienfaisante. Mais nous
l'avons contristé, mais nous avons affligé son Saint-
Esprit, et nous avons changé la joie de bienfaire en
une joie de punir; et il est juste qu'il répare la tristesse que nous avons donnée à son Saint-Esprit, par
une joie efficace, par un triomphe de son cœur, par
un zèle de sa justice à venger notre ingratitude.

Justement, certes justement; car il sait ce qui est
dû à son amour victorieux, et il ne laisse pas ainsi
perdre ses grâces. Non, elles ne périssent pas : ces
grâces rebutées, ces grâces dédaignées, ces grâces
frustrées, il les rappelle à lui-même, il les ramasse
en son propre sein, où sa justice les tourne toutes en
traits pénétrants, dont les cœurs ingrats sont percés[2]. C'est là, Messieurs, cette justice dont je vous
parlais tout à l'heure : justice du Nouveau Testament, qui s'applique par le sang, par la bonté même
et par les grâces infinies d'un Dieu rédempteur; justice d'autant plus terrible que tous ses coups de
foudre sont des coups de grâces.

C'est ce que prévoyait en esprit le prophète Jérémie, lorsqu'il a dit ces paroles : « Fuyons, fuyons bien
loin devant la colère de la colombe, devant le glaive
de la colombe : *A facie iræ columbæ;... a facie gladii
columbæ*[3]!» Et nous voyons dans l'Apocalypse les
réprouvés qui s'écrient : «Montagnes, tombez sur
nous, et mettez-nous à couvert de la face et de la
colère de l'Agneau : *Montes, cadite super nos; colles,
cooperite nos a facie iræ Agni*[4].» Ce qui les presse, ce
qui les accable, ce n'est pas tant la face du Père
irrité; c'est la face de cette colombe tendre et bienfaisante qui a gémi tant de fois pour eux, qui les a
toujours appelés par les soupirs de sa miséricorde;
c'est la face de cet Agneau qui s'est immolé pour eux,
dont les plaies ont été pour eux une vive source de

grâces. Car d'où pensez-vous que sortent les flammes qui dévoreront les chrétiens ingrats ? De ses autels, de ses sacrements, de ses plaies, de ce côté ouvert sur la croix pour nous être une source d'amour infini. C'est de là que sortira l'indignation, de là la juste fureur ; et d'autant plus implacable qu'elle aura été détrempée dans la source même des grâces. Car il est juste et très juste que tout, et les grâces mêmes tournent en amertume à un cœur ingrat. Ô poids des grâces rejetées, poids des bienfaits méprisés, plus insupportable que les peines mêmes, ou plutôt, et pour dire mieux, accroissement infini dans les peines ! Ha ! mes Frères, que j'appréhende que ce poids ne tombe sur vous, et qu'il n'y tombe bientôt !

Et en effet, Chrétiens, si la grâce refusée aggrave le poids des supplices, elle en précipite le cours. Car il est bien naturel qu'un cœur épuisé par l'excès de son abondance fasse tarir la source des grâces pour ouvrir tout à coup celle des vengeances ; et il faut, avant que finir[1], prouver encore en un mot cette vérité.

Dieu est pressé de régner sur nous. Car à lui, comme vous savez, « appartient le règne[2] » ; et il doit à sa grandeur souveraine de l'établir promptement. Il ne peut régner qu'en deux sortes, ou par sa miséricorde, ou par sa justice. Il règne sur les pécheurs convertis par sa sainte miséricorde ; il règne sur les pécheurs condamnés par sa juste et impitoyable vengeance. Il n'y a que ce cœur rebelle qu'il presse et qui lui résiste, qu'il cherche et qui le fuit, qu'il touche et qui le méprise, sur lequel il ne règne ni par sa bonté, ni par sa justice, ni par sa grâce, ni par sa rigueur. Il n'y souffre que des rebuts plus indignes que ceux des Juifs dont il a été le jouet. Ha ! ne vous persuadez pas que sa toute-puissance endure longtemps ce malheureux interrègne[3]. Non, non, pécheurs, ne vous trompez pas : le royaume de Dieu approche :

Appropinquat[1]. Il faut qu'il règne sur nous par l'obéissance à sa grâce, ou bien il y régnera par l'autorité de sa justice. Plus sont grandes les grâces que vous méprisez, plus la vengeance est prochaine. Saint Jean[2], commençant sa prédication pour annoncer le Sauveur, dénonçait à toute la terre que la colère allait venir, que le royaume de Dieu allait s'approcher ; tant la grâce et la justice sont inséparables ! Mais, quand ce divin Sauveur commence à paraître, il ne dit point qu'il approche, ni que la justice s'avance ; mais écoutez comme il parle : « La cognée est déjà, dit-il, à la racine de l'arbre : *Jam enim securis ad radicem arborum posita est*[3]. » Oui la colère approche toujours avec la grâce ; la cognée s'applique toujours par le bienfait même ; et la sainte inspiration, « si elle ne nous vivifie, elle nous tue[4] »…

SERMON SUR L'INTÉGRITÉ
DE LA PÉNITENCE

Vendredi de la Passion, 31 mars

> *Stans retro secus pedes ejus, lacrymis cœpit*
> *rigare pedes ejus.*
>   Madeleine, se jetant aux pieds de Jésus,
> commence à les laver de ses larmes.

(Luc, VII, 38.)

Est-ce une chose croyable que l'esprit de séduction soit si puissant dans les hommes que non seulement ils se plaisent à tromper les autres, mais
qu'ils se trompent eux-mêmes, que leurs propres
pensées les déçoivent, que leur propre imagination
leur impose[1] ? Il est ainsi, Chrétiens, et cette erreur
paraît principalement dans l'affaire de la pénitence.

Il y a de certains pécheurs que leurs plaisirs engagent, et cependant que leur conscience inquiète ; qui
ne peuvent ni approuver ni changer leur vie ; qui
n'ont nulle complaisance pour la loi de Dieu, mais
que ses menaces étonnent souvent et les[2] jettent dans
un trouble inévitable qui les incommode. Ce sont
ceux-là, Chrétiens, qui, se confessant sans utilité,
font par coutume un amusement sacrilège au sacrement de la Pénitence ; semblables à ces malades
faibles d'esprit et de corps, qui, ne pouvant jamais se
résoudre ni à quitter les remèdes ni à les prendre de
bonne foi, se jettent dans les pratiques d'une méde-

cine qui les tue. C'est une semblable illusion qui
nous fait voir tous les jours tant de fausses conversions, tant de pénitences trompeuses, qui, bien loin
de délier les pécheurs, les chargent de nouvelles
chaînes. Mais j'espère que Madeleine, ce modèle de
la pénitence, dissipera aujourd'hui ces fantômes de
pénitents, et amènera au Sauveur des pénitents véritables. Implorons pour cela le secours d'en haut par
les prières de la sainte Vierge. [*Ave.*]

Le cœur de Madeleine est brisé, son visage tout
couvert de honte, son esprit profondément attentif
dans une vue intime de son état et dans une forte
réflexion sur ses périls. La douleur immense qui la
presse fait qu'elle court au médecin avec sincérité ;
la honte qui l'accompagne fait qu'elle se jette à ses
pieds avec soumission ; la connaissance de ses dangers fait qu'elle sort d'entre ses mains avec crainte,
et qu'elle n'est pas moins occupée des moyens de ne
tomber plus que de la joie d'avoir été si heureusement et si miséricordieusement relevée.

De là, Messieurs, nous pouvons apprendre trois
dispositions excellentes, sans lesquelles la pénitence
est infructueuse. Avant que de confesser nos péchés,
nous devons être affligés de nos désordres ; en confessant nos péchés, nous devons être honteux de nos
faiblesses ; après avoir confessé nos péchés, nous
devons être encore étonnés de nos périls et de toutes
les tentations qui nous menacent.

Âmes captives du péché, mais que les reproches de
vos consciences pressent de recourir au remède,
Jésus a soif de votre salut : il vous attend avec patience
dans ces tribunaux de miséricorde[1] que vous voyez
érigés de toutes parts auprès de ses saints autels ;
mais il faut en approcher avec un cœur droit. Plusieurs ont une douleur qui ne les change pas, mais
qui les trompe ; plusieurs ont une honte qui veut

qu'on la flatte, et non pas qu'on l'humilie ; plusieurs cherchent dans la pénitence d'être déchargés du passé, et non pas d'être fortifiés pour l'avenir. Ce sont les trois caractères des fausses conversions ; et la véritable pénitence a trois sentiments opposés. Devant la confession, sa douleur lui fait prendre toutes les résolutions nécessaires ; et dans la confession, sa honte lui fait subir toutes les humiliations qui lui sont dues ; et après la confession, sa prévoyance lui fait embrasser toutes les précautions qui lui sont utiles : et c'est le sujet de ce discours.

PREMIER POINT

Plusieurs frappent leur poitrine, plusieurs disent de bouche et pensent quelquefois dire de cœur ce *Peccavi*[1] tant vanté, que les pécheurs trouvent si facile. Judas l'a dit devant les pontifes[2] ; Saül l'a dit devant Samuel[3] ; David l'a dit devant Nathan[4] ; mais, des trois, il n'y en a qu'un qui l'ait dit d'un cœur véritable. Il y a de feintes douleurs, par lesquelles le pécheur trompe les autres ; il y a des douleurs imparfaites, par lesquelles le pécheur s'impose à lui-même ; et je pense qu'il n'y a aucun tribunal auquel il se dise plus de faussetés que celui de la pénitence.

Le roi Saül, repris hautement par Samuel, le prophète, d'avoir désobéi à la loi de Dieu, confesse qu'il a péché : « J'ai péché, dit-il, grand Prophète, en méprisant vos paroles et les paroles du Seigneur ; mais honorez-moi devant les grands et devant mon peuple, et venez adorer Dieu avec moi[5]. » « Honorez-moi devant le peuple » : c'est-à-dire ne me traitez pas comme un réprouvé, de peur que la majesté ne soit ravilie. C'est en vain qu'il dit : « J'ai péché. » Sa douleur, comme vous voyez, n'était qu'une feinte et une adresse de sa politique. Ha ! que la politique est dan-

gereuse, et que les grands doivent craindre qu'elle
ne se mêle toujours trop avant dans le culte qu'ils
rendent à Dieu ! Elle est de telle importance, que les
esprits sont tentés d'en faire leur capital et leur tout.
Il faut de la religion pour attirer le respect des
peuples : prenez garde, ô grands de la terre, que
cette pensée ne se mêle trop aux actes de piété et de
pénitence que vous pratiquez. Il est de votre devoir
d'édifier les peuples ; mais Dieu ne doit pas être frus-
tré de son sacrifice, qui est un cœur contrit véritablement et affligé de ses crimes[1].

Mais je vous ai dit, Chrétiens, qu'il y a encore une
tromperie plus fine et plus délicate, par laquelle le
pécheur se trompe lui-même. Ô Dieu ! est-il bien possible que l'esprit de séduction soit si puissant dans
les hommes que leurs propres pensées les déçoivent ! Il n'est que trop véritable. Non seulement, dit
Tertullien, nous imposons à la vue des autres, « mais
même nous jouons notre conscience : *Nostram quoque
conscientiam ludimus*[2] ». Oui, Messieurs, il y a deux
hommes dans l'homme, aussi inconnus l'un à l'autre
que seraient deux hommes différents ; il y a deux
cœurs dans le cœur humain : l'un ne sait pas les pensées de l'autre, et souvent, pendant que l'un se plaît
au péché, l'autre contrefait si bien le pénitent, que
l'homme lui-même ne s'y connaît pas, « qu'il ment,
dit saint Grégoire, à son propre esprit et à sa propre
conscience : *Plerumque sibi de seipsa mens ipsa men-
titur*[3]. » Mais il faut expliquer ceci, et exposer à vos
yeux ce mystère d'iniquité.

Le grand pape saint Grégoire nous en donnera
l'ouverture par une excellente doctrine, dans la troisième partie de son *Pastoral*. Il remarque judicieuse-
ment, à son ordinaire, que, comme Dieu, dans la
profondeur de ses miséricordes, laisse quelquefois
dans ses serviteurs des désirs imparfaits du mal,
pour les enraciner dans l'humilité, aussi l'ennemi de

notre salut, dans la profondeur de ses malices, laisse naître souvent dans les pécheurs un amour imparfait de la justice, qui ne sert qu'à nourrir leur présomption. Voici quelque chose de bien étrange, et qui nous doit faire admirer les terribles jugements de Dieu. Ce grand Dieu, par une conduite impénétrable, permet que ses élus soient tentés, qu'ils soient attirés au mal, qu'ils chancellent même dans la droite voie, et il les affermit par leur faiblesse ; et quelquefois il permet aussi que les pécheurs se sentent attirés au bien, qu'ils semblent même y donner les mains, qu'ils vivent tranquilles et assurés, et, par un juste jugement, c'est leur propre assurance qui les précipite. Qui ne tremblerait devant Dieu ? qui ne redouterait ses conseils ? Par un conseil de sa miséricorde, le juste se croit pécheur, et il s'humilie ; et par un conseil de sa justice, le pécheur se croit juste, et il s'enfle et il marche sans crainte, et il périt sans ressource. Ainsi le malheureux Balaam, admirant les tabernacles des justes, s'écrie comme touché de l'esprit de Dieu : « Que mon âme meure de la mort des justes[1] ! » Est-il rien de plus pieux que ce sentiment ? Mais, après avoir prononcé leur mort bienheureuse, il donne, un moment après, des conseils pernicieux contre [leur] vie. Ce sont « les profondeurs de Satan, *altitudines Satanæ* » comme les appelle saint Jean dans l'Apocalypse[2]. Tremblez donc, tremblez, ô pécheurs : prenez garde qu'une douleur imparfaite n'impose[3] à vos consciences ; et que, « comme il arrive souvent que les bons ressentent innocemment l'attrait du péché, auquel ils craignent d'avoir consenti, ainsi vous ne ressentiez en vous-mêmes un amour infructueux de la pénitence, auquel vous croyiez faussement vous être rendus : *Ita plerumque mali inutiliter compunguntur ad justitiam, sicut plerumque boni inutiliter tentantur ad culpam*[4] », dit excellemment saint Grégoire.

Que veut dire ceci, Chrétiens ? quelle est la cause
profonde d'une séduction si subtile ? Il faut tâcher de
la pénétrer pour appliquer le remède, et attaquer le
mal dans sa source. Pour l'entendre, il faut remarquer que les saintes vérités de Dieu et la crainte de
ses jugements font deux effets dans les âmes : elles
les chargent d'un poids accablant, elles les remplissent de pensées importunes. Voici, Messieurs, la
pierre de touche : ceux qui veulent se décharger de
ce fardeau ont la douleur véritable ; ceux qui ne songent qu'à se défaire de ces pensées ont une douleur trompeuse. Ha ! je commence à voir clair dans
l'abîme du cœur humain : ne craignons pas d'entrer
jusqu'au fond, à la faveur de cette lumière.

Par exemple, il y a de certaines âmes à qui l'enfer
fait horreur au milieu de leurs attaches criminelles,
et qui ne peuvent supporter la vue de la main de
Dieu armée contre les pécheurs impénitents. Ce sentiment est salutaire ; et pourvu qu'on le pousse où il
doit aller, il dispose puissamment les cœurs à la
grâce de la pénitence. Mais voici la séduction : l'âme
troublée et malade, mais qui ne sent sa maladie que
par son trouble, songe au trouble qui l'incommode
plutôt qu'au mal qui la presse. Cet aveuglement est
étrange ; mais, si vous avez jamais rencontré de ces
malades fâcheux qui s'emportent contre un médecin
qui veut arracher la racine, et qui ne lui demandent
autre chose sinon qu'il apaise la douleur, vous avez
vu quelque image des malheureux dont je parle. La
fête[1] avertit tous les chrétiens d'approcher des saints
sacrements. S'en éloigner dans un temps si saint,
c'est se condamner trop visiblement ; et, en effet,
Chrétiens, cet éloignement est horrible. La conscience
en est inquiète, et en fait hautement ses plaintes. Plusieurs ne sont pas assez endurcis pour mépriser ces
reproches, ni assez forts pour oser rompre leurs liens
trop doux et leurs engagements trop aimables. Ils

songent au mal sensible, et ils négligent le mal effectif : ils pensent à se confesser pour apaiser les murmures et non pour guérir les plaies de leur conscience, et plutôt pour se délivrer des pensées qui les incommodent que pour se décharger du fardeau qui les accable : c'est ainsi qu'ils se disposent à la pénitence.

On a dit à ces pécheurs, on leur a prêché qu'il faut regretter leurs crimes, et ils cherchent leurs regrets dans leurs livres ; ils y prennent leur acte de contrition[1], ils tirent de leur mémoire les paroles qui le composent ou l'image des sentiments qui le forment, et ils les appliquent, pour ainsi dire, sur leur volonté, et ils pensent être contrits[2] de leurs crimes : ils se jouent de leur conscience. Pour se rendre agréable à Dieu, il ne suffit pas, Chrétiens, de tirer, comme par machine[3], des actes de vertu forcés, ni des directions[4] artificielles. La douleur de la pénitence doit naître dans le fond du cœur, et non pas être empruntée de l'esprit ni de la mémoire. Elle ne ressemble pas à ces eaux que l'on fait jouer par artifice ; c'est un fleuve qui se déborde, qui arrache, qui déracine, qui noie tout ce qu'elle trouve : elle fait un saint ravage qui détruit le ravage qu'a fait le péché. Aucun crime ne lui échappe : elle ne fait pas comme Saül, qui, massacrant les Amalécites, épargne ceux qui lui plaisent[5]. Il y a souvent dans le cœur des péchés que l'on sacrifie, mais il y a le péché chéri. Quand il le faut égorger, le cœur soupire en secret et ne peut plus se résoudre : la douleur de la pénitence le perce et l'extermine sans miséricorde. Elle entre dans l'âme comme un Josué dans la terre des Philistins[6] : il détruit, il renverse tout ; ainsi la contrition véritable. Et pourquoi cette sanglante exécution ? C'est qu'elle craint la componction d'un Judas, la componction d'un Antiochus[7], la componction d'un Balaam, componctions fausses et hypocrites, qui trompent la conscience par l'image d'une douleur superficielle.

La douleur de la pénitence a entrepris de changer
Dieu ; mais il faut auparavant changer l'homme, et
Dieu ne se change jamais que par l'effort de ce
contre-coup. Vous craignez la main de Dieu et ses
jugements, c'est une sainte disposition ; mais le saint
concile de Trente[1] veut aussi que cette crainte vous
porte à détester tous vos crimes, à vous affliger de
tous vos excès, à haïr de tout votre cœur votre vie
passée. Il faut que vous gémissiez de vous voir dans
un état si contraire à la justice, à la sainteté, à l'immense charité de Dieu, à la grâce du christianisme, à
la foi donnée, à la foi reçue, au traité de paix solennel
que vous avez fait avec Dieu par Jésus-Christ ; il faut
que vous renonciez simplement et de bonne foi à tous
les autres engagements, à toutes les autres alliances, à
toutes les paroles données contre vos premières obligations. Le faisons-nous, Chrétiens ? Nous le disons
à nos confesseurs ; mais nos œuvres diront bientôt le
contraire.

« Ha ! que ceux-là sont heureux, dit le saint Psalmiste[2], dont les péchés sont couverts ! » C'est, Messieurs, la douleur de la pénitence qui couvre à Dieu
nos péchés. Mais que j'appréhende, Messieurs, que
nous ne soyons de ces pénitents dont Isaïe a dit
ces mots : « Ils n'ont tissu que des toiles d'araignée :
Telas araneæ texuerunt… » ; « leurs toiles ne leur serviront pas de vêtement, leurs œuvres ne les couvri-
ront pas ; car leurs pensées sont des pensées vaines,
et leurs œuvres, des œuvres inutiles : *Telæ eorum
non erunt in vestimentum, neque operientur operibus
suis : opera enim eorum opera inutilia. Cogitationes
inutiles*[3]. » Voilà une peinture trop véritable de notre
pénitence ordinaire. Chrétiens, rendons-nous capables
de présenter au Sauveur Jésus « des fruits dignes de
pénitence[4] », ainsi qu'il nous l'ordonne dans son
Évangile, non des désirs imparfaits, mais des résolutions déterminées, non des feuilles que le vent

emporte, ni des fleurs que le soleil dessèche[1]. Pour cela, brisons devant lui nos cœurs, et brisons-les tellement que tout ce qui est dedans soit anéanti! «Brisons, dit saint Augustin, ce cœur impur, afin que Dieu crée en nous un cœur sanctifié : *Ut creetur cor mundum, conteratur immundum*[2].» Si nous sommes en cet état, courons, Messieurs, avec foi au tribunal de la pénitence ; portons-y notre douleur, et tâchons de nous y revêtir de confusion.

DEUXIÈME POINT

C'est une règle de justice, que l'équité même a dictée, que le pécheur doit rentrer dans son état pour se rendre capable d'en sortir. Le véritable état du pécheur, c'est un état de confusion et de honte. Le pécheur est sorti de cet état quand il a paru dans le monde la tête élevée, avec toute la liberté d'un front innocent. Il est juste qu'il rentre dans sa confusion : c'est pourquoi toutes les Écritures lui ordonnent de se confondre. «*Confundimini, confundimini, domus Israël*[3] : Confondez-vous, confondez-vous, maison d'Israël», parce que vous avez péché devant le Seigneur.

Pour bien comprendre cette vérité, disons avant toutes choses ce que c'est que la confusion, et pourquoi elle est due aux pécheurs. La confusion, Chrétiens, est un jugement équitable rendu par la conscience, par lequel le pécheur, ayant violé ce qu'il y a de plus saint, est jugé indigne de paraître. Quel est le motif de cet arrêt ? c'est que le pécheur s'étant élevé contre la vérité même, contre la justice même, contre l'être même, qui est Dieu, il mérite de n'être plus, et à plus forte raison de ne plus paraître. C'est pourquoi sa propre raison lui dénonce qu'il devrait se cacher éternellement, confondu par ses ingratitudes ; et, afin de lui ôter cette liberté de paraître, elle va imprimer

au dehors dans la partie la plus visible, la plus éminente, la plus exposée, sur le visage, sur le front
même, non point à la vérité par un fer brûlant, mais
par le sentiment de son crime, comme par une espèce
de fer brûlant, une rougeur qui le déshonore et qui le
flétrit, je ne sais quoi de déconcerté, qui le défait aux
yeux des hommes : marque certaine d'un esprit troublé, d'un cœur inquiet, d'une conscience tremblante.

Le pécheur superbe et indocile ne peut souffrir
cet état de honte, et il s'efforce d'en sortir. Pour
cela, il cache son crime, ou il excuse son crime, ou
il soutient hardiment son crime. Il le cache comme
un hypocrite ; il l'excuse comme un orgueilleux ; il le
soutient comme un effronté. C'est ainsi qu'il sort de
son état, et qu'il usurpe impudemment à la face du
ciel et de la terre les privilèges de l'innocence.

Voici l'oracle de la justice qui lui crie : Rentre en
toi-même, pécheur, rentre en ton état de honte. Tu
veux cacher ton péché, et Dieu t'ordonne de le
confesser ; tu veux excuser ton péché, et, bien loin
d'écouter ces vaines excuses, Dieu t'ordonne d'en
exposer toutes les circonstances aggravantes ; tu
oses soutenir ton péché, et Dieu t'ordonne de te soumettre à toutes les humiliations qu'il a méritées :
« Confonds-toi, confonds-toi, dit le Seigneur, et porte
ton ignominie : *Ergo et tu confundere, et porta ignominiam tuam*[1]. »

Ne vous plaît-il pas, Chrétiens, que nous mettions
dans un plus grand jour ces importantes vérités ? Ce
pécheur, cette pécheresse, pour éviter de se cacher,
tâche plutôt de cacher son crime sous le voile de la
vertu, ses trahisons et ses perfidies sous le titre de la
bonne foi, ses prostitutions et ses adultères sous l'apparence de la modestie. Il faut qu'il vienne rougir
non seulement de son crime caché, mais de son honnêteté apparente. Il faut qu'il vienne rougir de ce
qu'ayant assez reconnu le mérite de la vertu pour la

vouloir faire servir de prétexte, il ne l'a pas assez honorée pour la faire servir de règle ; il faut qu'il vienne rougir d'avoir été si timide que de ne pouvoir soutenir les yeux des hommes, et toutefois si hardi et si insensé que de ne craindre pas la vue de Dieu : «*Ergo et tu confundere, et porta ignominiam tuam* : Confonds-toi donc, ô pécheur, et porte ton ignominie.»

Mais ce pécheur qui cache aux autres ses désordres, voudrait se les pouvoir cacher à lui-même ; il cherche toujours quelque appui fragile, sur lequel il puisse rejeter ses crimes. Il en accuse les étoiles, dit saint Augustin[1] : Ha! je n'ai pu vaincre mon tempérament. Il en accuse la fortune : C'est une rencontre imprévue. Il en accuse le démon : J'ai été tenté trop violemment. Il fait quelque chose de plus : il demande qu'on lui enseigne les voies détournées, où il puisse se sauver avec ses vices et se convertir sans changer son cœur : «Il dit, remarque Isaïe, à ceux qui regardent : Ne regardez pas ; et à ceux qui sont préposés pour voir : Ne voyez pas pour nous ce qui est droit ; dites-nous des choses qui nous plaisent, trompez-nous par des erreurs agréables : *Qui dicunt videntibus : Nolite videre ; et aspicientibus : Nolite aspicere nobis ea quæ recta sunt ; loquimini nobis placentia, videte nobis errores.* Ôtez-moi cette voie, elle [est] trop droite ; ôtez-moi ce sentier, il est trop étroit : *Auferte a me viam, declinate a me semitam*[2].» Ainsi, par une étrange illusion, au lieu que la conversion véritable est que le méchant devienne bon, et que le pécheur devienne juste, il imagine une autre espèce de conversion, où le mal se change en bien, où le crime devienne honnête, où la rapine devienne justice ; et si la conscience ose murmurer contre ses vaines raisons, il la bride, il la tient captive, il lui impose silence. «*Ergo et tu confundere* : Viens te confondre, ô pécheur»; viens, viens au tribunal de la pénitence pour y porter ton ignominie, non seulement celle que mérite l'horreur de tes crimes, mais celle qu'y doit ajouter la hardiesse insensée de tes excuses. Car est-il rien de plus honteux que de manquer de foi à son créateur, à son roi, à son rédempteur, et, pour comble d'impudence, oser encore excuser de si grands excès et une si noire ingratitude ?

Et toi, pauvre conscience captive, dont on a depuis si longtemps étouffé la voix, parle, parle devant ton Dieu ; parle : il est temps, ou jamais, de rompre ce silence violent que l'on t'impose. Tu n'es point dans les bals, dans les assemblées, dans les divertissements, dans les jeux du monde ; tu es dans le tribunal de la pénitence ; c'est Jésus-Christ lui-même qui te rend la liberté et la voix, il t'est permis de parler devant ses autels. Raconte à cette impudique toutes ses dissolutions ; à ce traître toutes ses promesses violées ; à ce voleur public toutes ses rapines ; à cet hypocrite qui trompe le monde, les détours de son ambition cachée ; à ce vieux pécheur endurci qui avale l'iniquité comme l'eau, la longue suite de ses crimes ; fais rougir ce front d'airain, montre-lui tout à coup, d'une même vue, les commandements, les rébellions ; les avertissements, les mépris ; les outrages redoublés parmi les bienfaits, l'aveuglement accru par les lumières ; enfin toute la beauté de la vertu, toute l'équité du précepte, avec toute l'infamie de ses transgressions, de ses infidélités, de ses crimes. Tel doit être l'état du pécheur quand il confesse ses péchés. Qu'il cherche à se confondre lui-même. S'il rencontre un confesseur dont les paroles efficaces le poussent en l'abîme de son néant, qu'il s'y enfonce jusqu'au centre. Il[1] est bien juste. S'il lui parle avec tendresse, qu'il songe que ce n'est que sa dureté qui lui attire cette indulgence, et qu'il se confonde davantage encore de trouver un si grand excès de miséricorde dans un si grand excès d'ingratitudes. Pécheurs, voilà l'état où vous veut Jésus, humiliés, confondus,

et par les bontés et par les rigueurs, et par les grâces
et par les vengeances, et par l'espérance et par la
crainte.

Mais ceux qui doivent entrer plus profondément
dans cet état de confusion, ce sont, Messieurs, ces
pécheurs superbes qui, non contents d'excuser, osent
encore soutenir leurs crimes. Nous les voyons tous
les jours «qui les prêchent, dit l'Écriture, et s'en glo-
rifient: *Peccatum suum sicut Sodoma prædicave-
runt*[1]». Ils ne trouveraient pas assez d'agrément
dans leur intempérance, s'ils ne s'en vantaient publiquement, «s'ils ne la faisaient jouir, dit Tertullien, de
toute la lumière du jour et de toute la conscience du
ciel: *At enim delicta vestra, et loco omni, et luce
omni, et universa cæli conscientia fruuntur*[2].» Les
voyez-vous, ces superbes qui se plaisent à faire les
grands par leur licence; qui s'imaginent s'élever bien
haut au-dessus des choses humaines par le mépris
de toutes les lois; à qui la pudeur même semble
indigne d'eux, parce que c'est une espèce de crainte:
si bien qu'ils ne méprisent pas seulement, mais qu'ils
font un insulte public[3] à toute l'Église, à tout l'Évangile, à toute la conscience des hommes? *Ergo et
tu confundere*: c'est toi, pécheur audacieux, c'est toi
principalement qui dois te confondre. Car considérez, Chrétiens, s'il y a quelque chose de plus indigne
que de voir usurper au vice cette noble confiance
de la vertu. Mais je m'explique trop faiblement: la
vertu, dans son innocence, n'a qu'une assurance
modeste; ceux-ci, dans leurs crimes, vont jusqu'à
l'audace, et contraignent même la vertu de trembler
sous l'autorité qu'ils se donnent par leur insolence.

Chrétiens, que leur dirons-nous? Les paroles sont
peu efficaces pour confondre une telle arrogance.
Qu'ils contemplent leur rédempteur, qu'ils jettent les
yeux sur cet innocent. Juste et pur jusqu'à l'infini, il
n'est chargé que de nos crimes; écoutez toutefois

comme il parle à Dieu : «Vous voyez, dit-il, mes
opprobres, vous voyez ma confusion, vous voyez ma
honte : *Tu scis improperium meum, et confusionem
meam, et reverentiam meam*[1].» Ha! vous voyez les
opprobres que je reçois du dehors, vous voyez la
confusion qui me pénètre jusqu'au fond de l'âme,
vous voyez la honte qui se répand jusque sur ma
face. Tel est l'état du pécheur, et c'est ainsi qu'il est
porté par un innocent ; et nous, pécheurs véritables,
nous osons encore lever la tête ! Que ce ne soit pas
pour le moins dans le sacrement de pénitence, ni aux
pieds de notre juge. Considérons Jésus-Christ en la
présence du sien et devant le tribunal de Ponce
Pilate : il écoute ses accusations[2], et il se condamne
lui-même par son silence. Il se tait par constance, je
le sais bien, mais il se tait aussi par humilité ; il se tait
par modestie ; il se tait par honte.

Est-ce trop demander à des chrétiens que de les
prier au nom de Dieu de vouloir comparaître devant
Jésus-Christ comme Jésus-Christ a comparu devant
le tribunal de Pilate ? L'innocent ne s'est pas défendu ;
et nous, criminels, nous défendrons-nous ? Il a été
patient et humble dans un jugement de rigueur : gar-
derons-nous notre orgueil dans un jugement de miséricorde ? Ha ! il a volontiers accepté sa croix si dure,
si accablante ; refuserons-nous la nôtre si légère
et facile, ces justes reproches qu'on nous fait, ces
peines médiocres qu'on nous impose, ces sages
précautions qu'on nous ordonne[3] ? Cependant les
pécheurs n'en veulent pas : les écouter, les absoudre,
leur donner pour la forme quelque pénitence, c'est
tout ce qu'ils peuvent porter. Quelle est, Messieurs,
cette pensée ? Si la pénitence est un jugement, faut-il
y aller pour faire la loi, et n'y chercher que de la douceur ? Où sera donc la justice ? Quelle forme de jugement, en laquelle on ne veut trouver que de la pitié,
que de la faiblesse, que de la facilité, que de l'indul-

gence ? quelle forme de judicature, en laquelle on ne laisse au juge que la patience de nous écouter et la puissance de nous absoudre, en retranchant de son ministère le droit de discerner les mauvaises mœurs, l'autorité de les punir, la force de les réprimer par une discipline salutaire ? Ô sainte confusion, venez couvrir la face des pécheurs ! Ô Jésus, vous avez été soumis et modeste, même devant un juge inique ; et vos fidèles seront superbes et dédaigneux, même à votre propre tribunal ! Éloignez de nos esprits une disposition si funeste : donnez-nous l'humilité prête à subir toutes les peines ; donnez-nous la docilité résolue à pratiquer tous les remèdes. C'est ma dernière partie, que je continue sans interruption, parce que je la veux traiter en un mot, pour ne perdre aucune partie du temps qui me reste.

TROISIÈME POINT

Il en faudrait davantage pour expliquer bien à fond toutes les vérités que j'ai à vous dire. Trouvez bon que, pour abréger, sans m'engager à de longues preuves, je vous donne quelques avis que j'ai tirés des saints Pères et des Écritures divines, pour conserver saintement la grâce de la pénitence.

Premièrement craignez, craignez, je le dis encore une fois, si vous voulez conserver la grâce. Plusieurs s'approchent de la pénitence pour se décharger de la crainte qui les inquiète ; et, après leur confession, leur folle sécurité les rejette dans de nouveaux crimes. J'ai appris de Tertullien, que « la crainte est l'instrument de la pénitence : *Instrumento pœnitentiæ, id est metu caruit*[1]. » C'est par la crainte qu'elle entre, c'est par la crainte qu'elle se conserve. Grand Dieu ! c'est la crainte de vos jugements qui ébranle une conscience pour se rendre à vous ; grand Dieu !

c'est la crainte de vos jugements qui affermit une conscience pour s'établir fortement en vous. Vivez donc toujours dans la crainte, et vous vivrez toujours dans la sûreté : « La crainte, dit saint Cyprien, c'est la gardienne de l'innocence : *Timor innocentiæ custos*[1]. »

Mais encore, que craindrez-vous ? Craignez les occasions dans lesquelles votre innocence a fait tant de fois naufrage : craignez les occasions prochaines, car qui aime son péril, il aime sa mort ; craignez même les occasions éloignées, parce que, lors même que l'objet est loin, la faiblesse de notre cœur n'est toujours que trop proche et trop inhérente. Un homme, dit Tertullien[2], qui a vu dans une tempête le ciel mêlé avec la terre, à qui mille objets terribles ont rendu en tant de façons la mort présente, souvent renonce pour jamais à la navigation et à la mer : Ô mer, je ne te verrai plus, ni tes flots, ni tes abîmes, ni tes écueils, contre lesquels j'ai été si près d'échouer ; je ne te verrai plus que sur le port, encore ne sera-ce pas sans frayeur, tant l'image de mon péril demeure présente en ma pensée. C'est, mes Frères, ce qu'il nous faut faire : retirés saintement en Dieu et dans l'asile de sa vérité comme dans un port, regardons de loin nos périls, et les tempêtes qui nous ont battus, et les vents qui nous ont emportés ; mais, de nous y rengager témérairement, ô Dieu ! ne le faisons pas. Hélas ! ô vaisseau fragile et entr'ouvert de toutes parts, misérable jouet des flots et des vents, tu te jettes encore sur cette mer, dont les eaux sont si souvent entrées au fond de ton âme (tu sais bien ce que je veux dire) ; tu te rengages dans cette intrigue qui t'a emporté si loin hors du port, tu renoues ce commerce qui a soulevé en ton cœur toutes les tempêtes, et tu ne te défies pas d'une faiblesse trop et trop souvent expérimentée. Ha ! tu ne dois plus rien attendre qu'un dernier naufrage qui te précipitera au fond de l'abîme.

Jusques ici, Chrétiens, j'ai parlé à tous indifféremment ; mais notre sainte pénitente semble m'avertir
de donner en particulier quelques avis à son sexe.
Plutôt qu'elle leur parle elle-même, et qu'elle les instruise par ses saints exemples. Dans cette délicatesse
presque efféminée que notre siècle semble affecter,
il[1] ne sera pas inutile aux hommes[2].

Elle répand ses parfums, elle jette ses vains ornements, elle néglige ses cheveux : Mesdames, imitez
sa conversion. Une des précautions les plus nécessaires pour conserver la grâce de la pénitence, c'est
le retranchement de vos vanités. Car est-ce pas s'ac-
coutumer insensiblement à un grand mépris de
son âme, que d'avoir tant d'attache à parer son
corps ? La nécessité et la pudeur ont fait les premiers
habits ; la bienséance s'en étant mêlée, elle y a
ajouté quelques ornements ; la nécessité les avait
faits simples, la pudeur les faisait modestes ; la bienséance se contentait de les faire propres : la curiosité
s'y étant jointe, la profusion n'a plus de bornes ; et,
pour orner ce corps mortel et cette boue colorée,
presque toute la nature travaille, presque tous les
métiers suent, presque tout le temps se consume, et
toutes les richesses s'épuisent.

Ces excès sont criminels en tout temps, parce
qu'ils sont toujours opposés à la sainteté chrétienne,
à la modestie chrétienne, à la pénitence chrétienne ;
mais les peut-on maintenant souffrir, dans ces
extrêmes misères où, le ciel et la terre fermant leurs
trésors, ceux qui subsistaient par leur travail sont
réduits à la honte de mendier leur vie ; ou, ne trouvant plus de secours dans les aumônes particulières,
ils cherchent un vain refuge dans les asiles publics
de la pauvreté, je veux dire les hôpitaux, où, par la
dureté de nos cœurs, ils trouvent encore la faim et
le désespoir[3] ? Dans ces états déplorables, peut-on
songer à orner son corps, et ne tremble-t-on pas de

porter sur soi la subsistance, la vie, le patrimoine
des pauvres ? « Ô force de l'ambition, dit Tertullien,
de pouvoir porter sur soi seule ce qui pourrait faire
subsister tant d'hommes mourants ! *Hæ sunt vires
ambitionis, patrimonia pauperum uno eoque mulie-
bri corpusculo laborare*[1]. »

Que vous dirai-je maintenant, Mesdames, du temps
infini qui se perd dans de vains ajustements ? La
grâce de la pénitence porte une sainte précaution
pour conserver saintement le temps et le ménager
pour l'éternité ; et cependant on s'en joue, on le prodigue sans mesure jusqu'aux cheveux, c'est-à-dire la
chose la plus nécessaire à la chose la plus inutile. La
nature, qui ménage tout, jette les cheveux sur la tête
avec nonchalance, comme un excrément[2] superflu.
Ce que la nature a prodigué comme superflu, la
curiosité en fait une attache ; elle devient inventive et
ingénieuse pour se faire une étude d'une bagatelle, et
un emploi d'un amusement[3]. Madeleine ne le fait
pas ; elle méprise ces soins superflus, et se rend digne
d'entendre « qu'il n'y a plus qu'une chose qui soit
nécessaire[4] ». Est-ce ainsi que vous voulez réparer le
temps et le ménager pour l'éternité ?

Mais, ô Dieu ! pour qui vous parez-vous tant ? Ô
Dieu ! encore une fois, songez-vous bien à qui vous
préparez cette idole ? Si vous vous êtes donnée à
Dieu par la pénitence, pensez-vous lui pouvoir conserver longtemps sa conquête pendant que vous laisse-
rez encore flatter votre vanité à ces malheureuses
conquêtes qui lui arrachent les âmes qu'il a rachetées ? Ne me dites pas...[5] — *«Tu colis, qui facis ut
coli possint* : Tu fais plus que les adorer, parce que tu
leur donnes des adorateurs[6]. »

Quittez donc ces vains ornements, à l'exemple de
Madeleine, et revêtez-vous de la modestie, non seulement de la modestie, mais de la gravité chrétienne, qui doit être comme le partage de votre sexe.

Tertullien, qui a dit si sagement que la crainte était l'instrument de la pénitence, a dit avec le même bon sens que la gravité était la compagne et l'instrument nécessaire pour conserver la pudeur : *Quo pacto pudicitiam sine instrumento ejus, id est gravitate tractabimus*[1]*?* Je ne le remarque pas sans raison : je ne sais quelle fausse liberté s'est introduite en nos mœurs, qui laisse perdre le respect ; qui, sous prétexte de simplicité, nourrit la licence ; qui relâche toute retenue par un enjouement inconsidéré. Ha ! je n'ose penser les suites funestes de cette simplicité malheureuse. Il faut de la gravité et du sérieux pour conserver la pudeur entière, et faire durer longtemps la grâce de la pénitence.

Chrétiens, que cette grâce est délicate, et qu'elle veut être conservée précieusement ! Si vous voulez la garder, laissez-la agir dans toute sa force. Quittez le péché et toutes ses suites ; arrachez l'arbre et tous ses rejetons, guérissez la maladie avec tous ses symptômes dangereux. Ne menez pas une vie moitié sainte et moitié profane ; moitié chrétienne et moitié mondaine ; ou plutôt toute mondaine et toute profane, parce qu'elle n'est qu'à demi chrétienne et à demi sainte. Que je vois dans le monde de ces vies mêlées ! On fait profession de piété, et on aime encore les pompes du monde ; on est[2] des œuvres de charité, et on abandonne son cœur à l'ambition. Jésus-Christ ne se connaît plus dans un tel mélange. « La loi est déchirée, dit le saint prophète, et le jugement n'est pas venu à sa perfection : *Lacerata est lex, et non pervenit usque ad finem judicium*[3]. » La loi est déchirée : l'Évangile, le christianisme n'est en nos mœurs qu'à demi : nous cousons à cette pourpre royale un vieux lambeau de mondanité ; nous réformons quelque chose après la grâce de la pénitence ; nous condamnons le monde en quelque partie de sa cause, et il devait la perdre en tout point, parce qu'il n'y en a jamais eu de plus déplorée ; et ce peu que nous lui laissons, qui marque la pente du cœur, lui fera reprendre bientôt sa première autorité.

Par conséquent, Chrétiens, sortons de la pénitence avec une sainte résolution de ne donner rien au péché qui puisse le faire revivre ; il faut le condamner en tout et partout, et se donner sans réserve à Celui qui se donne à nous tout entier, premièrement dans le temps par les bienfaits de sa grâce, et ensuite dans l'éternité par le présent de sa gloire. *Amen.*

SERMON SUR LES DEVOIRS
DES ROIS

Dimanche des Rameaux, 2 avril

> *Dicite filiæ Sion: Ecce rex tuus venit tibi mansuetus, sedens super asinam.*
> Dites à la fille de Sion: Voici ton roi qui fait son entrée, plein de bonté et de douceur, assis sur une ânesse[1].

> (Matth., XXI, 5.)

Parmi toutes les grandeurs du monde, il n'y a rien de si éclatant qu'un jour de triomphe; et j'ai appris de Tertullien que ces illustres triomphateurs de l'ancienne Rome marchaient avec tant de pompe, que, de peur qu'étant éblouis d'une telle magnificence, ils ne s'élevassent enfin au-dessus de la condition humaine, un esclave qui les suivait avait charge de les avertir qu'ils étaient hommes: *Respice post te, hominem memento te*[2].

Le triomphe de mon Sauveur est bien éloigné de cette gloire; et, au lieu de l'avertir qu'il est homme, je me sens bien plutôt pressé de le faire souvenir qu'il est Dieu. Il semble, en effet, qu'il l'a oublié. Le prophète et l'évangéliste[3] concourent à nous montrer ce roi d'Israël monté, disent-ils, «sur une ânesse, *sedens super asinam*». Chrétiens, qui n'en rougirait? Est-ce là une entrée royale[4]? est-ce là un appareil de triomphe? Est-ce ainsi, ô Fils de David[5], que vous

montez au trône de vos ancêtres et prenez possession
de leur couronne ? Toutefois arrêtons, mes Frères, et
ne précipitons pas notre jugement. Ce roi, que tout le
peuple honore aujourd'hui par ses cris de réjouissance, ne vient pas pour s'élever au-dessus des
hommes par l'éclat d'une vaine pompe, mais plutôt
pour fouler aux pieds les grandeurs humaines ; et les
sceptres rejetés, l'honneur méprisé, toute la gloire
du monde anéantie font le plus grand ornement
de son triomphe. Donc, pour admirer cette entrée,
apprenons avant toutes choses à nous dépouiller de
l'ambition et à mépriser les grandeurs du monde. Ce
n'est pas une entreprise médiocre de prêcher cette
vérité à la cour[1], et nous avons besoin plus que jamais
d'implorer le secours d'en haut par les prières de la
sainte Vierge : *Ave, Maria.*

Jésus-Christ est roi par naissance ; il est roi par
droit de conquête ; il est roi par élection. Il est roi par
naissance, Fils de Dieu dans l'éternité, Fils de David
dans le temps. Il est roi par droit de conquête, et,
outre cet empire universel que lui donne sa toute-
puissance, il a conquis par son sang, et rassemblé
par sa foi, et policé par son Évangile un « peuple particulier, recueilli de tous les autres[2] ». Enfin, il est roi
par élection : nous l'avons choisi par le saint baptême, et nous ratifions tous les jours un si digne
choix par la profession du christianisme.

Un si grand roi doit régner : sans doute qu'une
royauté si réelle et fondée sur tant de titres augustes,
ne peut pas être sans quelque empire. Il règne en
effet par sa puissance dans toute l'étendue de l'univers ; mais il a établi les rois chrétiens pour être les
principaux instruments de cette puissance : c'est à
eux qu'appartient la gloire de faire régner Jésus-
Christ ; ils doivent le faire régner sur eux-mêmes, ils
doivent le faire régner sur leurs peuples.

Dans le dessein que je me propose de traiter aujour-
d'hui ces deux vérités, je me garderai plus que jamais
de rien avancer de mon propre sens. Que serait-ce
qu'un particulier qui se mêlerait d'enseigner les rois ?
Je suis bien éloigné de cette pensée : aussi on n'entendra de ma bouche que les oracles de l'Écriture,
les sages avertissements des papes, les sentences des
saints évêques, dont les rois et les empereurs ont
révéré la sainteté et la doctrine. Et d'abord, pour établir mon sujet, j'ouvre l'Histoire sainte pour y lire le
sacre du roi Joas, fils du roi Joram [1].

Une mère dénaturée [2], et bien éloignée de celle
dont la constance infatigable n'a eu de soin ni d'application que pour rendre à un fils illustre son autorité aussi entière qu'elle lui avait été déposée, avait
dépouillé ce jeune prince [3] et usurpé sa couronne
durant son bas âge. Mais le pontife et les grands
ayant fait une sainte ligue pour le rétablir dans son
trône, voici mot à mot, Chrétiens, ce que dit le texte
sacré : «Ils produisirent le fils du roi devant tout le
peuple : ils mirent sur sa tête le diadème et le témoignage ; ils lui donnèrent la Loi en sa main, et ils
l'établirent roi [4]» ; Joïada, souverain pontife, fit la
cérémonie de l'onction ; toute l'assistance fit des
vœux pour le nouveau prince, et on fit retentir le
Temple du cri : «Vive le roi ! *Imprecatique sunt ei,
atque dixerunt : Vivat rex* [5] !»

Quoique tout cet appareil soit merveilleux, j'admire sur toutes choses cette belle cérémonie de
mettre la Loi sur la tête et la Loi dans la main du
nouveau monarque : car ce témoignage que l'on met
sur lui avec son diadème, n'est autre chose que la
loi de Dieu, qui est un témoignage au Prince pour le
convaincre et le soumettre dans sa conscience, mais
qui doit trouver dans ses mains une force qui exécute, et qui fléchisse les peuples par le respect de
l'autorité.

Sire, je supplie Votre Majesté de se représenter
aujourd'hui que Jésus-Christ Roi des rois, et Jésus-
Christ souverain Pontife, pour accomplir ces figures[1],
met son Évangile sur votre tête et son Évangile en
vos mains ; ornement auguste et royal, digne d'un roi
très chrétien et d'un fils aîné de l'Église[2]. L'Évangile
sur votre tête vous donne plus d'éclat que votre couronne ; l'Évangile en vos mains vous donne plus
d'autorité que votre sceptre. Mais l'Évangile sur votre
tête, c'est pour vous inspirer l'obéissance ; l'Évangile
en vos mains, c'est pour l'imprimer dans tous vos
sujets. Et par là, Votre Majesté voit assez, premièrement que Jésus-Christ veut régner sur vous : c'est ce
que je montrerai dans mon premier point ; et que,
par vous, il veut régner sur vos peuples : mon second
point le fera connaître. Et c'est tout le sujet de ce
discours.

PREMIER POINT

« Les rois règnent par moi, dit la Sagesse éternelle : *Per me reges regnant*[3] » ; et de là, nous devons
conclure non seulement que les droits de la royauté
sont établis par ses lois, mais que le choix des personnes est un effet de sa providence. Et certes il ne
faut pas croire que le monarque du monde, si persuadé de sa puissance et si jaloux de son autorité,
endure dans son empire qu'aucun y ait le commandement sans sa commission particulière. Par lui,
tous les rois règnent : et ceux que la naissance établit, parce qu'il est le maître de la nature ; et ceux
qui viennent par choix, parce qu'il préside à tous les
conseils, et il n'y a sur la terre « aucune puissance
qu'il n'ait ordonnée : *Non est potestas, nisi a Deo*[4] »,
dit l'oracle de l'Écriture.

Quand il veut faire des conquérants, il fait marcher devant eux son esprit de terreur pour effrayer les peuples qu'il leur veut soumettre. «Il les prend par la main», dit le prophète Isaïe[1]. « Voici ce qu'a dit le Seigneur à Cyrus, mon oint: Je marcherai devant toi, et je tournerai devant ta face le dos des rois ennemis; je rompraierai les barres de fer, je briserai les portes d'airain; j'humilierai à tes pieds toutes les grandeurs de la terre[2]. »

Quand le temps fatal est venu, qu'il a marqué dès l'éternité à la durée des empires, ou il les renverse par la force: «Je frapperai, dit-il, tout le royaume d'Israël, je l'arracherai jusqu'à la racine, je le jetterai où il me plaira, comme un roseau que les vents emportent[3]»; ou «il mêle dans les conseils un esprit de vertige, qui fait errer l'Égypte incertaine, comme un homme enivré[4]»: en sorte qu'elle s'égare tantôt en des conseils extrêmes qui désespèrent, tantôt en des conseils lâches qui détruisent toute la force de la majesté. Et même lorsque les conseils sont modérés et vigoureux, Dieu les réduit en fumée par une conduite cachée et supérieure; parce qu'il est «profond en pensée[5], terrible en conseils par-dessus les enfants des hommes[6]»; parce que ses «conseils étant éternels[7]», et embrassant dans leur ordre toute l'universalité des causes, «ils dissipent avec une facilité toute-puissante les conseils toujours incertains des nations et des princes: *Dominus dissipat consilia gentium, reprobat autem cogitationes populorum, et reprobat consilia principum[8]*».

C'est pourquoi un roi sage, un roi capitaine, victorieux, intrépide, expérimenté, confesse à Dieu humblement que c'est «lui qui soumet ses peuples sous sa puissance: *Qui subdit populum meum sub me[9]*». Il regarde cette multitude infinie comme un abîme immense, d'où s'élèvent quelquefois des flots qui étonnent[10] les pilotes les plus hardis. Mais, comme il sait que c'est le Seigneur qui «domine à la puissance

de la mer» et qui «adoucit ses vagues irritées[1]»,
voyant son état si calme qu'il n'y a pas le moindre
souffle qui en trouble la tranquillité: «Ô mon Dieu,
[dit-il,] vous êtes mon protecteur; c'est vous qui
faites fléchir sous mes lois ce peuple innombrable:
Protector meus, et in ipso speravi[2].»

Pour établir cette puissance qui représente la
sienne, Dieu met sur [le] front des souverains et sur
leur visage une marque de divinité. C'est pourquoi le
patriarche Joseph ne craint point de jurer par la tête
et par le salut de Pharaon[3], comme par une chose
sacrée; il ne croit pas outrager celui qui a dit: «Vous
jurerez seulement au nom du Seigneur[4]», parce qu'il
a fait dans le Prince une image mortelle de son
immortelle autorité. «Vous êtes des dieux, dit David,
et vous êtes tous enfants du Très-Haut[5].» Mais, ô
dieux de chair et de sang, ô dieux de terre et de poussière, «vous mourrez comme des hommes[6]». N'importe, vous êtes des dieux, encore que vous mouriez,
et votre autorité ne meurt pas: cet esprit de royauté
passe tout entier à vos successeurs, et imprime partout la même crainte, le même respect, la même
vénération. L'homme meurt, il est vrai; mais le Roi,
disons-nous[7], ne meurt jamais: l'image de Dieu est
immortelle.

Il est donc aisé de comprendre que, de tous les
hommes vivants, aucuns ne doivent avoir dans l'esprit la majesté de Dieu plus imprimée que les rois:
car comment pourraient-ils oublier Celui dont ils
portent toujours en eux-mêmes une image si vive, si
expresse, si présente[8]? Le Prince sent en son cœur
cette vigueur, cette fermeté, cette noble confiance de
commander: il voit qu'il ne fait que mouvoir les
lèvres et aussitôt que tout se remue d'une extrémité
du royaume à l'autre. Et combien donc doit-il penser
que la puissance de Dieu est active! Il pénètre les
intrigues les plus secrètes: «Les oiseaux du ciel lui

rapportent tout[1]. » Il a même reçu de Dieu, par l'expérience des affaires, une certaine pénétration qui fait penser qu'il devine : *Divinatio in labiis regis*[2]. Et quand il a pénétré les trames les plus secrètes, avec ses mains longues et étendues il va prendre ses ennemis aux extrémités du monde, et les déterre, pour ainsi dire, du fond des abîmes où ils cherchaient un vain asile. Combien donc lui est-il facile de s'imaginer que les mains et le regard de Dieu est inévitable[3] ! Mais quand il voit les peuples soumis, « obligés, dit l'Apôtre, à lui obéir, non seulement pour la crainte, mais encore pour la conscience[4] », peut-il jamais oublier ce qui est dû au Dieu vivant et éternel, à qui tous les cœurs parlent, pour qui toutes les consciences n'ont plus de secret ? C'est là, c'est là, sans doute, que tout ce qu'inspire le devoir, tout ce qu'exécute la fidélité, tout ce que feint la flatterie, tout ce que le Prince exige lui-même de l'amour, de l'obéissance, de la gratitude de ses sujets, lui est une leçon perpétuelle de ce qu'il doit à son Dieu, à son souverain. C'est pourquoi saint Grégoire de Nazianze, prêchant à Constantinople en présence des empereurs, les invite par ces beaux mots à réfléchir sur eux-mêmes pour contempler la grandeur de la Majesté divine : « Ô monarques, respectez votre pourpre ; révérez votre propre autorité, qui est un rayon de celle de Dieu ; connaissez le grand mystère de Dieu en vos personnes : les choses célestes sont à lui seul, il partage avec vous les inférieures ; soyez donc les sujets de Dieu comme vous en êtes les images[5]. »

Tant de fortes considérations doivent presser vivement les rois de mettre l'Évangile sur leur tête, d'avoir toujours les yeux attachés à cette loi supérieure, de ne se permettre rien de ce que Dieu ne leur permet pas, de ne souffrir jamais que leur puissance s'égare hors des bornes de la justice chrétienne. Certes ils donneraient au Dieu vivant un trop juste sujet de

reproche, si, parmi tant de biens qu'il leur fait, ils en
allaient encore chercher dans les plaisirs qu'il leur
défend, s'ils employaient contre lui la puissance qu'il
leur accorde, s'ils violaient eux-mêmes les lois dont
ils sont établis les protecteurs.

C'est ici le péril des grands de la terre. Comme les
autres hommes, ils ont à combattre leurs passions ;
par-dessus les autres hommes, ils ont à combattre
leur propre puissance. Car, comme il est absolument
nécessaire à l'homme d'avoir quelque chose qui le
retienne, les puissances sous qui tout fléchit doivent
elles-mêmes se servir de bornes. C'est là, disait un
grand pape, la plus grande science de la royauté ; et
voici, dans une sentence de saint Grégoire, la vérité
la plus nécessaire que puisse jamais entendre un roi
chrétien : « Nul ne sait user de la puissance, que celui
qui la sait contraindre[1] » ; celui-là sait maintenir son
autorité, qui ne souffre ni aux autres de la diminuer,
ni à elle-même de s'étendre trop ; qui la soutient au
dehors et qui la réprime au dedans ; enfin qui, se
résistant à lui-même, fait par un sentiment de justice
ce qu'aucun autre ne pourrait entreprendre sans
attentat[2] : *Bene potestatem exercet, qui eam et retinere
noverit et expugnare[3]*. Mais que cette épreuve est
difficile ! que ce combat est dangereux ! et qu'il est
malaisé à l'homme, pendant que tout le monde lui
accorde tout, de se refuser quelque chose ! Et n'est-
ce point peut-être le sentiment d'une épreuve si délicate qui fait dire à un grand roi pénitent : « Je me suis
répandu comme de l'eau[4] » ? Cette grande puissance
semblable à l'eau, n'ayant point trouvé d'empêche-
ment, s'est laissée aller à son poids et n'a pas pu se
retenir.

Vous qui arrêtez les flots de la mer, ô Dieu, donnez des bornes à cette eau coulante[5], par la crainte
de vos jugements et par l'autorité de votre Évangile !
Régnez, ô Jésus-Christ, sur tous ceux qui règnent :

qu'ils vous craignent du moins, puisqu'ils n'ont que vous seul à craindre ; et, ravis de ne dépendre que de vous, qu'ils soient du moins toujours ravis d'en dépendre [1] !...

DEUXIÈME POINT

Le royaume de Jésus-Christ, c'est son Église catholique ; et j'entends ici, par l'Église, toute la société du peuple de Dieu. Il règne dans les États, lorsque l'Église y fleurit ; et voici en peu de paroles, selon les oracles des prophètes, la grande et mémorable destinée de cette Église catholique. Elle a dû être établie malgré les rois de la terre ; et, dans la suite des temps, elle a dû les avoir pour protecteurs.

Un même psaume de David prédit en termes formels ces deux états de l'Église : « *Quare fremuerunt gentes ?* Pourquoi les peuples se sont-ils émus, et ont-ils médité des choses vaines ? Les rois de la terre se sont assemblés, et les princes ont fait une ligue contre le Seigneur et contre son Christ [2]. » Ne voyez-vous pas, Chrétiens, les empereurs et les rois frémissant contre l'Église naissante, qui cependant, toujours humble et toujours soumise, ne défendait que sa conscience ? Dieu voulait paraître tout seul dans l'établissement de son Église ; car écoutez ce qu'ajoute le même Psalmiste : « Celui qui habite au ciel se moquera d'eux, et l'Éternel se rira de leurs entreprises : *Qui habitabit in cœlis, irridebit eos* [3]. » Ô rois, qui voulez tout faire, il ne plaît pas au Seigneur que vous ayez nulle part dans l'établissement de son grand ouvrage. Il lui plaît que des pêcheurs [4] fondent son Église, et qu'ils l'emportent sur les empereurs.

Mais, quand leur victoire sera bien constante, et que le monde ne doutera plus que l'Église, dans sa faiblesse, n'ait été plus forte que lui avec toutes ses

puissances, vous viendrez à votre tour, ô empereurs,
au temps qu'il a destiné ; et on vous verra baisser
humblement la tête devant les tombeaux de ces
pêcheurs. Alors l'état de l'Église sera changé. Pendant que l'Église prenait racine par ses croix et par
ses souffrances, les empereurs, disait Tertullien[1], ne
pouvaient pas être chrétiens, parce que le monde,
qui la tourmentait, devait les avoir à sa tête. « Mais
maintenant, dit le saint Psalmiste : *Et nunc, reges,
intelligite*[2] » ; maintenant qu'elle est établie, et que la
main de Dieu s'est assez montrée, il est temps que
vous veniez, ô rois du monde : commencez à ouvrir
les yeux à la vérité ; « apprenez » la véritable justice,
qui est la justice de l'Évangile, « ô vous qui jugez la
terre[3]. Servez le Seigneur en crainte : *Servite Domino
in timore*[4] » ; dilatez maintenant son règne, servez
le Seigneur. De quelle sorte le servirez-vous ? Saint
Augustin nous le va dire : « Servez-le comme des
hommes particuliers, en obéissant à son Évangile,
comme nous avons déjà [dit] ; mais servez-le aussi
comme rois, en faisant pour son Église ce qu'aucuns[5] ne peuvent faire sinon les rois : *In hoc serviunt
Domino reges, in quantum sunt reges, cum ea faciunt,
ad serviendum illi, quæ non possunt facere nisi
reges*[6]. » Et quels sont ces services si considérables
que l'Église exige des rois comme rois ? De se rendre
les défenseurs de sa foi, les protecteurs de son autorité, les gardiens et les fauteurs[7] de sa discipline.

Sa foi, c'est le dépôt, c'est le grand trésor, c'est le
fondement de l'Église. De tous les miracles visibles
que Dieu a faits pour cet empire, le plus grand, le plus
mémorable, et qui nous doit attacher le plus fortement
aux rois qu'il nous a donnés, c'est la pureté de leur foi.
Le trône que remplit notre grand monarque est le seul
de tout l'univers où, depuis la première conversion[8],
jamais il ne s'est assis que des princes enfants de
l'Église. L'attachement de nos rois pour le Saint Siège

apostolique semble leur avoir communiqué quelque chose de la fermeté immobile de cette première Pierre[1] sur laquelle l'Église est appuyée ; et c'est pourquoi un grand pape, c'est saint Grégoire, a donné dès les premiers siècles cet éloge incomparable à la couronne de France, qu'elle est autant au-dessus des autres couronnes du monde que la dignité royale surpasse les fortunes particulières[2]. Un si saint homme regardait sans doute plus encore la pureté de la foi que la majesté du trône ; mais qu'aurait-il dit, Chrétiens, s'il avait vu durant douze siècles cette suite non interrompue de rois catholiques ? S'il a élevé si haut la race de Pharamond[3], combien aurait-il célébré la postérité de saint Louis ! et s'il en a tant écrit à Childebert, qu'aurait-il dit de Louis Auguste[4] ?

Sire, Votre Majesté saura bien soutenir de tout son pouvoir ce sacré dépôt de la foi, le plus précieux et le plus grand qu'elle ait reçu des rois, ses ancêtres. Elle éteindra dans tous ses États les nouvelles partialités[5]. Et quel serait votre bonheur, quelle la gloire de vos jours, si vous pouviez encore guérir toutes les blessures anciennes ! Sire, après ces dons extraordinaires que Dieu vous a départis si abondamment, et pour lesquels Votre Majesté lui doit des actions de grâces immenses, elle ne doit désespérer d'aucun avantage qui soit capable de signaler la félicité de son règne : et peut-être, car qui sait les secrets de Dieu ? peut-être qu'il a permis que Louis le Juste[6], de triomphante mémoire, se soit rendu mémorable éternellement en renversant le parti qu'avait formé l'hérésie, pour laisser à son successeur la gloire de l'étouffer tout entière par un sage tempérament[7] de sévérité et de patience. Sire, quoi qu'il en soit, et laissant à Dieu l'avenir, nous supplions Votre Majesté qu'elle ne se lasse jamais de faire rendre toujours aux oracles du Saint-Esprit et aux décisions du [Saint Siège] une obéissance non feinte[8] ; afin que toute l'Église catholique puisse dire d'un si grand roi, après saint Grégoire : «Nous devons prier sans cesse pour notre monarque très religieux et très chrétien, et pour la reine, sa très digne épouse, qui est un miracle de douceur et de piété, et pour son fils sérénissime, notre prince, notre espérance[1]» : — s'il vivait en nos jours, qui doute qu'il n'eût dit encore avec joie : Pour la reine, son auguste mère[2], dont le zèle ardent et infatigable aurait bien dû être consacré par les louanges d'un si grand pape ? — nous devons donc prier sans relâche pour toutes ces personnes augustes, «pendant le temps desquelles (voici un éloge admirable) les bouches des hérétiques sont fermées», et leurs nouveautés[3] n'osent se produire : *Quorum temporibus hæreticorum ora conticescunt*[4]. Mais reprenons le fil de notre discours.

L'Église a tant travaillé pour l'autorité des rois, qu'elle a sans doute bien mérité qu'ils se rendent les protecteurs de la sienne. Ils régnaient sur les corps par la crainte, et tout au plus sur les cœurs par l'inclination. L'Église leur a ouvert une place plus vénérable : elle les a fait régner dans la conscience. C'est là qu'elle les a fait asseoir dans un trône, en présence et sous les yeux de Dieu même : quelle merveilleuse dignité ! Elle a fait un des articles de sa foi de la sûreté de leur personne sacrée, un devoir de sa religion de l'obéissance qui leur est due[5]. C'est elle qui va arracher jusqu'au fond du cœur, non seulement les premières pensées de rébellion, mais encore et les plaintes et les murmures ; et, pour ôter tout prétexte de soulèvement contre les puissances légitimes, elle a enseigné constamment, et par sa doctrine, et par son exemple, qu'il en faut tout souffrir, jusqu'à l'injustice, par laquelle s'exerce invisiblement la justice même de Dieu.

Après des services si importants, une juste reconnaissance obligeait les princes chrétiens à maintenir

l'autorité de l'Église, qui est celle de Jésus-Christ
même. Non, Jésus-Christ ne règne pas, si son Église
n'est autorisée : les monarques pieux l'ont bien
reconnu ; et leur propre autorité, je l'ose dire, ne leur
a pas été plus chère que l'autorité de l'Église. Ils ont
fait quelque chose de plus : cette puissance souveraine, qui doit donner le branle[1] dans les autres
choses, n'a pas jugé indigne d'elle de ne faire que
seconder dans toutes les affaires ecclésiastiques ; et
un roi de France empereur n'a pas cru se rabaisser
trop, lorsqu'il écrit aux prélats qu'il les assure de son
appui dans les fonctions de leur ministère, « afin, dit
ce grand roi, que notre puissance royale servant,
comme il est convenable, à ce que demande votre
autorité, vous puissiez exécuter vos décrets : *Ut nostro
auxilio suffulti, quod vestra auctoritas exposit, famu-
lante, ut decet, potestate nostra, perficere valeatis*[2] ».
   Mais, ô sainte autorité de l'Église, frein nécessaire
de la licence et unique appui de la discipline, qu'es-
tu maintenant devenue ? Abandonnée par les uns et
usurpée par les autres, ou elle est entièrement abo-
lie, ou elle est dans des mains étrangères. Mais il faudrait un trop long discours pour exposer ici toutes
ses plaies. Sire, cette affaire est digne que Votre
Majesté s'y applique ; et, dans la réformation générale de tous les abus de l'État, qui est due à la gloire
de votre règne, l'Église et son autorité, tant de fois
blessée, recevront leur soulagement de vos mains
royales.
   Et comme cette autorité de l'Église n'est pas faite
pour l'éclat d'une vaine pompe, mais pour l'établissement des bonnes mœurs et de la véritable piété,
c'est ici principalement que les monarques chrétiens
doivent faire régner Jésus-Christ sur les peuples qui
leur obéissent ; et voici en peu de mots quels sont leurs
devoirs, comme le Saint-Esprit nous les représente.
   Le premier et le plus connu, c'est d'exterminer les

blasphèmes[1]. Jésus-Christ est un grand roi, et le
moindre respect que l'on doive aux rois, c'est de parler d'eux avec honneur. Un roi ne permet pas dans
ses États qu'on parle irrévéremment même d'un roi
étranger, même d'un roi ennemi, tant le nom de roi
est vénérable partout où il se rencontre! Eh quoi
donc! ô Jésus-Christ, Roi des rois, souffrira-t-on
qu'on vous méprise et qu'on vous blasphème, même
au milieu de votre empire? Quelle serait cette indi-
gnité! Ha! jamais un tel reproche ne ternira la répu-
tation de mon roi. Sire, un regard de votre face sur
ces blasphémateurs et sur ces impies, afin qu'ils
n'osent paraître, et qu'on voie s'accomplir en votre
règne ce qu'a prédit le prophète [Amos], que «la
cabale des libertins sera renversée: *Auferetur factio
lascivientium*[2]».

Non seulement les blasphèmes, mais tous les crimes
publics et scandaleux doivent être le juste objet de
l'indignation du prince. «Le roi, dit Salomon, assis
dans le trône de son jugement, dissipe tout le mal par
sa présence[3].» Voyez qu'aucun mal ne doit échapper
à la justice du prince. Mais si le prince entreprend
d'exterminer tous les pécheurs, la terre sera déserte
et son empire désolé. Remarquez aussi, Chrétiens,
ces paroles de Salomon: il ne veut pas que le prince
prenne son glaive contre tous les crimes; mais il n'y
en a toutefois aucun qui doive demeurer impuni,
parce qu'ils doivent être confondus par la présence
d'un prince vertueux et innocent. Voici quelque
chose de merveilleux et bien digne de la majesté des
rois: leur vie chrétienne et religieuse doit être le
juste supplice de tous les pécheurs scandaleux, qui
sont confondus et réprimés[4] par leur vertu. Qu'ils
fassent donc régner Jésus-Christ par l'exemple de
leur vie, qui soit une loi vivante de probité. Car ce
qu'ils feront de bien ou de mal dans une place si
haute, étant exposé à la vue de tous, sert de règle à

tout leur empire. Et c'est pourquoi, dit saint Ambroise, « le prince doit bien méditer qu'il n'est pas dispensé des lois ; mais que, lorsqu'il cesse de leur obéir, il semble en dispenser tout le monde par l'autorité de son exemple : *Nec legibus rex solutus est, sed, si peccat, leges suo solvit exemplo*[1] ».

Enfin le dernier devoir des princes pieux et chrétiens, et le plus important de tous pour faire régner Jésus-Christ dans leurs états, c'est qu'après avoir dissipé les vices, à la manière que nous avons dite, ils doivent élever, défendre, favoriser la vertu ; et je ne puis mieux exprimer cette vérité que par ces beaux mots de saint Grégoire dans une lettre qu'il écrit à l'empereur Maurice ; c'est à Votre Majesté qu'il parle : « C'est pour cela, lui dit-il, que la puissance souveraine vous a été accordée d'en haut sur tous les hommes, afin que la vertu soit aidée, afin que la voie du ciel soit élargie, et que l'empire terrestre serve à l'empire du ciel[2]. »

N'avez-vous pas remarqué cette noble obligation que ce grand pape impose aux rois, d'élargir les voies du ciel ? Il faut expliquer sa pensée en peu de paroles. Ce qui rend la voie du ciel si étroite[3], c'est que la vertu véritable est ordinairement méprisée ; car, comme elle se tient toujours dans ses règles, elle n'est ni assez souple, ni assez flexible pour s'accommoder aux humeurs, ni aux passions, ni aux intérêts des hommes : c'est pourquoi elle semble inutile au monde ; et le vice paraît bien plutôt, parce qu'il est plus entreprenant. Car écoutez parler les hommes du monde dans le livre de la Sapience : « Le juste, disent-ils, nous est inutile : *Inutilis est nobis*[4] » ; il n'est pas propre à notre commerce, il n'est pas commode à nos négoces : il est trop attaché à son droit chemin pour entrer dans nos voies détournées. Comme donc il est inutile, on se résout facilement à le laisser là, et ensuite à l'opprimer ; c'est pourquoi ils disent : «Trompons le juste, parce qu'il nous est inutile[1].» Élevez-vous, puissances suprêmes ; voici un emploi digne de vous. Voyez comme la vertu est contrainte de marcher dans des voies serrées ; on la méprise, on l'accable : protégez-la ; tendez-lui la main, faites-vous honneur en la cherchant ; élargissez les voies du ciel, rétablissez ce grand chemin et rendez-le plus facile. Pour cela, aimez la justice : qu'aucuns ne craignent sous votre empire, sinon les méchants ; qu'aucuns n'espèrent, sinon les bons.

Ha ! Chrétiens, la justice, c'est la véritable vertu des monarques et l'unique appui de la majesté. Car qu'est-ce que la majesté ? Ce n'est pas une certaine prestance qui est sur le visage du prince et sur tout son extérieur ; c'est un éclat plus pénétrant, qui porte dans le fond des cœurs une crainte respectueuse. Cet éclat vient de la justice, et nous en voyons un bel exemple dans l'histoire du roi Salomon. «Ce prince, dit l'Écriture, s'assit dans le trône de son père, et il plut à tous[2].» Voilà un prince aimable, qui gagne les cœurs par sa bonne grâce. Il faut quelque chose de plus fort pour établir la majesté, et c'est la justice qui le donne. Car, après ce jugement mémorable de Salomon[3], écoutez le texte sacré : «Tout Israël, dit l'Écriture, apprit que le roi avait jugé, et ils craignirent le roi, voyant que la sagesse de Dieu était en lui[4].» Sa mine relevée le faisait aimer, mais sa justice le fait craindre, de cette crainte de respect qui ne détruit pas l'amour, mais qui le rend plus sérieux et plus circonspect. C'est cet amour mêlé de crainte que la justice fait naître, et avec lui le caractère véritable de la majesté.

Donc, ô rois, dit l'Écriture, «aimez la justice[5]». Mais, pour pratiquer la justice, connaissez la vérité, et, pour connaître la vérité, mettez-vous en état de l'apprendre. Salomon, possédé d'un désir immense de rendre la justice à son peuple, fait à Dieu cette prière : « Je suis, dit-il, ô Seigneur, un jeune prince, qui ne sais point encore l'expérience, qui est la maîtresse des rois[1]. » En passant, ne croyez pas qu'il parle ainsi par faiblesse de courage : il paraissait devant ses juges avec la plus haute fermeté, et il avait déjà fait sentir aux plus grands de son État qu'il était le maître ; mais, quand il parle à Dieu, il ne rougit point de trembler devant une telle majesté, ni de confesser son ignorance, compagne nécessaire de l'humanité. Après quoi, le désir de rendre justice lui met cette parole en la bouche : « Donnez donc à votre serviteur un cœur docile, afin qu'il puisse juger votre peuple, et discerner entre le bien et le mal[2]. » Ce cœur docile, qu'il demande, n'est point un cœur incertain et irrésolu, car la justice est résolutive[3], et ensuite elle est inflexible ; mais elle ne se fixe jamais qu'après qu'elle est informée, et c'est pour l'instruction qu'elle demande un cœur docile. Telle est la prière de Salomon.

Mais voyons ce que Dieu lui donne en exauçant sa prière. « Dieu donna, dit l'Écriture, une sagesse merveilleuse à Salomon et une prudence très exacte[4]. » Remarquez la sagesse et la prudence : la prudence pour bien pénétrer les faits ; la sagesse, pour posséder les règles de la justice. Et, pour obtenir ces deux choses, voici le mot important : « Dieu lui donna, dit l'Histoire sainte, une étendue de cœur comme le sable de la mer[5]. » Sans cette merveilleuse étendue de cœur, on ne connaît jamais la vérité. Car les hommes, et particulièrement les princes, ne sont pas si heureux que la vérité vienne à eux de droit fil, pour ainsi dire, et d'un seul endroit[6]. Il faut donc un cœur étendu pour recueillir la vérité deçà et delà, partout où l'on en découvre quelque vestige : et c'est pourquoi il ajoute, « un cœur étendu comme le sable de la mer », c'est-à-dire capable d'un détail infini, de[s] moindres particularités, de toutes les circonstances les plus menues, pour former un jugement droit et assuré. Tel était le roi Salomon. Ne disons pas, Chrétiens, ce que nous pensons de Louis Auguste, et, retenant en nos cœurs les louanges que nous donnons à sa conduite, faisons quelque chose qui soit plus digne de ce lieu. Tournons-nous au Dieu des armées et faisons une prière pour notre roi :

Ô Dieu, donnez à ce prince cette sagesse, cette étendue, cette docilité modeste, mais pénétrante, que désirait Salomon. Ce serait trop vous demander pour un homme que de vous prier, ô Dieu vivant, que le Roi ne fût jamais surpris[1]. C'est le privilège de votre science de n'être pas exposée à la tromperie. Mais faites que la surprise ne l'emporte pas, et que ce grand cœur ne change jamais que pour céder à la vérité. Ô Dieu ! faites qu'il la cherche ; ô Dieu ! faites qu'il la trouve : car, pourvu qu'il sache la vérité, vous lui avez fait le cœur si droit que nous ne craignons rien pour la justice.

Sire, vous savez les besoins de vos peuples, le fardeau excédant [leurs] forces dont [ils sont] chargés. Il se remue pour Votre Majesté quelque chose d'illustre et de grand, et qui passe la destinée des rois, vos préd\'ec[esseurs] : soyez fidèle à Dieu, et ne mettez point [d'obstacle] par vos péchés aux choses qui se préparent : portez la gloire de votre nom et celle du nom français à une telle hauteur qu'il n'y ait plus rien à vous souhaiter que la félic[ité éternelle].

SERMON SUR LA PASSION
DE NOTRE-SEIGNEUR[1]

Vendredi saint, 7 avril

> *Hic est... sanguis meus Novi Testamenti.*
> C'est ici mon sang, le sang du Nouveau
> Testament.
>
> (Matth., XXVI, 28.)

Le testament de Jésus-Christ a été scellé et cacheté
durant tout le cours de sa vie. Il est ouvert aujour-
d'hui publiquement sur le Calvaire pendant que l'on
y étend Jésus à la croix. C'est là qu'on voit ce testament gravé en caractères sanglants sur sa chair indignement déchirée ; autant de plaies, autant de lettres ;
autant de gouttes de sang qui coulent de cette victime
innocente, autant de traits qui portent empreintes
les dernières volontés de ce divin testateur[2]. Heureux ceux qui peuvent entendre cette belle et admirable disposition que Jésus a faite en notre faveur, et
qu'il a confirmée par sa mort cruelle ! Nul ne peut
connaître cette écriture, que l'esprit de Jésus ne
l'éclaire et que le sang de Jésus ne le purifie. Ce testament est ouvert à tous, et les Juifs et les Gentils
voient le sang et les plaies ; mais «ceux-là n'y voient
que scandale, et ceux-ci n'y voient que folie[3]». Il n'y
a que nous, Chrétiens, qui apprenons de Jésus-Christ
même que le sang qui coule de ses blessures est le
sang du Nouveau Testament ; et nous sommes ici

assemblés, non tant pour écouter que pour voir nous-mêmes dans la Passion du Fils de Dieu la dernière volonté de ce cher Sauveur, qui nous a donné toutes choses, quand il s'est lui-même donné pour être le prix de nos âmes.

Il y a dans un testament trois choses considérables : on regarde en premier lieu si le testament est bon et valide ; on regarde en second lieu de quoi dispose le testateur en faveur de ses héritiers ; et on regarde en troisième lieu ce qu'il leur ordonne. Appliquons ceci, Chrétiens, à la dernière volonté de Jésus mourant : voyons la validité de ce testament mystique, par le sang et par la mort du testateur ; voyons la munificence de ce testament, par les biens que Jésus-Christ nous y laisse ; voyons l'équité de ce testament, par les choses qu'il nous y ordonne. Disons encore une fois, afin que tout le monde l'entende, et proposons le sujet de tout ce discours. J'ai dessein de vous faire lire le testament de Jésus, écrit et enfermé dans sa Passion ; pour cela, je vous montrerai combien ce testament est inébranlable, parce que Jésus-Christ l'a écrit de son propre sang ; combien ce testament nous est utile, parce que Jésus nous y laisse la rémission de nos crimes ; combien ce testament est équitable, parce que Jésus nous y ordonne «la société de ses souffrances[1]». Voilà les trois points de ce discours. Le premier nous expliquera le fond du mystère de la Passion, et les deux autres en feront voir l'application et l'utilité : c'est ce que j'espère de vous faire entendre avec le secours de la grâce[2].

PREMIER POINT

Comme toutes nos prétentions sont uniquement appuyées sur la dernière disposition de Jésus mourant, il faut établir avant toutes choses la validité de cet acte, qui est notre titre fondamental ; ou plutôt, comme ce que fait Jésus-Christ se soutient assez de soi-même, il ne faut pas tant l'établir qu'en méditer attentivement la fermeté immobile, afin d'appuyer dessus notre foi. Considérons donc, Chrétiens, quelle est la nature du testament de Jésus : disons en peu de paroles ce qui sera de doctrine, et seulement pour servir d'appui ; et ensuite venons bientôt à l'application[1]. Un testament, pour être valide, doit être fait selon les lois. Chaque peuple, chaque nation a ses lois particulières ; Jésus, soumis et obéissant, avait reçu la sienne de son Père ; et comme, dans l'ordre des choses humaines, il y a des testaments qui doivent être écrits tout entiers de la propre main du testateur[2], celui de notre Sauveur a ceci de particulier, qu'il devait être écrit de son propre sang et ratifié par sa mort, et par sa mort violente. Dure condition, qui est imposée à ce charitable testateur ; mais condition nécessaire, que saint Paul nous a expliquée dans la divine Épître aux Hébreux. « Un testament, dit ce grand apôtre[3], n'a de force que par le décès de celui qui teste : tant qu'il vit, le testament n'a pas son effet ; de sorte que c'est la mort qui le rend fixe et invariable. » C'est la loi générale des testaments. « Il fallait donc, dit l'Apôtre, que Jésus mourût, afin que le Nouveau Testament, qu'il a fait en notre faveur, fût confirmé par sa mort. » Une mort commune ne suffisait pas : il fallait qu'elle fût tragique et sanglante ; il fallait que tout son sang fût versé et toutes ses veines épuisées, afin qu'il nous pût dire aujourd'hui : « Ce sang, que vous voyez répandu pour la rémission des péchés, c'est le sang du Nouveau Testament[4] », qui est rendu immuable par ma mort cruelle et ignominieuse : *Hic est... sanguis meus...*

Que si vous me demandez pourquoi ce Fils bien-aimé avait reçu d'en haut cette loi si dure, de ne pou-

voir disposer d'aucun de ses biens que sous une condition si onéreuse, je vous répondrai, en un mot, que
nos péchés l'exigeaient ainsi. Oui, Jésus eût bien pu
donner, mais nous n'étions pas capables de rien recevoir ; notre crime nous rendait infâmes et entièrement incapables de recevoir aucun bien : car les lois
ne permettent pas de disposer de ses biens en faveur
des criminels condamnés, tels que nous étions par
une juste sentence. Il fallait donc auparavant expier
nos crimes : c'est pourquoi le charitable Jésus, voulant nous donner ses biens qui nous enrichissent, il
nous donne auparavant son sang qui nous lave, afin
qu'étant purifiés, nous fussions capables de recevoir
le don qu'il nous a fait de tous ses trésors. Allez donc,
ô mon cher Sauveur, allez au jardin des Olives, allez
en la maison de Caïphe, allez au prétoire de Pilate,
allez enfin au Calvaire[1], et répandez partout avec
abondance ce sang du Nouveau Testament, par lequel
nos crimes sont expiés et entièrement abolis.

   C'est ici qu'il faut commencer à contempler Jésus-
Christ dans sa Passion douloureuse, et à voir couler
ce sang précieux de la nouvelle alliance, par lequel
nous avons été rachetés. Et ce qui se présente d'abord
à mes yeux, c'est que ce divin sang coule de lui-
même dans le jardin des Olives ; les habits de mon
Sauveur sont percés et la terre tout humectée
de cette sanglante sueur qui ruisselle du corps de
Jésus[2]. Ô Dieu ! quel est ce spectacle qui étonne toute
la nature humaine ? ou plutôt quel est ce mystère qui
nettoie et qui sanctifie la nature humaine ? Je vous
prie de le bien entendre.

   N'est-ce pas que notre Sauveur savait que notre
salut était dans son sang, et que, pressé d'une ardeur
immense de sauver nos âmes, il ne peut plus retenir
ce sang, qui contient en soi notre vie bien plus que la
sienne ? Il le pousse donc au dehors par le seul effort
de sa charité ; de sorte qu'il semble que ce divin

sang, avide de couler pour nous, sans attendre la violence étrangère, se déborde déjà de lui-même, poussé
par le seul effort de la charité. Allons, mes Frères,
recevoir ce sang : « Ha ! terre, ne le cache pas : *Terra,
ne operias sanguinem istum*[1] » : c'est pour nos âmes
qu'il est répandu, et c'est à nous de le recueillir avec
une foi pieuse.

Mais cette sueur inouïe me découvre encore un
autre mystère. Dans ce désir infini que Jésus avait
d'expier nos crimes, il s'était abandonné volontairement à une douleur infinie de tous nos excès : il les
voyait tous en particulier, et s'en affligeait sans
mesure, comme si lui-même les avait commis, car il
en était chargé devant Dieu. Oui, mes Frères, nos
iniquités venaient fondre sur lui de toutes parts, et il
pouvait bien dire avec David : « *Torrentes iniquitatis
conturbaverunt me*[2] : Les torrents des péchés m'accablent. » De là ce trouble où il est entré, lorsqu'il dit :
« Mon âme est troublée[3] » ; de là ces angoisses inex-
plicables qui lui font prononcer ces mots, dans l'excès de son accablement : « Mon âme est triste jusques
à mourir : *Tristis est anima mea usque ad mortem*[4]. »
Car, en effet[5], Chrétiens, la seule immensité de cette
douleur lui aurait donné le coup de la mort, s'il n'eût
lui-même retenu son âme pour se réserver à de plus
grands maux, et boire tout le calice de sa Passion. Ne
voulant donc pas encore mourir dans le jardin des
Olives, parce qu'il devait, pour ainsi dire, sa mort
au Calvaire, il laisse néanmoins déborder son sang,
pour nous convaincre, mes Frères, que nos péchés,
oui, nos seuls péchés, sans le secours des bourreaux,
pouvaient lui donner la mort. L'eussiez-vous pu croire,
ô pécheur, que le péché eût une si grande et si malheureuse puissance ? Ha ! si nous ne voyions défaillir
Jésus qu'entre les mains des soldats qui le fouettent,
qui le tourmentent, qui le crucifient, nous n'accuse-
rions de sa mort que ses supplices : maintenant que

nous le voyons succomber dans le jardin des Olives, où il n'a que nos péchés pour persécuteurs, accusons-[nous] nous-mêmes de ce déicide; pleurons, gémissons, battons nos poitrines, et tremblons jusqu'au fond de nos consciences. Et comment pouvons-nous n'être pas saisis de frayeur, ayant en nous-mêmes au dedans du cœur, une cause de mort si certaine? Si le seul péché suffisait pour faire mourir un Dieu, comment pourraient subsister des hommes mortels, ayant un tel poison dans les entrailles? Non, non, nous ne subsistons que par un miracle continuel de miséricorde; et la même puissance divine qui a retenu miraculeusement l'âme du Sauveur pour accomplir son supplice, retient la nôtre pour accomplir, ou plutôt pour commencer notre pénitence.

Après que notre Sauveur a fait couler son sang par le seul effort de sa charité affligée, vous pouvez bien croire, mes Frères, qu'il ne l'aura pas épargné entre les mains des Juifs et des Romains, cruels persécuteurs de son innocence. Partout où Jésus a été pendant la suite de sa Passion, une cruauté furieuse l'a chargé de mille plaies. Si nous avons dessein de l'accompagner dans tous les lieux différents où il a paru, nous verrons partout des traces sanglantes qui nous marqueront les chemins: et la maison du pontife, et le tribunal du juge romain, et le gibet et les corps de garde où Jésus a été livré à l'insolence brutale des soldats, et enfin toutes les rues de Jérusalem sont teintes de ce divin sang qui a purifié le ciel et la terre.

Je ne finirais jamais ce discours, si j'entreprenais de vous raconter toutes les cruelles circonstances où ce sang innocent a été versé: il me suffit de vous dire qu'en ce jour de sang et de carnage, en ce jour funeste et salutaire tout ensemble, où la puissance des ténèbres avait reçu toute licence contre Jésus-Christ, il renonce volontairement à tout l'usage de la sienne[1]; si bien qu'en même temps que ses ennemis sont dans la disposition de tout entreprendre, il se réduit volontairement à la nécessité de tout endurer. Dieu, par l'effet du même conseil[2], lâche la bride sans mesure à la fureur de ses envieux, et il resserre[3] en même temps toute la puissance de son Fils : pendant qu'il déchaîne contre lui toute la fureur des enfers, il retire de lui toute la protection du ciel, afin que ses souffrances montent jusqu'au comble, et qu'il s'expose lui-même nu et désarmé, sans force et sans résistance, à quiconque aurait envie de lui faire insulte.

Après cela, Chrétiens, faut-il que je vous raconte le détail infini de ses douleurs ? Faut-il que je vous décrive comme il est livré sans miséricorde, tantôt aux valets, tantôt aux soldats[4], pour être l'unique objet de leur dérision sanglante, et souffrir de leur insolence tout ce qu'il y a de dur et d'insupportable dans une raillerie inhumaine et dans une cruauté malicieuse ? Faut-il que je vous le représente, ce cher Sauveur, lassant sur son corps à plusieurs reprises toute la force des bourreaux, usant sur son dos toute la dureté des fouets, émoussant en sa tête toute la pointe des épines ? Ô testament mystique du divin Jésus ! que de sang vous coûtez à cet Homme-Dieu, afin de vous faire valoir pour notre salut !

Tant de sang répandu ne suffit pas pour écrire ce testament, il faut maintenant épuiser les veines pour l'achever à la croix. Mes Frères, je vous en conjure, soulagez ici mon esprit ; méditez vous-mêmes Jésus crucifié, et épargnez-moi la peine de vous décrire ce qu'aussi bien les paroles ne sont pas capables de vous faire entendre. Contemplez ce que souffre un homme qui a tous les membres brisés et rompus par une suspension violente ; qui, ayant les mains et les pieds percés, ne se soutient plus que sur ses blessures, et tire ses mains déchirées de tout le poids de

son corps entièrement abattu par la perte du sang ;
qui, parmi cet excès de peine, ne semble élevé si haut
que pour découvrir de loin un peuple infini qui se
moque, qui remue la tête, qui fait un sujet de risée
d'une extrémité si déplorable[1]. Et après cela, Chrétiens, ne vous étonnez pas si Jésus dit « qu'il n'y a
point de douleur semblable à la sienne[2] ».

Laissons attendrir nos cœurs à cet objet de pitié ;
ne sortons pas les yeux secs de ce grand spectacle du
Calvaire. Il n'y a point de cœur assez dur pour voir
couler le sang humain sans en être ému. Mais le sang
de Jésus porte dans les cœurs une grâce de componction[3], une émotion de pénitence. Ceux qui demeurè-
rent auprès de sa croix et qui lui virent rendre les
derniers soupirs, « s'en retournèrent, dit saint Luc,
frappant leur poitrine[4] ». Jésus-Christ, mourant d'une
mort cruelle et versant sans réserve son sang innocent, avait répandu sur tout le Calvaire un esprit de
componction et de pénitence. Ne soyons pas plus
durs que les Juifs ; faisons retentir le Calvaire de nos
cris et de nos sanglots. Pleurons amèrement nos
péchés ; irritons-nous saintement contre nous-mêmes.
Rompons tous ces indignes commerces ; quittons
cette vie mondaine et licencieuse ; portons en nous la
mort de Jésus-Christ ; rendons-nous dignes par la
pénitence d'avoir part à la grâce de son testament. Il
est fait, il est signé, il est immuable ; Jésus a donné
tout son sang pour le valider. Je me trompe, il en
reste encore : il y a une source de sang et de grâce qui
n'a pas encore été ouverte. Venez, ô soldat, percez
son côté[5] ; un secret réservoir de sang doit encore
couler sur nous par cette blessure. Voyez ruisseler ce
sang et cette eau du côté percé de Jésus : c'est l'eau
sacrée du baptême[6], c'est l'eau de la pénitence, l'eau
de nos larmes pieuses. Que cette eau est efficace
pour laver nos crimes ! Mais, mes Frères, elle ne peut
rien qu'étant jointe au sang de Jésus, dont elle tire

toute sa vertu. Coulez donc, ondes bienheureuses de la pénitence, mais coulez avec le sang de Jésus, pour être capables de laver les âmes. Chrétiens, j'entends le mystère ; je découvre la cause profonde pour laquelle le divin Sauveur, prodiguant tant de sang avant sa mort, nous en gardait encore après sa mort même : celui qu'il répand avant sa mort faisait le prix de notre salut ; celui qu'il répand après nous en montre l'application par les sacrements de l'Église. Disposons-nous donc, Chrétiens, à nous appliquer le sang de Jésus, ce sang du Nouveau Testament, en méditant qu'il nous est donné pour la rémission de nos crimes. C'est ma seconde partie.

DEUXIÈME POINT

Jésus-Christ, pour nous mériter la rémission de nos péchés, nous en a premièrement mérité la haine ; et les douleurs de sa Passion portent grâce dans les cœurs pour les détester. Ainsi, pour nous rendre dignes de mériter ce pardon, cherchons dans sa Passion les motifs d'une sainte horreur contre les désordres de notre vie. Pour cela, il nous faut entendre ce que le péché en général, et ce que tous les crimes en particulier[1] ont fait souffrir au Fils de Dieu, et apprendre à détester le péché par le mal qu'il a fait à notre Sauveur.

Le péché en général porte séparation d'avec Dieu, et attache très intime à la créature. Deux attraits nous sont présentés, avec ordre indispensable de prendre parti : d'un côté, le bien incréé ; de l'autre, le bien sensible ; et le cœur humain, par un choix indigne, abandonne le Créateur pour la créature. Qu'a porté[2] le divin Sauveur pour cette indigne préférence ? La honte de voir Barabbas[3], insigne voleur, préféré publiquement à lui-même par les sentiments

de tout un grand peuple. Ne frémissons pas vainement contre l'aveugle fureur de ce peuple ingrat : tous
les jours, pour faire vivre en nos cœurs une créature
chérie, nous faisons mourir Jésus-Christ ; nous crions
qu'on l'ôte, qu'on le crucifie ; nous-mêmes nous le
crucifions de nos propres mains, «et nous foulons
aux pieds, dit le saint Apôtre, le sang du Nouveau
Testament, répandu pour laver nos crimes¹».

Mais l'attache aveugle à la créature au préjudice
du Créateur a mérité à notre Sauveur un supplice
bien plus terrible ; c'est d'avoir été délaissé de Dieu.
Car écoutez comme il parle : «Mon Dieu, mon Dieu,
dit Jésus, pourquoi m'avez-vous abandonné²?» Arrêtons ici, Chrétiens ; méditons la force de cette parole,
et la grâce qu'elle porte en nous pour nous faire
détester nos crimes.

C'est un prodige inouï qu'un Dieu persécute un
Dieu, qu'un Dieu abandonne un Dieu ; qu'un Dieu
délaissé se plaigne, et qu'un Dieu délaissant soit
inexorable : c'est ce qui [se] voit sur la croix. La
sainte âme de mon Sauveur est remplie de la sainte
horreur d'un Dieu tonnant ; et comme elle se veut
rejeter entre les bras de ce Dieu pour y chercher son
soutien, elle voit qu'il tourne la face, qu'il la délaisse,
qu'il l'abandonne, qu'il la livre tout entière en proie
aux fureurs de sa justice irritée. Où sera votre secours,
ô Jésus ? Poussé à bout par les hommes avec la dernière violence, vous vous jetez entre les bras de votre
Père ; et vous vous sentez repoussé, et vous voyez que
c'est lui-même qui vous persécute, lui-même qui vous
délaisse, lui-même qui vous accable par le poids
intolérable de ses vengeances !

Chrétiens, quel est ce mystère ? Nous avons délaissé
le Dieu vivant, et il est juste qu'il nous délaisse par
un sentiment de dédain, par un sentiment de colère,
par un sentiment de justice : de dédain, parce que
nous l'avons méprisé ; de colère, parce que nous

l'avons outragé ; de justice, parce que nous avons
violé [ses] lois et offensé sa justice. Créature folle et
fragile, pourras-tu supporter le dédain d'un Dieu, et
la colère d'un Dieu, et la justice d'un Dieu ? Ha ! tu
serais accablée sous ce poids terrible. Jésus se présente pour le porter : il porte le dédain d'un Dieu,
parce qu'il crie et [que] son Père ne l'écoute pas ; et
la colère d'un Dieu, parce qu'il prie et que son Père
ne l'exauce pas ; et la justice d'un Dieu, parce qu'il
souffre et que son Père ne s'apaise pas. Il ne s'apaise
pas sur son Fils, mais il s'apaise sur nous. Pendant
cette guerre ouverte qu'un Dieu vengeur faisait à son
Fils, le mystère de notre paix s'achevait ; on avançait
pas à pas la conclusion d'un si grand traité ; « et Dieu
était en Christ, dit le saint Apôtre, se réconciliant le
monde[1] ».

Comme on voit quelquefois un grand orage : le ciel
semble s'éclater et fondre tout entier sur la terre ;
mais en même temps on voit qu'il se décharge peu à
peu, jusqu'à ce qu'il reprenne enfin sa première
sérénité, calmé et apaisé, si je puis parler de la sorte,
par sa propre indignation ; ainsi la justice divine,
éclatant sur le Fils de Dieu de toute sa force, se passe
peu à peu en se déchargeant ; la nue crève et se dissipe ; Dieu commence à ouvrir aux enfants d'Adam
cette face bénigne et riante ; et, par un retour admirable qui comprend tout le mystère de notre salut,
pendant qu'il délaisse son Fils innocent pour l'amour
des hommes coupables, il embrasse tendrement les
hommes coupables pour l'amour de son Fils innocent.

Jetons-nous donc, Chrétiens, dans les horreurs
salutaires du délaissement de Jésus ; comprenons ce
que c'est que [de] délaisser Dieu et d'être délaissé
de Dieu. Nos cœurs sont attachés à la créature ; elle
y règne, elle en exclut Dieu : c'est pour cela que cet
outrage est extrême, puisque c'est pour le réparer
que Jésus s'expose à porter pour nous le délaisse-

ment et le dédain de son propre Père. Retournons à
Dieu, Chrétiens, et recevons aujourd'hui la grâce
de réunion avec Dieu, que ce délaissement nous
mérite.

Mais poussons encore plus loin, et voyons dans la
Passion de notre Sauveur tous les motifs particuliers que nous avons de nous détacher de la créature. Il faut donc savoir, Chrétiens, qu'il y a dans la
créature un principe de malignité qui a fait dire à
saint Jean, non seulement que le monde est malin,
mais « qu'il n'est autre chose que malignité[1] ». Mais,
pour haïr davantage ce monde malin et rompre les
liens qui nous y attachent, il n'y a rien, à mon avis,
de plus efficace que de lui voir répandre contre le
Sauveur toute sa malice et tout son venin. Venez
donc connaître le monde en la Passion de Jésus ;
venez voir ce qu'il faut attendre de l'amitié, de la
haine, de l'indifférence des hommes ; de leur prudence, de leur imprudence ; de leurs vertus, de leurs
vices ; de leur appui, de leur abandon ; de leur probité et de leur injustice. Tout est changeant, tout est
infidèle, tout se tourne en affliction et en croix ; et
Jésus nous en est un exemple.

Oui, mes Frères, tout se tourne en croix ; et premièrement les amis. Ou ils se détachent par intérêt,
ou ils nous perdent par leurs tromperies, ou ils nous
quittent par faiblesse, ou ils nous secourent à contretemps, selon leur humeur et non pas selon nos
besoins ; et toujours ils nous accablent.

Le perfide Judas nous fait voir la malignité de l'intérêt, qui rompt les amitiés les plus saintes. Jésus
l'avait appelé parmi ses apôtres ; Jésus l'avait honoré
de sa confiance particulière et l'avait établi le dis-
pensateur de toute son économie[2] : cependant, ô
malice du cœur humain ! ce n'est point ni un ennemi
ni un étranger, c'est Judas, ce cher disciple, cet intime
ami, qui le trahit, qui le livre, qui le vole première-

ment, et après le vend lui-même pour un léger intérêt: tant l'amitié, tant la confiance est faible contre
l'intérêt. Ne dites pas: Je choisirai bien; qui sait
mieux choisir que Jésus? Ne dites pas: Je vivrai bien
avec mes amis; qui les a traités plus bénignement
que Jésus, la bonté et la douceur même? Détestons
donc l'avarice[1], qui a fait premièrement un voleur et
ensuite un traître même d'un apôtre, et n'ayons jamais
d'assurance où nous voyons l'entrée au moindre
intérêt.

C'est toujours l'intérêt qui fait les flatteurs; et c'est
pourquoi ce même Judas, que le démon de l'intérêt
possède, s'abandonne par même raison à celui de la
flatterie. Il salue Jésus, et il le trahit; il l'appelle son
maître, et il le vend; il le baise, et il le livre à ses
ennemis[2]. C'est l'image parfaite d'un flatteur, qui
n'applaudit à toute heure à celui qu'il nomme son
maître et son patron[3], que pour trafiquer de lui,
comme parle l'apôtre saint Pierre. «Ce sont ceux-là,
dit ce grand apôtre, qui, poussés par leur avarice,
avec des paroles feintes trafiquent de vous: *In avari-
tia fictis verbis de vobis negotiabuntur*[4].» Toutes leurs
louanges sont des pièges; toutes leurs complaisances sont des embûches. Ils font des traités secrets
dans lesquels ils nous comprennent sans que nous le
sachions. Ils s'allient avec Judas: «Que me donne-
rez-vous, et je vous le mettrai entre les mains[5]?»
Ainsi ordinairement ils nous vendent, et assez souvent ils nous livrent. Défions-nous donc des louanges
et des complaisances des hommes. Regardez bien ce
flatteur qui épanche tant de parfums sur votre tête:
savez-vous qu'il ne fait que couvrir son jeu, et que,
par cette immense profusion de louange qu'il vous
donne à pleines mains, il achète la liberté de décrier
votre conduite, ou même de vous trahir sans être
suspect? Qui ne te haïrait, ô flatterie! corruptrice de
la vie humaine, avec tes perfides embrassements et

tes baisers empoisonnés, puisque c'est toi qui livre[s]
le divin Sauveur entre les mains de ses ennemis
implacables ?

Mais, après avoir vu, Messieurs, ce que c'est que
des amis corrompus, voyons ce qu'il faut attendre de
ceux qui semblent les plus assurés. Faiblesse, mécon-
naissance, secours en paroles, abandonnement en
effet[1]. C'est ce qu'a éprouvé le divin Jésus. Au premier bruit de sa prise, tous ses disciples le quittent
par une fuite honteuse[2]. Ô cœur, à qui je prêche cet
évangile, ne te reconnais-tu pas toi-même dans cette
histoire ? N'y reconnais-tu pas tes faveurs trompeuses et tes amitiés inconstantes ? Aussitôt qu'il
arrive le moindre embarras, tout fuit, tout s'alarme,
tout est étonné[3] ; ou l'on garde tout au plus un certain dehors, afin de soutenir pour la forme quelque
apparence d'amitié trompeuse et quelque dignité
d'un nom si saint. Mais poussons encore plus loin, et
voyons la faiblesse de cette amitié, lorsqu'elle semble
le plus secourante[4]. C'est le faible des amis du monde
de nous vouloir aider selon leur humeur, et non pas
selon nos besoins.

Pierre entreprend d'assister son maître, et il met la
main à l'épée, et il défend par le carnage celui qui ne
voulait être défendu que par sa propre innocence[5]. Ô
Pierre ! voulez-vous soulager votre divin maître ?
vous le pouvez par la douceur et par la soumission,
par votre fidélité persévérante. Ô Pierre ! vous ne le
faites pas, parce que ce secours n'est pas selon votre
humeur : vous vous abandonnez au transport aveugle
d'un zèle inconsidéré ; vous frappez les ministres de
la justice, et vous chargez de nouveaux soupçons ce
maître innocent qu'on traite déjà de séditieux. C'est
ce que fait faire l'amitié du monde : elle veut se
contenter elle-même et nous donner le secours qui
est conforme à son humeur, et cependant elle nous
dénie celui que demanderaient nos besoins.

Mais voici, si je ne me trompe, le dernier coup qu'on peut recevoir d'une amitié chancelante : un grand zèle mal soutenu, un commencement de constance qui tombe dans la suite tout à coup, et nous accable plus cruellement que si l'on nous quittait au premier abord. Le même Pierre en est un exemple. Qu'il est ferme ! qu'il est intrépide ! il veut mourir pour son maître[1]; il n'est pas capable de l'abandonner. Il le suit au commencement; mais, ô fidélité commencée, qui ne sert qu'à percer le cœur de Jésus par un reniement plus cruel, par une perfidie plus criminelle ! Ha ! que l'amitié de la créature est trompeuse dans ses apparences, corrompue dans ses flatteries, amère dans ses changements, accablante dans ses secours à contretemps et dans ses commencements de constance qui rendent l'infidélité plus insupportable ! Jésus a souffert toutes ces misères, pour nous faire haïr tant de crimes que nous fait faire l'amitié des hommes par nos aveugles complaisances. Haïssons-les, Chrétiens, ces crimes, et n'ayons ni d'amitié, ni de confiance, dont Dieu ne soit le motif, dont la charité ne soit le principe.

Que lui fera maintenant souffrir la fureur de ses ennemis ? Mille tourments, mille calomnies, plaies sur plaies, douleurs sur douleurs, indignités sur indignités, et, ce qui emporte avec soi la dernière extrémité de souffrances, la risée dans l'accablement, l'aigreur de la raillerie au milieu de la cruauté.

C'est une chose inouïe que la cruauté et la dérision se joignent dans toute leur force, parce que l'horreur du sang répandu remplit l'âme d'images funèbres, qui modèrent cette joie malicieuse dont se forme la moquerie. Cependant je vois mon Sauveur livré à ses ennemis pour être l'unique objet de leur raillerie, comme un insensé; de leur fureur, comme un scélérat : en telle sorte, mes Frères, que nous voyons régner dans tout le cours de sa Passion la

risée parmi les douleurs, et l'aigreur de la moquerie
dans le dernier emportement de la cruauté.

Il le fallait de la sorte, il fallait que mon Sauveur
«fût rassasié d'opprobres», comme avait prédit le
prophète[1]; afin d'expier et de condamner par ses
saintes confusions, d'un côté ces moqueries outra-
geuses, de l'autre ces délicatesses et ce point d'honneur qui fait toutes les querelles. Chrétiens, osez-vous
vous abandonner à cet esprit de dérision qui a été si
outrageux contre Jésus-Christ? Qu'est-ce que la dérision, sinon le triomphe de l'orgueil, le règne de l'impudence, la nourriture du mépris, la mort de la
société raisonnable, la honte de la modestie et de la
vertu? Ne voyez-vous pas, railleurs à outrance, que
d'opprobres et quelle risée vous avez causés au divin
Jésus, et ne craignez-vous pas de renouveler ce qu'il y
a de plus amer dans sa Passion[2]?

Mais vous, esprits ombrageux, qui faites les importants et qui croyez vous faire valoir par votre délicatesse et par vos dédains, dans quel abîme de
confusions a été plongé le divin Jésus par cette
superbe sensibilité? Pour expier votre orgueil et votre
dédain, il faut que son supplice, tout cruel qu'il est,
soit encore beaucoup plus infâme: il faut que ce Roi
de gloire soit tourné en ridicule de toute manière,
par ce roseau, par cette couronne et par cette
pourpre[3]; il faut que l'insulte de la raillerie le poursuive jusque sur la croix et dans les approches
mêmes de la mort; et enfin qu'on invente dans sa
Passion une nouvelle espèce de comédie, où tout est
plein de sang.

«Mes Frères, dit le saint Apôtre, nous sommes
baptisés en sa mort[4]»; et, puisque sa mort est infâme,
nous sommes baptisés en sa confusion; nous avons
pris sur nous par le saint baptême toute cette dérision et tous ces opprobres. Eh quoi! tant de honte,
tant d'ignominie, tant d'étranges dérisions, dans les-

quelles nous sommes plongés par le saint baptême, ne seront-elles pas capables d'étouffer en nous les cruelles délicatesses du faux point d'honneur ? Et sera-t-il dit que des chrétiens immoleront encore à cette idole et tant de sang et tant d'âmes que Jésus-Christ a rachetées ? Ha ! Sire, continuez à seconder Jésus-Christ pour empêcher cet opprobre de son Église et cet outrage public qu'on fait à l'ignominie de sa croix[1].

Je voulais encore vous représenter ce que font les indifférents ; et je vous dirai, en un mot, qu'entraînés par la fureur, qui est toujours la plus violente, ils prennent le parti des ennemis. Ainsi les Romains, que les promesses du Messie ne regardaient pas encore, à qui sa venue et son Évangile étaient alors indifférents, épousent la querelle des Juifs passionnés ; et c'est l'un des effets les plus remarquables de la malignité de l'esprit humain, qui, dans le temps où il est, pour ainsi parler, le plus balancé[2] par l'indifférence, se laisse toujours gagner plus facilement par le penchant de la haine. Je n'ai pas assez de temps pour peser cette circonstance ; mais je ne puis omettre en ce lieu ce que souffre le divin Sauveur par l'ambition et la politique du monde, pour expier les péchés que fait faire la politique.

Toujours, si l'on n'y prend garde, elle condamne la vérité, elle affaiblit et corrompt malheureusement les meilleures intentions. Pilate nous le fait bien voir, en se laissant lâchement surprendre aux pièges que tendent les Juifs à son ambition tremblante.

Ces malheureux savent joindre si adroitement à leurs passions les intérêts de l'État, le nom et la majesté de César, qui n'y pensait pas, que Pilate, reconnaissant l'innocence et toujours prêt à l'absoudre, ne laisse pas néanmoins de la condamner[3]. Oh ! que la passion est hardie, quand elle peut prendre le prétexte du bien de l'État ! Oh ! que le nom

du Prince fait souvent des injustices et des violences
qui feraient horreur à ses mains, et dont néanmoins
quelquefois elles sont souillées, parce qu'elles les
appuient, ou du moins qu'elles négligent de les réprimer! Dieu préserve de tels péchés le plus juste de
tous les rois, et que son nom soit si vénérable, qu'il
soit toujours si saintement et si respectueusement
ménagé, que, bien loin d'opprimer personne, il soit
l'espérance et la protection de tous les opprimés, jusqu'aux provinces les plus éloignées de son empire!

Mais reprenons le fil de notre discours, et admirons ici, Chrétiens, en Pilate la honteuse et misérable
faiblesse d'une vertu mondaine et politique. Pilate
avait quelque probité et quelque justice; il avait même
quelque force et quelque vigueur: il était capable de
résister aux persuasions des pontifes et aux cris d'un
peuple mutiné. Combien s'admire la vertu mondaine,
quand elle peut se soutenir en de semblables rencontres! Mais voyez que la vertu même, quelque
forte qu'elle nous paraisse, n'est pas digne de porter
ce nom, jusqu'à ce qu'elle soit capable de toute sorte
d'épreuves. C'était beaucoup, ce semble, à Pilate
d'avoir résisté à un tel concours et à une telle obsti-
nation de toute la nation judaïque, et d'avoir pénétré
leur envie cachée, malgré tous leurs beaux prétextes;
mais, parce qu'il n'est pas capable de soutenir le
nom de César, qui n'y pense pas, et qu'on oppose
mal à propos au devoir de sa conscience, tout l'amour
de la justice lui est inutile, sa faiblesse a le même
effet qu'aurait la malice; elle lui fait flageller, elle lui
fait condamner, elle lui fait crucifier l'innocence
même; [ce] qu'aurait pu faire de pis une iniquité
déclarée, la crainte le fait entreprendre à un homme
qui paraît juste. Telles sont les vertus du monde:
elles se soutiennent vigoureusement jusqu'à ce qu'il
s'agisse d'un grand intérêt; mais elles ne craignent
point de se relâcher pour faire un coup d'impor-

tance. Ô vertus indignes d'un nom si auguste! ô vertus, qui n'avez rien par-dessus les vices, qu'une faible et misérable apparence!

Qu'il me serait aisé, Chrétiens, de vous faire voir en ce lieu que la plupart des vertus du monde sont des vertus de Pilate, c'est-à-dire un amour imparfait de la vérité et de la justice! On les estime, on en parle, on en veut savoir les devoirs, mais faiblement et nonchalamment. On demande, à la façon de Pilate: «Qu'est-ce que la vérité[1]?» et aussitôt on se lève sans avoir reçu la réponse. C'est assez qu'on s'en soit enquis en passant, et seulement pour la forme; mais on ne veut pas pénétrer le fond. Ainsi l'on ignore la vérité, ou l'on ne la sait qu'à demi; et la savoir à demi, c'est pis que de l'ignorer tout entière, parce que cette connaissance imparfaite fait qu'on pense avoir accompli ce qui souvent n'est pas commencé. C'est ainsi qu'on vit dans le monde; et, manque de s'être affermi dans un amour constant de la vérité, on étale magnifiquement une vertu de parade dans de faibles occasions, qu'on laisse tout à coup tomber dans les occasions importantes.

Jésus donc, étant condamné par cette vertu imparfaite, nous apprend à expier ses défauts et ses faiblesses honteuses. Vous avez vu, ce me semble, toute la malignité de la créature assez clairement déchaînée contre Jésus-Christ; vous l'avez vu accablé par ses amis, par ses ennemis, par ceux qui, étant en autorité, devaient protection à son innocence, par l'inconstance des uns, par la cruelle fermeté des autres, par la malice consommée et par la vertu imparfaite. Il n'oppose rien à tous ces insultes[2] qu'un pardon universel, qu'il accorde à tous et qu'il demande pour tous: «Père, dit-il, pardonnez-leur, car ils ne savent pas ce qu'ils font[3].» Non content de pardonner à ses ennemis, sa divine bonté les excuse; elle plaint leur ignorance plus qu'elle ne blâme leur

malice; et, ne pouvant excuser la malice même, elle
donne tout son sang pour l'expier. À la vue d'un tel
excès de miséricorde, y aura-t-il quelque âme assez
dure pour ne vouloir pas excuser tout ce qu'on nous
a fait souffrir par faiblesse, pour ne vouloir pas pardonner tout ce qu'on nous a fait souffrir par malice?
Ha! pardon, mes Frères, pardon, grâce, miséricorde,
indulgence en ce jour de rémission! et que personne
ne laisse passer ce jour sans avoir donné[1] à Jésus
quelque injure insigne, et pardonné pour l'amour de
lui quelque offense capitale.

Mais, au sujet de ces haines injustes, je me souviens, Chrétiens, que je ne vous ai rien dit dans tout
ce discours de ce que l'amour déshonnête avait fait
souffrir au divin Jésus. Toutefois, je ne crains point
de le dire, aucun crime du genre humain n'a plongé
son âme innocente dans un plus grand excès de
douleurs. Oui, ces passions ignominieuses font souffrir à notre Sauveur une confusion qui l'anéantit.
C'est ce qui lui fait dire à son Père: *Tu scis improperium* [*meum*][2]. Ce trouble qui agite nos sens émus
a causé à sa sainte âme ce trouble fâcheux qui lui a
fait dire: «Mon âme est troublée[3].» Cette intime
attache au plaisir sensible qui pénètre la moelle de
nos os, a rempli le fond de son cœur de tristesse et
de langueur; et cette joie dissolue qui se répand
dans les sens a déchiré sa chair virginale par tant de
cruelles blessures qui lui ont ôté la figure humaine,
qui lui font dire par le saint Psalmiste: «Je suis un
ver, et non pas un homme[4].» Donc, ô délices criminelles, de combien d'horribles douleurs avez-vous
percé le cœur de Jésus! Mais il faut aujourd'hui,
mes Frères, satisfaire à tous ces excès en nous plon-
geant dans le sang et dans les souffrances de Jésus-
Christ.

TROISIÈME POINT

C'est, Messieurs, ce qu'il nous ordonne, et c'est la dernière partie de son testament. Quiconque veut avoir part [à] la grâce de ses douleurs, il doit en ressentir quelque impression : car ne croyez pas qu'il ait tant souffert pour nous faire aller au ciel à notre aise, et sans goûter l'amertume de sa Passion. Il est vrai qu'il a soutenu le plus grand effort ; mais il nous a laissé de moindres épreuves, et toutefois nécessaires pour entrer en conformité de son esprit et être honorés de sa ressemblance.

C'est dans le sacrement de la pénitence que nous devons entrer « en société des souffrances[1] » de Jésus-Christ. Le saint concile de Trente dit que les satisfactions que l'on nous impose doivent nous rendre conformes à Jésus-Christ crucifié[2]. Mon Sauveur, quand je vois votre tête couronnée d'épines, votre corps déchiré de plaies, votre âme percée de tant de douleurs, je dis souvent en moi-même : Quoi donc ! une courte prière, ou quelque légère aumône, ou quelque effort médiocre sont-ils capables de me crucifier avec vous ? Ne faut-il point d'autres clous pour percer mes pieds, qui tant de fois ont couru aux crimes, et mes mains, qui se sont souillées par tant d'injustices ? Que si notre délicatesse ne peut supporter les peines du corps que l'Église imposait autrefois à ses enfants par une discipline[3] salutaire, récompensons-nous sur les cœurs : pour honorer la douleur immense par laquelle le Fils de Dieu déplore nos crimes, brisons nos cœurs endurcis, par l'effort d'une contrition sans mesure. Jésus mourant nous y presse : car que signifie ce grand cri avec lequel il expire[4] ? Ha ! mes Frères, il agonisait, il défaillait peu à peu, attirant l'air avec peine d'une bouche toute livide, et traînant lentement les derniers soupirs par

une respiration languissante. Cependant il fait un
dernier effort pour nous inviter à la pénitence; il
pousse au ciel un grand cri, qui étonne toute la
nature et que tout l'univers écoute avec un silence
respectueux. Il nous avertit qu'il va mourir, et en
même temps il nous dit qu'il faut mourir avec lui.
Quelle est cette mort? C'est qu'il faut arracher son
cœur de tout ce qu'il aime désordonnément, et sacrifier à Jésus ce péché régnant qui empêche que sa
grâce ne règne en nos cœurs.

Chrétiens, Jésus va mourir: il baisse la tête, ses
yeux se fixent; il passe, il expire. C'en est fait, il
a rendu l'âme. Sommes-nous «morts avec lui»?
sommes-nous «morts au péché»? allons-nous commencer «une vie nouvelle[1]»? Avons-nous brisé notre
cœur par une contrition véritable, qui nous fasse
entrer aujourd'hui dans «la société de ses souffrances[2]»? Qui me donnera[3], Chrétiens, que je puisse
imprimer en vos cœurs ce sentiment de componction! Que si mes paroles n'en sont pas capables,
arrêtez les yeux sur Jésus, et laissez-vous attendrir
par la vue de ses divines blessures. Je ne vous
demande pas pour cela, Messieurs, que vous contem-
pliez attentivement quelque peinture excellente de
Jésus-Christ crucifié. J'ai une autre peinture à vous
proposer, peinture vivante et parlante, qui porte une
expression naturelle de Jésus mourant. Ce sont les
pauvres, mes Frères, dans lesquels je vous exhorte
de contempler aujourd'hui la Passion de Jésus. Vous
n'en verrez nulle part une image plus naturelle[4].
Jésus souffre dans les pauvres; il languit, il meurt
de faim dans une infinité de pauvres familles. Voilà
donc dans les pauvres Jésus-Christ souffrant; et
nous y voyons encore, pour notre malheur, Jésus-
Christ abandonné, Jésus-Christ délaissé, Jésus-Christ
méprisé. Tous les riches devraient courir pour soulager de telles misères; et on ne songe qu'à vivre à son

aise, sans penser à l'amertume et au désespoir où
sont abîmés tant de chrétiens ! Voilà donc Jésus
délaissé ; voici quelque chose de plus. Jésus se plaint
par son prophète, de ce que « l'on a ajouté à la douleur de ses plaies : *Super dolorem vulnerum meorum addiderunt*[1] » ; de ce que, « dans sa soif extrême,
on lui a donné du vinaigre[2] ». N'est-ce pas donner du vinaigre aux pauvres que de les rebuter, de
les maltraiter, de les accabler dans leur misère et
dans leur extrémité déplorable ? Ha ! Jésus, que nous
voyons dans ces pauvres peuples une image trop
effective de vos peines et de vos douleurs ! Sera-ce en
vain, Chrétiens, que toutes les chaires retentiront
des cris et des gémissements de nos misérables
frères, et les cœurs ne seront-ils jamais émus de
telles extrémités ?

Sire, Votre Majesté les connaît, et votre bonté
paternelle témoigne assez qu'elle en est émue. Sire,
que Votre Majesté ne se lasse pas : puisque les misères
s'accroissent, il faut étendre les miséricordes ; puisque
Dieu redouble ses fléaux, il faut redoubler les secours
et égaler, autant qu'il se peut, le remède à la maladie. Dieu veut qu'on combatte sa justice par un généreux effort de charité, et les nécessités extrêmes
demandent que le cœur s'épanche d'une façon extraordinaire. Sire, c'est Jésus mourant qui vous y
exhorte ; il vous recommande vos pauvres peuples :
et qui sait si ce n'est pas un conseil[3] de Dieu d'accabler, pour ainsi dire, le monde par tant de calamités,
afin que, Votre Majesté portant promptement la
main au secours de tant de misères, elle attire sur
tout son règne ces grandes prospérités que le Ciel lui
promet si ouvertement ? Puisse Votre Majesté avoir
bientôt le moyen d'assouvir son cœur de ce plaisir
vraiment chrétien et vraiment royal de rendre ses
peuples heureux ! Ce sera le dernier trait de votre
bonheur sur la terre ; c'est ce qui comblera Votre

Majesté d'une gloire si accomplie, qu'il n'y aura plus
rien à lui désirer que la félicité éternelle, que je
lui souhaite «dans toute l'étendue de mon cœur[1]».
Amen.

DOSSIER

CHRONOLOGIE

1627-1704

1627. Naissance à Dijon le 27 septembre de Jacques-Bénigne
   Bossuet dans une puissante famille de magistrats bour-
   guignons. Son oncle est maire de Dijon. Son père, Bénigne
   Bossuet, est avocat au parlement. Jacques-Bénigne est
   le septième de la famille (sur dix enfants, six survivront)
   et se voit destiné dès son plus jeune âge à une carrière
   ecclésiastique.

1635. À 8 ans, il est tonsuré par Sébastien Zamet[1].

1636-1650. Les années de formation

1636-1642. Études secondaires au collège des Jésuites de
   Dijon, où son ardeur au travail lui attire ce jeu de mots :
   Bos suetus aratro («un bœuf habitué à la charrue»). En
   1640, il devient chanoine à Metz, où son père est depuis
   deux ans conseiller au parlement. À 15 ans, il lit la
   Bible.

1642-1648. Arrivée à Paris. Il entre au collège de Navarre
   pour faire ses études de philosophie et de théologie. Il y
   est dirigé par Nicolas Cornet, qu'il considérera comme
   son maître et ami.

   Durant ces mêmes années il est introduit dans la haute

---

1. S. Zamet, depuis 1614 évêque de Langres dont dépend Dijon, est
l'une des figures importantes de la Réforme catholique. Il insuffle dans
son évêché et même au-delà un mouvement de renouvellement spirituel : il crée le séminaire de Langres, fonde à Dijon la congrégation des
Sœurs de Sainte-Marthe, et à Paris l'Institut du Saint-Sacrement dont il
nomme Saint-Cyran directeur. Mais les deux hommes s'éloigneront
quand Saint-Cyran sera devenu le chef de file du jansénisme.

société parisienne : en 1643 il prêche à l'hôtel de Rambouillet, haut lieu de la préciosité, et devient l'ami de Rancé. En janvier 1648, il soutient sa première thèse, ou « tentative » à la Sorbonne, en présence du prince de Condé, protecteur de la famille Bossuet.

1648-1649. Retour en Bourgogne. En septembre 1648 il devient sous-diacre à Langres et écrit la « Méditation sur la brièveté de la vie ». Il commence à prêcher (*Panégyrique de saint Gorgon*) et est ordonné diacre à Metz en 1649.

1650. Retour à Paris pour soutenir ses dernières thèses : en 1650, la thèse sorbonique, en juin et juillet 1651, sa majeure et sa mineure.

1652-1659. La période messine

1652. Archidiacre de Sarrebourg. Après une retraite à Saint-Lazare dirigée par Monsieur Vincent, futur saint Vincent de Paul, il est ordonné prêtre le 16 mars à Paris et, un mois plus tard, reçu docteur en théologie. Il refuse la fonction de grand-maître du collège de Navarre, et part à Metz.

1653. Il siège à Metz à l'Assemblée des Trois ordres. *Panégyrique de saint Bernard*.

1654. Grand archidiacre du chapitre de Metz.

1655. Son premier livre, *Réfutation du catéchisme du ministre protestant Paul Ferry*[1], marque son entrée dans la controverse. La lutte contre l'hérésie quelle qu'elle soit (protestantisme, judaïsme ou jansénisme) sera toujours l'une des grandes préoccupations de Bossuet. Première *Oraison funèbre* (celle de l'abbesse Yolande de Monterby).

1656-1657. Il se partage entre Metz, Dijon et Paris. En 1656, il prononce son premier « Sermon sur la Providence ». En 1657, il prêche à Metz devant la reine Anne d'Autriche. La même année il est signalé dans la gazette de Loret pour deux panégyriques (ceux de saint Paul et de saint Thomas d'Aquin).

1658. Il organise à Metz une mission lazariste avec saint Vincent de Paul (lui-même prêche à la citadelle). *Oraison funèbre de Henri de Gornay*.

1659. Réside dorénavant à Paris. Prononce le *Sermon sur l'éminente dignité des pauvres dans l'Église*.

---

1. P. Ferry était l'un des ministres de l'église protestante de Metz.

1660-1670. La période parisienne. Cette décennie constitue un temps fort dans la prédication de Bossuet, qui prêche d'abord devant la Ville puis à la Cour. Il retourne de temps à autre à Metz où l'appelle sa fonction d'archidiacre.

1660. «Correspondant et secrétaire des dépêches» de la Compagnie du Saint-Sacrement[1] dorénavant interdite. Première station[2] : le *Carême des Minimes*, prêché au couvent de la place Royale.

1661. *Carême des Carmélites*, prêché au grand Carmel du faubourg Saint-Jacques.

1662. Bossuet prêche pour la première fois devant le Roi : *Carême du Louvre. Oraison funèbre du Père Bourgoing*, supérieur de l'Oratoire.

1663. Prédications à Paris, en particulier au Val-de-Grâce devant la Reine mère. *Oraison funèbre de Nicolas Cornet.*

1664. Grand doyen du chapitre de Metz, il installe à sa charge d'archidiacre désormais vacante son propre père, devenu homme d'Église.

1665. Tente d'obtenir la soumission des religieuses de Port-Royal. *Avent du Louvre.*

1666. *Carême de Saint-Germain* prêché devant le Roi. Négociations avec le pasteur Paul Ferry à Metz.

1667. *Oraison funèbre d'Anne d'Autriche* (perdue). Fait plusieurs voyages à Metz où il assiste son père sur son lit de mort.

1668. Prêche à Dijon devant le grand Condé. Dans son effort pour convertir les protestants, Bossuet remporte un succès éclatant avec la conversion de Turenne. Avent à Saint-Thomas du Louvre.

1669. Évêque de Condom où il n'ira jamais. *Oraison funèbre*

1. Fondée par le duc de Ventadour sous Louis XIII, en 1630, la Compagnie du Saint-Sacrement, qui compte dans ses rangs des religieux, dont saint Vincent de Paul, et des laïcs, a pour objectifs premiers la dévotion au Saint-Sacrement et les œuvres de charité. Elle souhaite également purifier les mœurs. Mais, par son action secrète, ses ramifications nombreuses, et son pouvoir de plus en plus important, y compris en province, elle finit par inquiéter le pouvoir royal qui lui interdit de se réunir sans autorisation.

2. Le terme de *station* désigne à l'origine la chaire qu'un prédicateur s'est vu accorder pour y prêcher le temps d'un carême ou d'un avent. Par extension, il peut désigner l'ensemble des sermons prononcés dans ces circonstances.

d'Henriette de France. Prêche devant les Nouvelles Catholiques et aussi en région parisienne (Meaux, en 1669, et Saint-Denis et Pontoise, en 1670). *Avent de Saint-Germain*.

1670-1680. Le Préceptorat

1670. Il assiste Henriette d'Angleterre sur son lit de mort et prononce son *Oraison funèbre*. Les *Oraisons funèbres* des deux Henriette sont immédiatement publiées. Le 5 septembre : à 43 ans, Bossuet devient précepteur du Dauphin alors âgé de neuf ans. Il est sacré évêque à Pontoise.

1671. Reçu à l'Académie française, il participe parfois aux séances. Achète un appartement à Paris au doyenné de Saint-Thomas du Louvre. Il se démet de son évêché pour suivre son élève dans les différents déplacements de la Cour (Saint-Germain-en-Laye, Fontainebleau, Versailles). Publication de l'*Exposition de la doctrine de l'Église catholique sur les matières de controverse* qui recevra l'approbation pontificale en 1679. Il reçoit le bénéfice du prieuré de Saint-Étienne du Plessis-Grimoult.

1672. Reçoit le bénéfice de l'abbaye de Saint-Lucien de Beauvais, ce qui lui assure des revenus moyens et lui permet l'achat d'une maison à Versailles.

1674. Contribue au départ de Louise de La Vallière de la Cour et à son entrée au Carmel. Création du petit Concile, au sein duquel entrent La Bruyère et Fénelon qui devient l'un des amis les plus proches de Bossuet.

1675. L'influence de Bossuet à la Cour connaît son apogée. S'impose comme directeur de conscience du Roi et contribue au renvoi (temporaire) de la maîtresse royale en titre, Mme de Montespan. Prononce le sermon de profession de Mlle de La Vallière. Écrit pour le Dauphin un *Abrégé de l'histoire de France*. Souffre d'une fièvre persistante qui se prolonge l'année suivante.

1677. Il tire de son enseignement au Dauphin plusieurs ouvrages : le *Traité de la connaissance de Dieu et de soi-même*, publié en 1722, le *Traité du libre arbitre*, publié en 1731, la *Logique* publiée en 1828, la *Politique tirée des propres paroles de l'Écriture sainte*, publiée en 1709.

1678. Conversations avec le ministre protestant Claude, dont le texte sera publié en 1682. Préside à l'abjuration de

Mlle de Duras, puis de la sœur de Turenne, Élisabeth de la Tour d'Auvergne, et d'autres.

1679. Écrit au pape Innocent XI une lettre résumant le programme de l'éducation du Dauphin : *De Institutione Delphini*.

1680. Fin du préceptorat. Il va accueillir en Alsace la future Dauphine, Marie-Anne de Bavière, dont il est nommé premier Aumônier et assiste au mariage à Châlons-sur-Marne. Accompagne La Rochefoucauld dans ses derniers moments.

1681. Publication des premiers livres du *Discours sur l'histoire universelle*. Il prêche à Pâques devant le Roi. Nommé à l'évêché de Meaux, il s'y installe l'année suivante. Sermon inaugural de l'Assemblée du clergé (dit *Sermon sur l'Unité de l'Église*) qui sera le premier sermon publié de son vivant (il le sera dès l'année suivante), oraisons funèbres mises à part.

1682-1696. À l'évêché de Meaux. Intense vie pastorale. Bossuet visite son diocèse et reprend sa prédication délaissée pendant le préceptorat. Mais ces années sont aussi marquées par la polémique.

1682. Suite du *Discours sur l'histoire universelle*. Propose le texte des Quatre Articles qui tendait à accorder à l'Église de France une certaine liberté à l'égard de Rome.

1683. *Oraison funèbre de Marie-Thérèse d'Autriche*. Le mariage secret entre Louis XIV et Mme de Maintenon sans doute célébré cette même année aurait été favorisé par Bossuet.

1684. Invite Fénelon à venir prêcher dans son diocèse. Fait nommer La Bruyère précepteur du petit-fils de Condé.

1685. *Oraison funèbre d'Anne de Gonzague*. Bossuet accueille favorablement la Révocation de l'Édit de Nantes.

1686. *Oraison funèbre de Michel Le Tellier*, père de Louvois (et celle, perdue, de l'abbesse du Bled d'Huxelles). Reçoit des abjurations de protestants dont celle de la comtesse d'Albert.

1687. *Oraison funèbre du prince de Condé*, imprimée la même année. Publie le *Catéchisme de Meaux*.

1688. Publie l'*Histoire des variations des Églises protestantes*.

1689. Édition révisée des *Oraisons funèbres*. Publie l'*Apocalypse avec une explication* ; ses premiers *Avertissements aux protestants*. Assiste à la première d'*Esther* de Racine à Saint-Cyr.

1690. *Lettre sur les Psaumes*. Tente de rétablir la paix dans l'abbaye de Jouarre. Il dirige spirituellement plusieurs femmes de la haute aristocratie et de la bourgeoisie, de Paris et d'ailleurs : Mme Cornuau au Mans avec qui il correspond beaucoup, à Paris Mmes de Soubise, de Luynes, de Lusanci, de Baradat, d'Albert... Il assiste la Dauphine à son lit de mort.

1691. Correspondance avec Leibniz. Annonce le retrait définitif de Mme de Montespan de la Cour. Nomme son neveu, l'abbé Jacques-Bénigne Bossuet (1664-1743), qui n'est pas encore prêtre, archidiacre de Brie, ce qui suscite des protestations.

1692. *Défense de la Tradition et des saints Pères*.

1693. Début de l'affaire de Mme Guyon qu'il rencontre cette même année.

1694. *Maximes et réflexions sur la comédie*. Nouvelles rencontres avec Mme Guyon. Rédige le *Traité de la Concupiscence*.

1695. Écrit les *Méditations sur l'Évangile*, *Élévations sur les mystères* et *Tradition des nouveaux mystiques*, tous publiés au XVIIIe siècle. Signature des « Articles d'Issy » entre Fénelon, Bossuet, Noailles, évêque de Châlons, et Tronson, supérieur de l'ordre de Saint-Sulpice : Bossuet estimera par la suite avoir été trop loin dans les concessions. Cette même année il sacre Fénelon évêque de Cambrai.

1696. *Instruction sur les états d'oraison* qu'il communique à Fénelon, avant de le publier l'année suivante. Fréquente plus souvent Versailles et Paris.

1697. Premier aumônier de la duchesse de Bourgogne. Reçoit du Roi un appartement à Marly et est nommé conseiller d'État. Attaque les *Maximes des saints* de Fénelon.

1698. Rupture avec Fénelon, avec lequel il polémique dans *Réponse à quatre lettres de M. de Cambrai*, *Relation sur le quiétisme*, et *Remarques sur la réponse de M. de Cambrai à la Relation sur le quiétisme*. Son neveu, l'abbé Bossuet, intrigue à Rome pour faire condamner Fénelon et y parvient l'année suivante.

1699. Divers écrits contre Fénelon. Rome condamne en mars les *Maximes des saints* de Fénelon.

1700. Il réside le plus souvent à la Cour. Il confère la prêtrise à son neveu et le nomme grand vicaire du diocèse de Meaux.

1701. Sa santé se dégrade. Revient à son diocèse. Portrait de Bossuet par Rigaud.
1702. Dernier sermon dans la cathédrale de Meaux (18 juin). S'adresse une dernière fois à son clergé réuni en synode (5 septembre). Quitte en novembre son évêché pour n'y plus revenir. Publie ses *Instructions sur la version du Nouveau Testament*, contre Richard Simon. Écrit au pape Clément XI en faveur de la béatification de Vincent de Paul.
1703. Atteint de la maladie de la pierre, il refuse de se faire opérer. Il propose son neveu pour être son coadjuteur : le Roi refuse. Rédige son testament.
1704. Publie l'*Explication de la prophétie d'Isaïe sur l'enfantement de la Vierge*. Il meurt à Paris le 12 avril, âgé de 77 ans. Il est enterré dans la cathédrale de Meaux.

L'historien Jean Meyer[1] évalue à 3 000 le nombre de sermons prononcés par Bossuet et à 900 000 le nombre de ceux qui l'auraient en leur vie entendu prêcher une ou plusieurs fois.

1. J. Meyer, *Bossuet*, Plon, 1993.

NOTICE

Histoire du texte

«En ville, au château royal du Louvre, prêchera le carême, devant Leurs Majestés, M. l'abbé Bossuet, docteur en théologie de la Faculté de Paris», annonce *La Liste générale de tous les prédicateurs* de l'année 1662. Bossuet a alors trente-quatre ans et, derrière lui, après un début de carrière en province, deux «petits Carêmes[1]» parisiens, l'un en 1660 aux Minimes et l'autre en 1661 aux Carmélites. Si l'on ignore quelle fut sa réaction quand il apprit sa désignation pour prêcher devant le Roi, la tâche qui l'attendait avait de quoi impressionner : une vingtaine de sermons à composer en l'espace de quarante jours, soit un sermon tous les deux jours environ (son biographe François Ledieu indique en effet que, par désir de s'adapter à son auditoire, Bossuet, «le long d'un Avent ou d'un Carême, […] ne pouvait se préparer que dans l'intervalle d'un sermon à l'autre»). Il semble que son premier geste fut de relire tous ses manuscrits et d'en dresser des sommaires dans lesquels il inventoria les différents sujets qu'il avait déjà traités au cours de sa courte carrière. Plusieurs emprunts seront ainsi faits aux Carêmes des Minimes et des Carmélites (parmi ces emprunts, quelques-uns des morceaux les plus connus du *Carême du Louvre* : la visite de Nathan à David, la chute d'Assur) — ce qui explique aussi l'inachèvement de certains passages, pour lesquels Bossuet se contente de renvoyer à des développements antérieurs. Pour l'essentiel toutefois, le *Carême du Louvre* est rédigé avec un soin tout à fait exceptionnel à cette date et qu'explique aisément la

---

1. Sur la distinction entre «petit» et «grand» Carême, voir la préface, p. 14-15.

solennité des circonstances. Mais cette rigoureuse préparation n'implique pas qu'en chaire Bossuet se soit tenu à ce qu'il avait rédigé : sans doute effectua-t-il, au gré des circonstances (l'absence du monarque, l'actualité de la vie de cour) et de son inspiration, diverses modifications malheureusement perdues pour la postérité.

Les manuscrits autographes sont conservés à la Bibliothèque Nationale. Bossuet a fait copier et a lui-même corrigé le sermon du Vendredi saint (« Sur la Passion de Notre-Seigneur »), comme pour en arrêter la version définitive. On dispose ainsi d'une sorte de bon à tirer préparé de la main de l'auteur. Toutefois aucun des sermons du *Carême du Louvre* ne sera publié du vivant de Bossuet. De tous ceux qu'il prononça au cours de sa carrière de prédicateur, les seuls en effet qu'il accepta de publier seront le « Sermon sur l'Unité de l'Église », du 9 novembre 1681, et six *Oraisons funèbres*. Parurent également de son vivant, mais sans son aveu, l'admirable « Sermon pour la Profession de La Vallière » et l'Oraison funèbre de Nicolas Cornet. À la mort de Bossuet, en 1704, son œuvre oratoire demeurait donc pour l'essentiel inédite. Hérita alors de ses manuscrits son neveu, qui, devenu évêque de Troyes, les emporta dans cette ville : lui-même les utilisait pour sa prédication et les prêtait même aux prêtres de son diocèse. La dispersion s'aggrava avec les héritiers suivants, M. de Chasot, premier président au Parlement de Metz, et son épouse, petits-neveux de Bossuet. Il faudra ainsi attendre le xviiie siècle pour que la première édition des sermons voie le jour, grâce au patient travail de recherche du bénédictin dom Deforis, auquel les héritiers acceptèrent de communiquer les manuscrits.

Principales éditions des Sermons

Œuvres de Messire Jacques-Bénigne Bossuet, évêque de Meaux, publiées par dom Deforis, bénédictin, Paris, 1772-1778, 19 vol. Cette édition traite le texte de Bossuet avec beaucoup de liberté : pour éviter les redites, dom Deforis a pratiqué quelques suppressions, et surtout, a tenté de fondre en un seul discours des sermons différents portant sur le même sujet.

Œuvres de Bossuet, évêque de Meaux, publiées par J. A. Lebel, Versailles, 1815-1819, 43 vol. Cette édition, dite de Versailles, conserve pour l'essentiel le texte de Deforis.

Œuvres complètes de Bossuet, publiées par F. Lachat, L. Vivès, 1862-1866, 31 vol. Lachat s'est reporté aux manuscrits et a bénéficié des recherches d'érudits du XIXᵉ siècle (Vaillant, Amable Floquet), mais beaucoup d'erreurs demeurent.

Œuvres complètes de Bossuet, publiées par l'abbé Guillaume, Bar-le-Duc, 1877, 10 vol. Des œuvres complètes l'édition la plus complète.

Œuvres oratoires de Bossuet, éditées par l'abbé Lebarq, Lille, Desclée De Brouwer, 1890-1896, 7 vol. Cette édition, établie d'après les manuscrits, revue et augmentée par Ch. Urbain et E. Lévesque (Hachette et Desclée, 1914-1926, 7 vol.), adopte un ordre chronologique et offre le texte le plus sûr.

Nous le suivons dans la présente édition, à une exception près, qui concerne les citations latines (qu'elles soient bibliques ou patristiques) : Bossuet citant le plus souvent de mémoire, ses citations comportent parfois une part d'inexactitude. L'édition Lebarq avait choisi de le corriger, rétablissant par exemple systématiquement le texte de la Vulgate pour les citations bibliques. Nous avons fait le choix inverse, de restituer le texte de Bossuet avec ses inexactitudes, afin que ressortent ce travail de mémoire qui est l'une des facettes les plus étonnantes du génie de Bossuet, ainsi que la fidélité de ses traductions.

Signalons enfin que figurent entre crochets les corrections et ajouts qu'il a paru nécessaire d'apporter au texte du manuscrit, soit que ce dernier comportât une lacune ou un lapsus, soit que Bossuet s'y fût contenté de noter les premiers mots d'un développement (une citation le plus souvent) qu'il entendait vraisemblablement compléter en chaire. Les rares cas où les crochets ont été introduits par Bossuet lui-même sont signalés en note.

Fortune du texte

Au XVIIᵉ siècle, la gloire de Bossuet est d'abord celle du controversiste, de l'historien et du théologien, à qui La Bruyère dans son « Discours à l'Académie française » (1693) décerne le titre de « Père de l'Église ». Ses oraisons funèbres, très vite publiées, furent un autre de ses titres de gloire : aujourd'hui encore, le texte en est mieux connu que celui des sermons et d'ailleurs plus accessible, car plus souvent réédité. Quant au prédicateur, on a dit qu'il n'avait guère été distingué de ses pairs : souvent comparé en effet à Mascaron, Massillon ou Bourdaloue, il apparaît même, dans une liste de prédicateurs, aux côtés du Père Le Boux et de l'abbé Biroart dont la renommée n'a pourtant guère franchi les siècles[1] ! Mme de Sévigné,

1. Voir l'abbé Hurel, *Les Orateurs sacrés à la cour de Louis XIV*, Didier, 1874, t. I, p. 224.

dans son ardeur à louer Bourdaloue — «on dit qu'il passe toutes les merveilles passées, et que personne n'a prêché jusqu'ici» (lettre du 25 décembre 1671) — semble oublier Bossuet et justifier ainsi le mot de Voltaire : «quand le Père Bourdaloue parut, M. Bossuet ne passa plus pour le premier prédicateur» (*Le Siècle de Louis XIV*). Encore faut-il préciser qu'historiquement les deux hommes, loin d'être véritablement rivaux, se sont succédé dans les grandes chaires parisiennes — les débuts de Bourdaloue en 1669-1670 coïncidant avec la nomination de Bossuet au poste de précepteur du Dauphin. Quant à celle-ci, comment l'expliquer autrement que par les succès du prédicateur qui le firent connaître au Roi comme l'un des religieux les plus brillants de son temps ? «La chaire fut l'unique instrument de sa fortune», concluait déjà Gustave Lanson (*Bossuet*, 1891).

Aussi l'opinion rapportée par Voltaire était-elle plus vraisemblablement celle du premier xviiiᵉ siècle qui ne disposait, rappelons-le, d'aucune édition des sermons. Voltaire lui-même ne consacre au *Carême du Louvre* que ces quelques lignes : «Ses discours, soutenus d'une action noble et touchante, les premiers qu'on eût encore entendus à la Cour qui approchassent du sublime, eurent un si grand succès que le roi fit écrire en son nom à son père [...] pour le féliciter d'avoir un tel fils» (*Le Siècle de Louis XIV*, 1751). Une *Histoire littéraire du règne de Louis XIV* (de l'abbé Lambert), parue la même année, ne mentionne pas même Bossuet au nombre des prédicateurs du «Grand Siècle», le considérant principalement pour son œuvre de théologien. Toutefois, quelques années plus tard, quand paraissait la première édition des *Sermons* (1772), l'abbé Maury, auteur d'un *Essai sur l'éloquence de la chaire*, distinguait déjà le trait le plus original de cette éloquence, l'exploitation du texte biblique :

Ce qui donne le plus de plénitude et de substance aux Sermons *de Bossuet, c'est l'usage admirable qu'il fait de l'Écriture sainte. Voilà l'inépuisable mine dans laquelle il trouve ses preuves, ses comparaisons, ses exemples, ses transitions et ses images. On le voit sans cesse éclaircir l'Ancien Testament par le Nouveau, saisir l'économie de la religion, et en combiner les parties pour en faire un tout harmonieux et sublime [...]. Il fond si bien les pensées de l'Écriture avec les siennes, qu'on croirait qu'il les crée ou du moins qu'elles ont été conçues exprès pour l'usage qu'il en fait* (Réflexions sur les nouveaux sermons de Bossuet, *1772).*

Mais il appartint au xixᵉ siècle de découvrir en Bossuet le poète. Ce fut d'abord l'œuvre des romantiques : Chateaubriand, dans le *Génie du Christianisme* (1802), consacre à Bossuet un chapitre, resté célèbre, qui explique sans doute pour une bonne part l'intérêt renaissant qu'on lui témoigna dans les années qui suivirent :

Trois choses se succèdent continuellement dans les discours de Bossuet : le trait de génie ou d'éloquence ; la citation, si bien fondue avec le texte qu'elle ne fait plus qu'un avec lui ; enfin, la réflexion ou le coup d'œil d'aigle sur les causes de l'événement rapporté. Souvent aussi cette lumière de l'Église porte la clarté dans les discussions de la plus haute métaphysique ou de la théologie la plus sublime ; rien ne lui est ténèbres. L'évêque de Meaux a créé une langue que lui seul a parlée, où souvent le terme le plus simple et l'idée la plus relevée, l'expression la plus commune et l'image la plus terrible, servent, comme dans l'Écriture, à se donner des dimensions énormes et frappantes [...].

Nous avons remarqué qu'à l'exception de Pascal, de Bossuet, de Massillon, de La Fontaine, les écrivains du siècle de Louis XIV, faute d'avoir assez vécu dans la retraite, ont ignoré cette espèce de sentiment mélancolique, dont on fait aujourd'hui un si étrange abus.

Mais comment donc l'évêque de Meaux, sans cesse au milieu des pompes de Versailles, a-t-il connu cette profondeur de rêverie ? C'est qu'il a trouvé dans la religion une solitude ; c'est que son corps était dans le monde, et son esprit au désert ; c'est qu'il avait mis son cœur à l'abri dans les tabernacles secrets du Seigneur ; c'est comme il l'a dit lui-même de Marie-Thérèse d'Autriche, « qu'on le voyait courir aux autels pour y goûter avec David un humble repos, et s'enfoncer dans son oratoire, où, malgré le tumulte de la cour, il trouvait le Carmel d'Élie, le désert de Jean, et la montagne si souvent témoin des gémissements de Jésus » (Chateaubriand, Génie du Christianisme, *III, IV, 4*).

Plus précis, le jugement de Joseph Joubert mérite d'être également cité, car il témoigne d'une nouvelle approche des sermons, en même temps qu'il souligne une caractéristique originale du style de Bossuet, son goût pour la diversité des registres linguistiques :

Dans le style de Bossuet, la franchise et la bonhomie gauloises se font sentir avec grandeur. Il est pompeux et sublime, populaire et presque naïf.

Bossuet emploie tous nos idiomes, comme Homère employait tous les dialectes. Le langage des rois, des politiques et des guerriers, celui du peuple et du savant, du village et de l'école, du sanctuaire et du barreau ; le vieux et le nouveau, le trivial et le pompeux, le sourd et le sonore, tout lui sert, et de tout cela il fait un style simple, grave, majestueux. Ses idées sont, comme ses mots, variées, communes et sublimes. Tous les temps et toutes les doctrines lui étaient sans cesse présents, comme toutes les choses et tous les mots (Pensées, 1838).

Plus tard dans le siècle, la connaissance de Bossuet et l'établissement du texte des sermons ayant progressé grâce aux travaux de divers érudits, plusieurs critiques — Sainte-Beuve, Brunetière, Lanson — s'enthousiasmèrent pour l'auteur du *Carême du Louvre*, célébrant en lui l'un des plus grands poètes lyriques de l'âge classique :

Toutes les qualités du lyrique, Bossuet les a eues ; et d'abord cette fécondité, cette vivacité, cette spendeur d'imagination qui ne brillent pas moins dans le détail du style que dans la conception ou dans la composition des ensembles [...]. Le style de Bossuet n'est qu'une création perpétuelle, une perpétuelle évocation d'images ; ses métaphores ne tournent pas court ; elles se développent, tantôt avec l'ampleur paisible d'un Lamartine, tantôt avec la fougue d'un Victor Hugo. «Ce que l'œil n'a pas aperçu, ce que l'oreille n'a pas ouï, ce qui n'est jamais entré dans le cœur de l'homme», c'est le sujet ordinaire de ses entretiens, qu'il excelle à nous faire voir comme au travers d'une brusque déchirure de la réalité (F. Brunetière, Bossuet, 1914).

Enfin, au début du XXe siècle, deux poètes, conquis par sa maîtrise du verbe, s'accorderont à faire de Bossuet l'un des plus grands écrivains de notre littérature. Paul Valéry, bien qu'étranger aux croyances de Bossuet, qu'il juge «peu capables d'exciter vivement nos esprits», voit en lui la formule même du génie artistique :

PAUL VALÉRY
Sur Bossuet[1]

Dans l'ordre des écrivains, je ne vois personne au-dessus de Bossuet ; nul plus sûr de ses mots, plus fort de ses verbes, plus

1. Dijon, **1926**, repris dans *Variété II*, 1929.

énergique et plus délié dans tous les actes du discours, plus hardi et plus heureux dans la syntaxe, et, en somme, plus maître du langage, c'est-à-dire de soi-même. Cette pleine et singulière possession qui s'étend de la familiarité à la suprême magnificence, et depuis la parfaite netteté articulée jusqu'aux effets les plus puissants et retentissants de l'art, implique une conscience ou une présence extraordinaire de l'esprit en regard de tous les moyens et de toutes les fonctions de la parole.

Bossuet dit ce qu'il veut. Il est essentiellement volontaire, comme le sont tous ceux que l'on nomme classiques. Il procède par constructions, tandis que nous procédons par accidents; il spécule sur l'attente qu'il crée tandis que les modernes spéculent sur la surprise. Il part puissamment du silence, anime peu à peu, enfle, élève, organise sa phrase, qui parfois s'édifie en voûte, se soutient de propositions latérales distribuées à merveille autour de l'instant, se déclare et repousse ses incidentes qu'elle surmonte pour toucher enfin à sa clé, et redescendre après des prodiges de subordination et d'équilibre jusqu'au terme certain et à la résolution complète de ses forces.

Quant aux pensées qui se trouvent dans Bossuet, il faut bien convenir qu'elles paraissent aujourd'hui peu capables d'exciter vivement nos esprits. C'est nous-mêmes au contraire qui leur devons prêter un peu de vie par un effort sensible et moyennant quelque érudition. Trois siècles de changements très profonds et de révolutions dans tous les genres, un nombre énorme d'événements et d'idées intervenus rendent nécessairement naïve, ou étrange, et quelquefois inconcevable à la postérité que nous sommes, la substance des ouvrages d'un temps si différent du nôtre. Mais autre chose se conserve. La plupart des lecteurs attribuent à ce qu'ils appellent le fond *une importance supérieure, et même infiniment supérieure, à celle de ce qu'ils nomment la* forme. *Quelques-uns, toutefois, sont d'un sentiment tout contraire à celui-ci qu'ils regardent comme une pure superstition. Ils estiment audacieusement que la structure de l'expression a une sorte de réalité tandis que le sens ou l'idée n'est qu'une ombre. La valeur de l'idée est indéterminée; elle varie avec les personnes et les époques. Ce que l'un juge profond est pour l'autre d'une évidence insipide ou d'une absurdité insupportable. Enfin, il suffit de regarder autour de soi pour observer que ce qui peut intéresser encore les modernes aux lettres anciennes n'est pas de l'ordre des connaissances mais de l'ordre des exemples et des modèles.*

Pour ces amants de la forme, une forme, quoique toujours provoquée ou exigée par quelque pensée, a plus de prix, et même de

*sens, que toute pensée. Ils considèrent dans les formes la vigueur
et l'élégance des actes; et ils ne trouvent dans les pensées que
l'instabilité des événements.*

*Bossuet leur est un trésor de figures, de combinaisons et d'opé-
rations coordonnées. Ils peuvent admirer passionnément ces com-
positions du plus grand style, comme ils admirent l'architecture
de temples dont le sanctuaire est désert et dont les sentiments et
les causes qui les firent édifier se sont dès longtemps affaiblis.
L'arche demeure.*

Et Paul Claudel, grand admirateur d'Homère et d'Eschyle,
d'égaler Bossuet aux plus grands génies de l'Antiquité:

*Les plus grands poètes français, ceux qui, par la hardiesse et
la puissance de l'invention, la splendeur des images, les res-
sources du style, la richesse de la musique, la vivacité des sentiments, la grandeur et la beauté de la composition, sont les égaux
des plus sublimes génies de l'Antiquité, ces poètes se trouvent
être des prosateurs. Il n'y a pas un nom, à mon humble avis,
parmi les poètes versificateurs qui puisse être comparé à ceux
de Rabelais, de Bossuet, de Saint-Simon, de Chateaubriand, et
même de Balzac et de Michelet (lettre du 11 novembre 1927 à
Paul Souday, Œuvres en prose, éd. Pléiade, 1965, p. 1458).*

CALENDRIER DU *CARÊME DU LOUVRE*

Ouverture par anticipation
jeudi 2 février : « Pour la Purification de la Vierge »

Première semaine
dimanche 26 février. « Sur la Prédication évangélique »
[mercredi 1er mars][1]
[vendredi 3 mars]

Deuxième semaine : *Autour du mauvais Riche*
dimanche 5 mars : « Sur l'Impénitence finale » (ou « Sermon du mauvais Riche »)
[mercredi 8 mars : « Sur l'Enfer »]
vendredi 10 mars : « Sur la Providence »

Troisième semaine : *Sur la Charité fraternelle*
[dimanche 12 mars]
[mercredi 15 mars] } péroraison
[vendredi 17 mars]

Quatrième semaine
dimanche 19 mars : « Sur l'Ambition »
mercredi 22 mars : « Sur la Mort »
samedi 25 mars : « Pour l'Annonciation de la Sainte Vierge »

---

1. Nous signalons entre crochets les sermons perdus pour donner une idée de ce que fut le *Carême* dans son ensemble.

Cinquième semaine : *Sur la Pénitence*

dimanche 26 mars : « Sur l'efficacité de la Pénitence »
mercredi 29 mars : « Sur l'ardeur de la Pénitence »
vendredi 31 mars : « Sur l'intégrité de la Pénitence »

Sixième semaine

dimanche 2 avril : « Sur les devoirs des Rois »
vendredi 7 avril (Vendredi saint) : « Sur la Passion de Notre-
    Seigneur »

DOCUMENTS

Méditation sur la brièveté de la vie
1648

Bossuet fut ordonné sous-diacre à Langres le 21 septembre 1648. Ce texte — un des tout premiers écrits de Bossuet qui nous soient parvenus — aurait été rédigé pendant la retraite qui précéda l'ordination. Au travers d'une réflexion sur le temps qui rappelle les *Confessions* d'Augustin (livre XI), le jeune homme exprime sa renonciation au monde et à ses plaisirs. Certaines formules font songer à Pascal (en particulier à la *Prière pour demander à Dieu le bon usage des maladies* et à la *Lettre pour porter à chercher Dieu*). Si le ton est très différent de celui des sermons que Bossuet prononça à la même époque, c'est qu'il s'agit d'une méditation, d'un écrit pour soi, d'une sorte de confession où l'auteur s'autorise davantage de naturel, de spontanéité. On y découvre toutefois quelques-uns des traits qui caractériseront la grande éloquence de Bossuet, comme le refrain et la richesse des images. Le prédicateur devait réutiliser ce texte à plusieurs reprises : dans le *Panégyrique de saint Bernard* (1653), dans le *Sermon sur la Mort* (1662) et, enfin, dans l'*Oraison funèbre d'Henriette d'Angleterre* (1670).

C'est bien peu de chose que l'homme, et tout ce qui a fin est bien peu de chose. Le temps viendra où cet homme qui nous semblait si grand ne sera plus, où il sera comme l'enfant qui est encore à naître, où il ne sera rien. Si longtemps qu'on soit au monde, y serait-on mille ans, il en faut venir là. Il n'y a que le temps de ma vie qui me fait différent de ce qui ne fut jamais :

cette différence est bien petite, puisqu'à la fin je serai encore confondu avec ce qui n'est point, et qu'arrivera le jour où il ne paraîtra pas seulement que j'aie été, et où peu m'importera combien de temps j'ai été, puisque je ne serai plus. J'entre dans la vie avec la loi d'en sortir, je viens faire mon personnage, je viens me montrer comme les autres ; après, il faudra disparaître. J'en vois passer devant moi, d'autres me verront passer ; ceux-là mêmes donneront à leurs successeurs le même spectacle ; et tous enfin se viendront confondre dans le néant.

Ma vie est de quatre-vingts ans tout au plus ; prenons-en cent : qu'il y a eu de temps où je n'étais pas ! qu'il y en a où je ne serai point ! et que j'occupe peu de place dans ce grand abîme de temps ! Je ne suis rien ; ce petit intervalle n'est pas capable de me distinguer du néant où il faut que j'aille. Je ne suis venu que pour faire nombre, encore n'avait-on que faire de moi ; et la comédie ne se serait pas moins bien jouée, quand je serais demeuré derrière le théâtre. Ma partie est bien petite en ce monde, et si peu considérable, que, quand je regarde de près, il me semble que c'est un songe de me voir ici, et que tout ce que je vois ne sont que de vains simulacres[1] : *Præterit figura hujus mundi*[2].

Ma carrière est de quatre-vingts ans tout au plus ; et, pour aller là, par combien de périls faut-il passer ? par combien de maladies, etc. ? à quoi tient-il que le cours ne s'en arrête à chaque moment ? Ne l'ai-je pas reconnu quantité de fois ? J'ai échappé[3] *la mort à telle et telle rencontre : c'est mal parler*[4], *j'ai échappé la mort : j'ai évité ce péril, mais non pas la mort : la mort nous dresse diverses embûches ; si nous échappons l'une, nous tombons en une autre ; à la fin, il faut venir entre ses mains. Il me semble que je vois un arbre battu des vents ; il y a des feuilles qui tombent à chaque moment ; les unes résistent plus, les autres moins : que s'il y en a qui échappent de l'orage, toujours l'hiver viendra, qui les flétrira et les fera tomber ; ou comme dans une grande tempête, les uns sont soudainement suffoqués, les autres flottent sur un ais abandonné aux vagues ; et lorsqu'il croit avoir évité tous les périls,*

---

1. Thème baroque aux résonances platoniciennes (voir «Sermon sur la Mort», p. 153, n. 1).
2. I Corinthiens VII, 31. On trouvera sous la plume de Pascal un passage d'inspiration analogue dans le discours prêté au libertin (*Pensées*, Le Guern 398 ; Sellier 681 ; Lafuma 427).
3. Bossuet emploie de manière transitive certains verbes devenus intransitifs aujourd'hui, comme *échapper*.
4. Cette attention aux habitudes langagières, qu'on retrouve dans les sermons, rappelle saint Augustin.

après avoir duré longtemps, un flot le pousse contre un écueil et le brise. Il en est de même : le grand nombre d'hommes qui courent la même carrière fait que quelques-uns passent jusqu'au bout ; mais, après avoir évité les attaques diverses de la mort, arrivant au bout de la carrière où ils tendaient parmi tant de périls, ils la vont trouver eux-mêmes, et tombent à la fin de leur course : leur vie s'éteint d'elle-même comme une chandelle qui a consumé sa matière[1].

Ma carrière est de quatre-vingts ans tout au plus ; et de ces quatre-vingts ans, combien y en a-t-il que je compte pendant ma vie ? Le sommeil est plus semblable à la mort ; l'enfance est la vie d'une bête. Combien de temps voudrais-je avoir effacé de mon adolescence ? et quand je serai plus âgé, combien encore ? Voyons à quoi tout cela se réduit. Qu'est-ce que je compterai donc ? car tout cela n'en[2] *est déjà pas. Le temps où j'ai eu quelque contentement, où j'ai acquis quelque honneur ? mais combien ce temps est-il clairsemé dans ma vie ? c'est comme des clous attachés à une longue muraille, dans quelque distance ; vous diriez que cela occupe bien de la place ; amassez-les, il n'y en a pas pour emplir la main*[3]. *Si j'ôte le sommeil, les maladies, les inquiétudes, etc., de ma vie ; que je prenne maintenant tout le temps où j'ai eu quelque contentement ou quelque honneur, à quoi cela va-t-il ? Mais ces contentements, les ai-je eus tous ensemble ? les ai-je eus autrement que par parcelles ? mais les ai-je eus sans inquiétude, et, s'il y a de l'inquiétude, les donnerai-je au temps que j'estime, ou à celui que je ne compte pas ? Et ne l'ayant pas eu à la fois, l'ai-je du moins eu tout de suite ? l'inquiétude n'a-t-elle pas toujours divisé deux contentements ? ne s'est-elle pas toujours jetée à la traverse pour les empêcher de se toucher ? Mais que m'en reste-t-il ? Des plaisirs licites, un souvenir inutile ; des illicites, un regret, une obligation à l'enfer ou à la pénitence, etc.*

Ah ! que nous avons bien raison de dire que nous passons notre temps ! Nous le passons véritablement, et nous passons avec lui. Tout mon être tient à un moment ; voilà ce qui me sépare du rien : celui-là s'écoule, j'en prends un autre ; ils se passent les uns après les autres ; les uns après les autres je les joins, tâchant de m'assurer ; et je ne m'aperçois pas qu'ils m'entraînent insensiblement avec eux, et que je manquerai au temps,

---

1. L'image de la chandelle qui s'éteint n'est pas originale. On la trouve fréquemment dans les récits de mort de l'époque.

2. De ma carrière.

3. Cette métaphore optique fait écho aux accents platoniciens du premier paragraphe : n'offre-t-elle pas un exemple de « vains simulacres » ?

non pas le temps à moi[1]. *Voilà ce que c'est que de ma vie ; et ce qui est épouvantable, c'est que cela passe à mon égard, devant Dieu cela demeure. Ces choses me regardent. Ce qui est à moi, la possession en dépend du temps, parce que j'en dépends moi-même ; mais elles sont à Dieu devant[2] moi, elles dépendent de Dieu devant que du temps ; le temps ne les peut tirer de son empire, il est au-dessus du temps : à son égard cela demeure, cela entre dans ses trésors. Ce que j'y aurai mis, je le trouverai : ce que je fais dans le temps, passe par le temps à l'éternité ; d'autant que le temps est compris et est sous l'éternité, et aboutit à l'éternité. Je ne jouis des moments de cette vie que durant le passage ; quand ils passent, il faut que j'en réponde comme s'ils demeuraient. Ce n'est pas assez dire : ils sont passés, je n'y songerai plus. Ils sont passés, oui pour moi, mais à Dieu, non ; il m'en demandera compte.*

Hé bien ! mon âme, est-ce donc si grand'chose que cette vie ? et si cette vie est si peu de chose, parce qu'elle passe, qu'est-ce que les plaisirs qui ne tiennent pas toute la vie, et qui passent en un moment ? cela vaut-il bien la peine de se damner ? cela vaut-il bien la peine de se donner tant de peine, d'avoir tant de vanité ? Mon Dieu, je me résous de tout mon cœur, en votre présence, de penser tous les jours, au moins en me couchant et en me levant, à la mort. En cette pensée : «J'ai peu de temps, j'ai beaucoup de chemin à faire, peut-être en ai-je encore moins que je ne pense», je louerai Dieu de m'avoir retiré ici pour songer à la pénitence, et mettrai ordre à mes affaires, à ma confession, à mes exercices avec grande exactitude, grand courage et grande diligence ; pensant, non pas à ce qui passe, mais à ce qui demeure.

1. Ce paragraphe rappelle saint Augustin (voir *Confessions*, XI, 15). Sur l'angoisse du discontinu qui s'exprime dans ces lignes, comme en 1662 dans le «Sermon sur la Mort», voir Jacques Le Brun, *La Spiritualité de Bossuet*, Klincksieck, 1972, p. 172-174.
2. Avant d'être à moi.

Bossuet prédicateur
Formation et évolution de Bossuet
jusqu'au *Carême du Louvre*

Les années de formation

Élève au collège jésuite de Dijon, le jeune Bossuet se nourrit
de culture antique. Il apprécie surtout les auteurs latins : Tite-
Live, Virgile, Salluste et Cicéron. Lui-même parle et écrit le
latin comme une seconde langue maternelle : « Le génie [de
cette langue] n'est pas éloigné de celui de la nôtre, ou plutôt est
tout le même[1] », estime-t-il. De fait, sa phrase d'orateur se modè-
lera encore sur la période cicéronienne et restera parsemée de
latinismes. À quinze ans, il découvre une Bible et la lit : expérience décisive dont il aurait reçu, si l'on en croit son biographe
François Ledieu, une vive « impression de joie et de lumière ».
L'illumination était spirituelle, mais aussi poétique. « Si j'avais
à former un homme dans son enfance, à mon gré, je voudrais
lui faire choisir plusieurs beaux endroits de l'Écriture et les lui
faire lire souvent, en sorte qu'il les sût par cœur[2]. » L'hypothèse
ne voile-t-elle pas la confidence autobiographique ? La Bible
l'enchanta par ses « beaux endroits » : il y découvrit une source
de poésie où il ne cesserait de puiser, acquérant une telle familiarité avec les textes bibliques qu'il les citait de mémoire avec
une fidélité étonnante. En 1642, il entre au collège de Navarre,
pour y suivre des études de philosophie et de théologie. Il lit
assidûment les Pères de l'Église, qu'il relira à plusieurs autres
moments de sa vie. Parmi les latins, il goûte surtout Tertullien,
dont il apprécie la hardiesse et les belles sentences, et saint
Augustin dont il dira, avec tout son siècle, que c'est « le maître
de tous les prédicateurs de l'Évangile, le docteur des docteurs,

---

1. « Écrit au cardinal de Bouillon ». En 1669, un jeune homme, Théo-
dose-Emmanuel de La Tour d'Auvergne, récemment nommé au cardi-
nalat, demanda conseil à Bossuet sur la manière de se former à la
prédication. Bossuet lui répondit par une lettre, connue sous le titre
d'*Écrit au cardinal de Bouillon*, qui nous livre sur la rhétorique de la
chaire « le point de vue de l'orateur achevé » (Thérèse Goyet) : précieux
témoignage sur la formation que lui-même avait reçue dans sa jeunesse,
ou tout du moins sur ses principales acquisitions.
2. *Ibid.*

l'aigle des Pères[1] » : l'influence sera profonde, et saint Augustin demeure l'auteur le plus cité du *Carême du Louvre*. Parmi les Pères grecs, il distingue saint Jean Chrysostome pour sa « manière de traiter les exemples de l'Écriture, et d'en faire valoir tous les mots et toutes les circonstances[2] » : on le verra l'imiter avec succès.

Si cette culture est vaste, elle n'a rien d'exceptionnel pour l'époque, l'innutrition biblique exceptée. Mais elle allait être mise en œuvre par une personnalité naturellement douée. Parmi les dons de Bossuet orateur, le plus caractéristique est peut-être l'abondance. Bossuet cultive l'ampleur, il énonce une idée, la développe et la répète : « les choses ont besoin d'être méditées : tâchons de les rendre sensibles en les étendant davantage[3] », explique-t-il. Si cette *copia* jamais ne lasse, c'est que s'y manifestent un goût des formules saisissantes, voire paradoxales, et un sens du concret dont le *Carême du Louvre* donnera maints exemples : comparaison familière, détail réaliste, exemple emprunté à la vie de son auditoire. Mais s'il est une qualité qui allait distinguer Bossuet des prédicateurs de son temps, c'est sans doute l'improvisation. Plusieurs anecdotes témoignent de cette facilité avec laquelle il improvisait, entièrement ou pour partie, ses sermons : à seize ans, il aurait été invité à l'hôtel de Rambouillet pour y prêcher un sermon qu'il aurait composé « enfermé seul et sans livres » sur un sujet imposé[4]. Au début de sa carrière parisienne, l'arrivée inattendue du prince de Condé dans l'église des Minimes le contraignit à improviser la fin de son sermon « sur l'Honneur du monde » pour y insérer un compliment au prince ami. Ce talent était servi par une prodigieuse mémoire qu'atteste sa connaissance de la Bible, mais que prouve aussi sa méthode de travail. Bossuet réutilisait fréquemment des sermons déjà prêchés : il les reprenait parfois intégralement, plus souvent sous forme d'extraits. En ce cas, il lui arrivait de ne pas rédiger son texte, se contentant d'un simple canevas où quelques annotations suf-

---

1. Sermon de vêture prêché à Metz vers 1658. Sur l'augustinisme du XVIIᵉ siècle, voir Jean Dagens, « Le XVIIᵉ siècle, siècle de saint Augustin », *Cahiers de l'Association internationale des études françaises*, 1953, p. 31-38 ; et Philippe Sellier, *Pascal et saint Augustin*, Colin, 1970.
2. « Écrit au cardinal de Bouillon ».
3. Cité par Rébelliau, *Bossuet*, Hachette, 1905, p. 24.
4. Le sermon fut prêché à onze heures du soir, devant les habitués de la Chambre Bleue, ce qui fit dire à Voiture ce mot, resté célèbre : « Je n'ai jamais ouï prêcher ni si tôt, ni si tard. »

fisaient à ressusciter le souvenir d'un développement antérieur : le manuscrit de certains sermons se présente ainsi comme une succession de renvois à de précédents discours.

L'évolution du prédicateur

Dès ses études au collège de Navarre, Bossuet s'initie au métier de prédicateur : il s'entraîne surtout devant ses professeurs. Ses différentes fonctions — directeur de la confrérie du Rosaire, chanoine de Metz — lui imposent également de pratiquer régulièrement l'éloquence. Ses véritables débuts ont lieu à Metz en 1652. Les sermons qu'on a conservés de cette période révèlent encore quelque maladresse : les divisions y sont souvent artificielles, les définitions techniques trop fréquentes. Des images étranges, aux applications subtiles, y fleurissent, à côté de détails d'un réalisme parfois violent[1]. Ces défauts, vestiges de l'âge précédent, n'allaient pas tarder à s'atténuer, en partie sous l'influence de saint Vincent de Paul. Les deux hommes s'étaient rencontrés alors que Bossuet accomplissait sa retraite d'ordinand à Saint-Lazare. Des liens durables s'établirent, comme l'atteste leur correspondance. De l'enseignement de Monsieur Vincent, Bossuet conservera toute sa vie le souci des petits, des simples qui s'exprime dès 1659 dans le sermon « Sur l'éminente dignité des pauvres ». Bossuet participa aussi aux conférences des mardis où le saint enseignait aux prêtres sa « petite méthode ». Sous son influence, il fut tenté de condamner à son tour la rhétorique. Les protestations contre les abus de la rhétorique étaient d'ailleurs devenues dans la seconde moitié du siècle un lieu commun de la prédication. Bossuet toutefois devait le pousser très loin dans le « Panégyrique de saint Paul » (1657), entraîné peut-être par son goût du paradoxe. Il loue le style « inégal et sans suite » de l'Apôtre : « Ses prédications persuaderont parce qu'elles n'ont point de force pour persuader [...]. Il ira, cet ignorant dans l'art de bien dire, avec cette locution rude, avec cette phrase qui sent l'étranger, il ira en cette Grèce polie, la mère des philosophes et des orateurs [...] il y établira plus d'Églises que Platon n'y a gagné de disciples par cette éloquence qu'on a crue divine[2]. » Mais telle n'était pas sa propre manière, davantage portée à l'éloquence romaine. Aussi n'allait-il pas tarder à nuancer sa position, conservant toutefois de l'enseignement de Monsieur Vincent un idéal de simplicité évangélique.

---

1. Voir, par exemple, le « Panégyrique de saint Gorgon », *Œuvres oratoires*, t. I, p. 31-46.
2. « Panégyrique de saint Paul », *Œuvres oratoires*, t. II, p. 321 et 326.

En 1659 Bossuet vient à Paris, où très vite il est amené à prêcher devant un public mondain. Ainsi, en 1660 il prêche le carême aux Minimes, place Royale (actuelle place des Vosges). Ce public raffiné l'impressionne, l'inquiète même. Pour tenter de répondre à ses attentes, il avoue dans l'un de ses sermons sacrifier «à ces ornements étrangers que nous sommes contraints quelquefois de rechercher pour l'amour de vous parce que telle est votre délicatesse que vous ne pouvez goûter Jésus-Christ tout seul dans la simplicité de l'Évangile[1]». L'évolution est sensible, qui le sépare du «Panégyrique de saint Paul». Une transformation est en cours, favorisée par la rencontre du public parisien. En contraignant Bossuet à sacrifier à la rhétorique, «la Ville» l'aidait à trouver sa propre formule et à devenir l'un des représentants les plus illustres du classicisme. L'année suivante, prêchant aux grandes Carmélites où viennent l'écouter les reines Marie-Thérèse et Anne d'Autriche, il peut enfin livrer dans le «Sermon sur la Parole de Dieu» la théorie oratoire qui sera dorénavant la sienne.

Sermon sur la Parole de Dieu
1661
(extraits)

En effet c'était l'habitude, au début des stations de carême, de proposer dans une sorte de discours-programme la théorie oratoire que les sermons suivants allaient mettre en pratique : le «Sermon sur la Parole de Dieu», que Bossuet réutilisera en partie dans le «Sermon sur la Prédication évangélique» de 1662, puis à nouveau en 1665 et 1670[2], est l'expression la plus fidèle de sa conception de la prédication. L'argument central — le parallèle, énoncé dès l'exorde, entre la Parole de Dieu[3] et

1. «Sermon sur les vaines excuses des Pécheurs», *Œuvres oratoires*, t. III, p. 337. Sur cette étape importante que constitue le Carême des Minimes dans la carrière de Bossuet, voir l'article de Jacques Truchet, «Bossuet et l'éloquence religieuse au temps du Carême des Minimes», *XVIIᵉ Siècle*, 1961, p. 64-76.
2. En 1665, pour le Carême de Saint-Thomas du Louvre, et en 1670, aux Nouveaux Convertis (voir *Œuvres oratoires*, t. III, p. 617).
3. L'expression «Parole de Dieu» désigne ici à la fois l'Écriture sainte et les discours des prédicateurs.

l'Eucharistie — est hérité des Pères de l'Église: on le trouve
également chez d'autres prédicateurs du temps[1], mais à Bossuet qui sut le décliner sous des aspects très divers et l'étayer
de saisissantes images, il offrit la matière de l'un de ses plus
beaux sermons.

[...] *Le temple de Dieu, mes Sœurs, a deux places augustes et
vénérables, je veux dire l'autel et la chaire. Là, se présentent les
requêtes; ici, se publient les ordonnances; là, les ministres des
choses sacrées parlent à Dieu de la part du peuple; ici, ils parlent au peuple de la part de Dieu; là, Jésus-Christ se fait adorer
dans la vérité de son corps; il se fait reconnaître ici dans la
vérité de sa doctrine. Il y a une très étroite alliance entre ces deux
places sacrées, et les œuvres qui s'y accomplissent ont un rapport admirable. Le mystère de l'autel ouvre le cœur pour la
chaire; le ministère de la chaire apprend à s'approcher de l'autel. De l'un et de l'autre de ces deux endroits est distribuée aux
enfants de Dieu une nourriture céleste; Jésus-Christ prêche dans
l'un et dans l'autre; là, rappelant en notre pensée la mémoire de
sa Passion et nous apprenant par même moyen à nous sacrifier
avec lui, il nous prêche d'une manière muette; ici, il nous donne
des instructions animées par la vive voix; et si vous voulez
encore un plus grand rapport, là, par l'efficace du Saint-Esprit et
par des paroles mystiques, auxquelles on ne doit point penser
sans tremblement, se transforment les dons proposés au[2] corps
de Notre-Seigneur Jésus-Christ; ici, par le même Esprit et encore
par la puissance de la parole divine, doivent être secrètement
transformés les fidèles de Jésus-Christ pour être faits son corps et
ses membres.*
*C'est à cause de ce rapport admirable entre l'autel et la chaire
que quelques docteurs anciens n'ont pas craint de prêcher aux
fidèles qu'ils doivent approcher de l'une et de l'autre avec une
vénération semblable; et sur ce sujet, Chrétiens, vous serez bien
aises d'entendre des paroles remarquables de saint Augustin, qui
sont renommées parmi les savants, et que je rapporterai en leur
entier dès le commencement de ce discours, auquel elles doivent
servir de fondement. Voici comme parle ce grand évêque* (Homélie XXVI, parmi ses Cinquante): «*Je vous demande, mes Frères,
laquelle de ces deux choses vous semble de plus grande dignité,
la parole de Dieu ou le corps de Jésus-Christ. Si vous voulez dire*

1. Voir J. Truchet, «La substance de l'éloquence sacrée d'après le
XVIIe siècle français», *XVIIe Siècle*, 1955, p. 309-329.
2. *Au*: en.

la vérité, vous répondrez sans doute que la parole de Jésus-Christ ne vous semble pas moins estimable que son corps. Ainsi donc, autant que nous apportons de précaution pour ne pas laisser tomber à terre le corps de Jésus-Christ qu'on nous présente, nous en devons autant apporter pour ne pas laisser tomber de notre cœur la parole de Jésus-Christ qu'on nous annonce ; parce que celui-là n'est pas moins coupable qui écoute négligemment la sainte parole que celui qui laisse tomber par sa faute le corps même du Fils de Dieu. »

Voilà les propres termes de saint Augustin, qui me donnent lieu, Chrétiens, d'approfondir aujourd'hui ce secret rapport entre le mystère de l'Eucharistie et le ministère de la parole, parce que je ne trouve rien de plus efficace pour attirer le respect à la sainte prédication, ni rien aussi de plus convenable pour expliquer les dispositions avec lesquelles il la faut entendre. Ce rapport dont nous parlons consiste en trois choses que je vous prie d'écouter attentivement.

Je dis premièrement, Chrétiens, qu'avec la même religion que vous désirez que l'on vous donne à l'autel la vérité[1] du corps de Notre-Seigneur, vous devez désirer aussi que l'on vous prêche en la chaire la vérité de sa parole. C'est la première disposition ; mais il faut encore passer plus avant. Car, comme il ne suffit pas que vous receviez au dehors la vérité de ce pain céleste, et que vous vous sentez obligés d'ouvrir la bouche du cœur plutôt même que celle du corps, ainsi, pour bien entendre la sainte parole, vous devez être attentifs au dedans et prêter l'oreille du cœur. Ce n'est pas assez, Chrétiens, et voici la perfection du rapport et la consommation du mystère. Comme en recevant dans le cœur cette nourriture sacrée, vous devez tellement vous en sustenter qu'il paraisse à votre bonne disposition que vous avez été nourris à la table du Fils de Dieu ; ainsi vous devez profiter de sorte de sa parole divine qu'il paraisse par votre vie que vous avez été instruits dans son école [...].

Premier point

Les chrétiens délicats qui, ne connaissant pas la croix du Sauveur, qui est le grand mystère de son royaume, cherchent partout

---

1. *Vérité* au sens de réalité. Mais sous une plume augustinienne, *vérité* doit aussi s'entendre par opposition à *figure* : ainsi l'Eucharistie est le *vrai pain du ciel* (Jean VI, 32) dont le pain terrestre n'est que la figure (voir Pascal, *Pensées*, « Que la loi est figurative », Le Guern 237 et 251 ; Sellier 285 et 299 ; Lafuma 253 et 268).

*ce qui les flatte et qui les délecte, même dans le temple de Dieu,
s'imaginent être innocents de désirer dans les chaires les discours qui plaisent et non ceux qui touchent et qui édifient, et
énervent*[1] *par ce moyen toute l'efficace de l'Évangile. Pour les
désabuser aujourd'hui de cette erreur dangereuse, voici la proposition que j'avance : que, comme il n'y a aucun homme assez
insensé pour ne chercher pas à l'autel la vérité du mystère, aussi
aucun ne doit être assez téméraire pour ne chercher [pas] à la
chaire la pureté de la parole.*

    [...] C'est ce qui a fait dire à Tertullien, dans le livre de la
Résurrection, *« que la parole de vie est comme la chair du Fils de
Dieu* : Itaque sermonem constituens vivificatorem..., eumdem
etiam carnem suam dixit*[2]* ; et au savant Origène (*Homélie xxxv
sur saint Matthieu*), « que la parole qui nourrit les âmes est une
espèce de corps dont le Fils de Dieu s'est revêtu* : Panis quem
Deus corpus suum esse fatetur, verbum est nutritorium anima-
rum.» *Que veulent-ils dire, Messieurs, et quelle ressemblance
ont-ils pu trouver entre le corps de notre Sauveur et la parole de
son Évangile ? Voici le fond de cette pensée : c'est que le Fils de
Dieu retirant de nous cette apparence visible, et désirant néanmoins demeurer encore avec ses fidèles, il a pris comme une
espèce de second corps, je veux dire la parole de son Évangile, qui
est, en effet, comme un corps dont sa vérité est revêtue ; et en ce
nouveau corps, âmes saintes, il vit et il converse*[3] *encore avec
nous, il agit et il travaille encore pour notre salut, il prêche et il
nous donne tous les jours des enseignements de vie éternelle.*

    *C'est pour cela que les saints docteurs ont tant de fois comparé
la parole de l'Évangile avec le sacrement de l'Eucharistie ; c'est
pour cela que saint Augustin a prêché sans crainte que la parole
de Jésus-Christ n'est pas moins vénérable que son corps même.
Vous l'avez ouï, Chrétiens ; nous pèserons peut-être ces mots en
un autre lieu*[4]. *Maintenant, pour ne rien confondre, faisons cette
réflexion sur toute la doctrine précédente. Si vous l'avez assez
entendue, vous devez maintenant être convaincus que les prédicateurs de l'Évangile ne montent pas dans les chaires pour y faire
de vains discours qu'il faille entendre pour se divertir. À Dieu ne*

---

    1. *Énerver* : affaiblir, épuiser (au sens étymologique d'*enervare* : cou-
per les nerfs).
    2. Tertullien, *La Résurrection de la chair*, n. 37.
    3. *Converser* : séjourner, demeurer.
    4. Entendre *un autre lieu du discours*. Plus loin en effet, Bossuet pro-
posera un libre commentaire des mots d'Augustin déjà cités au début du
sermon.

plaise que nous le croyions! Ils y montent dans le même esprit qu'ils vont à l'autel; ils y montent pour y célébrer un mystère, et un mystère semblable à celui de l'Eucharistie. Car le corps de Jésus-Christ n'est pas plus réellement dans le sacrement adorable que la vérité de Jésus-Christ est dans la prédication évangélique[1]. Dans le mystère de l'Eucharistie, les espèces[2] que vous voyez sont des signes, mais ce qui est enfermé dedans, c'est le corps même de Jésus-Christ. Et dans les discours sacrés, les paroles que vous entendez sont des signes, mais la pensée qui les produit et celle qu'elles vous portent, c'est la vérité même du Fils de Dieu.

Que chacun parle ici à sa conscience et s'interroge soi-même en quel esprit il écoute. Que chacun pèse devant Dieu si c'est un crime médiocre de ne faire plus, comme nous faisons, qu'un divertissement et un jeu du plus grave, du plus important, du plus nécessaire emploi de l'Église. Car c'est ainsi [que] les saints conciles nomme[nt] le ministère de la parole. Mais pensez maintenant, mes Frères, quelle est l'audace de ceux qui attendent ou exigent même des prédicateurs autre chose que l'Évangile; qui veulent qu'on leur adoucisse les vérités chrétiennes, ou que, pour les rendre agréables, on y mêle les inventions de l'esprit humain! Ils pourraient avec la même licence souhaiter de voir violer la sainteté de l'autel en falsifiant les mystères. Cette pensée vous fait horreur. Mais sachez qu'il y a pareille obligation de traiter en vérité la sainte parole et les mystères sacrés. D'où il faut tirer cette conséquence, qui doit faire trembler tout ensemble et les prédicateurs et les auditeurs, que, tel que serait le crime de ceux qui feraient ou exigeraient la célébration des divins mystères autrement que Jésus-Christ ne les a laissés, tel est l'attentat des prédicateurs et tel celui des auditeurs, quand ceux-ci désirent et que ceux-là donnent la parole de l'Évangile autrement que ne l'a déposée entre les mains de son Église ce céleste prédicateur que le Père nous ordonne aujourd'hui d'entendre : Ipsum audite[3].

[...] Que si vous voulez savoir maintenant quelle part peut donc avoir l'éloquence dans les discours chrétiens, saint Augustin vous dira qu'il ne lui est pas permis d'y paraître qu'à la suite de la sagesse. Sapientiam [de domo sua, id est, pectore sapien-

---

1. Bossuet a souligné ces trois dernières phrases pour leur importance.
2. Le terme d'*espèces*, qui désigne le pain et le vin, est à entendre au sens étymologique d'apparences (du latin *species*).
3. Extrait du texte du sermon, choisi dans l'évangile du jour, le récit de la Transfiguration (Matthieu XVII, 5): «*Hic est Filius meus dilectus...; ipsum audite*» («Celui-ci est mon Fils bien-aimé... Écoutez-le»). Cette citation est utilisée en refrain tout au long du sermon.

tis, procedere intelligas, et tanquam inseparabilem famulam, etiam non vocatam, sequi eloquentiam] [1]. *Il y a ici un ordre à garder : la sagesse marche devant comme la maîtresse, l'éloquence s'avance après comme la suivante. Mais ne remarquez-vous pas, Chrétiens, la circonspection de saint Augustin, qui dit qu'elle doit suivre sans être appelée ? Il veut dire que l'éloquence, pour être digne d'avoir quelque place dans les discours chrétiens, ne doit pas être recherchée avec trop d'étude. Il faut qu'elle semble venir comme d'elle-même, attirée par la grandeur des choses, et pour servir d'interprète à la sagesse qui parle. Mais quelle est cette sagesse, Messieurs, qui doit parler dans les chaires, sinon Notre-Seigneur Jésus-Christ, qui est la sagesse du Père, qu'il nous ordonne aujourd'hui d'entendre ? Ainsi le prédicateur évangélique, c'est celui qui fait parler Jésus-Christ. Mais il ne lui fait pas tenir un langage d'homme, il craint de donner un corps étranger à sa vérité éternelle : c'est pourquoi il puise tout dans les Écritures, il en emprunte même les termes sacrés, non seulement pour fortifier, mais pour embellir son discours [2]. Dans le désir qu'il a de gagner les âmes, il ne cherche que les choses et les sentiments. Ce n'est pas, dit saint Augustin [3], qu'il néglige les ornements de l'élocution quand il les rencontre en passant, et qu'il les*

---

1. Saint Augustin, *La Doctrine chrétienne*, IV, 10 («Comprends bien que la sagesse s'avance depuis sa demeure, qui est le cœur du sage, et que, comme son inséparable servante, même sans être appelée, la suit l'éloquence»). Cette formule, que Bossuet réutilisera dans l'*Oraison funèbre du Père Bourgoing*, en décembre 1662, est bien conforme à son propre génie : l'orateur n'a pas à refuser les ornements de l'éloquence humaine tant qu'ils se font les fidèles interprètes de la Vérité.

2. Passage capital : non seulement le prédicateur doit se refuser l'exploitation d'autres textes que les saintes Écritures (ou les Pères, devrait-on ajouter, car Bossuet leur confère un statut très proche de celui qu'il accorde à la Bible), mais l'utilisation qu'il en fait doit être littérale, au sens où il doit sans cesse citer le texte même de l'Écriture (*littéral* ne s'oppose donc pas ici à figuratif, mais allusif. Bossuet en effet est, comme Pascal, familier de l'exégèse figurative, selon laquelle événements, personnages ou institutions de l'Ancien Testament annoncent ceux du Nouveau). L'effet obtenu sera double : la citation biblique est l'argument qui «fortifie» le discours, puisque la Bible est la source de toute vérité ; elle est l'ornement qui l'«embellit», car les Livres saints constituent également le plus beau des poèmes. Derrière l'argument, se devinent l'amour de la Bible et l'extraordinaire innutrition scripturaire de Bossuet. De fait l'exploitation du texte biblique prendra sous sa plume de multiples formes — citation, paraphrase, application — et constituera sans aucun doute le trait le plus original de son éloquence.

3. Saint Augustin, *La Doctrine chrétienne*, IV, n. 42.

voit fleurir devant lui par la force des bonnes pensées qui les poussent ; mais aussi n'affecte-t-il pas de s'en trop parer, et tout appareil[1] lui est bon, pourvu qu'il soit un miroir où Jésus-Christ paraisse en sa vérité, un canal d'où sortent en leur pureté les eaux vives de son Évangile[2], ou, s'il faut quelque chose de plus animé, un interprète fidèle qui n'altère, ni ne détourne, ni ne mêle, ni ne diminue sa sainte parole.

Vous voyez par là, Chrétiens, ce que vous devez attendre des prédicateurs. J'entends qu'on se plaint souvent qu'il s'en trouve peu de la sorte ; mais, mes Frères, s'il s'en trouve peu, ne vous en prenez qu'à vous-mêmes : car c'est à vous de les faire tels. Voici un grand mystère que je vous annonce. Oui, mes Frères, c'est aux auditeurs de faire les prédicateurs. Ce ne sont pas les prédicateurs qui se font eux-mêmes. Ne vous persuadez pas qu'on attire du ciel quand on veut cette divine parole. Ce n'est ni la force du génie, ni le travail assidu, ni la véhémente contention qui la font descendre. «On ne peut pas la forcer, dit un excellent prédicateur, il faut qu'elle se donne elle-même : Non exigitur, sed donatur[3].» [...] Voilà le mystère que je promettais. Ce sont les auditeurs fidèles qui font les prédicateurs évangéliques, parce que, les prédicateurs étant pour les auditeurs, «les uns reçoivent d'en haut ce que méritent les autres : Hoc doctor accipit quod meretur auditor[4].» Aimez donc la vérité, Chrétiens, et elle vous sera annoncée ; ayez appétit de ce pain céleste, et il vous sera présenté ; souhaitez d'entendre parler Jésus-Christ, et il fera résonner sa voix jusques aux oreilles [de] votre cœur. C'est là que vous devez vous rendre attentifs, et c'est ce que je tâcherai de vous faire voir dans ma seconde partie.

Deuxième point

Le second rapport, Chrétiens, que nous avons remarqué entre la parole de Dieu et l'Eucharistie, c'est que l'une et l'autre doit aller au cœur, quoique par des voies différentes : l'une par la bouche, l'autre par l'oreille. C'est pourquoi, comme celui-là boit

1. *Appareil* : au sens d'apprêt.
2. Dans une lettre à son ami le maréchal de Bellefonds, Bossuet se compare ainsi à un «pauvre canal où les cieux du ciel passent, et qui à peine en retient quelques gouttes» (lettre du 6 avril 1674, *Correspondance*, t. I, p. 315-316).
3. Saint Pierre Chrysologue, *Sermon LXXXVI*.
4. *Ibid.*

et mange son jugement[1] *qui, approchant du mystère, prépare
seulement la bouche du corps et ferme à Jésus-Christ la bouche
du cœur, ainsi celui-là reçoit sa condamnation, qui, écoutant
parler Jésus-Christ, lui prête l'oreille au dehors et bouche l'ouïe
au dedans à cet enchanteur céleste,* incantantis sapienter[2], *et
n'entend pas Jésus-Christ qui parle. Que si vous me demandez
ici, Chrétiens, ce que c'est que prêter l'oreille au dedans, je vous
répondrai en un mot que c'est écouter attentivement. Mais l'attention dont je parle n'est pas peut-être celle que vous entendez.
Et il nous faut ici expliquer deux choses : combien est nécessaire
l'attention, et en quelle partie de l'âme elle doit être.*

*Pour bien entendre, mes Sœurs, quelle doit être votre attention
à la divine parole, il faut s'imprimer bien avant cette vérité chrétienne, qu'outre le son qui frappe l'oreille, il y a une voix secrète
qui parle intérieurement, et que ce discours spirituel et intérieur,
c'est la véritable prédication, sans laquelle tout ce que disent les
hommes ne sera qu'un bruit inutile :* Intus omnes auditores
sumus[3].

*[...] C'est ce qui a fait dire à saint Augustin : « Voici, mes
Frères, un grand secret :* Magnum sacramentum, fratres[4] : *le son
de la parole frappe les oreilles, le Maître est au dedans ; on parle
dans la chaire, la prédication se fait dans le cœur :* Sonus ver-
borum [nostrum] aures percutit, magister intus est. » *Car il
n'y a qu'un maître, qui est Jésus-Christ ; et lui seul enseigne les
hommes. C'est pourquoi ce Maître céleste a dit tant de fois :
« Qui a des oreilles pour ouïr, qu'il écoute*[5] ». *Certainement,
Chrétiens, il ne parlait pas à des sourds ; mais il savait, ce divin
docteur, qu'il y en a qui en voyant ne voient pas, et qui en écoutant n'écoute[nt] pas*[6] ; *qu'il y a des oreilles intérieures où la voix
humaine ne pénètre pas et où lui seul a droit de se faire entendre.
Ce sont ces oreilles qu'il faut ouvrir pour écouter la prédication.
Ne vous contentez pas d'arrêter vos yeux sur cette chaire maté-*

1. I Corinthiens XI, 29.
2. Psaume LVIII (LVII), 6.
3. Saint Augustin, *Sermon CLXXIX*, 7. La théorie de ce « prédicateur
intérieur », que d'autres orateurs du temps ont contribué à répandre,
était si familière au public qu'on pouvait se contenter d'y faire de simples
allusions (ainsi Bossuet dans l'*Oraison funèbre d'Anne de Gonzague*
s'écriera : « Parlez dans les cœurs, Prédicateur invisible, et faites que chacun se parle à soi-même »).
4. Saint Augustin, *Sur la Lettre de Jean*, III, 13.
5. Matthieu XIII, 9.
6. *Ibid.*, 13.

rielle: «*celui qui enseigne les cœurs a sa chaire au ciel[1]*»; *il y est assis auprès de son Père, et c'est lui qu'il vous faut entendre*: Ipsum audite.

Ne croyez pas, toutefois, que vous deviez mépriser cette parole sensible et extérieure que nous vous portons de sa part. Car, comme dit excellemment saint Jean Chrysostome[2], Dieu vous ayant ordonné deux choses, d'entendre et d'accomplir sa sainte parole, combien est éloigné de la pratique celui qui s'ennuie de l'explication? quand aura le courage de l'accomplir celui qui n'a pas la patience de l'entendre? quand lui donnera son cœur celui qui lui refuse jusqu'à ses oreilles? C'est une loi établie pour tous les mystères du christianisme, qu'en passant à l'intelligence ils se doivent premièrement présenter aux sens; et il l'a fallu en cette sorte pour honorer celui qui, étant invisible par sa nature, a voulu paraître pour l'amour de nous sous une forme sensible. C'est pourquoi nous respectons et l'eau qui nous lave, et l'huile sacrée qui nous fortifie, et la forme sensible du pain spirituel qui nous nourrit pour la vie éternelle[3]. Pour la même raison, Chrétiens, vous devez entendre les prédicateurs en bénissant ce grand Dieu qui a tant voulu honorer les hommes que, sans avoir besoin de leur secours, il les choisit néanmoins pour être les instruments de sa puissance. Assistez donc saintement et fidèlement à la sainte prédication.

Mais cette assistance extérieure n'est que la moindre partie de votre devoir. Il faut prendre garde que de vains discours, ou des pensées vagues, ou une imagination dissipée ne fasse tomber du cœur la sainte parole. Si, dans la dispensation des mystères, il arrive par quelque malheur que le corps de Jésus-Christ tombe à terre, toute l'Église tremble, tout le monde est frappé d'une sainte horreur. Et saint Augustin nous a dit que ce n'est pas un moindre mal de laisser perdre inutilement la parole de vérité. Et en effet, Chrétiens, Jésus-Christ, qui est la vérité même, n'aime pas moins sa vérité que son propre corps; au contraire, il a sacrifié son corps pour sceller par son propre sang la vérité de sa parole. Un temps il a souffert que son corps fût infirme[4] et mortel; il a voulu au contraire que sa vérité fût toujours immortelle et inviolable. Par conséquent, il ne faut pas croire qu'il se sente moins outragé

1. Saint Augustin, *Sur la Lettre de Jean*, III, 3.
2. Saint Jean Chrysostome, *Sur les changements de noms.*
3. Allusion aux éléments ou signes matériels intervenant dans la célébration des sacrements du baptême (eau), de la confirmation et de l'extrême-onction (huile), de l'Eucharistie (pain).
4. *Infirme*: faible.

quand on écoute sa vérité avec peu d'attention que quand on manie son corps avec peu de soin. Tremblons donc, Chrétiens, tremblons quand nous laissons tomber à terre la parole de vérité que l'on nous annonce ; et comme il n'y a que nos cœurs qui soient capables de la recevoir, ouvrons-lui-en toute l'étendue ; écoutons attentivement Jésus-Christ qui parle : Ipsum [audite.]

Mais il me semble que vous me dites que nous n'avons pas sujet de nous plaindre du peu d'attention de nos auditeurs. Non seulement ils sont attentifs, mais ils pèsent exactement toutes les paroles, et ils en savent remarquer au juste le fort ou le faible. Pendant que nous parlons, dit saint Chrysostome[1], *on nous compare avec les autres et avec nous-mêmes, le premier discours avec les suivants, le commencement avec le milieu ; comme si la chaire était un théâtre où l'on monte pour disputer le prix du bien dire. Ainsi je confesse qu'on est attentif, mais ce n'est pas l'attention que Jésus demande. Où doit-elle être, mes Frères ? Où est ce lieu caché dans lequel Dieu parle ? Où se fait cette secrète leçon dont Jésus-Christ a dit dans son Évangile : «Quiconque a ouï de mon Père et a appris vient à moi*[2]*»? Où se donnent ces enseignements, et où se tient cette école dans laquelle le Père céleste parle si fortement de son Fils, où le Fils enseigne réciproquement à connaître son Père céleste ? Écoutez saint Augustin là-dessus dans cet ouvrage admirable* de la Prédestination des saints*: «*Valde remota est a sensibus carnis hæc schola, in qua Pater auditur..., ut veniatur ad Filium*[3] : *Que cette école céleste dans laquelle le Père apprend à venir au Fils, est éloignée des sens de la chair!» «Encore une fois, nous dit-il, qu'elle est éloignée des sens de la chair, cette école où Dieu est le maître!* Valde, inquam, remota est a sensibus carnis hæc schola in qua Deus auditur et docet!*[4]»*

Mais quand Dieu même parlerait à l'entendement par la manifestation de la vérité, il faut encore aller plus avant. Tant que les lumières de Dieu demeurent simplement à l'intelligence, ce n'est pas encore la leçon de Dieu, ce n'est pas l'école du Saint-Esprit, parce qu'alors, dit saint Augustin[5], *Dieu ne nous enseigne que selon la loi, et non encore selon la grâce ; selon la lettre qui tue, non [selon] l'esprit qui vivifie. Donc, mes Frères, pour être attentif à la parole de l'Évangile, il ne faut pas ramasser son attention au lieu où se mesurent les périodes, mais au lieu où se règlent les*

1. Saint Jean Chrysostome, *Du Sacerdoce*, V, 1.
2. Jean VI, 45.
3. Saint Augustin, *De la Prédestination des Saints*, VIII, 13.
4. *Ibid.* Augustin répète en effet ces mots.
5. Saint Augustin, *La Grâce du Christ*, 15.

mœurs ; il ne faut pas se recueillir au lieu où l'on goûte les belles pensées, mais au lieu où se produisent les bons désirs ; ce n'est pas même assez de se retirer au lieu où se forment les jugements, il faut aller à celui où se prennent les résolutions. Enfin, s'il y a quelque endroit encore plus profond et plus retiré où se tienne le conseil du cœur, où se déterminent tous ses desseins, où se donne le branle à ses mouvements, c'est là qu'il faut se rendre attentif pour écouter parler Jésus-Christ.

Si vous lui prêtez cette attention, c'est-à-dire si vous pensez à vous-mêmes, au milieu du son qui vient à l'oreille et des pensées qui naissent dans l'esprit, vous verrez partir quelquefois comme un trait de flamme [qui] viendra vous percer le cœur et ira droit au principe de vos maladies. Car ce n'est pas en vain que saint Paul a dit que «la parole de Dieu est vive, efficace, plus pénétrante qu'un glaive tranchant des deux côtés ; qu'elle va jusqu'à la moelle du cœur et jusqu'à la division de l'âme et de l'esprit [1] », c'est-à-dire, comme il l'explique, qu'elle «discerne toutes les pensées et les plus secrètes intentions du cœur». Et c'est ce qui fait dire au même apôtre que la prédication est une espèce de prophétie : Qui prophetat, hominibus loquitur ad ædificationem, et exhortationem, et consolationem [2] ; parce que Dieu fait dire quelquefois aux prédicateurs je ne sais quoi de tranchant qui, à travers nos voies tortueuses et nos passions compliquées, va trouver ce péché que nous dérob[ons] et qui dort dans le fond du cœur. C'est alors, c'est alors, mes Frères, qu'il faut écouter attentivement Jésus-Christ, qui contrarie nos pensées, qui nous trouble dans nos plaisirs, qui va mettre la main sur nos blessures. C'est alors qu'il faut faire ce que dit l'E[cclésiastique] : Verbum sapiens quodcumque audierit scius, laudabit et ad se adjiciet [3].

Si le coup ne va pas encore assez loin, prenons nous-même[s] le glaive et enfonçons-le plus avant. Que plût à Dieu que nous portassions le coup si avant que la blessure allât jusqu'au vif, que le sang coulât par les yeux, je veux dire les larmes, que saint Augustin appelle si élégamment «le sang de l'âme [4] »! Mais

1. Hébreux IV, 12.

2. I Corinthiens XIV, 3 («Celui qui prophétise parle aux hommes pour les édifier, les exhorter et les consoler»). Cette prédication «prophétique» est bien dans la manière de Bossuet. Elle explique nombre d'allusions qu'on lui prête (ainsi le développement sur le cèdre du Liban dans le «Sermon sur l'Ambition» de 1662, où beaucoup ont vu une évocation du sort de Fouquet, mais qui était rédigé ainsi dès 1660).

3. Ecclésiastique XXI, 18 («Que l'homme habile entende une parole sage, il la louera et se l'appliquera»).

4. Saint Augustin, *Sermon CCCLI*, 7.

encore n'est-ce pas assez ; il faut que de la componction du cœur naissent les bons désirs ; ensuite que les bons désirs se tournent en résolution déterminée, que les saintes résolutions se consomment par les bonnes œuvres, et que nous écoutions Jésus-Christ par une fidèle obéissance à sa parole.

Troisième point

Le Fils de Dieu a dit dans son Évangile : «Celui qui mange ma chair et boit mon sang, demeure en moi et moi en lui[1]» ; c'est-à-dire que, si nous sortons de la sainte table dégoûtés des plaisirs du siècle, si une sainte douceur nous attache constamment et fidèlement à Jésus-Christ et à sa doctrine, c'est une marque certaine que nous y avons goûté véritablement «combien le Seigneur est doux[2]». Il en est de même, Messieurs, de la parole céleste, qui a encore ce dernier rapport avec la divine Eucharistie : comme nous ne connaissons si nous avons reçu dignement le corps du Sauveur qu'en nous mettant en état qu'il paraisse qu'un Dieu nous nourrit, ainsi nous ne remarquons que nous ayons bien écouté sa sainte parole qu'en vivant de telle manière qu'il paraisse qu'un Dieu nous enseigne. Car il s'élève souvent dans le cœur certaines imitations des sentiments véritables, par lesquelles un homme se trompe lui-même ; si bien qu'il n'en faut pas croire certaines ferveurs, ni quelques désirs imparfaits ; et afin de bien reconnaître si l'on est touché véritablement, il ne faut interroger que ses œuvres : Operibus credite[3].

J'ai observé à ce propos qu'un des plus illustres prédicateurs, et sans contredit le plus éloquent qui ait jamais enseigné l'Église, je veux dire saint Jean Chrysostome[4], reproche souvent à ses auditeurs qu'ils écoutent les discours ecclésiastiques de même que si c'était une comédie. Comme je rencontrais souvent ce reproche dans ses divines prédications, j'ai voulu rechercher attentivement quel pouvait être le fond de cette pensée, et voici ce qu'il m'a semblé. C'est qu'il y a des spectacles qui n'ont pour objet que le diver-

---

1. Jean VI, 57.
2. Psaume XXXIV (XXXIII), 9 et I Pierre II, 3.
3. Jean X, 38 («Croyez à mes œuvres»).
4. Saint Jean Chrysostome, *Du Sacerdoce*, V, 1. Le théâtre constitue pour Bossuet le contre-modèle par excellence (voir aussi le «Sermon sur la Prédication évangélique»). L'argumentation, héritée de saint Jean Chrysostome et de saint Augustin, annonce les *Maximes et Réflexions sur la Comédie* et dénonce le risque de théâtralisation qui menace la prédication au XVIIe siècle.

tissement de l'esprit, mais qui n'excitent pas les affections, qui ne remuent pas les ressorts du cœur; mais il n'en est pas de la sorte de ces représentations animées qu'on donne sur les théâtres: [elles] sont dangereuses en ce point qu'elles ne plaisent point si elles n'émeuvent, si elles n'intéressent le spectateur, si elles ne lui font jouer aussi son personnage, sans monter sur le théâtre, et sans être de la tragédie. Il est donc ému, il est transporté, il se réjouit, il s'afflige de choses qui au fond sont indifférentes. Mais une marque certaine que ces mouvements tiennent peu au cœur, c'est qu'ils s'évanouissent en changeant de lieu. Cette pitié qui causait des larmes, cette colère qui enflammait et les yeux et le visage, n'étaient que des images et des simulacres par lesquels le cœur se donne la comédie en lui-même, qui produisaient toutefois les mêmes effets que les passions véritables; tant il est aisé de nous imposer, tant nous aimons à nous jouer nous-mêmes...

Quand le docte saint Chrysostome craignait que ses auditeurs n'assistassent à ses sermons de même qu'à la comédie, c'est que souvent ils semblaient émus; il s'élevait dans son auditoire des cris et des voix confuses qui marquaient que ses paroles excitaient les cœurs. Un homme un peu moins expérimenté aurait cru que ses auditeurs étaient convertis; mais il appréhendait, Chrétiens, que ce ne fussent des affections de théâtre, excitées par ressorts et par artifices; il attendait à se réjouir quand il verrait les mœurs corrigées, et c'était en effet la marque assurée que Jésus-Christ était écouté.

Ne vous fiez donc pas, Chrétiens, à ces émotions sensibles, si vous en expérimentez quelquefois dans les saintes prédications. Si vous en demeurez à ces sentiments, ce n'est pas encore Jésus-Christ qui vous a prêchés; vous n'avez encore écouté que l'homme; sa voix peut aller jusque-là; un instrument bien touché peut bien exciter les passions. Comment saurez-vous, Chrétiens, que vous êtes véritablement enseignés de Dieu? Vous le saurez par les œuvres. Car il faut apprendre de saint Augustin la manière d'enseigner de Dieu, cette manière si haute, si intérieure... Elle ne consiste pas seulement dans la démonstration de la vérité, mais dans l'infusion de la charité; elle ne fait pas seulement que vous sachiez ce qu'il faut aimer, mais que vous aimiez ce que vous savez: Si doctrina dicenda est..., altius et interius..., ut non ostendat tantum [modo] veritatem, verum etiam impertiat caritatem[1].

[...] Mais concluons enfin ce discours, duquel vous devez

1. Saint Augustin, *La Grâce du Christ*, I, 14.

apprendre que, pour écouter Jésus-Christ, il faut accomplir sa sainte parole. Il ne parle pas pour nous plaire, mais pour nous édifier dans nos consciences : «*Je suis le Seigneur, dit-il, qui vous enseigne des choses utiles* : Ego Dominus... docens te utilia*[1].* » *Il n'établit pas des prédicateurs pour être les ministres de la volupté et les victimes de la curiosité publique, c'est pour affermir le règne de sa vérité ; de sorte qu'il ne veut pas voir dans son école des contemplateurs oisifs, mais de fidèles ouvriers ; enfin il y veut voir des disciples qui honorent par leur bonne vie l'autorité d'un tel maître. Et afin que nous craignions désormais de sortir de son école sans être meilleurs, écoutons comme il parle à ceux qui ne profitent pas de ses saints préceptes :* Ipsum audite *: écoutez, c'est lui-même qui vous parle :* «*Si quelqu'un écoute mes paroles et n'est pas soigneux de les accomplir, je ne le juge pas,* non judico eum, *car je ne viens pas pour juger le monde, mais pour sauver le monde :* Non enim veni [ut judicem mundum], sed ut salvificem mundum*[2].* » *Qu'il ne s'imagine pas toutefois qu'il doive demeurer sans être jugé :* «*Celui qui me méprise et ne reçoit pas mes paroles, il a un juge établi :* Habet qui judicet eum*[3].* » *Quel sera ce juge ?* «*La parole que j'ai prêchée le jugera au dernier jour :* Sermo quem locutus sum, ille judicabit eum in novissimo die*[4].* »

Ceci nous manquait encore pour établir l'autorité sainte de la parole de Dieu ; il fallait encore ce nouveau rapport entre la doctrine sacrée et l'Eucharistie. Celle-ci, s'approchant des hommes, vient discerner les consciences avec une autorité et un œil de juge ; elle couronne les uns, elle condamne les autres : ainsi la divine parole, ce pain des oreilles, ce corps spirituel de la vérité ; ceux qu'elle ne touche pas, elle les juge ; ceux qu'elle ne convertit pas, elle les condamne ; ceux qu'elle ne nourrit pas, elle les tue. [...]

1. Isaïe XLVIII, 17.
2. Jean XII, 47.
3. Jean XII, 48.
4. *Ibid.*

BIBLIOGRAPHIE

I. Éditions de référence

Œuvres oratoires, éd. de Joseph Lebarq revue par Ch. Urbain et E. Lévesque, Hachette et Desclée, 1914-1926, 7 vol. (le *Carême du Louvre* figure au tome IV de cette édition).

Œuvres complètes, éd. de François Lachat, Vivès, 1865-1875, 31 vol.

Œuvres, éd. de l'abbé Velat et Yvonne Champailler, Gallimard, «Bibliothèque de la Pléiade», 1961, 1 vol.

Correspondance de Bossuet, éd. de Ch. Urbain et E. Lévesque, Hachette, 1909-1925, 15 vol.

II. Études d'ensemble sur Bossuet

Jean-Antoine CALVET, *Bossuet, l'homme et l'œuvre*, Boivin, 1941. Nouv. éd. par Jacques Truchet, Hatier, 1968.

Georges COUTON, *La Chair et l'âme. Louis XIV entre ses maîtresses et Bossuet*, Presses universitaires de Grenoble, 1995.

Michel CRÉPU, *Le Tombeau de Bossuet*, Grasset, 1997.

Amable FLOQUET, *Études sur la vie de Bossuet jusqu'à son entrée en fonctions en qualité de précepteur du dauphin (1627-1670)*, Didot Frères, 1855, 3 vol.

Eugène GANDAR, *Bossuet orateur*, Didier, 1867.

Augustin GAZIER, *Bossuet et Louis XIV (1662-1704). Étude historique sur le caractère de Bossuet*, Champion, 1914.

Thérèse GOYET, *L'Humanisme de Bossuet*, Klincksieck, 1965, 2 vol.

Journées Bossuet. La Prédication au XVIIe siècle, Nizet, 1980.

René-Marie de LA BROISE, *Bossuet et la Bible*, Retaux-Bray, 1890.

Gustave LANSON, *Bossuet*, Lecène Oudin, 1890.

Jacques LE BRUN, *La Spiritualité de Bossuet*, Klincksieck, 1972.

Jean MEYER, *Bossuet*, Plon, 1993.

Alfred Rébelliau, *Bossuet*, Hachette, 1900.

Jacques Truchet, *La Prédication de Bossuet. Étude des thèmes*, Éd. du Cerf, 1960, 2 vol.

Paul Valéry, «Sur Bossuet», Dijon, *Le Bien Public*, 1926, repris en 1929 dans *Variété II*, puis dans le t. I des *Œuvres* de Valéry, Gallimard, «Bibliothèque de la Pléiade», 1957.

III. *Ouvrages et articles sur la prédication au xviie siècle*

Jean-Antoine Calvet, *La Littérature religieuse de saint François de Sales à Fénelon*, de Gigord, 1938.

Henri Bremond, *Histoire littéraire du sentiment religieux en France depuis la fin des guerres de religion*, Bloud et Gay, 1916-1936, 11 vol.

Eugène Griselle, *Bourdaloue, histoire critique de sa prédication*, Beauchesne, 1901-1906.

Paul Jacquinet, *Des Prédicateurs du xviie siècle avant Bossuet*, Didier, 1863.

Augustin Hurel, *Les Orateurs sacrés à la cour de Louis XIV*, Didier et Cie, 1874.

Jacques Truchet, «La division en points dans les sermons de Bossuet», *Revue d'Histoire littéraire de la France*, 1952, pp. 316-329.

— «La substance de l'éloquence sacrée d'après le xviie siècle français», *xviie Siècle*, 1955, p. 309-329.

— «Bossuet et l'éloquence religieuse au temps du Carême des Minimes», *xviie Siècle*, 1961, p. 64-76.

IV. *Sur le* Carême du Louvre

Jean Bourguignon, «Sur quelques corrections de Bossuet dans les œuvres oratoires», *Travaux de linguistique et de littérature*, Strasbourg, t. VII, 1, 1969, p. 255-268.

Henri Busson, «Le roman de Bossuet», *Europe*, octobre 1956 (repris dans *Littérature et théologie*, PUF, 1962).

Thérèse Goyet, «Sur les traces des sermons perdus de Bossuet», *Thèmes et genres littéraires aux xviie et xviiie siècles (Mélanges J. Truchet)*, PUF, 1992, p. 25-33.

— «Les projets des carêmes Louvre (1662) et Saint-Germain (1666)», Revue *Bossuet*, supplément au no 28 (2000), p. 5-57.

René Jasinski, «Le Sermon sur la Mort», *À travers le xviie siècle*, Nizet, 1981, t. I, p. 247-284.

E. de Saint-Denis, «Un développement de Cicéron utilisé par Bossuet», *Revue d'Histoire littéraire de la France*, 1947, p. 128 sq.

Jacques Truchet, *Politique de Bossuet*, Colin, 1966.

— «Points de vue de Bossuet sur la mort», *L'Information littéraire*, 1981.

NOTES

SERMON POUR LA PURIFICATION DE LA VIERGE

Page 53.

1. Cette fête est aujourd'hui plus connue sous le nom de Chandeleur. La liturgie célèbre ce jour-là la Présentation de Jésus au Temple racontée en Luc II, 22-39. Si on l'appelle aussi fête de la Purification de la Vierge, c'est qu'elle marque pour la Vierge la fin de l'interdit fixé par la loi de Moïse (Lévitique XII, 3) selon lequel toute jeune accouchée doit attendre quarante jours (si elle a mis au monde un fils) pour être considérée comme pure et pouvoir entrer dans le Temple. L'usage en vigueur à la Cour voulait que le prédicateur qui allait prêcher le carême commençât sa station un mois plus tôt par la fête de la Chandeleur (sur la station, voir p. 277, n. 2). La *Gazette de France* précise qu'assistaient ce jour-là au sermon le Roi et la Reine.

2. «Ils le portèrent à Jérusalem pour le présenter au Seigneur.»

3. *L'Apôtre* : saint Paul, auquel on attribuait alors l'épître aux Hébreux (ici Hébreux X, 5-7).

Page 54.

1. La Présentation au Temple.

2. *Prévenant* : devançant.

3. C'était l'habitude d'insérer dans l'exorde la récitation d'un *Ave Maria* (voir préface, p. 10). Bossuet a lui-même expliqué l'origine de cette coutume, dans l'un de ses tout premiers sermons prononcé à Metz en 1653 : «Nos églises de France ont introduit dans le dernier siècle une pieuse coutume, de

commencer les prédications en invoquant l'assistance divine par les intercessions de la bienheureuse Marie. Comme nos adversaires ne pouvaient souffrir l'honneur si légitime que nous rendons à la sainte Vierge, comme ils le blâmaient par des invectives aussi sanglantes qu'elles étaient injustes et téméraires, l'Église a cru qu'il était à propos de résister à leur audacieuse entreprise, et de recommander d'autant plus cette dévotion aux fidèles que l'hérésie s'y opposait avec plus de fureur» («Panégyrique de saint Bernard», *Œuvres oratoires*, t. I, p. 395-396).

4. I Timothée I, 15.

5. Le «corps mystique» du Christ est l'Église. Selon saint Paul en effet, les chrétiens sont les membres d'un corps dont la tête est le Christ : «Vous êtes le corps du Christ, et membres les uns des autres» (I Corinthiens XII, 27). «Ne savez-vous pas que vos corps sont les membres de Jésus-Christ?» (I Corinthiens VI, 15).

6. «Je vous conjure donc mes frères, par la miséricorde de Dieu de lui offrir vos corps comme une hostie vivante» (Romains XII, 1).

7. Saint Augustin, *La Cité de Dieu*, X, 20.

8. *Tellement* : de telle sorte.

Page 55.

1. Voir Luc II, 22-39 pour les différentes allusions qui vont suivre.

2. La répétition du sujet, incorrecte aujourd'hui, est fréquente à l'époque.

3. La Présentation au Temple fait partie de ce que l'Église appelle les mystères joyeux.

Page 56.

1. Allusion à l'immortalité de l'homme dans le jardin d'Éden, immortalité perdue avec le péché originel (voir Genèse III, 19).

Page 57.

1. Saint Augustin, *Sermon 174*.

2. Bossuet refuse ici un argument de consolation, traditionnel depuis l'Antiquité : on se console de la mort par le spectacle de la Nature où la mort est omniprésente. Voir par exemple Sénèque, *Ad Polybium*, I, 1-4.

3. *Conseil* : décision, résolution.

4. Hébreux II, 15.

5. *Spécifique*: médicament propre à guérir une maladie particulière.

Page 58.

1. Saint Augustin, *Commentaire sur saint Jean*, traité 49, 2.
2. Note marginale, de date incertaine: «Aveuglement de l'homme, qui choisit toujours le pire, et qui veut toujours l'impossible.»
3. Bossuet compare ici la mort physique, par laquelle l'âme se sépare provisoirement du corps, et la mort spirituelle, par laquelle l'âme est à jamais séparée de Dieu.
4. Note marginale, de date incertaine: «Et nous ne voulons pas entendre que notre grand mal, c'est toujours celui que nous nous faisons!»
5. Saint Augustin, *De la Trinité*, IV, 16.

Page 59.

1. *Imposer*: tromper.
2. La recherche de l'antithèse n'a-t-elle pas conduit Bossuet à une certaine outrance? Le récit de l'agonie du Christ au jardin des Oliviers oblige à nuancer une telle affirmation (voir Luc XXII, 39-46).

Page 60.

1. Saint Augustin, *De la Trinité*, IV, 15.
2. «Maintenant vous pouvez laisser s'en aller [votre serviteur]» (Luc II, 29). Ces paroles sont bien connues du public: elles servent de titre au Cantique de Siméon, qu'on chante le jour de la Purification de la Vierge ainsi qu'à l'office de complies (prière liturgique du soir).
3. Note marginale: «Avant le Sauveur, on ne peut mourir qu'avec trouble.»
4. C'est saint Paul qui qualifie le Christ de «médiateur» (Hébreux IX, 15).
5. À savoir le péché.
6. *Tout à tous*: expression de saint Paul (I Corinthiens XV, 28).
7. Pléonasme fréquent sous la plume de Bossuet, qui consiste à utiliser un pronom pour rappeler un terme ou un membre de phrase précédent.

Page 61.

1. Le latin figure en marge du manuscrit. Bossuet choisit de ne pas le donner ici, alors qu'à la fin de la citation, il le reproduit dans le texte dans une sorte de clausule.

2. Ruth I, 16-17. Le latin que nous donnons est celui de Bossuet, avec ses inexactitudes (dans la Vulgate, *susceperit* pour *acceperit*, et *accipiam* pour *inveniam*), qui tendent à prouver que l'orateur citait le texte biblique de mémoire.

3. Le latin de saint Augustin figure en marge (voir la note suivante).

4. Toute la citation est empruntée à saint Augustin, *Sermon 302*, n. 6.

5. Saint Augustin, *Sermon 302*, n. 4.

Page 62.

1. Proverbes V, 15.

Page 63.

1. Latinisme souvent pratiqué par Bossuet.

2. Saint Augustin, *La Cité de Dieu*, XIV, 15.

Page 64.

1. *Régime* : conduite.

2. *Viandes* : nourritures (sens étymologique, de *vivenda*). L'image, qui revient à plusieurs reprises au cours du *Carême*, est également récurrente chez saint Augustin (voir par exemple, *Confessions*, III, 6 ; V, 6).

3. *Cependant* : pendant ce temps.

Page 65.

1. Job XXX, 15 (la Vulgate porte *abstulisti* et non *abstulit*).

2. Genèse III, 6. Bossuet reprend l'opposition traditionnelle entre l'arbre de la connaissance du bien et du mal au Jardin d'Éden qui fut l'occasion du péché originel, et la Croix, source du salut.

3. Accord de proximité. *Souris* pour sourire.

4. Luc II, 34. La traduction est incomplète (manque le début : « cet enfant est pour la ruine et la résurrection de plusieurs [...], et... »). L'ordre de la Vulgate est un peu différent (« *Positus est hic ruinam...* »).

Page 66.

1. Isaïe LIII, 3.

2. Comme nous le signalons dans la préface (p. 21-22), cette phrase se prête à une double lecture : littérale — Bossuet donne Anne la prophétesse en exemple à ses auditeurs — et figurative — tout ce qui est dit d'Anne la prophétesse peut être appliqué à

Anne d'Autriche. Le qualificatif «si renommée» semble même davantage concerner Anne d'Autriche que le personnage des évangiles.

Page 67.

1. «Fuis l'occasion de la faute, car personne n'est long-temps courageux» (saint Ambroise, *De Apologia II David*, III, 12).

2. «Existe-t-il plus grande volupté que le dégoût de la volupté même?» (Tertullien, *Contre les Spectacles*, 29).

3. L'allusion concerne évidemment Louis XIV. De nombreux témoignages du temps confirment la majesté, l'autorité naturelle du jeune Roi : «Il a l'air haut, relevé, fier et agréable, quelque chose de fort doux et de majestueux dans le visage», écrit Mlle de Montpensier. Et Primi Visconti : «Il avait en effet un air grand et majestueux, et sa taille élevée et sa prestance faisaient qu'aux yeux de tous il aurait mérité d'être roi s'il ne l'avait été.»

Page 69.

1. «L'accouchement, de même que les règles ou l'épanchement séminal masculin, est considéré comme une perte de vitalité pour l'individu, qui doit par certains rites rétablir son intégrité, et ainsi son union avec le Dieu source de la vie» (Bible de Jérusalem, à Lévitique XII). Si l'on envisage surtout le troisième cas évoqué ici, on comprend bien que la Vierge Marie n'ait pas eu l'obligation de se soumettre à ces rites.

2. *Travail* signifie douleur; au pluriel se dit aussi «des actions, de la vie d'une personne, et particulièrement des gens héroïques» (Furetière).

3. *Suspension* : état d'une personne dans l'incertitude.

Page 70.

1. Bossuet glisse ici d'une épée à une autre, du glaive spirituel dont parle Siméon, à l'épée de Damoclès. Le *Carême du Louvre* offre ainsi plusieurs exemples de références profanes habilement tissées dans le commentaire du texte biblique.

2. Saint Augustin, *La Cité de Dieu*, I, 11.

Page 71.

1. «Ce que l'on a confié au Seigneur sera mieux conservé» (saint Paulin, *Epistula ad Severum*, 9).

2. Le brouillon de Bossuet mérite d'être cité car il fait clai-

rement apparaître l'intention du prédicateur et son message au Roi : « Au Roi. Plus la volonté des rois est absolue, plus elle doit être soumise. Parce que Dieu qui régit le monde par eux, etc., prend un soin plus particulier de leur conduite et de la fortune de leurs États. Rien de plus dangereux à la volonté d'une créature que de penser trop qu'elle est souveraine. Elle n'est pas née pour se régler elle-même ; elle se doit regarder dans un ordre supérieur. »

Page 72.

1. Psaume CXLV (CXLIV), 19. La numérotation des Psaumes diffère entre la Bible hébraïque et la Bible grecque, qu'a suivie la Vulgate. Nous indiquons d'abord le numéro du psaume selon la Bible hébraïque, dont la numérotation est aujourd'hui la plus répandue, et, entre parenthèses, le numéro correspondant dans la Vulgate.

2. « Compte : en terme de palais est le dénombrement qu'on rend en justice de ce qu'on a reçu, ou dépensé pour quelqu'un, dont on a eu les biens en maniement » (Furetière). Il faut donc entendre par cette expression que le Roi ne saurait s'attribuer « les prospérités du règne » ; elles lui sont comme prêtées par Dieu, lequel lui en demandera des comptes, au jour du Jugement.

3. La première prestation de Bossuet fut saluée dans *La Muse historique* du 4 février 1662 :

> *Leurs Majestés, l'après-dînée,*
> *Ouïrent un jeune Docteur,*
> *Admirable prédicateur,*
> *Et qui, dès son adolescence,*
> *Prêchait avec tant d'éloquence*
> *Qu'il s'acquit partout grand renom :*
> *L'abbé Bossuet, c'est son nom...*
> *Et le Destin qui dans ses mains*
> *Tient la fortune des humains*
> *Serait envers lui trop féroce*
> *S'il n'avait, un jour, mitre et crosse :*
> *On voit peu de gens, aujourd'hui,*
> *Les mériter si bien que lui.*

SERMON SUR LA PRÉDICATION ÉVANGÉLIQUE

Page 73.

1. On oppose habituellement «prédication évangélique» et «prédication mondaine» : la première, sous l'influence de Monsieur Vincent, revendique pour seuls ornements du discours vérité et simplicité ; la seconde accorde plus d'importance aux artifices rhétoriques pour plaire au public mondain. Bossuet dans le sermon qui va suivre expose en effet quelques-uns des principes fondamentaux de son éloquence, mais il s'oppose moins pour ce faire à d'autres sermonnaires de son temps qu'aux «maximes anti-chrétiennes» des libertins. L'expression de «prédication mondaine» à laquelle renvoie implicitement le titre du sermon désigne donc ici deux réalités différentes, l'une religieuse — la prédication académique qui résonnait encore en 1662 dans certaines églises —, l'autre profane — les «leçons publiques de libertinage» qu'on entendait dans le grand monde. Ce sermon, comme le précédent, a été rédigé avec un soin assez inhabituel chez Bossuet avant 1662. Il fut prêché, indique la *Gazette de France*, devant le Roi, la Reine, Monsieur et Mademoiselle.

2. Le texte est choisi dans l'évangile du jour : la Tentation de Jésus au désert (Matthieu IV, 1-11).

3. Souvenir de Matthieu V, 45.

4. À savoir le Carême. Première rédaction : «... et cette parole d'avertissement qu'il fait retentir dans toutes les chaires, doit servir de préparatif à son jugement redoutable. C'est, Messieurs, cette parole de vérité que les prédicateurs de l'Évangile sont chargés de vous annoncer durant cette sainte quarantaine ; c'est elle qui nous est présentée... »

Page 74.

1. La répétition du sujet, incorrecte aujourd'hui, est fréquente à l'époque (voir p. 55, n. 2).

2. Matthieu XVIII, 15-17.

3. Paroles de saint Paul rapportées dans les Actes des Apôtres XVII, 30-31. Le latin figure en marge sur le manuscrit.

Page 76.

1. Comme l'année précédente aux Carmélites avec le «Sermon sur la Parole de Dieu» (voir ci-dessus, p. 299), Bossuet ouvre son Carême par un sermon sur la prédication. Si ce ser-

mon est «le préparatif nécessaire et le fondement de tous les autres», c'est que Bossuet, reprenant par endroits le sermon de 1661, y expose sa théorie oratoire avant de la mettre en pratique au cours des semaines à venir. S'y exprime en particulier la réflexion du prédicateur sur la bonne manière de prêcher à la Cour, comme si Bossuet avait voulu souligner la difficulté de sa tâche. Mais force est de reconnaître qu'on y trouve moins dans l'ensemble une réflexion sur le métier de prédicateur qu'une attaque réglée contre les mauvaises mœurs.

2. *Le siècle que nous attendons* : la fin des temps, le Jugement dernier.

Page 77.

1. Jean XII, 48.

2. «Tempérament : se dit aussi figurément en choses morales, d'un adoucissement, d'une voie mitoyenne qu'on trouve dans les affaires pour accorder des parties» (Furetière).

3. II Corinthiens V, 10.

4. II Corinthiens V, 11.

Page 78.

1. Isaïe V, 13. La citation comporte une légère inexactitude (la Vulgate donne *quia non habuit scientiam*). Suit un passage marqué d'un trait en marge, qui, d'après l'édition Lebarq, devait donc être omis : «Mais, parce qu'on pourrait se persuader que la troupe n'est pas fort grande, parmi les fidèles, de ceux qui périssent faute de connaître, il assure au contraire qu'elle est si nombreuse, "que l'enfer est obligé de se dilater et d'ouvrir sa bouche démesurément pour la recevoir : *propterea dilatavit infernus animam suam, et aperuit os suum absque ullo termino*"» (Isaïe V, 14).

2. Isaïe V, 14. La traduction littérale est la suivante : «tout ce qu'il y a de puissant, de sublime et de glorieux en Israël, avec le peuple, y descendra en foule.»

3. Qui Bossuet entendait-il dénoncer ici ? Parmi les courtisans, certains ne cachaient pas leur libertinage : ainsi Bussy-Rabutin, Vivonne, Guiche et Manicamp étaient des libertins notoires. En 1659, ils s'étaient réunis à Roissy pour préparer les fêtes de Pâques à leur façon, parodiant grossièrement des cantiques et autres cérémonies religieuses, et mangeant gras le Vendredi saint (voir Bussy-Rabutin, *Histoire amoureuse des Gaules*, Folio). La chose s'était sue et avait valu à Bussy un exil d'un an. On peut encore songer à la princesse Anne de Gonzague

ou au prince de Condé, dont Bossuet devait un jour prononcer l'oraison funèbre. Leur impiété n'était pas moins fameuse. Toutefois, parce que le développement de Bossuet s'achève sur une citation de Tertullien tirée du *De Spectaculis* qu'on retrouvera dans *Maximes et Réflexions sur la Comédie*, parce qu'en 1662 ont déjà été représentées *Les Précieuses ridicules* et *L'École des maris*, le passage pourrait aussi bien contenir une attaque contre le théâtre de Molière. Ces deux pièces semblent en effet avoir scandalisé Bossuet. Lorsqu'il attaquera explicitement Molière dans *Maximes et Réflexions sur la Comédie* (1694), il dénoncera moins *L'École des femmes*, *Tartuffe*, ou *Dom Juan*, pour lesquelles s'était pourtant constituée la cabale des dévots, que *Les Précieuses ridicules* et *L'École des maris* : « Du moins donc, selon ces principes, il faudra bannir du milieu des chrétiens les prostitutions dont les comédies italiennes ont été remplies, même de nos jours, et qu'on voit encore toutes crues dans les pièces de Molière : on réprouvera les discours où ce rigoureux censeur des grands canons [voir *L'École des Maris*, v. 35 sq.], ce grave réformateur des mines et des expressions de nos précieuses [*Les Précieuses ridicules*], étale cependant au plus grand jour les avantages d'une infâme tolérance dans les maris, et sollicite les femmes à de honteuses vengeances contre leurs jaloux [*L'École des maris*]. » La culture moliéresque de Bossuet semble surtout nourrie des œuvres des années 1659-1661, preuve qu'à cette date son opinion était faite sur leur immoralité.

Page 79.

1. Dans cette attaque contre les libertins, Bossuet met en lumière l'existence, à côté du libertinage déclaré, d'un libertinage masqué, ou mondain. Il s'inquiète de l'émergence d'un nouveau type d'individu, le libertin honnête. Sur cette « collusion du libertinage [...] avec les théories mondaines de l'honnêteté », voir par exemple Claude Reichler, *L'Âge libertin*, Minuit, 1987, p. 13-42.

2. *Compagnie* : assemblée.

3. Ici s'insérait d'abord la citation de Tertullien (« de sorte que, si vous demandez à Tertullien [...] *constupratum* »), renvoyée ensuite à la fin du paragraphe, où elle sert de chute. Ce remaniement témoigne du souci que Bossuet apportait dans la composition de ses paragraphes, où l'effet de clausule est très souvent assuré par la citation latine.

4. La construction est fautive, mais la formule par sa rapidité gagne en clarté.

5. Cette description du discours libertin peut être illustrée à l'aide du *Dom Juan* de Molière (1665). Le héros, libertin de mœurs et d'idées, se contente le plus souvent de railler son entourage d'un mot piquant, «ingénieux», qui lui attire la sympathie des spectateurs. Mais à deux reprises il entreprend aussi «la peinture agréable d'une mauvaise action» — l'inconstance (acte I, scène 2) et l'hypocrisie (acte V, scène 2 et sq.) — où Patrick Dandrey a reconnu la tradition de l'éloge paradoxal (P. Dandrey, *Dom Juan ou la critique de la raison comique*, Champion, 1993).

Page 80.

1. *Humeurs peccantes* : humeurs malignes.
2. Tertullien, *Contre les Spectacles*, n. 27.
3. Psaume XII (XI), 2.
4. «Celui-ci est un peu adonné à l'amour, c'est le vice des honnêtes gens» (Furetière).
5. I Corinthiens I, 13.
6. «Tempérance : vertu cardinale qui règle et qui bride nos appétits sensuels et plus particulièrement ceux qui nous portent au vin et aux femmes» (Furetière).

Page 81.

1. Tertullien, *De carne Christi*, n. 5.
2. L'expression, formée à partir de deux adjectifs dont l'un est substantivé, relève du goût précieux.
3. Saint Jean Chrysostome, *Sur les changements de noms*, 1.

Page 82.

1. Nouvelle citation de II Corinthiens V, 11 (voir p. 77, n. 4).

Page 83.

1. Saint Augustin, *Confessions*, X, 8.
2. II Samuel XII, 7. Bossuet fait ici allusion au récit biblique de la faute du roi David (voir II Samuel XI-XII) : le roi David, parce qu'il aimait une femme mariée, nommée Bethsabée, fit assassiner son mari. Dieu, à qui cette faute déplut, envoya à David le prophète Nathan pour lui révéler l'ampleur de son crime : celui-ci commença son discours par une parabole dans laquelle un homme riche, propriétaire de gros troupeaux, vole l'unique brebis d'un pauvre pour nourrir un hôte de passage.

David, qui ne comprend pas l'allusion, s'emporte contre le voleur jusqu'à ce que Nathan lui déclare : « cet homme, c'est toi ».

3. Première rédaction : « Considérez, Chrétiens, pendant que ce prophète lui parle, comme il revient peu à peu à soi, comme il passe d'un profond oubli à des notions générales ; et quoiqu'il commence à s'éveiller, il entend si peu... »

4. On dit que Louis XIV, entendant ces mots, baissa la tête. Encore faut-il préciser que ce n'était pas la première fois que Bossuet utilisait cet épisode biblique. Prêchant aux Minimes en 1660, il s'interrogeait déjà en ces termes : « Que dirais-je du roi David, qui prononce sa sentence sans y penser ? Il condamne à mort celui qui a enlevé la brebis du pauvre, et il ne songe pas à celui qui a corrompu la femme et fait tuer le mari : les vérités de Dieu sont loin de ses yeux ; ou, s'il les voit, il ne se les applique pas. Vive Dieu ! dit le prophète Nathan ; cet homme ne se connaît plus : il faut lui mettre son iniquité devant sa face. Laissons la brebis et la parabole : "C'est vous, ô Roi, qui êtes cet homme, c'est vous-même : *Tu es ille vir.*" Il revient à lui, il se regarde ; il a honte, et il se convertit. Ainsi je ne crains pas de vous faire honte : rougissez, rougissez, tandis que la honte est salutaire... » (« Sermon sur les vaines excuses des pécheurs », *Œuvres oratoires*, t. III, p. 328).

5. Psaume XXXVIII (XXXVII), 11, attribué au roi David.

Page 85.

1. Psaume XVII (XVI), 11.

2. Ce long développement sur la mémoire, qui doit beaucoup au livre X des *Confessions* de saint Augustin (l'image du « magasin » apparaît au chapitre 8 et celle de l'« antre profond » au chapitre 10), trahit aussi l'intérêt que Bossuet accordait à cette faculté de l'esprit humain et la façon dont lui-même devait l'entretenir, en particulier dans sa connaissance de la Bible. À la fin de sa vie, il dira sa mémoire « fraîche et sûre comme au premier jour » (*Relation sur le quiétisme*, 2e section).

3. Ecclésiastique XXI, 18 (la Vulgate donne *scius*, et non *sciens*).

4. Ces lignes dénoncent l'habitude des auditeurs du XVIIe siècle de rechercher dans les sermons de possibles allusions à des personnes connues ou à des événements récents (la citation de l'Ecclésiastique, déjà utilisée en ce sens en 1661 dans le « Sermon sur la Parole de Dieu » — voir p. 309, n. 3 —, servira à nouveau en 1675, dans le « Sermon pour la profession de La Vallière »). Ce travers était fréquemment dénoncé en chaire par

les prédicateurs. En voici un autre exemple extrait d'un sermon de Fléchier : «On ignore sans peine la conduite de Dieu sur nous, qui est le fond de la religion, pourvu qu'on connaisse la conduite des hommes entre eux ; on veut avoir le plaisir de voir un péché bien représenté, afin de juger tantôt celui-ci, tantôt celle-là. On demande des images des mœurs et des vices du temps, où chacun cherche les passions d'autrui au lieu de découvrir les siennes propres ; l'on se fait un plaisir d'éloigner de soi son péché par de malignes applications qu'on fait sur celui des autres, et de tourner les remontrances de celui qui prêche en médisances secrètes, et en satires contre le prochain. Les prédicateurs sont obligés d'accommoder ainsi le pain de la parole de Dieu au goût de ceux à qui ils la distribuent, et ils tireraient de grands avantages de ces moralités chrétiennes, si les auditeurs en faisaient l'application sérieuse sur eux-mêmes ; mais ils ne veulent pas s'y reconnaître» (Fléchier, *Œuvres oratoires*, éd. Boiste fils aîné, Berquet, Dufour et Cie, 1825, t. II, p. 147-149).

Page 86.

1. La comparaison de la parole de Dieu à un glaive à double tranchant figure chez saint Paul (Hébreux IV, 12) et dans l'Apocalypse (I, 16).
2. Saint Augustin, *Sermon 351*, 7 ; ou *Confessions*, V, 7.
3. La construction est bien celle figurant sur le manuscrit.

Page 87.

1. Psaume XLV (XLIV), 6. Traduction : «Vos flèches sont très aiguës ; les peuples tomberont sous vous.» Ici venait le passage suivant, finalement supprimé : «Et il ne faut pas s'étonner si, parmi tant de secours, tant de sacrements, tant de ministères divers de l'Église, le saint concile de Trente a déterminé [Sess. V, cap. II] qu'il n'y a rien de plus nécessaire que la prédication de l'Évangile : puisque c'est elle qui a opéré de si grands miracles. Elle a établi...»

Page 88.

1. Matthieu XIII, 13.
2. Saint Augustin, *Sur la lettre de saint Jean*, traité III, n. 13 (l'expression exacte de saint Augustin est *Magnum sacramentum, fratres*).
3. Ce type de pléonasme, qui consiste à utiliser un pronom pour rappeler un terme ou un membre de phrase précédent,

est fréquent chez Bossuet (voir p. 60, n. 7). S'insérait ici cette interrogation, finalement supprimée: «Où sont-elles ces âmes soumises que l'Évangile attendrit, que la parole de vérité touche jusqu'au cœur?»

Page 89.

　1. Psaume LXXVIII, 9 (LXXVII, 12).
　2. *D'abord*: d'emblée, immédiatement.
　3. Sagesse V, 2.
　4. Alfred Rébelliau voit dans l'expression «fuite précipitée», une possible allusion à la fuite de La Vallière. La veille ou l'avant-veille du sermon, en effet, la jeune femme, qu'une brouille avec le Roi avait affolée, s'était enfuie de la Cour. Elle avait cherché refuge dans un couvent à Chaillot où l'on ne voulut pas la recevoir. Le Roi lui-même vint l'y rechercher et la ramena à la Cour.

Page 90.

　1. Souvenir de I Corinthiens XIII, 12 et de I Jean III, 2. Les deux autres sermons de la première semaine sont perdus. La *Gazette de France* indique que le Roi manqua le sermon du 1er mars, mais assista à celui du 3 mars, en compagnie de la Reine, de Monsieur et de Mademoiselle.

SERMON DU MAUVAIS RICHE

Page 91.

　1. Ce sermon est aussi appelé «Sermon sur l'impénitence finale». Il traite non de l'évangile du jour — la Transfiguration (Matthieu XVII, 1-9) — mais de celui du jeudi suivant: le mauvais riche (Luc XVI, 19-30). Bossuet en effet avait trouvé dans cet évangile trois sujets de réflexion qui devaient l'occuper toute la semaine: la mort, l'enfer et la Providence, qu'il traitera respectivement le dimanche, le mercredi et le vendredi de cette deuxième semaine du carême. Le Roi assista à ce sermon-ci.
　2. «Le riche mourut aussi.»
　3. C'est sur le Mont Thabor que l'on situe la Transfiguration du Christ. Bossuet annonce ici sa volonté de faire porter son sermon non sur le texte du jour mais sur l'évangile du mauvais riche.

Page 92.

1. Bossuet songe-t-il ici à des œuvres précises ? Un genre littéraire, très à la mode au XVIIᵉ siècle, a pu contribuer à répandre le scénario mauvaise vie/bonne mort : il s'agit des histoires tragiques, dont le recueil le plus célèbre, dû à François de Rosset, connut plus de quarante éditions au cours du siècle. Dans ces nouvelles souvent inspirées de l'actualité, il n'est pas rare de voir de grands criminels accomplir une fin exemplaire (voir F. de Rosset, *Histoires tragiques*, Poche classique, 1994). Toutefois l'opinion inverse, qu'illustre le dicton « il est mort comme il a vécu », est tout aussi répandue.

2. Le *topos* du *theatrum mundi*, cher aux moralistes depuis l'Antiquité (voir Louis van Delft, *Le Moraliste classique*, Genève, Droz, p. 191-210), sera repris quinze jours plus tard dans le « Sermon sur la Mort ».

3. « On dit en Morale qu'une chose porte coup, pour dire qu'elle est importante, qu'elle tire à conséquence » (Furetière).

Page 94.

1. Saint Augustin, *Commentaire du Psaume CXXXVI*, 3. Malgré la référence qui précède à la Bible (« les Saintes Lettres »), ce paragraphe s'inspire surtout du célèbre texte de saint Augustin, lequel a fasciné plusieurs écrivains du XVIIᵉ siècle, dont Pascal, qui en offre une traduction libre dans les *Pensées* (voir Le Guern 716 ; Sellier 748 ; Lafuma 918). Le *Carême du Louvre*, à travers les motifs récurrents du fleuve, du torrent, de la mer, de la rosée, du canal, de la fontaine manifeste l'importance de l'élément aquatique dans l'imaginaire de Bossuet.

2. Dix ans plus tard, Bossuet, devenu précepteur du Dauphin, avouera pourtant une lettre au maréchal de Bellefonds (9 septembre 1672) : « Je n'ai, que je sache, aucun attachement aux richesses, et je puis peut-être me passer de beaucoup de commodités ; mais je ne me sens pas encore assez habile pour trouver tout le nécessaire si je n'avais précisément que le nécessaire, et je perdrais plus de la moitié de mon esprit, si j'étais à l'étroit dans mon domestique. L'expérience me fera connaître de quoi je me puis passer ; alors je prendrai mes résolutions, et je tâcherai de n'aller pas au jugement de Dieu avec une question problématique sur ma conscience » (lettre 64, *Correspondance*, éd. Urbain et Lévesque, Hachette, 1909, t. I, p. 254-255).

3. *Avarice* : au sens de cupidité.

Page 96.

1. Saint Grégoire, *Pastoral*, part. III, cap. 2.
2. Matthieu VII, 14.
3. Matthieu VI, 24

Page 97.

1. Job XXXI, 1
2. Saint Paulin, *Epistula* XXX, *ad Severum*, n. 3.
3. Psaume LXXIII (LXXII), 7.

Page 98.

1. *Insulte* est encore masculin à l'époque (voir p. 267, n. 2).
2. Voir Daniel I-VI. Dans la première rédaction du passage, Bossuet ajoutait à l'exemple de Nabuchodonosor ceux de Néron et Domitien. Il les a supprimés à la relecture, désireux, sans doute, d'éviter les références profanes.

Page 99.

1. I Samuel XV, 32.
2. Première rédaction de la fin du premier point, avant que ne s'impose la forme dialoguée : «Par conséquent, Chrétiens, ne nous laissons point abuser aux belles conversions des mourants, qui, peignant et sur les yeux et sur le visage et même, pour mieux tromper, dans la fantaisie alarmée l'image d'un pénitent, [font] croire que le cœur est changé. Car une telle pénitence, bien loin d'entrer assez avant pour arracher l'amour du monde, souvent, je ne crains point de le dire, elle est faite par l'amour du monde. Cet homme se convertit comme Pharaon ; la crainte de mourir fait qu'il tâche d'apaiser Dieu, par la seule espérance de vivre. Et comme il n'ignore pas que la justice divine se plaît d'ôter aux pécheurs ce qu'ils aiment désordonnément, il feint de se détacher ; il ne méprise le monde que dans l'appréhension de le perdre. Ainsi, par une illusion terrible de son amour-propre, il se force lui-même à former dans l'esprit, et non dans le cœur, des actes de détachement que son attache lui dicte. Ô pénitence impénitente ! Ô pénitence toute criminelle et tout infectée de l'amour du monde. Avec cette étrange amende honorable, cette âme malheureuse sort toute noyée et tout abîmée dans les affections sensuelles. Ha ! démons, ne cherchez point d'autres chaînes pour la traîner dans l'abîme : ses chaînes sont ses passions ; ne cherchez point dans cette âme ce qui peut servir d'aliment au feu éternel : elle est toute corporelle, toute pétrie, pour ainsi dire, de chair et de

sang. Pourquoi? Parce que, ayant commencé si tard l'ouvrage de son détachement, le temps lui a manqué pour l'accomplir.»

3. *Fantaisie*: au sens d'imagination.

4. *Amende honorable*: peine à laquelle sont condamnés certains criminels et qui consiste à aller nu (c'est-à-dire en chemise), la torche au poing et la corde au cou, devant une église demander pardon à Dieu, au Roi et à la justice.

Page 101.

1. La Bruyère développera lui aussi ces thèmes de l'espoir et de l'attente du courtisan (voir par exemple «De la Cour», 47, 52, 65, 66).

2. *Involution*: assemblage, embrouillement.

3. Isaïe V, 18.

4. *Efficace*: vertu.

Page 102.

1. Ici venait un beau passage, finalement supprimé: «Ils se sentent eux-mêmes quelquefois pressés, et se plaignent de cette contrainte; mais, Chrétiens, ne les croyez pas; ils se moquent, ils ne savent ce qu'ils veulent. Celui-là qui se plaint qu'il travaille trop, s'il était délivré de cet embarras, ne pourrait souffrir son repos; maintenant les journées lui semblent trop courtes, et alors son grand loisir lui serait à charge. Il aime sa servitude, et ce qui lui pèse lui plaît: ce mouvement...» Ce «mouvement perpétuel» qui règne à la Cour sera encore dénoncé par La Bruyère (voir «De la Cour», 19).

2. *S'égayer*: se déployer à l'aise.

3. Saint Augustin, *Commentaire sur le Psaume CXXXVI*, 9.

4. Dans la première rédaction, Bossuet ajoutait: «ni de votre famille qui vous distrait».

Page 103.

1. *Presse*: empressement.

2. Ézéchiel VII, 2-4. En marge figure le latin.

3. Ézéchiel VII, 6. En marge est donné le latin.

4. Ézéchiel VII, 7-9. Le latin figure en marge.

5. Ézéchiel VII, 10.

6. Ézéchiel VII, 23.

7. Variante: «Vous êtes au séjour de l'éternité. Voyez qu'il n'y a plus de soleil visible qui commence et qui finisse les jours, les saisons, les années. Rien ne finit en cette contrée; c'est le Seigneur lui-même qui va commencer de mesurer toutes choses par sa propre infinité.»

Page 104.

1. II Timothée III, 3-4 (au lieu de *misericordia*, la Vulgate offre *benignitate*).

2. «On dit aussi dans le figuré la contexture d'un discours, d'un poème, en parlant de la suite, de l'arrangement, de la disposition de ses parties» (Furetière). Ici, au sens d'enchaînement d'idées.

3. Saint Augustin, *Commentaire sur le Psaume CXXXIX*, 4.

4. Sagesse II, 8.

5. «Que nul ne se dispense de prendre part à notre joie.» Bossuet cite Sagesse II, 9, mais sa citation est inexacte (*lætitiæ*, joie, est mis pour *luxuriæ*, qui signifie débauche).

6. *Ibid.*, 10. *Pardonner* a ici le sens d'épargner.

Page 105.

1. Lactance, *Institutions divines*, VI, 11.

Page 106.

1. Proverbes XXX, 15.

Page 107.

1. Isaïe XLVII, 10. En marge le latin.

2. Paroles de Dieu à Moïse (Exode III, 14).

3. *Comme on parle*: comme on dit. L'expression «gens de néant» désigne les personnes de basse naissance.

Page 108.

1. *Casuel*: soumis au hasard, aux accidents.

2. Luc XVI, 9.

3. Allusion à Isaïe LVIII, 7-12.

4. Une telle scène — les anges assemblés autour du lit d'un mourant — appartient à l'iconographie mortuaire depuis le XIVe siècle. À cette date sont apparus les premiers *Arts de bien mourir*, dont la vogue est encore très importante au XVIIe siècle. Destinés à aider le public à se préparer à la mort, ils comportent de nombreuses gravures illustrant les dernières étapes de la vie jusqu'au jugement particulier qui attend chacun après la mort. Anges et démons y rivalisent autour du lit du mourant pour obtenir son âme (voir Philippe Ariès, *Images de l'homme devant la mort*, Seuil, 1983).

Page 109.

1. Jérémie LI, 9.

2. *Fomentations* : « remède chaud et humide qu'on applique sur quelque partie malade » (Furetière).

3. *Réussir* : arriver en bien ou en mal.

4. Jérémie LI, 9 (dans la Vulgate, *eam* — qui désigne Babylone — à la place d'*eum*).

5. *Ibid*. L'ordre des mots est différent dans la Vulgate : *Pervenit usque ad cœlos judicium ejus* (« sa condamnation est montée jusqu'au ciel »).

6. Allusion à la paix des Pyrénées (7 novembre 1659) qui mit fin à vingt-cinq ans de guerre avec l'Espagne.

7. L'été 1661 avait été torride, et d'épouvantables orages avaient dévasté les moissons. L'hiver 1661-1662 fut ensuite très rigoureux : les prix augmentaient ; les campagnes connaissaient la famine, Paris la disette ; les épidémies faisaient des ravages. Voici le témoignage de l'Intendant de Caen dans une lettre à Colbert, datée du 13 mars 1662 : « L'intempérance de l'air, le dérèglement des saisons et la stérilité des trois dernières années vous persuaderont facilement que leur misère est extrême, puisque les blés et les pommes, qui sont la richesse de ce pays, ayant manqué dans toute la province, les moins incommodés des villages ne boivent que de l'eau et ne mangent plus qu'un peu de pain pétri avec de la lie de cidre, et les autres ne soutiennent leur vie languissante qu'avec de la bouillie d'avoine et de sarrasin. [...] L'on peut même appréhender avec raison que les prix n'augmentent de beaucoup à cause que l'abondance des pluies a rendu les meilleures terres inutiles, aussi bien que le défaut [...] des façons et des semailles, qu'elles n'ont pu recevoir ; les débordements des rivières, qui couvrent encore les campagnes, passent ici pour des présages infaillibles d'une très funeste année, et par une ancienne tradition ils ferment leurs greniers et leurs celliers...

» La nécessité est si pressante et si générale qu'elle [...] pénètre bien avant dans les villes. Il y a des paysans, à trois et quatre lieues de Caen, qui ne se nourrissent plus que de racines de choux crus et de légumes, ce qui les fait tomber dans une certaine langueur qui les dessèche et qui ne les quitte qu'à la mort » (lettre citée par Pierre Goubert, *L'Avènement du Roi-Soleil. 1661*, Hachette, « Pluriel », 1996, p. 270-272).

Page 110.

1. La première rédaction développait davantage : « Ce n'est pas une vaine exagération. Non, non, on ne monte pas dans la chaire, comme on ferait sur un théâtre, pour émouvoir la com-

passion en inventant des sujets tragiques. Ce que je dis, c'est la
vérité : vérité constante, publique, assurée. Ô Dieu ! quelle cala-
mité de nos jours, que tant de monde périsse de faim à nos
yeux ! quelle espérance pour nous à l'heure de notre mort,
si le cri de cette misère ne perce nos cœurs. »

2. Accord de proximité (latinisme). Précisons le sens de la
phrase : Bossuet va jusqu'à considérer les riches comme responsables des éventuels suicides que pourrait provoquer la
misère, et de la damnation des âmes qui en résulterait.

3. Philémon, 7 (« Les entrailles des saints ont reçu tant de
soulagements de toi, mon cher frère »).

4. En février et mars 1662, le Roi fit venir du blé de l'étranger et des provinces épargnées par la disette (Bretagne, Midi de
la France). Dans ses *Mémoires pour l'année 1662*, Louis XIV
écrit : « J'obligeai les provinces les plus abondantes à secourir
les autres, les particuliers à ouvrir les magasins et à exposer
leurs denrées à un prix équitable. J'envoyai en diligence mes
ordres de tous côtés, pour faire venir par mer, de Dantzig et des
autres pays étrangers, le plus de blés qu'il me fut possible ; je le
fis acheter de mon épargne ; j'en distribuai gratuitement la plus
grande partie au petit peuple des meilleures villes comme
Paris, Rouen, Tours et autres ; je fis vendre le reste à ceux qui
en pouvaient acheter, mais j'y mis un prix très modique... À la
campagne, où les distributions de blés n'auraient pu se faire si
promptement, je les fis en argent... Je parus enfin à mes sujets
comme un véritable père de famille qui fait la provision de sa
maison et partage avec équité les aliments à ses enfants et à
ses domestiques. » (*Mémoires de Louis XIV*, Le Livre Club du
Libraire, 1960, p. 82-83).

5. Le sermon suivant, sur l'Enfer, ne nous est pas parvenu.
Selon la *Gazette de France*, seule la Reine mère y assista.

SERMON SUR LA PROVIDENCE

Page 111.

1. « Mon fils, souvenez-vous que vous avez reçu vos biens
dans votre vie, et que Lazare n'y a eu que des maux ; c'est
pourquoi il est maintenant dans la consolation, et vous dans
les tourments. » Le Roi n'assista pas au sermon ce jour-là.

2. Voir I Rois XV, 16-22.

Page 112.

1. *Rien*: en rien, nullement.

2. Le paradoxe — prouver l'ordre par le désordre — fait apparaître l'originalité de Bossuet dans sa dispute contre les libertins. Ceux-ci tirent argument du désordre du monde pour démontrer l'inexistence de Dieu. Bossuet, au lieu de prouver Dieu par la considération de l'ordre du monde, choisit de retourner contre eux l'argument des libertins : le désordre du monde, où il fait voir un ordre caché, devient la preuve de l'existence de Dieu.

3. Saint Grégoire de Nazianze, *Orationes*, XXVIII (autrefois XXXIV).

4. Genèse I, 4 («Dieu vit que la lumière était bonne»). Le livre de la Genèse a longtemps été attribué à Moïse.

5. Genèse I, 31. Les crochets ont été mis par Bossuet à ces deux citations.

6. «Événement : issue, succès bon ou mauvais de quelque chose» (Furetière).

7. La répétition — formant pléonasme — du pronom personnel sujet est encore fréquente à l'époque (voir p. 55, n. 2). Elle est aujourd'hui incorrecte.

Page 113.

1. *Mêler* a ici le sens de troubler.

2. Le manuscrit montre que Bossuet a hésité entre plusieurs exemples bibliques pour illustrer cette sagesse divine. Il indique ici : «Josué : Deuter., XXXIV, 9». Mais la première rédaction contenait une autre référence : «Nous lisons au livre de l'Exode (XXXV, 32) qu'il y a une science donnée de Dieu, non seulement pour inventer et pour concevoir, mais encore pour exécuter et pour accomplir tout ce qui était nécessaire pour la construction de son tabernacle : *Ad excogitandum et faciendum.*»

3. La comparaison de l'État et du corps humain, fondée sur la nécessaire cohésion des membres, a une longue histoire : on la trouve chez Tite-Live (*Histoire romaine*, II, 32) et chez Ésope (*L'Estomac et les pieds*). Saint Paul la reprend pour l'appliquer à l'Église de Jésus-Christ, dont les fidèles sont les membres et Jésus la tête (voir Romains XII, 5 ; I Corinthiens VI, 15 ; I Corinthiens XII, 12-27). Au XVIIe siècle, La Fontaine en fera encore le sujet de l'une de ses fables : «Les Membres et l'estomac» (Livre III, fable 2).

Page 114.

1. On aura reconnu le principe de l'anamorphose, très en vogue au milieu du XVIIᵉ siècle. Le plus célèbre exemple aujourd'hui est sans doute la toile de Holbein intitulée *Les Ambassadeurs* de 1533. Cette œuvre, qui se trouvait depuis 1653 à Paris (rue du Four), passait déjà à l'époque pour «la pièce… la plus riche et mieux travaillée qui soit en France». Il se trouve en outre que le couvent des Minimes de la place Royale, où Bossuet avait prêché le Carême deux ans plus tôt, offrait deux exemples d'anamorphose dus au P. Niceron : ces peintures représentaient, selon la situation de l'observateur, soit un paysage marin, soit un saint, saint Jean à Patmos et Marie-Madeleine pénitente (voir Jurgis Baltrusaitis, *Anamorphoses ou Thaumaturgus opticus*, Flammarion, 1984). Cette réflexion de Bossuet sur la perspective peut également être rapprochée d'une pensée de Pascal : «Si on considère son ouvrage incontinent après l'avoir fait, on en est encore tout prévenu, si trop longtemps après, on n'y entre plus. Ainsi les tableaux vus de trop loin et de trop près. Et il n'y a qu'un point indivisible qui soit le véritable lieu. Les autres sont trop près, trop loin, trop haut ou trop bas» (*Pensées*, Le Guern 19, Sellier 55, Lafuma 21).

Page 115.

1. Se devine ici une certaine satisfaction d'auteur. Bossuet tenait manifestement à cette comparaison qu'il avait déjà proposée dans un premier sermon composé sur le thème de la Providence, en 1656 (voir *Œuvres oratoires*, t. II, p. 158-159).

2. *Vite* est encore employé couramment comme adjectif au XVIIᵉ siècle.

3. Ecclésiaste IX, 11.

4. Ecclésiaste IX, 2-3.

5. Psaume LIII, 2 (LII, 1).

Page 116.

1. Ecclésiaste III, 16. En marge le latin.

2. Ecclésiaste III, 17. Le livre de l'Ecclésiaste était alors attribué au roi Salomon.

Page 117.

1. *Corps célestes et corps terrestres* : Bossuet évoque ici des thèmes de la cosmologie aristotélicienne, repris par les médiévaux : l'univers est divisé en corps inférieurs, composés à partir des quatre éléments — feu, terre, air et eau — et soumis à la génération et à la corruption, et en corps célestes, incorrup-

tibles, formés d'un cinquième élément, la quintessence, l'éther
(voir les mises au point de Cyrille Michon et Vincent Aubin sur
la cosmologie thomiste dans Thomas d'Aquin, *Somme contre
les Gentils*, GF Flammarion, 1999, t. I, p. 412 et t. III, p. 567 sq).
Ces notions de cosmologie sont déjà périmées au milieu du
xviie siècle, mais restent fréquemment évoquées dans les ouvrages
religieux.

2. Bossuet donne une forme pronominale à certains verbes
qui l'ont perdue depuis, comme ici *passer*.

Page 118.

1. Matthieu VI, 26 (« N'êtes-vous pas beaucoup plus qu'eux ? »).
Il convient de comparer la paraphrase de Bossuet à sa source
afin de mesurer la liberté et l'ampleur de la réécriture.

2. Bossuet traduit ici presque littéralement un passage de
saint Augustin, qu'il cite en marge du manuscrit (*Commentaire
sur le Psaume CXI*, n. 8).

3. Bossuet emploie souvent le pronom *il* au neutre, comme
un synonyme de cela.

4. Saint Augustin, *Commentaire sur le Psaume CXI*, n. 8.

Page 119.

1. Tertullien, *Apologétique*, n. 41.

2. *Échapper* s'emploie encore transitivement au xviie siècle.

3. Psaume XXXVII (XXXVI), 13. Traduction : « Parce qu'il
voit que son jour doit venir. »

4. On pense à Pascal et à la *Prière pour le bon usage des
maladies* (1659) : « Oui, Seigneur, je confesse que j'ai estimé la
santé un bien, non pas parce qu'elle est un moyen facile pour
vous servir avec utilité, pour consommer plus de soins et de
veilles à votre service, et pour l'assistance du prochain ; mais
parce qu'à sa faveur je pouvais m'abandonner avec moins de
retenue dans l'abondance des délices de la vie, et en mieux
goûter les funestes plaisirs. »

Page 120.

1. *Où* : auquel.

2. Le manuscrit indique que Bossuet s'inspire pour ce développement de *La Cité de Dieu*, I, 8.

3. Psaume LXXV (LXXIV), 9.

4. *Ibid.* (« La lie n'en est pourtant pas épuisée »).

Page 121.

1. *Ibid.* («Tous les pécheurs de la terre en boiront»).
2. Apocalypse XV, 3-4.
3. Psaume XCII (XCI), 7.
4. Sagesse II, 21. La citation est inexacte (Bossuet écrit *consideraverunt* pour *cogitaverunt*) et la traduction par conséquent peu claire.
5. Jérémie XXIII, 20.

Page 122.

1. Luc XVI, 25 («C'est pourquoi il est maintenant dans la consolation et toi dans les tourments»). La fin de ce premier point est l'occasion pour Bossuet de revenir à son texte.

Page 123.

1. Prolepse héritée des constructions latines.
2. *N'admirer rien*, en latin *nihil admirari*, rappelle la formule d'Horace : *Nil admirari prope res est una, Numaci/ Solaque quæ possit facere et servare beatum* — «N'admirer rien, Numacius, est presque le seul et unique moyen qui donne et conserve le bonheur» (*Épîtres* I, VI, 1). Montaigne et Pascal, dans leur réflexion sur le souverain bien, la citent également (voir *Essais*, II, 12 et *Pensées*, Le Guern 387, Sellier 27, Lafuma 408). Ces deux formules — *n'admirer rien, ne rien craindre* — pourraient résumer l'idéal, redevable aux maximes de la philosophie antique, de certains libertins. Mais une fois de plus, Bossuet procède par renversement : selon lui, nul ne pratiquera mieux ce double précepte que le chrétien véritable.
3. Saint Augustin, *Commentaire sur le Psaume CXXXVI*, n. 5. En marge le latin.
4. Saint Augustin, *Commentaire sur le Psaume LXXII*, n. 14.
5. *Mémoire* : faits mémorables.

Page 124.

1. Mahomet IV, sultan de Constantinople. Bossuet se fait ici l'écho du sentiment d'insécurité éprouvé par la Chrétienté face à un Islam redevenu conquérant. La politique expansionniste de l'Empire ottoman, menée par le grand Vizir Ahmet Köprülü, constituait alors une menace en Méditerranée, en Ukraine, et surtout en Hongrie (un an plus tard, les armées du grand Vizir marcheront sur Vienne).

Page 125.

1. Saint Augustin, *La Cité de Dieu*, V, 24 («Ils désirent même ce royaume où ils ne craignent pas d'avoir des égaux»).

2. Cet antagonisme du chaud et du froid que réaffirmera Bossuet dans le «Sermon sur la Mort» était déjà en 1662 une notion périmée, relevant de l'ancienne physique, c'est-à-dire de la physique aristotélicienne telle que l'utilisaient les scolastiques (voir l'explication de Vincent Aubin dans Thomas d'Aquin, *Somme contre les Gentils*, t. III, p. 571).

3. La formule suggère que le développement précédent constitue un emprunt; peut-être à saint Thomas d'Aquin (pour des passages assez semblables, voir *Somme théologique*, Première partie, question 49; ou question 103, article 7).

4. Une variante indique: «par le moyen de ce ministre». Et l'on pense à tous ceux qui avaient placé leurs espoirs en Fouquet avant qu'il ne soit arrêté en septembre 1661. Mais Bossuet évite ici l'allusion, et la formule plus générale qu'il retient annonce La Bruyère: «Il y a pour arriver aux dignités ce qu'on appelle la grande voie, ou le chemin battu; il y a le chemin détourné ou de traverse, qui est le plus court» (*Caractères*, «De la Cour», 49).

Page 126.

1. Romains VIII, 28 («Tout contribue au bien de ceux qui aiment Dieu»).

2. Romains V, 4.

3. Luc XII, 32.

4. Saint Augustin, *Commentaire sur le Psaume LVII*, n. 21.

Page 127.

1. Sagesse VI, 6.

2. Hébreux VI, 9.

SERMON SUR LA CHARITÉ FRATERNELLE

Page 129.

1. La troisième semaine du Carême fut tout entière consacrée à la charité fraternelle. Malheureusement les trois sermons ont été perdus: nous est seulement parvenue la péroraison qui va suivre. En 1669, Bossuet écrira pour lui-même: «Il faut bien méditer trois sermons qui regardent la société du genre humain dans la troisième semaine du

Ier Carême du Louvre. Le fond m'en paraît très solide, mais il en faut changer la forme» (*Œuvres oratoires*, t. V, p. 461).

2. Le dernier de ces crimes — «voler les trésors publics» — pouvait être une allusion à l'affaire qui occupait alors tous les esprits : le procès de Fouquet, l'ancien Surintendant des finances, accusé «de confondre son bien avec les finances de Sa Majesté». Il avait été arrêté à Nantes le 5 septembre 1661. Son procès commença à Paris le 4 mars 1662. Pendant ces mêmes semaines où prêche Bossuet, Fouquet comparaissait donc devant la Chambre. Les irrégularités dans la procédure furent nombreuses : falsification des procès-verbaux, pressions occultes. Colbert s'agitait dans l'ombre pour que Fouquet, dont il avait fait son ennemi juré, fût condamné à mort pour crime de lèse-majesté. Est-ce à lui que songe Bossuet quand il évoque «les inventions d'une jalousie cachée, ou les injustes raffinements d'un zèle affecté» qui infectent «les oreilles du Prince» ? On ne peut se prononcer avec certitude : suffirait à justifier ces lignes le climat d'intrigue et de soupçons qui régnait à la Cour. Il pourrait en effet également s'agir d'une allusion à la dernière de ces intrigues, dite l'affaire de la lettre : au début du mois de mars, une lettre avait été adressée à la Reine pour lui apprendre la liaison du Roi avec La Vallière qu'elle était alors la seule à ignorer. La lettre avait été interceptée et remise au Roi qui tenta en vain d'en connaître l'auteur. Celui-ci, un dénommé Vardes en qui le Roi avait pleine confiance, parvint à faire tomber les soupçons du monarque sur Mme de Navailles, la surveillante des filles d'honneur. (Pour plus de détails, lire Mme de La Fayette, *Histoire de Madame Henriette d'Angleterre*, coll. «Le Temps retrouvé», Mercure de France, 1988, p. 54-55 ; ou Jules-Auguste Lair, *Louise de La Vallière et la jeunesse de Louis XIV*, Paris, 1901 ; ou Georges Couton, *La Chair et l'âme*, p. 36-38.)

3. I Rois II, 3.

Page 130.

1. Louis XIV avait alors vingt-trois ans. Un passage du *Discours sur l'Histoire universelle* consacré aux rois d'Égypte pourrait éclairer l'intention de Bossuet dans cette péroraison : «Sitôt qu'ils étaient habillés, ils allaient sacrifier au temple. Là, environnés de toute leur cour, et les victimes étant à l'autel, ils assistaient à une prière pleine d'instruction, où le pontife priait les dieux de donner au prince toutes les vertus royales, en sorte qu'il fût religieux envers les dieux, doux envers les hommes, modéré, juste, magnanime, sincère, et éloigné du mensonge,

libéral, maître de lui-même, punissant au-dessous du mérite, et récompensant au-dessus. Le pontife parlait ensuite des fautes que les rois pouvaient commettre ; mais il supposait toujours qu'ils n'y tombaient que par surprise ou par ignorance, chargeant d'imprécations les ministres qui leur donnaient de mauvais conseils, et leur déguisaient la vérité. Telle était la manière d'instruire les rois. On croyait que les reproches ne faisaient qu'aigrir leurs esprits ; et que le moyen le plus efficace de leur inspirer la vertu était de leur marquer leur devoir dans des louanges conformes aux lois, et prononcées gravement devant les dieux » (Bossuet, *Œuvres*, éd. Pléiade, Gallimard, 1961, p. 959-960).

SERMON SUR L'AMBITION

Page 131.

1. Ce discours a été composé à partir des sermons de 1660 et 1661 sur le même thème. Il n'est que partiellement rédigé. Selon certains critiques, il n'aurait pas été prononcé. Une chose est certaine : la péroraison initialement prévue, dans laquelle Bossuet s'adressait au monarque, ne put être dite puisque Louis XIV n'assista pas ce jour-là au sermon. Aussi Bossuet en reprit-il l'essentiel dans le « Sermon sur les devoirs des Rois » prêché le 2 avril 1662.

2. La phrase est extraite de l'évangile du jour, la Multiplication des pains (Jean VI, 1-15). Bossuet la cite sans doute de mémoire, la leçon de la Vulgate porte *« essent »* là où il écrit *« erant »*.

3. Allusion à l'arrestation du Christ : « Mais Jésus, qui savait tout ce qui lui devait arriver, vint au-devant d'eux et leur dit : "qui cherchez-vous ?" » (Jean XVIII, 4).

Page 132.

1. Saint Augustin, *Commentaire sur saint Jean*, traité 49, n. 19.

2. *Déserter* : rendre déserte.

3. Il s'agit de la cour. « Suivre se dit aussi des professions qu'on embrasse. [...] Un courtisan suit la cour » (Furetière).

4. Première rédaction : « Que l'Évangile nous découvre ses illusions, qu'elle-même nous fasse voir ses légèretés ; que l'Évangile nous apprenne combien elle est trompeuse dans ses faveurs, elle-même nous convaincra combien elle est accablante dans ses revers. »

Page 133.

1. *ne... rien moins que* : l'expression prend ici un sens positif (on dirait aujourd'hui « ne lui promettent rien *de* moins qu'un trône »).

2. Allusion à l'entrée triomphale de Jésus dans Jérusalem (voir Jean XII, 12-15). Son « misérable équipage » désigne l'ânon sur lequel il est monté.

3. L'entrée à Jérusalem eut lieu, d'après les évangiles, cinq jours avant la Pâque des juifs, soit quatre jours avant la Crucifixion. Bossuet accélère donc un peu les événements.

Page 134.

1. Bossuet se contente de réinsérer ici un long développement figurant dans son sermon de l'année précédente sur le même sujet. Il ne juge pas même nécessaire de terminer les phrases qu'il avait alors laissées inachevées. Le texte devient elliptique et s'apparente à un résumé.

2. Au neutre.

3. À savoir « désirer ce qu'il faut ».

Page 135.

1. Saint Augustin, *De la Trinité*, XIII, 17.

2. *Distraction* : séparation.

3. Que ce soit dans le *Carême des Carmélites* de 1661 ou dans celui du *Louvre*, le sermon du dimanche précédant le « Sermon sur l'Ambition » n'existe plus : on ne peut donc préciser l'allusion.

4. La construction n'est pas heureuse : sans doute Bossuet n'a-t-il pas définitivement corrigé ce passage.

5. Allusion à la parole du Christ à Pilate : « Vous n'auriez aucun pouvoir sur moi s'il ne vous avait été donné d'en haut » (Jean XIX, 11).

6. Pilate explique à trois reprises qu'il ne trouve en Jésus « aucun motif de condamnation » (voir Luc XXIII, 13-22).

7. Souvenir du Psaume XXIII (XXII), 3-4.

Page 136.

1. Matthieu XX, 22.

2. I Corinthiens VII, 31.

3. Saint Augustin, *De la Trinité*, XIII, 17.

4. *Composer* : régler, ordonner.

Page 137.

1. Saint Augustin, *De la Trinité*, XIII, 17. Traduction : «Que l'homme veuille être sage, fort, tempérant, [juste,] et pour l'être vraiment, qu'il souhaite en effet la puissance, qu'il désire être puissant sur lui-même, paradoxalement puissant contre lui-même pour lui-même.»

2. Employé absolument.

3. *Résoudre* : décider, prendre une résolution.

4. Au neutre.

5. Voir Genèse XXXIX, 1-20.

Page 138.

1. Note marginale : «qui songe [*sic*] à sauver quelques soldats et laisse prendre le roi prisonnier».

2. Saint Augustin, *Ad Maced.*, *Lettre CLIII*, n. 16.

3. *À faux* : qui avortent.

4. *Se remettre* : se rétablir, retrouver l'équilibre, la santé.

5. *Appareil* : pansement, remède.

Page 139.

1. Accord avec le sujet logique, fréquent à l'époque.

2. *Se produire* : paraître au jour. Ici s'arrête l'emprunt au sermon de 1661.

3. *Vin fumeux* : vin qui monte à la tête.

4. *Troupe* : foule, multitude (sens étymologique, du latin *turba*).

5. *Se discerner* : se distinguer.

Page 140.

1. «On dit qu'un homme s'est tiré du pair, qu'il est hors du pair, pour dire qu'il s'est élevé au-dessus des autres» (Furetière).

2. Isaïe XIV, 10 (dans la Vulgate, *Et* au lieu d'*Ecce*).

3. *Toujours* : du moins.

4. *En avoir meilleur marché* : en triompher plus facilement.

Page 141.

1. À rapprocher de La Bruyère, *Caractères*, «De la Cour», 26 et 52.

Page 142.

1. Qui ne devait songer, en entendant Bossuet évoquer ces coups éclatants de la fortune, au sort de Fouquet, l'ancien Surintendant des finances, arrêté sur ordre du Roi le 5 septembre 1661 ? Il sera condamné en 1664 à la prison à perpétuité.

2. Ici commence un nouvel emprunt, cette fois au sermon de 1660 («Sur les Nécessités de la vie», troisième point, *Œuvres oratoires*, t. III, p. 310) dont fait partie la célèbre paraphrase d'Ézéchiel. Quand ce texte fut rédigé, il ne faisait donc allusion ni à Fouquet (arrêté en septembre 1661) ni même à la mort de Mazarin (9 mars 1661). Quand Bossuet le reprend en 1662, il prenait certes un relief nouveau du fait de l'actualité; toutefois, en choisissant de conserver certains détails de la version d'origine — la mort du fils unique, la fortune dissipée par un héritier mal avisé — Bossuet empêchait toute identification avec l'ancien Surintendant des finances (voir Jacques Truchet, *La Prédication de Bossuet*, t. II, p. 198). Ajoutons que certains détails s'appliquaient au contraire assez précisément au cas de Mazarin (voir Jean Meyer, *Bossuet*, p. 127-128). Bossuet pouvait aussi songer à son propre cousin issu de germain, François Bossuet, dit *le riche*, célèbre partisan, à la fortune aussi rapide qu'immense, que Fouquet venait d'entraîner dans sa disgrâce (sur ce personnage, voir Amable Floquet, *Études sur la vie de Bossuet*, Didot, 1855, t. II, p. 138-145).

3. *Montre* : étalage.

Page 143.

1. Voir Ézéchiel XXXI, 3-9. Nous mettons ici entre parenthèses les commentaires dont Bossuet accompagne le texte biblique, pour développer l'application au cas de l'ambitieux.

2. *Domestiques* : personnes qui remplissent une fonction chez un grand seigneur.

3. Ézéchiel XXXI, 9. Bossuet n'a pas traduit la deuxième partie de la citation, dont il se souvient d'ailleurs de manière inexacte : la Vulgate donne *voluptatis quæ erant in paradiso Dei* au lieu de *paradisi* («tous les arbres les plus délicieux qui étaient dans le jardin de Dieu lui portaient envie»).

4. L'image est une traduction libre du verset 7 d'Ézéchiel XXXI, imitée de deux vers de Virgile (*Géorgiques*, II, 291-2) : «*aesculus imprimis quae, quantum vertice ad auras/ aetherias, tantum radice in Tartara tendit*» («le chêne surtout, dont la racine pénètre jusqu'au Tartare aussi bas que son faîte monte haut vers les brises éthérées»). L'influence est rendue plus sensible par le latinisme que conserve Bossuet dans la construction «autant que... autant» (*quantum... tantum*). Ces mêmes vers de Virgile inspireront à La Fontaine les derniers vers de sa fable «Le chêne et le roseau» : «Celui de qui la tête au Ciel était voisine,/ Et dont les pieds touchaient à l'empire des morts» (*Fables*, I, 22).

5. Ézéchiel XXXI, 10. En marge, figure le latin, cité de mémoire.

6. *Ibid.*, 10-12. En marge le latin.

7. Bossuet se souvient-il ici de l'*Iliade*, où Achille parle de lui comme d'un «vain fardeau de la terre» (chant XVIII, v. 104)? Racine dans *Iphigénie* réutilisera la même expression: «voudrais-je, de la terre inutile fardeau [...]/ Attendre chez mon père une obscure vieillesse»? (*Iphigénie*, I, 2, v. 252-254).

8. Ézéchiel XXXI, 12. Traduction: «Ils l'abattront sur les montagnes» (la Vulgate porte *super montes*).

Page 144.

1. Bossuet emploie l'adjectif indéfini *aucun* au pluriel.

2. *Devant*: avant.

3. *Ménage*: économie, administration.

4. Ézéchiel XXXI, 12. En marge le latin.

5. *Au monde*: pour le monde. Si l'application au cas de Mazarin était tentante, ces réflexions sur la chute du courtisan ambitieux relevaient du lieu commun. En témoigne un extrait des *Mémoires pour servir à l'histoire de Louis XIV* de l'abbé de Choisy: «[Mazarin] avait déclaré le marquis de La Meilleraie, grand maître de l'artillerie, son héritier principal, en lui faisant prendre le nom de Mazarin; et il lui avait donné Hortense, la plus belle de ses nièces, avec tant de millions en argent, en terres, en maisons et en pierreries, qu'il avait cru établir sa maison sur des fondements inébranlables, oubliant sans doute que le cardinal de Richelieu avait eu le même dessein, et n'y avait pas réussi; comme si la Providence, par une justice prompte et sévère, voulait confondre toute la sagesse des hommes, et faire voir, pour la consolation des gens de bien, que les élévations si subites ne durent guère quand elles ne sont pas fondées sur l'innocence» (abbé de Choisy, coll. «Le Temps retrouvé», Mercure de France, 1966, p. 60).

Page 145.

1. Bossuet avait rédigé une autre péroraison en vue de la venue possible du Roi. Louis XIV ne vint pas et Bossuet la réutilisa dans le «Sermon sur les devoirs des Rois» (voir p. 236, n. 8). On choisit toutefois de la reproduire ici, puisque dans l'esprit de Bossuet elle formait un tout avec le sermon qui précède:

«Ô folie! ô illusion! ô étrange aveuglement des enfants des hommes! Chrétiens, méditons ces choses, pensons aux incons-

tances, aux légèretés, aux trahisons de la fortune. Mais ceux
dont la puissance suprême semble être au-dessus de son empire,
sont-ils au-dessus des changements ? Dans leur jeunesse la plus
vigoureuse, ils doivent penser à la dernière heure, qui ensève-
lira toute leur grandeur. "Je l'ai dit : Vous êtes des dieux, et
vous êtes tous enfants du Très-Haut" (Ps. LXXXII, 6). Ce sont
les paroles de David, paroles grandes et magnifiques ; toutefois
écoutez la suite : "Mais", ô dieux de chair et de sang, ô dieux de
terre et de poussière, "vous mourrez comme des hommes",
et toute votre grandeur tombera par terre : *Vos autem sicut
homines moriemini* (*ibid.*, 7). Songez donc, ô grands de la terre,
non à l'éclat de votre puissance, mais au compte qu'il en faut
rendre, et ayez toujours devant les yeux la majesté de Dieu
présente.

»De tous les hommes vivants, aucuns ne doivent avoir dans
l'esprit la majesté de Dieu plus présente ni plus avant imprimée que les rois. Car comment pourraient-ils oublier Celui
dont ils portent toujours en eux-mêmes une image si présente
et si expresse ? Le Prince sent en lui-même cette vigueur, cette
fermeté, cette noble confiance du commandement ; il voit qu'il
ne fait que remuer les lèvres et qu'aussitôt tout se remue d'une
extrémité du royaume à l'autre ; et combien donc doit-il penser que la puissance de Dieu est active ! Il perce les intrigues
les plus cachées ; les oiseaux du ciel lui rapportent tout ; il a
même reçu de Dieu, par l'usage des affaires une certaine pénétration qui fait penser qu'il devine : *Divinatio in labiis regis*
(Prov. XVI, 10) ; et quand il a pénétré les trames les plus
secrètes, avec ses mains longues et étendues, il va prendre ses
ennemis aux extrémités du monde, et les déterre, pour ainsi
dire, du fond des abîmes où ils cherchaient un vain asile. Combien donc lui est-il facile de s'imaginer que la vue et les mains
de Dieu sont inévitables !

»Mais quand il voit les peuples soumis obligés à lui obéir,
"non seulement pour la crainte, mais encore pour la
conscience" », comme dit l'Apôtre (Rom., XIII, 5) ; quand il voit
qu'on doit immoler et sa fortune et sa vie pour sa gloire et pour
son service, peut-il jamais oublier ce qui est dû au Dieu vivant
et éternel ? C'est là qu'il doit reconnaître que tout ce que feint la
flatterie, tout ce qu'inspire le devoir, tout ce qu'exécute la fidélité, tout ce qu'il exige lui-même de l'amour, de l'obéissance, de
la gratitude de ses sujets, c'est une leçon perpétuelle qu'il doit à
son Dieu, à son souverain. C'est pourquoi saint Grégoire de
Nazianze, prêchant à Constantinople en présence des empe-

reurs, leur adresse ces belles paroles : "Ô princes, respectez
votre pourpre, révérez votre propre puissance, et ne l'employez
jamais contre Dieu qui vous l'a donnée. Connaissez le grand
mystère de Dieu en vos personnes : les choses hautes sont à lui
seul, il partage avec vous les inférieures. Soyez donc les sujets
de Dieu, et soyez les dieux de vos peuples." (*Orat.*, XXVII).

»Ce sont les paroles de ce grand saint que j'adresse encore
aujourd'hui au plus grand monarque du monde. SIRE, soyez le
dieu de vos peuples, c'est-à-dire faites-nous voir Dieu en votre
personne sacrée. Faites-nous voir sa puissance, faites-nous
voir sa justice, faites-nous voir sa miséricorde. Ce grand Dieu
est au-dessus de tous les maux, et néanmoins il y compatit et
les soulage. Ce grand Dieu n'a besoin de personne et néanmoins il veut gagner tout le monde, et il ménage ses créatures
avec une condescendance infinie. Ce grand Dieu sait tout, il
voit tout ; et néanmoins il veut que tout le monde lui parle, et
il a toujours l'oreille attentive aux plaintes qu'on lui présente,
toujours prêt à faire justice. Voilà le modèle des rois : tous les
autres sont défectueux, et on y voit toujours quelque tache ;
Dieu seul doit être imité en tout, autant que le porte la faiblesse humaine. Nous bénissons ce grand Dieu de ce que
Votre Majesté porte déjà sur elle-même une si noble empreinte
de lui-même, et nous le prions humblement d'accroître ses
dons sans mesure dans le temps et dans l'éternité. *Amen.*»

SERMON SUR LA MORT

Page 146.

1. Le XVIIe siècle fut hanté par la mort. Si l'on pense d'abord
à l'exploitation de ce thème par la littérature spirituelle — arts
de bien mourir, hagiographies, sermons, oraisons funèbres —
celle-ci n'est pas seule concernée. La peinture participe elle
aussi à cette méditation du Grand Siècle sur la mort avec les
Vanités ou les tableaux de saints pénitents (Antoine, Jérôme,
Madeleine) se recueillant devant une tête de mort. L'œuvre de
plusieurs grands écrivains du siècle a été fortement marquée
par la pensée de la mort : citons Pascal (voir la «Lettre sur la
mort de son père» d'octobre 1651) ou encore Bossuet lui-
même, qui dès 1648 rédige une *Méditation sur la brièveté de la
vie* (reproduite ci-dessus, p. 292). Certains passages du «Sermon sur la Mort» en sont extraits. Ce sermon, peut-être le plus
connu de Bossuet, offre également, en dépit de la différence de

genre, de nombreuses similitudes avec l'oraison funèbre d'Henriette d'Angleterre (1670).

2. Ce Lazare est l'ami de Jésus, le frère de Marthe et Marie.

3. Jésus eut pitié, puisqu'il pleura la mort de Lazare, puis le ressuscita (voir Jean XI, 35-44).

Page 147.

1. Le désir de savoir (*libido sciendi*), ou curiosité, est l'une des trois concupiscences selon saint Augustin, avec l'orgueil (*libido dominandi*) et la volupté (*libido sentiendi*). Ces formules sont inspirées de la phrase de saint Jean : « Car tout ce qui est dans le monde est ou concupiscence de la chair, ou concupiscence des yeux, ou orgueil de la vie » (I Jean II, 16). Bossuet commentera à son tour l'épître de saint Jean dans le *Traité de la Concupiscence* (1694).

Page 149.

1. *Déprimer* : abattre. Ce passage, comme beaucoup d'autres du « Sermon sur la Mort », fait songer à Pascal : « S'il se vante, je l'abaisse/ S'il s'abaisse, je le vante/ Et le contredis toujours/Jusqu'à ce qu'il comprenne/ Qu'il est un monstre incompréhensible » (*Pensées*, Le Guern 121, Sellier 163, Lafuma 130). Pascal a-t-il entendu Bossuet prêcher les années précédentes ? Bossuet a-t-il assisté à une conférence où Pascal aurait présenté son projet d'*Apologie* ? On ne sait. Mais cette communauté de pensée — et parfois même d'expression —, pour frappante qu'elle soit, pourrait tout aussi bien s'expliquer par une même source d'inspiration, à savoir saint Augustin.

Page 150.

1. L'*accident* et la *substance* : termes de la philosophie scolastique, hérités d'Aristote et de saint Thomas d'Aquin. « Tout ce qui advient à une chose sans constituer son être est un accident » (*Somme contre les Gentils*, I, 42, 9). L'*accident* est donc une qualité attachée à la *substance*. Si elle ne lui est pas nécessaire — car « une substance peut se trouver sans accident » (*ibid.*, I, 23, 7) — elle ne peut exister par elle-même. « La substance ne dépend pas de l'accident, bien que l'accident dépende de la substance » (*ibid.*) : la couleur, la position, la quantité sont des accidents (voir Cyrille Michon, « Éléments d'ontologie aristotélicienne », dans Thomas d'Aquin, *Somme contre les Gentils*, t. I, p. 401-402). Aussitôt après avoir prononcé ces termes techniques, Bossuet les explique par une série de comparaisons.

2. *De votre audience*: de votre écoute. Mais le Roi ne vint pas écouter Bossuet (seules les reines Marie-Thérèse et Anne d'Autriche, ainsi que Mademoiselle, sont mentionnées par la *Gazette de France*). On a pensé que le Roi avait refusé de se rendre au sermon pour protester contre la tutelle morale des dévots. Le manuscrit indique que Bossuet n'avait pas été prévenu de cette absence : sans doute modifia-t-il en chaire ce passage.

3. Psaume XXXIX (XXXXVIII), 6. Bossuet commentera également ce verset dans l'*Oraison funèbre d'Henriette d'Angleterre* (première partie).

4. À savoir *l'être qui se mesure*.

5. La longévité des cerfs était proverbiale dans l'Antiquité. Par le terme de *Fable*, le XVIIᵉ siècle désigne la mythologie. Quant à « l'histoire de la nature », il s'agit sans doute d'une allusion à l'*Histoire naturelle* de Pline l'Ancien (VIII, L, 32). Voir aussi Cicéron, *Tusculanes*, III, 28.

Page 151.

1. Sur l'emploi pluriel de l'indéfini *aucun*, voir p. 144, n. 1.

2. Bossuet a réutilisé dix fois cette citation dans son œuvre oratoire, dont une fois dans l'*Oraison funèbre d'Henriette d'Angleterre* (première partie).

3. Tertullien, *De la résurrection de la chair*, II, 4. Chez Tertullien ces propos sont prononcés par les hérétiques qui nient la résurrection.

4. *Commerce* : échange, circulation.

Page 152.

1. *Recrue* : « Levée de gens de guerre pour augmenter une Compagnie, ou remplacer les soldats qui ont déserté ou qui sont morts » (Furetière). Tout ce passage est inspiré de Lucrèce, *De Natura Rerum*, III, v. 963 sq.

2. Ce passage est une reprise de la *Méditation sur la brièveté de la vie*, que Bossuet avait rédigée dans sa jeunesse (voir ci-dessus p. 292). La métaphore du théâtre est si répandue au XVIIᵉ siècle qu'il serait vain de lui chercher une source précise. Comme l'a écrit Jean Rousset, cette époque « a dit et cru plus que toute autre, que le monde est un théâtre et la vie une comédie où il faut revêtir un rôle » (*La Littérature de l'âge baroque en France*, Corti, 1954, p. 28). Toutefois l'image reçoit ici une motivation supplémentaire d'être développée devant un public de courtisans : car c'est un autre lieu commun que de comparer

la Cour à un théâtre et le courtisan à un acteur expert en l'art de la dissimulation (voir par exemple La Bruyère, *Caractères*, «De la Cour», 99).

3. Psaume XXXIX (XXXXVIII), 7.

4. Le manuscrit éclaire le sens à donner à cette expression un peu obscure d'«image en figure». Bossuet avait d'abord écrit : «L'homme passe comme une ombre et comme une figure — image creuse». Dans l'expression finalement retenue, «en figure» signifie donc «en apparences», ou si l'on préfère, «sans réalité», «sans épaisseur». C'est aussi ce qu'indiquent les vers suivants, extraits d'un poème de Bossuet sur l'«amour divin» : «Que me présentez-vous, fortune de la terre?/Rien que l'éclat d'un verre,/ Une glace luisante et qui fond dans les mains,/ Ou des fantômes vains./ Que me présentez-vous? une creuse figure,/ Pour l'objet la peinture:/ D'un nuage léger les changeantes couleurs,/ Les ris tournés en pleurs» (*Œuvres complètes*, éd. Lachat, t. XXVI, p. 74). Ce sens du mot *figure*, qui vient de saint Paul (I Corinthiens X, 11), se retrouve chez Pascal.

Page 153.

1. La formule — que Bossuet réutilisera dans l'*Oraison funèbre d'Henriette d'Angleterre* — fait écho au titre de la pièce de Calderon, *La vie est un songe* (1633). Bossuet rencontre encore ici Pascal qui écrit dans les *Pensées:* «personne n'a d'assurance — hors la foi — s'il veille ou s'il dort, vu que durant le sommeil on croit veiller aussi fermement que nous faisons. [...] Qui sait si cette autre moitié de la vie où nous pensons veiller n'est pas un autre sommeil un peu différent du premier, dont nous nous éveillons quand nous pensons dormir» (Pascal, *Pensées*, Le Guern 122, Sellier 164, Lafuma 131). Voir également Pascal, *Entretien avec M. de Sacy*, Montaigne, *Essais* II, 12 et Descartes, *Méditations* I ou *Discours de la méthode*, IV. Pour une analyse du thème (au théâtre), voir aussi J. Rousset, *La Littérature de l'âge baroque en France*.

2. Arnobe, *Adversus Gentes*, II. Arnobe est un apologiste chrétien d'Afrique (IIIe-IVe siècles ap. J.-C.).

3. *Fantaisies*: imaginations.

4. I Corinthiens VII, 31. La traduction était suivie de ce beau passage, que Bossuet a finalement barré : «Je suis emporté si rapidement qu'il me semble que tout me fuit et que tout m'échappe. Tout fuit, en effet, Messieurs, et pendant que nous sommes ici assemblés, et que nous croyons être immobiles, chacun avance son chemin, chacun s'éloigne, sans y penser, de

son plus proche voisin, puisque chacun marche insensiblement à la dernière séparation : *Ecce mensurabiles [posuisti dies meos].* »

5. Note marginale : «*Faciamus hominem ad imaginem et similitudinem nostram*» («Faisons l'homme à notre image et à notre ressemblance», Genèse I, 26). Peut-être est-ce l'indication d'une transition à improviser en chaire (dans l'*Oraison funèbre d'Henriette d'Angleterre*, ces paroles serviront dans l'exorde de transition pour annoncer la seconde partie).

6. Nouvelle allusion à la cosmologie aristotélicienne : l'univers est un tout hiérarchisé, dont le plus bas échelon est composé des éléments — eau, air, feu, terre —, suivi d'échelons intermédiaires qui correspondent aux règnes minéral, végétal et animal — à ce dernier appartient l'homme —, soumis au changement et à la corruption ; au-dessus de l'homme et du monde sublunaire, les corps célestes incorruptibles (voir Cyrille Michon, «Éléments d'ontologie aristotélicienne», dans Thomas d'Aquin, *Somme contre les Gentils*, t. I, p. 412).

Page 154.

1. *Quoi plus* : quoi de plus (latinisme, de *quid plura ?*) ?
2. La formule suggère que Bossuet a emprunté cette énumération. L'absence d'allusion à des découvertes récentes, le latinisme signalé plus haut en sont d'autres indices. C'est dans le *De Natura deorum*, II, LX-LXI, de Cicéron que Bossuet a trouvé cet éloge du savoir humain. Il l'a réécrit en en conservant les formules les plus saisissantes mais en faisant disparaître la plupart des exemples : ainsi les éléphants évoqués par Cicéron deviennent «les animaux, qui le surmontaient par la force» (voir E. de Saint-Denis, «Un développement de Cicéron utilisé par Bossuet», *Revue d'Histoire littéraire*, 1947, p. 128-135).
3. Allusion aux paroles de Dieu dans le livre de la Genèse : «faisons l'homme à notre image et à notre ressemblance, et qu'il commande [...] à toute la terre» (Genèse I, 26).
4. *Insults* · archaïque pour *insultes*. Le genre du mot chez Bossuet est instable. L'usage imposera le féminin aux alentours de 1664.
5. On pense ici à Pascal et à sa machine arithmétique, dont le modèle définitif fut créé en 1645. Cette machine, surnommée la «Pascaline», valut à son inventeur alors âgé de vingt-deux ans l'admiration universelle (en juin 1652 il en envoya un exemplaire à la reine Christine de Suède). Pascal avait rédigé un «Avis nécessaire à ceux qui auront la curiosité de voir la machine arithmétique, et de s'en servir».

Page 155.

1. Cette conception de l'art comme «l'embellissement de la nature» est bien celle d'un classique. Bossuet songe ici à un art particulier, la peinture, comme l'indiquent les métaphores qui vont suivre. Pascal, lui, condamne la peinture pour n'y voir qu'une copie de la réalité: «Quelle vanité que la peinture qui attire l'admiration par la ressemblance des choses dont on n'admire point les originaux!» (*Pensées*, Le Guern 37, Sellier 74, Lafuma 40).

2. Bossuet dut plus tard juger cette expression excessive, car il écrira: «Les âmes et les esprits ne sont pas une *portion* de son être et de sa substance. Il a tout également tiré du néant, et tout également par lui-même» (*IIIᵉ Avertissement aux Protestants*, 1689).

3. *Vertus*: forces.

4. Philippiens I, 21.

5. Colossiens I, 24.

Page 156.

1. Psaume IV, 7.

2. Voir saint Augustin, *Confessions*, X. Tout le livre X est consacré à la connaissance de Dieu, qui ne peut être acquise par les sens.

Page 157.

1. Un tel développement — dénonçant l'incapacité de l'imagination à penser le spirituel, qu'elle revêt toujours de «quelque petit corps» — est assez fréquent en théologie, depuis saint Augustin et surtout Descartes (*Méditations métaphysiques*, VI). Mais en même temps qu'il critique l'imagination, Bossuet joue de ses avantages pour expliquer, dans un style imagé, une démonstration qui risquerait d'apparaître trop abstraite à l'auditoire.

Page 158.

1. Bossuet distingue ici entre les stoïciens, les épicuriens et les pyrrhoniens. Comment ne pas songer une fois encore à Pascal, à l'*Entretien avec M. de Sacy* et aux *Pensées* (voir, en particulier, les fragments Le Guern 2 et 401, Sellier 38 et 683, Lafuma 2 et 430)?

2. *Donner au but*: toucher au but.

3. *Énigme* était encore masculin.

4. Lamentations II, 15.

Page 159.

1. On écrivait alors indifféremment *dessin* et *dessein*.

2. On songe encore à Pascal: «L'homme n'est ni ange ni bête, et le malheur veut que qui veut faire l'ange fait la bête» (Pascal, *Pensées*, Le Guern 572, Sellier 557, Lafuma 678). Au siècle précédent, Montaigne écrivait déjà: «Ils veulent se mettre hors d'eux, et échapper à l'homme. C'est folie: au lieu de se transformer en anges ils se transforment en bêtes: au lieu de se hausser, ils s'abattent» (Montaigne, *Essais*, III, 13).

3. Première rédaction de la phrase: «De cette sorte, Messieurs, on voit que tout se brouille et tout se démêle; tout se dément et tout s'établit; tout se choque et tout s'accorde; et c'est la lumière de la foi qui nous tire de ce labyrinthe.

»Après qu'elle nous a si bien éclairés, et qu'elle nous a rendus à nous-mêmes, gardons-nous bien de nous méconnaître, et que nos faiblesses honteuses ne nous cachent pas notre dignité naturelle.»

4. Colossiens III, 10 («Selon l'image de celui qui l'a créé»).

5. Jean XI, 25, 26.

Page 160.

1. Expression de Paul en Romains VIII, 3.

2. I Corinthiens XV, 50. La Vulgate porte *possidere non possunt* («La chair et le sang ne peuvent posséder le royaume de Dieu»).

3. Apocalypse XXI, 4. La Vulgate porte: *Et mors ultra non erit* («De mort il n'y en aura plus»).

Page 161.

1. II Corinthiens V, 1.

2. Saint Jean Chrysostome, Homélie *De dormientibus*.

3. Phrase supprimée: «Car que ferions-nous dans cette poudre, dans ce tumulte, dans cet embarras?»

4. Manque la fin du sermon.

SERMON POUR LA FÊTE DE L'ANNONCIATION

Page 162.

1. «Car Dieu a tellement aimé le monde qu'il a donné son Fils unique» (Jean III, 16). Cette semaine-là, le sermon, exceptionnellement, n'eut pas lieu, semble-t-il, le vendredi mais fut

renvoyé au lendemain, fête de l'Annonciation. Le Roi et la Reine étaient présents.

2. Jean X, 33.

3. Saint Athanase, *Epist. de Decret. Nicoen. Synod*, 1.

4. Rappel du texte choisi.

Page 163.

1. À : au sens de pour.

2. Le sujet de la proposition participiale est le pronom *nous* qui apparaît un peu plus loin dans la principale.

Page 164.

1. Comparer au célèbre poème sur les trois ordres, par lequel Pascal entend réfuter lui aussi l'objection de ceux qui se scandalisent «de la bassesse de Jésus-Christ» (*Pensées*, Le Guern 290, Sellier 339, Lafuma 308).

2. Apocalypse XVII, 14 et XIX, 16.

3. «PATRON, se dit aussi à la Cour, d'un Seigneur sous la protection duquel on se met pour avancer sa fortune. Tout homme qui veut suivre la Cour, doit avoir un *Patron*, il n'y fera rien sans un *Patron* qui fasse valoir ses services» (Furetière). Ce nouvel emprunt à la langue, pour ne pas dire au dialecte, des courtisans témoigne de l'intérêt porté par Bossuet aux usages linguistiques (pour d'autres exemples, voir p. 80, n. 4 ou p. 107, n. 3). Dans son *Discours de réception à l'Académie française* (1671), il déclarera : «L'usage, je le confesse, est appelé avec raison le père des langues. Le droit de les établir, aussi bien que de les régler, n'a jamais été disputé à la multitude.»

Page 165.

1. Psaume CXLV (CXLIV), 1.

2. Psaume LXXIII (LXXII), 26. Traduction : «Ma chair et mon cœur ont été dans la défaillance, ô Dieu qui êtes le Dieu de mon cœur et mon partage pour toute l'éternité.»

3. Deutéronome VI, 5.

Page 167.

1. Saint Augustin, *De catechizandis rudibus*, n. 7.

Page 168.

1. Qui représente Dieu sur terre? N'est-ce pas, en vertu de la religion royale, le Roi lui-même? Bossuet, en termes à peine voilés, invite ici Louis XIV à aimer ses sujets d'un amour de

miséricorde, à prendre l'initiative de l'amour, à conquérir les cœurs. Une telle demande formulée en mars 1662 ne devait-elle pas passer pour une invitation à pardonner à Fouquet?

2. I Jean IV, 19.

3. Bossuet avait déjà traité cette idée l'année précédente aux Carmélites, dans le sermon pour le même dimanche (deuxième point). Aussi se contente-t-il d'y renvoyer avec le terme d'«appauvrissement», qu'il dut développer à peu près ainsi:

«Voici le secret du mystère. On dépouille quelqu'un de deux sortes, ou quand on lui ôte la propriété, ou quand on le prive de l'usage: car, quoiqu'on laisse à un homme la propriété de son patrimoine, si on lui lie les mains pour l'usage, il est pauvre parmi ses richesses, dont il ne peut pas se servir. Ce principe étant supposé, il est bien aisé de comprendre l'appauvrissement du Verbe divin. Si je considère la propriété, il n'est rien de plus véritable que l'oracle du grand saint Léon dans cette célèbre épître à saint Flavien, que, "comme la forme de Dieu n'a pas détruit la forme d'esclave, aussi la forme d'esclave n'a diminué en rien la forme de Dieu" [*Epist.* XXIV, III]. Ainsi la nature divine n'est dépouillée en Notre-Seigneur d'aucune partie de son domaine; de sorte que son appauvrissement, c'est qu'elle y perd l'usage de la plus grande partie de ses attributs.

»Mais que dis-je, de la plus grande partie? Quel de ces divins attributs voyons-nous paraître en ce Dieu enfant que le Saint-Esprit a formé dans les entrailles de la Sainte Vierge? Que voyons-nous qui sente le Dieu dans les trente premières années de sa vie? Mais encore, dans les trois dernières, qui sont les plus éclatantes, s'il paraît quelques rayons de sa sagesse dans sa doctrine, de sa puissance dans ses miracles, ce ne sont que des rayons affaiblis, et non pas la lumière dans son midi. La sagesse se cache sous des paraboles et sous le voile sacré de paroles simples; et en même temps que la puissance étend son bras à des ouvrages miraculeux, comme si elle avait peur de paraître, en même temps elle le retire: car la véritable grandeur de la puissance divine, c'est de paraître agir de son propre chef; et c'est ce que le Fils de Dieu n'a pas voulu faire. Il rapporte tout à son Père: *Ego non judico quemquam;* ... *Pater in me manens ipse facit omnia* [Jean VIII, 15; XIV, 10]; et il semble qu'il n'agisse et qu'il ne parle que par une autorité empruntée. Ainsi la nature divine devait être en lui, durant les jours de sa chair, privée de l'usage de sa puissance et de ses divines perfections» (extrait du «Sermon pour la fête de l'Annonciation», *Carême des Carmélites* dans *Œuvres oratoires*, t. III, p. 678-679).

4. En marge, Bossuet avait noté : « À Moïse. *Os ad os*. Comme un ami à un ami. Sous une forme étrangère ». Allusion à un passage du livre des Nombres (XII, 8) où Dieu explique que Moïse est le seul homme auquel il apparaisse « face à face ». Peut-être Bossuet devait-il développer oralement.

5. Saint Augustin, *Contra Academicos*, III, 42.

6. *Facilité* : au sens de simplicité.

7. Comment ne pas songer ici à *Cinna* (1642) de Corneille, dont Bossuet semble commenter dans ces lignes le dénouement, c'est-à-dire la clémence d'Auguste et la stupeur qu'elle provoque chez les conjurés ? Voir la préface, p. 26.

Page 169.

1. Pour les auditeurs de Bossuet, ces lignes recelaient une allusion d'autant plus évidente qu'elle concernait un événement qui avait eu lieu la veille. Le 24 mars 1662, Louis XIV reçut de la part du roi d'Espagne des excuses officielles pour une bataille que s'étaient livrée en octobre 1661 les escortes des ambassadeurs de France et d'Espagne à Londres et où périrent les cochers de l'ambassadeur de France. Louis XIV fit de ces excuses un triomphe personnel, qu'il commente en ces termes dans ses mémoires : «Je ne sais si depuis le commencement de la monarchie il s'est rien passé de plus glorieux pour elle […]. C'est une espèce d'hommage […] de roi à roi, de couronne à couronne qui ne laisse plus douter à nos ennemis mêmes que la nôtre ne soit pas la première de toute la Chrétienté» (*Mémoires de Louis XIV*, p. 69).

2. Le double sens du passage est évident. Les titres donnés à Dieu, roi des cœurs ou souverain populaire, ainsi que la métaphore de la conquête, permettent à Bossuet d'instruire le Roi, de l'inviter à exercer une royauté chrétienne, fondée sur l'amour. Ici encore, l'étude du manuscrit éclaire les intentions premières du prédicateur. Il avait écrit : «Et que prétend-il, Chrétiens, en se rabaissant de la sorte ? Ha ! la noble prétention ! il prétend conquérir ses peuples et les gagner par amour. Un prince peut-il conquérir ses peuples ? Plusieurs ont conquis leurs peuples, qui avaient secoué le joug (*var.* : leurs peuples rebelles) ; mais ce n'est pas ce que je veux dire : on peut même conquérir des peuples soumis, en les…» (inachevé). L'expression «secouer le joug» pourrait-elle faire allusion aux crimes reprochés à Fouquet, en particulier à la fortification de Belle-Île ?

3. Luc XVII, 21 («Le Royaume de Dieu est au-dedans de vous»).

4. II Corinthiens VI, 13. La Vulgate porte *Tamquam filiis* («Je vous parle comme à mes enfants; étendez aussi pour moi votre cœur»). Mais le commentaire qui va suivre se souvient aussi des paroles du Christ dans l'évangile de Jean: «je ne vous appelle plus serviteurs [...] mais amis» (Jean XV, 15).

5. Cette fin a été rédigée rapidement. Certaines idées ont seulement été notées sur le papier («Conquérir les cœurs» ou «un petit point dans le cœur») pour être développées à l'oral.

Page 170.

1. Nouveau renvoi au sermon du *Carême des Carmélites* (voir *Œuvres oratoires*, t. III, p. 677 sq.).

2. Jean VIII, 29 («Je fais toujours ce qui Lui est agréable»).

3. Jean V, 30 («Je ne cherche pas ma volonté, mais la volonté de celui qui m'a envoyé»).

4. Jean IV, 34 («Ma nourriture est de faire la volonté de celui qui m'a envoyé»).

5. Hébreux X, 5-7.

Page 171.

1. Luc X, 21.

2. Voir Apocalypse VII, 9-12.

Page 172.

1. Saint Augustin, *Commentaire sur le Psaume CXXXVI*, 17.

2. Psaume XCVI (XCV), 1 (la Vulgate porte *Cantate* au lieu de *Cantemus*).

3. Jacques I, 18.

4. Saint Augustin, *Sermon CCLVI*, 5.

5. Luc X, 21-22.

Page 173.

1. Psaume X, 1 (IX, 22).

2. Ces «amis infidèles» se comptaient en grand nombre à la Cour. En témoigne la célèbre remarque de La Bruyère, «De la Cour», 32.

3. Il s'agit d'une des paroles du Christ en croix (Matthieu XXVII, 46). Jésus en prononçant cette phrase cite le Psaume XXII (XXI), 2.

4. Dernière parole du Christ avant sa mort (Luc XXIII, 46). C'est encore une citation de psaume: Psaume XXXI (XXX), 6.

Page 174.

1. Saint Augustin, *La Cité de Dieu*, XI, 27.

Page 175.

1. Saint Grégoire de Nazianze, *Orationes*, *XLII* (aujourd'hui XLV), 15.

Page 177.

1. Cantique des Cantiques I, 3.
2. Bossuet a hésité sur le mode à employer. Il avait écrit : « il est tout à fait à vous, — quand il sera tout à fait à vous ». Le participe — « en se donnant » — atténue, à la fin du sermon, la critique faite au Roi. Mais la péroraison, dont Louis XIV apparaît par ces lignes comme le principal destinataire, venait de l'inviter, en termes à peine voilés, à rompre avec Louise de La Vallière.
3. *De vous entraîner* : d'entraîner vers vous.

SERMON SUR L'EFFICACITÉ DE LA PÉNITENCE

Page 178.

1. « Tu vois cette femme ? » (Luc VII, 44). Dans la première rédaction, le même texte, qui n'est nulle part traduit, figurait en tête des trois discours de cette cinquième semaine, également appelée semaine de la Passion. De même qu'il avait consacré toute la deuxième semaine de carême à l'évangile du mauvais riche, de même Bossuet choisit de méditer tout au long de cette semaine l'exemple de Madeleine pénitente. Il semblerait que Louis XIV n'ait pas, de la semaine, assisté au sermon.
2. Marie-Madeleine est très à l'honneur au xviiᵉ siècle. Peintres et poètes la célèbrent abondamment dans leurs œuvres. Nombreuses sont les femmes qui portent son nom. Dans la haute société, certaines se font peindre en Marie-Madeleine, comme Mme de Grignan, la fille de Mme de Sévigné. Le pèlerinage de la Sainte-Baume où sont vénérées les reliques de la sainte est l'un des plus grands pèlerinages du siècle. Ce succès tient à une conjugaison de facteurs, spirituels — elle incarne de manière privilégiée ces thèmes de la conversion et de la pénitence auxquels la spiritualité du xviiᵉ siècle accorde une place centrale — mais aussi esthétiques : plusieurs aspects du personnage en font un archétype baroque, comme sa complète

métamorphose, ou encore sa tendance à extérioriser ses sentiments dans des attitudes qui paraissent pleines d'outrance. Sa légende s'est nourrie d'une confusion entre trois personnages féminins de l'évangile, à savoir : Marie, sœur de Marthe et de Lazare (Jean XI-XII), Marie de Magdala ou Marie-Madeleine (Luc VIII, 2 et Jean XX, 11-18) et la femme pécheresse qui parfume les pieds du Christ lors du repas chez Simon (Luc VII, 36-50) et dont le nom n'est pas précisé. Comme le révèlent les textes des trois sermons, Bossuet s'appuie ici sur le dernier de ces épisodes, celui du festin chez Simon : il était lu le jeudi de la cinquième semaine de carême.

3. Première rédaction : «Où nous tâcherons de convaincre trois espèces d'impénitents, qui négligent leur conversion. Et il est temps aussi bien de se préparer aux fêtes dont nous approchons, en nous appliquant sérieusement à nous repentir de nos crimes.»

4. *Remises* : délais.

Page 179.

1. Le plan que donne ici Bossuet n'est donc pas celui du discours, mais celui de la semaine qui s'ouvre en ce dimanche et dont l'unité est assurée par le thème de la pénitence. La seconde partie de l'exorde, ou second exorde, exposera le plan du sermon.

Page 180.

1. Accord de proximité (latinisme).
2. Éphésiens IV, 19. La traduction de Bossuet affaiblit le texte biblique («désespérant de leurs forces, ils se sont livrés à la débauche au point de se plonger avec ardeur dans toutes sortes d'impuretés»).
3. Saint Augustin, *De Spiritu et Littera*, III, 5.

Page 181.

1. Saint Augustin, *De Spiritu et Littera*, XXIX, 51.

Page 182.

1. Tel est aussi l'argument que Pascal, dans le «Discours de la machine», fait soutenir à son interlocuteur : «Et je suis fait d'une telle sorte que je ne puis croire. Que voulez-vous donc que je fasse ?» (*Pensées*, Le Guern 397, Sellier 680, Lafuma 418). Ces deux textes sont d'ailleurs à comparer plus largement, puisque le dessein des deux écrivains est le même :

il s'agit de combattre les mauvaises habitudes de l'incroyant, de le décider à «ôter les obstacles».

2. Isaïe LXIV, 5.

3. Latinisme.

4. Saint Jean Chrysostome, *Deuxième Homélie sur la première Lettre aux Corinthiens.*

Page 183.

1. Bossuet pratique l'inversion du sujet quand la proposition commence par *or, ainsi, seulement, si, bien.*

2. Cette analyse du métier de courtisan est empruntée, presque mot pour mot, au *Carême des Minimes* («Sermon sur les vaines excuses des pécheurs», *Œuvres oratoires*, t. III, p. 323). On peut la comparer avec celle de La Bruyère, dans les *Caractères*, «De la Cour», 2 : «Un homme qui sait la Cour est maître de son geste, de ses yeux et de son visage ; il est profond, impénétrable ; il dissimule les mauvais offices, sourit à ses ennemis, contraint son humeur, déguise ses passions, dément son cœur, parle, agit contre ses sentiments [...].»

Page 184.

1. Romains VI, 19.

Page 185.

1. Rappel d'un thème déjà traité dans le premier sermon du Carême, «sur la Purification de la sainte Vierge».

2. L'expression fait penser au «roi dépossédé» de Pascal (*Pensées*, Le Guern 107 et 108, Sellier 148 et 149, Lafuma 116 et 117).

Page 186.

1. Psaume CXLVII, 18 (ou CXLVII, 8). Traduction : «Son vent soufflera et les eaux couleront.»

2. Isaïe XXV, 4. Traduction : «Comme une tempête qui vient fondre contre une muraille.»

3. I Rois XIX, 11. Traduction : «Un vent violent et impétueux, capable de renverser les montagnes.»

4. Allusion à l'épisode évangélique raconté en Luc VII, 36-50.

Page 187.

1. Psaume LXXXIX (LXXXVIII), 10.

2. Saint Grégoire de Nazianze, *Oratio XL.*

3. «Bienfaire : obliger quelqu'un par quelque libéralité, par

quelque service. On dit plus ordinairement faire du bien»
(Furetière).

4. Saint Cyprien, *Lettre VIII, aux Martyrs et Confesseurs.*

5. Ézéchiel XVIII, 31-32. La Vulgate porte *nolo mortem morientis* («Je ne veux point la mort de celui qui meurt»). Bossuet n'a d'ailleurs pas traduit ces mots.

6. *En* : de peine.

Page 188.

1. «Pourquoi m'avez-vous dérobé mes dieux?» (Genèse **XXXI**, 30). Laban est l'oncle et le beau-père de Jacob (voir Genèse **XXIX-XXXI**).

2. Répétition du sujet fréquente sous la plume de Bossuet

Page 189.

1. *Épreuve* prend ici le sens d'expérience.

2. Psaume XXXIV (XXXIII), 9 ou I Pierre II, **3**.

3. Saint Augustin, *Sermon CCIV*, 7.

4. *Circuit* : détour.

5. Allusion au «Sermon pour la fête de l'Annonciation» (premier point) prononcé la veille. Les rappels vont aller se multipliant.

6. Voir Exode XIX, 16-18.

Page 190.

1. Saint Augustin, *De Gratia Christi et de peccato originali*, XXXV, 38 ; ou *De Spiritu et littera*, XXVIII, 49.

2. Nouvelle allusion à l'Exode : «ce peuple esclave» est le peuple juif que Dieu a guidé pendant quarante ans dans le désert et à qui il a donné, gravées dans la pierre, les tables de la loi.

3. Voir la description de la Jérusalem céleste (Apocalypse XXI-XXII), où il est dit qu'«un fleuve d'eau vive, claire comme du cristal, [...] coulait du trône de Dieu et de l'agneau».

4. Cantique des Cantiques I, 4. La Vulgate porte *me* au lieu de *nos*. Bossuet ne traduit pas («Entraînez-moi après vous»), mais il avait déjà cité ce texte la veille dans le «Sermon pour la fête de l'Annonciation».

Page 191.

1. L'idée selon laquelle le lait maternel serait du sang devenu blanc remonte à l'Antiquité. Voir Roger Mercier, *L'Enfant dans la société du XVIIIe siècle*, Université de Paris, 1961, p. 12.

2. Esdras III, 13.

Page 192.

1. Souvenir du Psaume XCI (XC), 4.

2. Saint Augustin, *Commentaire sur le Psaume CXLV*.

3. Bossuet joue ici d'une confusion entre les deux sens du mot *monde*: dans une perspective théologique, le *monde* désigne tout ce qui en l'homme refuse Dieu (voir Jean I, 10; XVI, 8; XVII, 9); mais le terme revêt aussi une signification sociale: il est alors synonyme de société, et même, comme ici, de haute société. Sur ce passage, voir la préface, p. 30.

Page 193.

1. Tertullien, *De l'Idolâtrie*, 24.

2. Dans les livres dits prophétiques de Jonas et de Nahum, les habitants de Ninive s'attirent, par leur iniquité, la colère divine et la ville est menacée de destruction.

3. La péroraison n'est que très partiellement rédigée.

SERMON SUR L'ARDEUR DE LA PÉNITENCE

Page 194.

1. Bossuet avait d'abord choisi le même texte que pour le sermon précédent: *Vides hanc mulierem?*

2. Allusion à Matthieu XV, 21-28. Mais Bossuet se souvient aussi de Matthieu XI, 12: «Le royaume des cieux se prend par violence, et ce sont les violents qui l'emportent.»

3. *Rebut*: mépris, rejet.

Page 195.

1. Rappelons (voir préface, p. 23) qu'un mois plus tôt Louise de La Vallière avait voulu se réfugier au couvent de Chaillot, mais que le Roi étant allé l'y rechercher, elle revint à la Cour où elle reprit sa vie ordinaire. Les propos de Bossuet sur les prétextes que le pécheur trouve pour différer sa conversion, recevaient donc de l'actualité la plus récente une illustration, ou, comme l'on disait alors, une «application». Plusieurs passages du sermon semblent autoriser cette double lecture.

Page 196.

1. Jérémie II, 4.

2. Ici, un passage supprimé: «Ce n'est pas la voix de son

tonnerre ni le cri de sa justice irritée, que je veux faire retentir
à vos oreilles. Comme j'ai dessein de parler au cœur, je veux
parler le divin amour. »

3. *Reproche* était alors masculin au singulier, féminin au
pluriel.

4. Voir Luc XV, 4-7.

5. Les deux citations sont extraites de Luc XV, 4.

Page 197.

1. *Se travailler* : se donner de la peine.

2. Tertullien, *De la Pénitence*, 8.

Page 198.

1. « Touche, signifie [...] l'action de frapper, de faire impression violente sur quelque chose » (Furetière).

2. Ecclésiastique V, 4.

3. Note marginale : « *In longum differentur dies ; ... et in tem-
pora longa iste prophetat* » (Ézéchiel XII, 22, 27. Traduction :
« Les maux qu'on nous prédit sont différés pour longtemps ;
... il prophétise pour les temps futurs »). Cette réponse du
pécheur à la menace du Jugement a été mise en scène dans le
texte fondateur du mythe de Don Juan, *El Burlador de Sevilla*
(1630) : à chaque avertissement de son entourage le protago-
niste répond par une même formule : *Que largo me lo fiays*
(« c'est un long délai »).

4. Psaume X, 11 (« Car il a dit en son cœur : Dieu oublie »).

Page 200.

1. Bossuet résume ici la démarche qui fut la sienne au
cours du Carême : on reconnaîtra aisément les allusions aux
sermons « du mauvais Riche » et « sur la Mort » ; on en devine
d'autres qui renvoient aux sermons perdus, « sur la Charité
fraternelle » ou « sur l'Enfer ».

2. Le *Symbole des apôtres* fait de la descente du Christ aux
Enfers un article de foi. Plusieurs passages du Nouveau Testament l'affirment (voir par exemple Éphésiens IV, 9-10).
Encore faut-il préciser que les Enfers sont à entendre comme
le séjour de tous les morts, qu'ils soient justes ou méchants, et
que Jésus vient seulement y libérer les justes qui l'avaient pré-
cédé dans le monde, depuis Adam et Ève.

Page 201.

1. Psaume CXVI (CXIV), 3.

2. Souvenir du Psaume LI (L), 18.

3. Psaume CXVI (CXIV), 4. La Vulgate: *et nomen Domini invocavi*.

4. Voir Romains VII, 14-24.

5. Voir saint Augustin, *Confessions*, livre VIII, chap. IX et X.

Page 202.

1. Une telle construction (pronom relatif + conjonction) est héritée de la syntaxe latine.

2. II Corinthiens VI, 1.

3. Dans cette nouvelle allusion aux sermons antérieurs, Bossuet semble regretter ce qui fut jusqu'ici l'argumentation majeure de sa prédication, la menace du Jugement. On remarque qu'en effet les sermons de l'avant-dernière semaine, en un heureux contrepoint au reste du *Carême*, accordent une plus grande place à l'amour divin et au bonheur de l'âme en Dieu.

4. «L'enfance est la vie d'une bête» (*Méditation sur la brièveté de la vie*, ci-dessus, p. 294).

5. *À la bonne heure*: promptement.

Page 203.

1. *Que* dépend ici de *malheureux*.

Page 204.

1. Voir Matthieu VIII, 21-22.

2. Souvenir d'Horace: «Celui qui recule l'heure de vivre bien attend, comme le campagnard, que la rivière ait fini de couler: elle coule, elle coulera et roulera ses eaux jusqu'à la fin des siècles» (*Épîtres*, I, II, v. 42-43).

3. Souvenir du Psaume XXII, 29 (XXI, 31).

Page 206.

1. *Les saintes Lettres*: la Bible.

2. *Ne fait pas une impression si prochaine*: ne touche pas tant.

3. *Société*: relation d'alliance ou d'amitié.

4. *Pressements*: poursuites (terme peu fréquent).

5. Éphésiens IV, 30. En marge le latin.

Page 207.

1. *Correspondance*: entente, intelligence.

2. «Efficace: la vertu par laquelle une cause produit son effet» (Furetière).

364 Notes
Page 208.

1. Deutéronome XXVIII, 63. Le latin figurant en marge, il n'est pas sûr qu'il faille l'insérer dans le texte.

2. Cette idée selon laquelle chaque grâce refusée se retourne contre le pécheur et précipite sa perte est parfaitement illustrée par le *Dom Juan* de Molière. Le Ciel envoie sur la route du libertin un pauvre qui demande l'aumône, une épouse délaissée qui l'exhorte à la conversion, un spectre de femme qui lui annonce sa perte s'il ne se repent immédiatement : le mépris que Dom Juan oppose à chacune de ces grâces est une nouvelle étape vers sa damnation. Le dogme qui sous-tend ce scénario est celui de l'endurcissement du pécheur, comme l'a bien montré Jacques Truchet, « Molière théologien dans *Dom Juan* », *Revue d'Histoire littéraire de la France*, 1972/5-6, p. 928 sq.

3. Jérémie XXV, 38 et XLVI, 16. L'application de ces deux citations à la miséricorde divine a choqué René-Marie de La Broise, pour son mépris de l'interprétation historique (la colombe dans le contexte désigne les Chaldéens, qui la portaient comme emblème sur leurs enseignes). L'application qu'en fait Bossuet paraît en effet un peu détournée. Voir R. de La Broise, *Bossuet et la Bible*, 1891, p. 138.

4. Apocalypse VI, 16. La Vulgate : *Cadite super nos, et abscondite nos a facie sedenti super thronum et ab ira Agni.*

Page 209.

1. *Avant que finir* (expression aussi usitée à l'époque que celle employée aujourd'hui) : avant que de finir.

2. Voir le Psaume XXII, 29 (XXI, 31).

3. *Interrègne* : temps qui précède le règne de Dieu, c'est-à-dire l'avènement glorieux du Christ.

Page 210.

1. Matthieu III, 2. La Vulgate : *Appropinquavit.*

2. Il s'agit de saint Jean le Baptiste (voir Matthieu III, 1-3).

3. Matthieu III, 10.

4. II Corinthiens III, 6. Ici s'achève le manuscrit. Cette dernière phrase présente une répétition du sujet, incorrecte aujourd'hui, fréquente sous la plume de Bossuet.

Page 211.

1. *Imposer*, comme *décevoir*, a ici le sens de *tromper*. Cette phrase est un bon exemple de l'amplification que pratique Bossuet. Pour énoncer une idée — les hommes se trompent eux-mêmes —, il la répète trois fois, sous trois formules voisines forgées à l'aide de quasi-synonymes. Le rythme ternaire, qui domine dans l'exorde, prépare l'annonce du plan.

2. Bossuet construisant sa phrase avec beaucoup de liberté, de telles anacoluthes sont fréquentes sous sa plume.

Page 212.

1. Allusion aux confessionnaux qu'on trouvait dans les chapelles latérales des églises.

Page 213.

1. « J'ai péché. » Le chrétien prononce ces mots au début de la confession ou encore au début de la messe dans la prière du *Confiteor*, en se frappant la poitrine en signe de culpabilité.

2. Voir Matthieu XXVII, 4.

3. Voir I Samuel XV, 24.

4. Voir II Samuel XII, 13.

5 I Samuel XV, 30. Bossuet avait d'abord songé à insérer le latin qu'il élimine finalement. La traduction se trouve ainsi immédiatement suivie de son commentaire.

Page 214.

1. Allusion au Psaume LI, 19 (L, 18). Il semblerait qu'à l'approche des solennités pascales, Bossuet ait redouté, en particulier de la part du Roi, une confession de façade, suivie d'une communion sacrilège. L'usage voulait en effet que le Roi communiât le samedi saint pour pouvoir toucher et guérir les écrouelles.

2. Tertullien, *Aux Nations*, I, 16.

3. Saint Grégoire, *Pastoral*, I, 9.

Page 215.

1. Nombres XXIII, 10.

2. Apocalypse II, 24.

3. *Imposer* : tromper.

4. Saint Grégoire, *Pastoral*, III, 30.

Page 216.

1. *La fête* de Pâques, pour laquelle le chrétien avait l'obligation de communier, devait donc être précédée d'une confession.

Page 217.

1. L'acte de contrition est la prière que l'on récite, au cours de la confession, après l'aveu de ses péchés au prêtre. Le *livre* dont il est question à la phrase précédente n'est autre que le missel du chrétien.

2. Être contrit ou avoir la contrition, signifie éprouver un regret sincère d'avoir offensé Dieu. Il est indispensable, pour que le sacrement de la confession soit valide, que ce sentiment accompagne l'aveu des fautes.

3. *Par machine* : de façon mécanique.

4. Bossuet veut dire : «des directions d'*intention* (sous-entendu) artificielles». Furetière précise : «*Direction d'intention*, en termes de casuistes, est un moyen de faire qu'une action qui en apparence a quelque chose de mauvais, devienne bonne par la fin qu'on se propose en la faisant.»

5. Voir I Samuel XV, 1-9. Saül enfreint ainsi l'ordre de Dieu qui était de tout massacrer.

6. Allusion à la prise d'Aï racontée en Josué VIII, 14-25.

7. Voir I Maccabées VI, 1-13.

Page 218.

1. Sess. XIV (25 novembre 1551), *Sur la Pénitence*, IV. On reconnaît ici un écho du célèbre débat sur l'attrition et la contrition, la première (du latin *attero*, briser) désignant le regret de ses péchés par peur de l'Enfer et du Jugement, et la seconde (du latin *contero*, broyer) par amour de Dieu. Dans la tradition scolastique, l'attrition constitue «une détestation imparfaite de ses péchés» et la contrition «un repentir parfait» (sur ces questions, voir Jean Delumeau, *L'Aveu et le pardon. Les difficultés de la confession* XIIIᵉ-XVIIIᵉ siècle, Le Livre de Poche Références, 1992, p. 46 sq.). Pour Bossuet, comme pour Pascal six ans plus tôt (voir la dixième *Provinciale*), l'attrition ne saurait être un motif de repentir suffisant : elle doit conduire à la contrition.

2. Psaume XXXII (XXXI), 1.

3. Isaïe LIX, 5-7 (*enim* est ajouté au texte sacré).

4. Luc III, 8.

Page 219.

1. L'image rappelle les Psaumes (voir par exemple les Psaumes XC, 6 et CIII, 15).
2. Saint Augustin, *Sermon XIX*, 3.
3. Ézéchiel XXXVI, 32.

Page 220.

1. Ézéchiel XVI, 52.

Page 221.

1. Saint Augustin, *Commentaire sur le Psaume CXI*.
2. Isaïe XXX, 10-11.

Page 222.

1. Au neutre.

Page 223.

1. Isaïe III, 9. La Vulgate porte *quasi* et non *sicut*. Bossuet n'a d'ailleurs pas traduit *sicut Sodoma* («comme Sodome»).
2. Tertullien, *Aux Nations*, I, 16.
3. Bossuet emploie encore en 1662 *insulte* au masculin (voir p. 98, 154 et 267).

Page 224.

1. Psaume LXIX, 20 (LXVIII, 23).
2. Ce n'est pas Pilate qui accuse Jésus, mais les grands prêtres. Aussi faut-il entendre les *accusations du tribunal de Ponce Pilate* (voir Matthieu XXVII, 13-14).
3. Après l'aveu des péchés par le fidèle, le prêtre fait une rapide exhortation et impose une pénitence (le plus souvent des aumônes, des prières à réciter ou des messes à faire dire). C'est à cette pénitence, dont l'accomplissement est nécessaire à la validité du sacrement, que Bossuet fait allusion ici.

Page 225.

1. Tertullien, *De la Pénitence*, 6.

Page 226.

1. Saint Cyprien, *Epistula I ad Donatum*.
2. Tertullien, *De la Pénitence*, 7.

Page 227.

1. Au neutre, avec le sens de cela.

2. Cette *délicatesse presque efféminée* était en effet fort répandue à la Cour, en particulier dans l'entourage de Monsieur, frère du Roi.

3. Nouvelle allusion à la situation économique de la France en 1662. On remarque ici que pour Bossuet le pauvre le plus digne d'être secouru est le pauvre «honteux», l'homme que la ruine de ses affaires a réduit à la mendicité ou envoyé à «l'hôpital». Sous ce dernier terme, Bossuet désigne les quelques hôpitaux généraux existant déjà en France, et surtout celui de Paris, fondé en 1656 à l'initiative de saint Vincent de Paul et de la Compagnie du Saint-Sacrement: ces établissements n'accueillaient pas seulement des malades mais aussi des mendiants, des enfants trouvés, des chômeurs, des prostituées. En juin 1662, Louis XIV donnera l'ordre de créer en chaque ville de province un hôpital général sur le modèle parisien. En 1663, soit cinq ans après sa fondation, on estimera à soixante mille le nombre de ceux qui auront trouvé à l'Hôpital général de Paris nourriture et soins de toute sorte (voir René Taveneaux, *Le Catholicisme dans la France classique. 1610-1715*, 1980, t. I, p. 216 sq.).

Page 228.

1. Tertullien, *De l'ornement des femmes*, I, 8.

2. Le sens d'*excrément* n'est pas celui d'aujourd'hui: il signifie *excrescence* ou *excroissance*.

3. En guise d'illustration au propos du prédicateur, cet extrait d'une lettre que Mme de Sévigné écrit à sa fille pour l'informer de la nouvelle mode parisienne en matière de coiffure: «Imaginez-vous une tête blonde partagée à la paysanne jusqu'à deux doigts du bourrelet. On coupe ses cheveux de chaque côté, d'étage en étage, dont on fait de grosses boucles rondes et négligées, qui ne viennent point plus bas qu'un doigt au-dessous de l'oreille; cela fait quelque chose de fort jeune et de fort joli, et comme deux gros bouquets de cheveux de chaque côté. Il ne faut pas couper les cheveux trop court, car comme il les faut friser naturellement, les boucles qui en emportent beaucoup ont attrapé plusieurs dames, dont l'exemple doit faire trembler les autres. On met les rubans comme à l'ordinaire, et une grosse boucle nouée entre le bourrelet et la coiffure; quelquefois on la laisse traîner jusque sur la gorge. Je ne sais si nous vous avons bien représenté cette mode; je ferai coiffer une poupée pour vous envoyer» (Mme de Sévigné, «lettre du 21 mars

1671 », *Correspondance*, Bibliothèque de la Pléiade, t. I, p. 194-195).

4. Luc X, 42. Cette phrase est prononcée par le Christ à Marthe en présence de Marie, que Bossuet assimile donc à Madeleine.

5. L'objection n'est pas rédigée, mais on peut comprendre : «Ne me dites pas : je n'adore pas mes attraits. »

6. Tertullien, *De l'Idolâtrie*, 6.

Page 229.

1. Tertullien, *De l'ornement des femmes*, II, 8.
2. *Être* au sens de *faire partie*.
3. Habaquq I, 4.

SERMON SUR LES DEVOIRS DES ROIS

Page 231.

1. Le dimanche des Rameaux commémore l'entrée triomphale du Christ à Jérusalem. Bossuet choisit son texte parmi les lectures qui accompagnaient la bénédiction des rameaux. Ces paroles sont prononcées par Jésus qui s'applique les mots du prophète Zacharie : «Exulte avec force, fille de Sion! [...] Voici que ton roi vient à toi : il est juste et victorieux, humble, monté sur un âne, sur un ânon, le petit d'une ânesse » (Zacharie IX, 9). Le sermon qui va suivre est un discours politique, dont la seconde partie s'inspire des principales revendications de la Compagnie du Saint-Sacrement, depuis la lutte contre l'«hérésie» (le protestantisme) jusqu'à l'éradication du blasphème. En témoigne cette circulaire de 1660, qui définit le programme d'action de la Compagnie : «La Compagnie travaille non seulement aux œuvres ordinaires des pauvres, des malades, des prisonniers, et de tous les affligés, mais aux missions, aux séminaires, à la conversion des hérétiques et à la propagation de la foi dans toutes les parties du monde ; à empêcher tous les scandales, toutes les impiétés ; en un mot, à prévenir tous les maux et y apporter les remèdes ; à procurer tous les biens généraux et particuliers ; à embrasser toutes les œuvres difficiles et fortes, négligées, abandonnées ; et à s'y appliquer, pour les besoins du prochain, dans toute l'étendue de la charité » (cité d'après René Taveneaux, *Le Catholicisme dans la France classique. 1610-1715*, p. 228). Pour Jacques Truchet, ce «cahier de doléances» est le discours le plus cou-

rageux du carême, mais aussi le plus médiocre du point de vue esthétique (J. Truchet, *La Prédication de Bossuet*, t. II, p. 233). Le Roi l'entendit, en compagnie de la Reine et de Monsieur.

2. Tertullien, *Apologétique*, n. 33 («Regarde derrière toi, souviens-toi que tu es homme»).

3. Zacharie et Matthieu (voir n. 1).

4. Les auditeurs de Bossuet avaient pour la plupart en mémoire la fastueuse cérémonie qui accompagna l'entrée à Paris, le 26 août 1660, de Louis XIV et de la toute nouvelle reine de France, l'infante Marie-Thérèse : un décor somptueux (tapisseries, verdures, arcs de triomphe) accueillit les cérémonies d'usage (harangues des corps constitués, remise des clefs, etc.). Le triomphe dura dix heures. Ce fut, selon François Bluche, «la plus grande fête urbaine du règne» (voir F. Bluche dir., *Dictionnaire du Grand Siècle*, Fayard, 1990, vs entrée royale).

5. Dans les évangiles, c'est Joseph qui, en acceptant de recueillir Marie, fait entrer Jésus dans la descendance du roi David (voir Matthieu I, 1-21). Toutefois la tradition des Pères de l'Église a admis que Marie descend également de David. Aussi figure-t-elle, à partir du XIIIᵉ siècle, dans les représentations de l'Arbre de Jessé, qui est l'arbre généalogique du Christ depuis Jessé, père du roi David.

Page 232.

1. Bossuet avait déjà employé cette formule dans le «Sermon sur l'Ambition», à la fin du premier exorde.

2. Deutéronome VII, 6.

Page 233.

1. Voir II Chroniques XXIII, 1-11.

2. À Athalie, qui fit exterminer toute la descendance de son fils, le roi Ochozias, pour régner (II Chroniques XXII, 10-11), Bossuet oppose Anne d'Autriche, qui assura la régence durant la minorité de Louis XIV, en particulier durant les troubles de la Fronde : nouvel hommage rendu à sa protectrice.

3. Joas, fils d'Ochozias, qui échappa au massacre ordonné par Athalie et se cacha pendant six ans dans le Temple.

4. II Chroniques XXIII, 11. En marge le latin.

5. II Chroniques XXIII, 11 (la Vulgate porte *et* pour *atque*).

Page 234.

1. «On appelle en termes de théologie, *figure*, les prophéties

ou mystères qui nous ont été annoncées ou représentées obs-
curément sous certaines choses ou actions du Vieux Testament. La manne était une figure de l'Eucharistie. La mort
d'Abel était une figure de la mort du Juste, de la passion de
Jésus-Christ. Les Juifs n'ont eu que les figures dont nous avons
les vérités » (Furetière).

2. *Fils aîné de l'Église* : qualification donnée aux rois de
France, depuis le baptême de Clovis.

3. Proverbes VIII, 15.

4. Romains XIII, 1.

Page 235.

1. Isaïe XLV, 1.

2. Isaïe XLV, 1, 2 (en marge, le latin). L'ordre des propositions n'est pas celui d'Isaïe.

3. I Rois XIV, 15 (le latin en marge, par extraits).

4. Isaïe XIX, 14 (en marge, le latin).

5. Psaume XCII (XCI), 6.

6. Psaume LXVI (LXV), 5.

7. Psaume XXXIII (XXXII), 11. En marge le latin.

8. Psaume XXXIII (XXXII), 10.

9. Psaume CXLIV (CXLIII), 2.

10. *Étonner* a ici le sens d'effrayer.

Page 236.

1. Souvenir du Psaume LXXXIX (LXXXVIII), 10. Mais la
suite de la phrase fait aussi songer à l'épisode de la tempête
apaisée (voir Matthieu VIII, 23-27, Marc IV, 35-41 et Luc VIII,
22-25).

2. Psaume CXLIV (CXLIII), 2. Traduction : « Il est mon protecteur et j'ai espéré en lui. »

3. Genèse XLII, 15.

4. Deutéronome X, 20.

5. Psaume LXXXII (LXXXI), 6.

6. *Ibid.*, 7.

7. Allusion au dicton des juristes : « Le roi ne meurt jamais »,
qu'explique la distinction entre les deux corps du Roi. Cette
thèse, d'origine médiévale et religieuse, qu'a étudiée Ernst Kantorowicz, fait du Roi l'union de deux corps, un corps visible,
mortel et un corps invisible, à la fois politique et spirituel, qui
est lui immortel (voir E. Kantorowicz, *Les Deux Corps du Roi.
Essai sur la théologie politique au Moyen Âge*, Gallimard, 1989)
On a reproché à Bossuet ces lignes où il défend le caractère

divin du Roi. Elles s'expliquent en fait par ce principe de la religion royale. Dès 1625, l'Assemblée du Clergé de France acceptait cette déclaration : « Eux-mêmes [les rois] sont dieux... personne ne peut le nier sans blasphème ni en douter sans sacrilège. » Dans la *Politique tirée des propres paroles de l'Écriture sainte*, qu'il rédigera pour l'instruction du Dauphin, Bossuet commentera de nouveau le *Dii estis* du psaume LXXXII : « Il y a donc quelque chose de religieux dans le respect qu'on rend au prince [...]. Aussi Dieu a-t-il mis dans les princes quelque chose de divin. "J'ai dit : Vous êtes des dieux, et vous êtes tous enfants du Très-Haut." C'est Dieu même que David fait parler ainsi [...] C'est donc l'esprit du christianisme de faire respecter les rois avec une espèce de religion, que [...] Tertullien appelle très bien "la religion de la seconde majesté". Cette seconde majesté n'est qu'un écoulement de la première, c'est-à-dire de la divine, qui, pour le bien des choses humaines, a voulu faire rejaillir quelque partie de son éclat sur les rois » (*Politique tirée des propres paroles de l'Écriture sainte*, livre III, article II, 3ᵉ proposition). Rien à voir donc avec la servilité d'un Mascaron déclarant : « Les prodiges qui font votre gloire, Sire, et l'admiration de tout l'univers laissent, ce semble, un temps l'esprit en balance entre Dieu et vous » (« Sermon pour la Purification de la Vierge », Carême de 1675).

8. Bossuet intègre ici les idées contenues dans la péroraison du « Sermon sur l'Ambition » qu'il n'avait pas prononcée du fait de l'absence du Roi (voir p. 145, n. 1).

Page 237.

1. Ecclésiaste X, 20.
2. Proverbes XVI, 10 (« Les lèvres du roi sont comme un oracle »).
3. Nouvel accord de proximité.
4. Romains XIII, 5.
5. Saint Grégoire de Nazianze, *Orationes*, XXVII (aujourd'hui XXXVI).

Page 238.

1. Saint Grégoire le Grand, *Moralia*, l. V, chap. XI.
2. *Attentat* : outrage à l'autorité royale.
3. Saint Grégoire le Grand, *Moralia*, l. XXVI, chap. XXVI.
4. Psaume XXII (XXI), 15, attribué au roi David.
5. La métaphore filée de l'eau, qui traverse de part en part ce premier point du discours, se déploie dans deux directions

opposées, à l'origine desquelles ont joué divers textes bibliques : Dieu est celui qui apaise les flots déchaînés (cf. l'épisode de la tempête apaisée [voir p. 236, n. 1], le psaume LXXXIX, 10) tandis que l'homme — ou le roi — qui cède à ses passions est comme un fleuve de Babylone, une eau qui s'écoule (cf. les Psaumes XXII et CXXXVII, et le commentaire de saint Augustin déjà évoqué p. 94, n. 1). Une pensée de Pascal, nourrie des mêmes références, peut être rapprochée de notre passage : « Les fleuves de Babylone coulent, et tombent, et entraînent./ Ô sainte Sion, où tout est stable et où rien ne tombe./ [...] Qu'on voie si ce plaisir est stable ou coulant ; s'il passe, c'est un fleuve de Babylone » (*Pensées*, Le Guern 716, Sellier 748, Lafuma 918).

Page 239.

1. Aucune transition du premier au second point ne figure sur le manuscrit.
2. Psaume II, 1-2.
3. Psaume II, 4 (la Vulgate : *habitat*. Le futur qu'emploie Bossuet est sans doute une distraction causée par le futur qui suit).
4. Parmi les apôtres, Pierre, André, Jacques et Jean étaient de simples pêcheurs (voir Luc V, 1-11 ou Marc I, 16-20).

Page 240.

1. Voir Tertullien, *Apologétique*, n. 20.
2. Psaume II, 10 (« Et maintenant, rois, comprenez »).
3. *Ibid.*
4. Psaume II, 11.
5. Bossuet emploie souvent le pronom indéfini *aucun* au pluriel (voir p. 144, n. 1).
6. Saint Augustin, *Lettre CLXXXV*, n. 19.
7. *Fauteur* est à entendre ici au sens de celui qui favorise, sans connotation dépréciative.
8. Celle de Clovis, en 496.

Page 241.

1. Bossuet fait ici allusion à la célèbre phrase du Christ : « Tu es Pierre, et sur cette pierre je bâtirai mon Église » (Matthieu XVI, 18) qui accorde à Simon Pierre la primauté dans l'Église naissante. Il sera le premier pape.
2. Saint Grégoire dans sa Lettre au roi Childebert (*Lettre*. VI, 6). En marge le latin.
3. *Pharamond* : roi légendaire qui aurait fondé la monarchie

franque (420-428). C'est aussi le héros éponyme du roman de La Calprenède, *Faramond ou l'Histoire de France*, dont le premier des douze volumes avait paru l'année précédente.

4. *Childebert* : Il s'agit de Childebert II (575-596), qui régna sur la partie orientale du royaume franc. *Louis Auguste* désigne ici Louis XIV, dont le nom exact est pourtant Louis Dieudonné.

5. *Partialités* : factions, divisions. Ces «nouvelles partialités» désignent le «jansénisme», apparu vers 1640. C'est à cette date en effet que fut publié l'ouvrage de Jansenius, l'*Augustinus*, dont les idées, inspirées de saint Augustin, allaient être défendues en France par Saint-Cyran et les proches de Port-Royal. À la phrase suivante, «les blessures anciennes» font référence au protestantisme, déjà vieux d'un siècle.

6. *Louis le Juste* : Louis XIII. Pour affirmer l'autorité du roi, Richelieu chercha à affaiblir les protestants : après le siège de La Rochelle et la guerre des Cévennes, fut signé l'Édit de grâce (1629) qui mettait fin aux privilèges politiques et militaires qu'accordait aux protestants l'Édit de Nantes.

7. *Tempérament* signifie en médecine mélange. Ce double vœu de *sévérité* et de *patience* résume l'attitude de Bossuet face au protestantisme. S'il aspire de toute son âme à une Chrétienté unitaire, son œuvre en matière de controverse prouve que la voie par laquelle il espère faire entrer les protestants dans l'Église est d'abord la conversion, laquelle exige en effet du temps et de la *patience* (en témoigne la conversion de Turenne en 1668). Toutefois Bossuet n'exclut pas une certaine dose de *sévérité* : c'est-à-dire qu'en membre zélé de la Compagnie du Saint-Sacrement, il souhaite l'application stricte de l'Édit de Nantes (1598) et que les droits des réformés soient limités au maximum.

8. Bossuet songe-t-il ici à la querelle du Formulaire ? En octobre 1656, le Pape Alexandre VII, dans la bulle *Ad sacram*, condamnait cinq propositions supposées figurer dans l'*Augustinus*. Au début de 1661, un arrêt du Conseil d'État exigeait de tous les religieux la signature d'un Formulaire qui reproduisait cette condamnation. Antoine Arnauld estimait qu'on ne pouvait le signer, sans distinguer entre le droit (l'hérésie contenue dans les Cinq propositions, ce qu'il reconnaissait) et le fait (leur présence dans l'*Augustinus*, ce qu'il niait). En novembre 1661, les religieuses de Port-Royal signaient le Formulaire, en y ajoutant une clause explicative sur la distinction du droit et du fait. Cette signature représentait-elle aux yeux de Bossuet une «obéissance feinte» et donc insuffisante ? La querelle allait de fait s'amplifier dans les années qui suivirent.

Page 242.

1. Saint Grégoire, *Lettres*, l. IX, épître 49 (le latin en marge). Rappelons que la Reine Marie-Thérèse avait donné à la France un dauphin le 1er novembre 1661.
2. Nouvel éloge d'Anne d'Autriche.
3. *Nouveautés* : idées nouvelles.
4. Saint Grégoire le Grand, *Lettres*, livre IX, épître 49.
5. Si l'obéissance aux puissances temporelles est effectivement ordonnée par Jésus («Rendez donc à César ce qui est à César et à Dieu ce qui est à Dieu», Matthieu XXII, 21), il paraît un peu excessif de faire passer pour un *article de foi* la condamnation du régicide. Reste que la personne du roi est sacrée et que le régicide est un crime de lèse-majesté divine et humaine. Sur les implications d'un tel acte, voir Roland Mousnier, *L'Assassinat d'Henri IV. 14 mai 1610*, Gallimard, 1964.

Page 243.

1. *Donner le branle :* avoir l'initiative.
2. Louis Ier, dit le Pieux (778-840), *Capit. ann. 823*, cap. IV. Selon Amable Floquet (*Études sur la vie de Bossuet*, p. 160-161), Bossuet évoquerait ici le problème des juridictions ecclésiastiques. L'ordonnance de Villers-Cotterêts en 1539 avait porté un coup fatal à la justice ecclésiastique, jusque-là très puissante, en limitant sa compétence aux causes purement spirituelles. Depuis cette date, le pouvoir royal avait plutôt eu tendance à renforcer ces juridictions par divers édits et ordonnances, sans toutefois accroître leur domaine de compétence, toujours limité aux affaires ecclésiastiques et spirituelles (celles concernant les sacrements, comme la dissolution des mariages, par exemple). Le souhait de Bossuet, de voir l'Église rétablie dans sa pleine autorité, exigerait que le champ d'action des tribunaux ecclésiastiques soit étendu au domaine civil, afin qu'il leur soit davantage possible d'œuvrer à «l'établissement des bonnes mœurs».

Page 244.

1. La répression, en matière de blasphème, était très sévère, du moins en théorie. Un édit de 1647 prévoyait pour les contrevenants de lourdes peines corporelles (langue percée, lèvres coupées). Dans les faits, les sanctions étaient souvent moins rigoureuses : la célèbre «partie de Roissy» (1659) ne valut ainsi à Bussy-Rabutin qu'un exil d'un an (voir ci-dessus, p. 78, n. 3).

2. Amos VI, 7. Bossuet a écrit par distraction *le prophète Osée*.

3. Proverbes XX, 8. En marge le latin.

4. *Réprimés* : empêchés, contenus.

Page 245.

1. Saint Ambroise, *De la seconde apologie de David*, cap. III.

2. Saint Grégoire le Grand, lettre à l'empereur Maurice, *Lettres*, livre III, lettre 65 (en marge le latin). Maurice fut empereur d'Orient en 582 et mourut assassiné en 602.

3. Allusion à Matthieu VII, 13-14.

4. Sagesse II, 12.

Page 246.

1. *Ibid.*

2. I Chroniques XXIX, 23. Le latin en marge.

3. Ce *jugement mémorable* est celui que prononça Salomon entre deux prostituées qui se disputaient un enfant (voir I Rois III, 16-28). Cet épisode fut l'objet de nombreuses représentations qui contribuèrent à sa vulgarisation. Poussin considérait comme son meilleur tableau celui qu'il consacra à ce sujet (1649).

4. I Rois III, 28 (le latin est donné en marge).

5. Sagesse I, 1.

Page 247.

1. I Rois III, 7. Le latin figure en marge.

2. I Rois III, 9. Le latin en marge.

3. *Résolutif* : prompt à décider.

4. I Rois V, 9.

5. *Ibid.*

6. Bossuet a effacé cette phrase : « Chacun la trouve dans son intérêt, dans ses soupçons, dans ses passions, et la porte comme il l'entend aux oreilles du souverain. » C'est la deuxième fois que Bossuet met en garde Louis XIV contre ses conseillers (voir la péroraison du « Sermon sur la Charité fraternelle », p. 129 et n. 2). Songe-t-il à une affaire précise (le procès de Fouquet) ? Ou dénonce-t-il simplement le soupçon et la calomnie qui règnent à la cour ? On saurait d'autant moins se prononcer que ce thème constitue un *topos* des remontrances au Roi. En traitent aussi bien des œuvres de théorie politique (comme la *Politique tirée de l'Écriture*, 1677) que des œuvres de fiction, romanesque ou dramatique (dans *Les Aventures de Télémaque*,

Fénelon mettra lui aussi en garde son jeune élève, le duc de Bourgogne, petit-fils de Louis XIV, contre le péril que constituent les conseillers). Le personnage du mauvais conseiller qui altère la vérité dans l'esprit du monarque permet d'excuser ce dernier des injustices qu'il peut commettre, car au moins n'est-ce pas en toute connaissance de cause. Le problème sous-jacent est donc celui de l'information du pouvoir.

Page 248.

1. «Surprendre, signifie aussi tromper quelqu'un, lui faire faire une chose trop à la hâte, ou en lui exposant faux» (Furetière).

SERMON SUR LA PASSION DE NOTRE-SEIGNEUR

Page 249.

1. Ce sermon est le dernier du Carême : le Roi et la Reine y assistèrent (pour la fête de Pâques, ils allèrent à Saint-Germain-l'Auxerrois écouter la prédication de dom Cosme). De ce sermon, nous est parvenue une copie faite par ordre de Bossuet, et postérieure, semble-t-il, de plusieurs années au *Carême du Louvre*.

2. Le vocabulaire juridique auquel recourt Bossuet dans cet exorde s'explique autant comme une concession au goût du temps (voir Jacques Truchet, «La division en points dans les sermons de Bossuet», *Revue d'Histoire littéraire*, 1952, p. 316-329), que comme un souvenir de saint Paul, qui déjà développait l'image du testament dans la lettre aux Hébreux IX, 15-18 (alors attribuée à saint Paul) et celle aux Galates III, 15 : en grec, le même mot — *diathékè* — signifie à la fois alliance et testament.

3. I Corinthiens I, 23. On rapprochera utilement ce début d'exorde de la liasse «Que la Loi était figurative» des *Pensées* de Pascal (voir en particulier la Pensée Le Guern 243, Sellier 291, Lafuma 260, où l'image du sceau apparaît dans un contexte identique).

Page 250.

1. Philippiens III, 10. *Société* a ici le sens de communion.

2. La coutume qui voulait qu'on récitât l'*Ave Maria* à la fin de l'exorde ne s'appliquait pas aux *Passions*, sermons prononcés le jour du Vendredi saint.

Page 251.

1. Cette réflexion éclaire la méthode et le but de Bossuet, en particulier au cours de ce carême : il fait peu de place à la doctrine, le risque étant de lasser l'auditoire et de paraître pédant. L'application est elle fort développée, qui concerne de plus près le public. Il s'agit moins pour Bossuet d'enseigner les points de dogme que de réformer la vie et les mœurs de la Cour.

2. «En France, on a l'usage des testaments holographes, qui sont valables, quand ils sont tous écrits et signés de la main du testateur» (Furetière).

3. Hébreux IX, 16-17.

4. Matthieu XXVI, 28.

Page 252.

1. On reconnaît là les différents lieux traversés par le Christ au cours de sa Passion : le jardin des Oliviers ou des Olives, où il vécut ce qu'on appelle son agonie (Luc XXII, 39-44), la maison du grand prêtre Caïphe et le prétoire de Pilate où il fut frappé et humilié (Matthieu XXVI, 57 et XXVII, 27), enfin le Calvaire où eut lieu la crucifixion (*ibid.*, 33).

2. Allusion à Luc XXII, 44.

Page 253.

1. Citation inexacte de Job XVI, 18 (*istum* est mis par Bossuet pour *meum*).

2. Psaume XVIII (XVII), 5.

3. Jean XII, 27.

4. Matthieu XXVI, 38.

5. *En effet* : en réalité.

Page 255.

1. À savoir *sa puissance.*

2. *Conseil* : décision, volonté.

3. *Resserrer* : enfermer, contenir.

4. Les valets sont ceux du grand prêtre Caïphe : ils frappent Jésus et l'insultent (Luc XXII, 63-65). Les soldats qui l'escortent jusqu'au Calvaire se moquent eux aussi (Luc XXIII, 36-37).

Page 256.

1. Voir Matthieu XXVII, 39-44.

2. Lamentations I, 12.

3. «*Componction* : terme de théologie. Une douleur qu'on a dans l'âme pour avoir offensé Dieu. La confession n'est bonne que quand on a un vif repentir, une grande componction de cœur» (Furetière).

4. Luc XXIII, 48.

5. Voir Jean XIX, 34.

6. Le sang et l'eau qui ont coulé du côté transpercé du Christ sont des types, ou figures, du Baptême.

Page 257.

1. C'est-à-dire chaque crime en particulier.

2. *Porter* : supporter.

3. Barabbas est le meurtrier condamné à mort dont le peuple demande à Pilate la libération à la place de Jésus (voir Matthieu XXVII, 15-26).

Page 258.

1. Hébreux X, 29.

2. Matthieu XXVII, 46. Rappelons que cette parole prononcée par le Christ en croix est une citation du Psaume XXII (XXI), 2.

Page 259.

1. II Corinthiens V, 19. Ce thème du Dieu Père persécutant furieusement son Fils pour se venger des hommes pécheurs peut surprendre les chrétiens d'aujourd'hui. Au XVIIe siècle, il n'est pas original : on le retrouve chez d'autres prédicateurs, comme Bourdaloue ou Tronson (voir Jean Delumeau, *Le Péché et la Peur. La culpabilisation en Occident. XIIIe-XVIIIe siècles*, Fayard, 1983, p. 328-329).

Page 260.

1. I Jean V, 19.

2. C'est Judas en effet qui tenait la bourse pour Jésus et les Douze. Jean l'évangéliste rapporte qu'il en profitait pour voler (Jean XII, 6). Il livre ensuite Jésus pour trente pièces d'argent.

Page 261.

1. *Avarice* : au sens de cupidité.

2. Voir le récit de la trahison de Judas (Matthieu XXVI, 48-49).

3. *Patron* : voir p. 164, n. 3.

4. II Pierre II, 3.

5. Question de Judas aux grands prêtres (Matthieu XXVI, 15).

Page 262.

1. *En effet* : en réalité, dans les faits.
2. Voir Marc XIV, 50.
3. À rapprocher de La Bruyère, *Caractères*, « De la Cour », 32.
4. *Secourante* : secourable.
5. Voir Jean XVIII, 10.

Page 263.

1. « Pourquoi ne vous puis-je pas suivre maintenant ? Je donnerai ma vie pour vous », déclare Pierre avant l'arrestation de Jésus (Jean XIII, 37). Mais chez Caïphe le grand prêtre, il nie à trois reprises faire partie de ses disciples (Jean XVIII, 15-27).

Page 264.

1. Lamentations III, 30.
2. La raillerie sera dénoncée avec la même violence par La Bruyère (voir « De la Cour », 80 et 88). Il faut dire que son pouvoir à la Cour était considérable et qu'elle fut poussée parfois jusqu'à la cruauté. Citons, parmi les nombreux exemples de bons mots rapportés par Saint-Simon dans ses mémoires, celui-ci dont fut victime Toussaint Rose, secrétaire du Roi : « Il n'avait jamais pardonné à M. de Duras un trait qui en effet fut une cruauté. C'était à un voyage de la cour. La voiture de Rose avait été, je ne sais comment, déconfite ; d'impatience il avait pris un cheval. Il n'était pas bon cavalier : lui et le cheval se brouillèrent, et le cheval s'en défit dans un bourbier. Passa M. de Duras, à qui Rose cria à l'aide de dessous son cheval au milieu du bourbier. M. de Duras, dont le carrosse allait doucement dans cette fange, mit la tête à la portière, et pour tout secours se mit à rire et à crier que c'était là un cheval bien délicieux de se rouler ainsi sur les *roses*, et continua son chemin et le laissa là [...]. M. de Duras qui ne craignait personne et qui avait le bec aussi bon que Rose, en avait fait le conte au Roi et à toute la cour, qui en rit fort » (Saint-Simon, *Mémoires*, Folio, t. I, p. 56-57).
3. Pour se moquer du Christ qui se disait roi, les soldats de Pilate lui donnèrent à porter une couronne d'épines, un manteau écarlate et un roseau en guise de sceptre (voir Matthieu XXVII, 28-29).

4. Romains VI, 3.

Page 265.

1. La critique du faux point d'honneur s'achève sur un encouragement adressé au monarque à poursuivre la politique de son prédécesseur en matière de duel : au règne précédent Richelieu avait fait interdire les duels, déjà condamnés par l'Église (le Concile de Trente en 1563 avait décidé l'excommunication de tous les participants à un duel). Divers édits avaient encore été publiés pendant la minorité du Roi. Malgré quelques punitions exemplaires (ainsi le jeune comte de Bouteville, condamné à mort et exécuté en 1627), l'opinion continuait d'admirer les duellistes. Aussi la lutte contre le duel faisait-elle encore partie du programme de la Compagnie du Saint-Sacrement.

2. *Balancer* : demeurer en équilibre, rester en suspens.

3. Voir Jean XIX, 12-16.

Page 267.

1. Jean XVIII, 38 (« Pilate lui dit : qu'est-ce que la vérité ? Et ayant dit ces mots, il sortit »). Le commentaire de Bossuet développe l'indication qui suit la question de Pilate.

2. *Insulte* : voir n. 4, p. 154.

3. Luc XXIII, 34.

Page 268.

1. *Donner* a ici le sens de sacrifier.

2. Psaume LXIX (LXVIII), 20 (« Vous connaissez mon opprobre »).

3. Jean XII, 27.

4. Psaume XXII (XXI), 7. Parce que le récit de la Passion du Christ n'offrait guère matière à dénoncer « l'amour déshonnête », ce paragraphe, introduit de force dans le sermon, a quelque chose d'incongru : il constitue très vraisemblablement le dernier effort du prédicateur pour arracher le Roi à ses amours adultères.

Page 269.

1. Nouvelle citation de Philippiens III, 10.

2. *De Satisf. Necess.*, Sess. XIV, cap. VIII. On appelle satisfaction des péchés les exercices de pénitence que le prêtre enjoint d'accomplir au fidèle qui se confesse à lui comme la prière et l'aumône (voir p. 224, n. 3).

3. *Discipline* : châtiment.

4. Voir Matthieu XXVII, 50.

Page 270.

1. Autant d'expressions empruntées à saint Paul dans l'épître aux Romains VI, 2-8.

2. À nouveau Philippiens III, 10.

3. *Donner* : accorder.

4. La spiritualité du pauvre qui se développe au XVIIᵉ siècle orchestre volontiers l'idée que le pauvre est l'image du Christ. Mais parce que Bossuet use ici d'une métaphore picturale, rappelons que cette idée reçut également une illustration en peinture, avec l'œuvre de Louis Le Nain. Dans *Le Repas des paysans* (1642), la représentation réaliste de la petite paysannerie est pour le peintre l'occasion d'évoquer le Christ à travers les espèces eucharistiques du pain et du vin (sur cette interprétation religieuse de l'œuvre de Le Nain, voir François Bluche, *Dictionnaire du Grand Siècle*, ou René Taveneaux, *Le Catholicisme dans la France classique. 1610-1715*, t. I, p. 207).

Page 271.

1. Psaume LXIX (LXVIII), 27.

2. Psaume LXIX (LXVIII), 22.

3. *Conseil* : décision.

Page 272.

1. Psaume CXIX (CXVIII), 10.

Composition Interligne.
Impression Bussière Camedan Imprimeries
à Saint-Amand (Cher), le 19 juin 2002.
Dépôt légal : juin 2002.
1ᵉʳ dépôt légal dans la collection : avril 2001.
Numéro d'imprimeur : 022835/1.
ISBN 2-07-038757-7./Imprimé en France.